U0451512

《水浒传》图像叙事研究

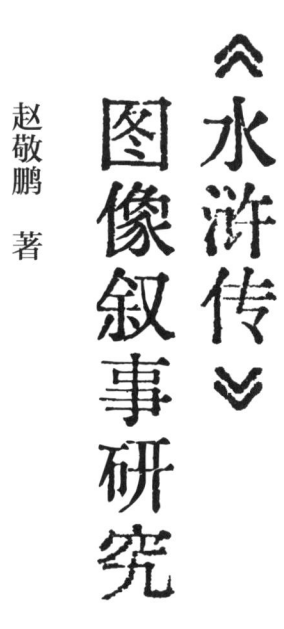

赵敬鹏 著

商务印书馆
The Commercial Press

本书系国家社科基金项目"《水浒》图像叙事研究"

（编号：17CZW066）结项成果、

江苏高校"青蓝工程"中青年学术带头人资助成果、

江苏第二师范学院学术著作出版资助成果

"母夜叉孙二娘"，陈洪绶《水浒叶子》

"鲁智深 武松"，杜堇《水浒全图》

"赏菊集群英",杨定见本《忠义水浒全传》

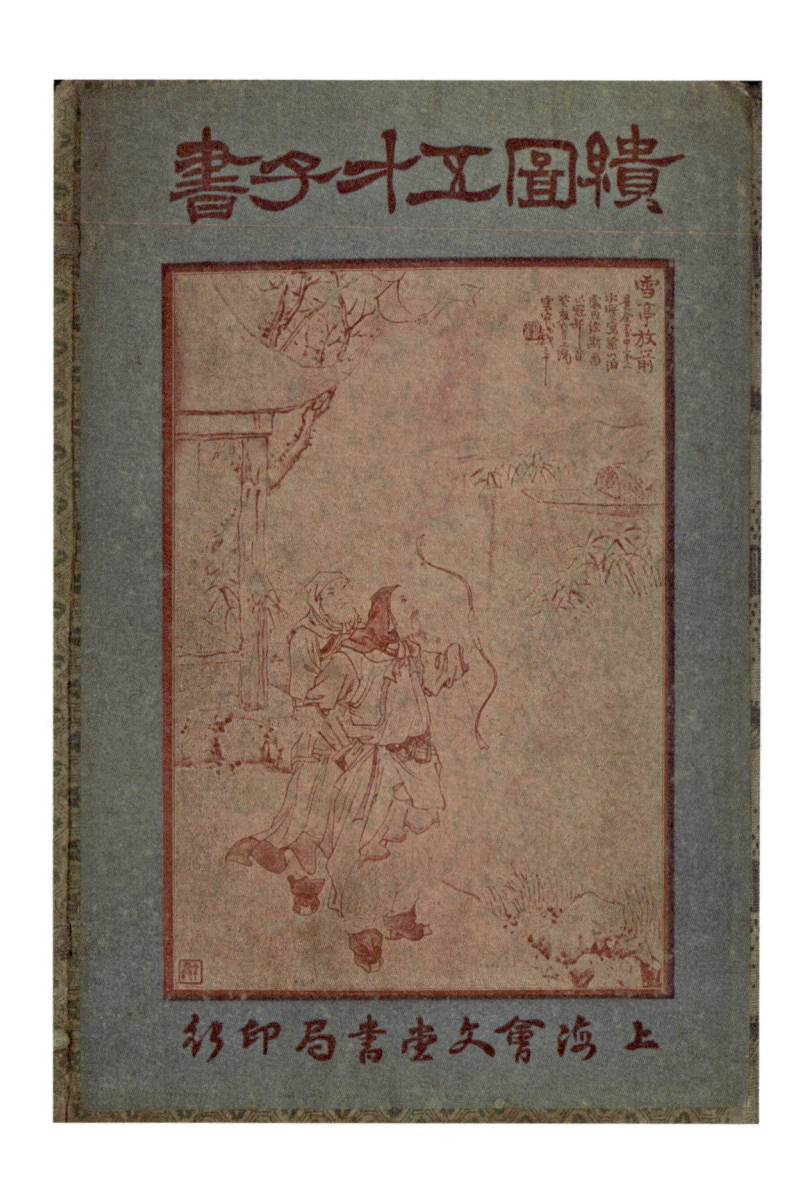

"雪亭放箭"，上海会文堂书局《绘图五才子书》封面

KUAN SHENG SEEKS A WAY TO SEIZE THE ROBBERS' LAIR

"关胜",赛珍珠译本《水浒传》

序 一

周 群

专著《〈水浒传〉图像叙事研究》即将付诸梨枣之际，多年前，敬鹏攻读博士学位的情形历历如昨。当时赵宪章教授孤明先发，开始系统研究中国文学图像关系史，并嘱我负责明代卷。鉴于文图关系丰富的学术意义和明代卷的写作任务，明代诗文、《三国演义》、《水浒传》等便进入了博士生们学位论文的选题视野。因乎时运际会，敬鹏以《水浒传》文图关系研究为对象，开始了穷碧落、下黄泉，动手动脚找材料，溯往圣、傍西哲，呕心沥胆释文图的学术历程。多年夙夜孜孜，好学敏求，才渐宏、思渐深，他不但圆满完成了博士学业，且不断精进，最终以国家社科项目成果出版本书。

《水浒传》是一部雅俗共赏的英雄传奇，士庶倾心、长幼耽乐，关于其盛况，明人胡应麟尝言，"今世传街谈巷语有所谓演义者，盖尤在传奇、杂剧下，然元人武林施某所编《水浒传》特为盛行"，"今世人耽嗜《水浒传》，至缙绅文士亦间有好之者，第此书中间用意非仓卒可窥"，又说"嘉隆间一钜公案头无他书，仅左置《南华经》，右置《水浒传》各一部"。[1]这与其传播途径的多元并存不无关

---

[1] [明]胡应麟：《少室山房笔丛》辛部《庄岳委谭下》，上海书店出版社2009年版，第437页。

系。如，有说《水浒传》、听《水浒传》者，如袁中郎尝作《听朱生说水浒传》诗云："少年工谐谑，颇溺滑稽传。后来读《水浒》，文字益奇变。六经非至文，马迁失组练。一雨快西风，听君酣舌战。"可见，《水浒传》的传播是诸识共依、互济兼成的结果。不同文化层次的受众都能得到各各不同的学识积累、情感陶冶和审美愉悦。其中，图绘作品也是《水浒传》接受史中不可忽视的环节，并成为《水浒传》传播文化场域中的重要组成部分。

与说《水浒传》或"水浒戏"主要留下审美愉悦功能不同，《水浒传》图绘作品往往展示"最富于孕育性的那一顷刻"[1]。这种文、图互济定格而成的图绘作品，形成了值得仔细玩味的意义空间，更具有证史功能。事实上，《水浒传》是"施、罗二公身在元，心在宋；虽生元日，实愤宋事"[2]之作，思宋乃至志史是《水浒传》流播不可忽略的动因。明代吴中诗人王叔承尝云："君不见罗生《水浒传》，史才别逞文辉烂。"[3]山人王叔承服膺《水浒传》作者的既有辉烂之文，更有卓荦的"史才"。《〈水浒传〉图像叙事研究》同样以志史为灵魂而展开图像叙事研究，如，该书借助图像对《水浒传》所书写朴刀、簪花等名物的稽考即是其依循的史学原则的反映。

探讨《水浒传》人物性格能否通过图像实现可见，则是在阅读史视野下的新突破，因为中国古典小说的批评形式以李卓吾和金圣叹所代表的评点为主，我们有意无意地忽略了作为"副文本"的插图。敬鹏所倚助的图像宛如一扇扇窗户，敞亮了处于遮蔽状态的

---

1 〔德〕莱辛：《拉奥孔》，朱光潜译，人民文学出版社1979年版，第83页。
2 〔明〕李贽：《焚书》卷三《忠义水浒传序》，中华书局2009年版，第109页。
3 〔清〕钱谦益撰集：《列朝诗集》丁集卷九《君不见苕川席上戏赠晋陵朱说书》，许逸民、林淑敏点校，中华书局2007年版，第4845页。

《水浒传》，抉发《水浒传》原典以及图绘作者的诸多微言大义，丰富与重组《水浒传》传播的系统图景。尤需嘉许的是，这是一个很富学术意义同时又充满挑战性的课题。在古籍数字化日渐成为学术研究的重要路径之时，插图本古籍殊为罕见。为了更好地辨析版本异同，梳理不同版本语图互文的脉络，敬鹏广泛搜求各种插图本《水浒传》，除了南图、南大古籍部文献之外，还遍访国图、上图，"竭泽而渔"，然然成说。同时，敬鹏虽然既孜孜于养成古典文献学的学殖，又浸淫于西方文艺学，使其成为信手攻玉之利器，但相对而言，对图像艺术的积累较少。为此，敬鹏自觉提高对图绘作品的艺术鉴赏力，多年来一俟嗅得画展信息，便若渴鹿得闻泉鸣，喜跃倍常，千里不惮，走辽东、访山阴，每每准点出现于展馆抽关启钥之时。敬鹏的孜克追求，终炼成了释读图绘作品的"火眼金睛"，从名物考辨到互文微言，虽至微至隐，亦纤毫必鉴。其深细精微，不禁令人击节。

　　同时，在对图绘作品的释读中，敬鹏还注意由训诂名物而求一贯上达之道，既关注《水浒传》在文本层面的传播，例如赛珍珠译本插图呈现出的图像叙事表演性，还关注这部小说在主题或意义层面的传播，例如图像传播过程中混淆了"义"的类型界限，美化"义"的同时还丑化"不义"。关于《水浒传》文学文本及图绘中簪花的分析，也显示了作者孜求一贯上达之道的为学境界。可以说，上述问题都不见于传统的"水浒学"，当属图像视角对《水浒传》这部文学名著研究领域的极大拓展。

　　小说插图乃至《水浒叶子》等文学图像虽属《水浒传》的"副文本"，但敬鹏不仅考察了这些"副文本"对于再现人物及其故事的作用，同时还考察了图像之于再现人物内在德性的作用。

这是一个难度殊高的领域。而作者经过仔细的辨析发现，因为人物性格要素属于无形的事物，图像虽然无法直接通过"形"以显现人物的性情气质，却可以通过"变轨"，亦即寻找并借助与意义相似的形状来显现性格语象。该书中对鲁达、李逵的图像分析，充分说明了"鲁达粗鲁是性急""李逵粗鲁是蛮"的特征。同时，作者还借符号学、修辞学之殊途，融金圣叹、雅各布森等中贤西哲之妙解于一炉，抉发图绘作品背后深蕴的微言大义，精微地析出了图像叙事之于《水浒传》传统形成过程中的作用，从故事情节之梗概，到人物云为之变化，不一而足，图绘成为小说本身的有机组成部分。从这个意义上说，敬鹏不啻是施耐庵及绣像本《水浒传》之桓谭。

敬鹏的研究之所以得到学界的首肯，原因之一是其具有笃实的文献学基础。国内文艺学专业的学术训练，一般更加侧重逻辑思辨，但敬鹏在读博期间就有意识地打牢文献基础。印象中，敬鹏当时的研究对象涵盖古今插图、连环画、文人画、影视剧等形态；而即将付梓的这部著作显然做了"瘦身"与凝练，聚焦插图的同时，根据具体问题所需对比参照物，反映了他在文献方面的熟稔。实际上，文献本身就蕴藏着很多有价值的学术问题，例如敬鹏发现明代四知馆刊本《水浒传》扉页插图就是对万历年间"水浒戏"的复制，为中国古典戏曲对小说的影响研究增加了另一重维度。

《〈水浒传〉图像叙事研究》是基于博士论文而完成的国家社科基金项目结项成果。当年的博士论文即受到了答辩委员们的一致好评，而国家社科基金项目成果更是被评审专家允为"优秀"等级，这是学界对敬鹏多年学术业绩的客观评价，同时也是敬鹏头角崭露的表征。敬鹏好学深思，抱负瑰玮。相信这一起跑阶段的"优秀"

步态，将使他对今后的学术征程抱有更多自信。当然，我更希望这能成为他今后从容为学的资本储备，以便将来为学界奉献出更多雍穆娴雅的学术精品。我殷切地期待着。

2023 年 6 月 19 日于远山近藤斋

序 二

赵宪章

《〈水浒传〉图像叙事研究》原是敬鹏的博士学位论文。毕业后，他继续充实、打磨多年，期间获得国家社科基金立项资助，现已完稿并即将正式出版，可喜可贺！

2012年，敬鹏入南京大学文艺学专业攻读博士学位，师从著名文学思想史学者周群教授，打下了较好的文献学基础。由于当时我正在主编《中国文学图像关系史》，敦聘周群教授担任明代卷（分卷）主编，敬鹏也就有机会参与其中。就此而言，《〈水浒传〉图像叙事研究》既是他的博士论文，也是他参与这一重大课题的成果。无论"博士论文"还是"课题成果"，包括国家社科基金的立项和结项，都直接或间接地受益于诸多专家学者的点拨或教诲，其羽毛便逐步丰满起来，终于可以自主、自由地翱翔了。在这一过程中，敬鹏的总体表现不错，他谦恭、勤奋，加上几分睿智与聪慧，使人印象深刻。

但就这命题本身而言，研究小说图像叙事并非易事。按照传统说法，文学是语言的艺术，语言是小说叙事的符号，其中的插图不过点缀尔……如此这般，怎样以其插图阐发小说的"图像叙事"呢？看来，准确把握其堂奥并非易事，特别是在此类研究刚刚兴起的年代（2010年前后），前人和他人并未留下多少可供直接参照的经验。

就此而言，敬鹏的研究具有开拓性，居然能敷衍出《水浒传》的图像概观、以图证史、人物图像、情节图像、图像传播等一系列有意义的论题。单就这些论题本身来看，小说插图确实不可小觑，不能一言以蔽之曰"点缀"；即便"点缀"，也"点"出来小说的新气象、新境界。这就是图像叙事的相对独立性——插图家们实则是在语言叙事轨道的另侧，描画出一条与其相关但不相同的图像叙事轨迹。两"轨"并行不悖，有分有合，交叉共享，共同编织了小说叙事的诱人景象。就此而言，尽管"文学是语言的艺术"，但是，语言并非文学的唯一，文学的图像延宕同样具有文学性；而有文学性的图像与非文学图像差别巨大，后者并没有前者的"文学景深"。

注意：我在这儿说的"文学图像"，是相对"非文学图像"而言的。"文学图像"即与文学相关的图像，诗意图、小说插图等是其典型形态。至于"非文学图像"，那就太多了；不仅有科技图像，也有艺术图像，后者如没有标题、题款和文学背景的，纯粹的抽象画、山水画、花鸟画等。我在这篇小序中之所以提及这个问题，一是在自诩"文学图像"的命名是合法的，因为它相对"非文学图像"而言；二是有感于当下学术命名的随意性，不能为了吸引眼球、扩大影响，随意提出有违学理常识的名称。例如，所谓"公共阐释"的提出，是否意味着"非公共阐释"的存在？如是，什么属于"非公共阐释"呢？是指"自言自语"吗？那么，存在"自言自语"的阐释吗？"自言自语"能叫"阐释"吗？哈哈……学理常识还是要有的。

现在让我们回到《〈水浒传〉图像叙事研究》。论著开宗明义，"绪论"伊始就将"语-图"比较作为基本方法，实乃击中问题之肯綮，也是文图关系研究与一般美术史论之歧路。道理其实很简单：

小说是语言的艺术，插图是它的延宕和变体——延宕和变体为图像艺术。而"语言"和"图像"，人类有史以来最重要的两种表意符号，一直和谐共生、优雅唱和，只是"图像时代"的到来，才使二者的关系剑拔弩张，大有不共戴天之趋向。由于图像符号的表意功能缘自技术支持，而语言表意与技术的关系微不足道，于是，可以预见的未来是，图像表意对语言表意的僭越和替代就会愈演愈烈。那么，长此以往，人类的语言会患"渐冻症"吗？语言的"渐冻症"对于人类思维、文化重塑、社会交往等，将会产生怎样的影响？这种影响肯定是存在的，并且是严重的，后果是不堪设想的。对此，我们却知之甚少。我们所知道的只是，所有家长都希望自己的孩子喜爱读书而非沉迷图像世界。就此而言，包括研究小说插图在内，整个文学与图像关系的研究，堪称一门"顶天立地"的学问，蕴含着极有价值的人文关怀。显然，敬鹏具有这一意识，他将自己的对象置于"图像时代"的大背景，从而赋予了学术研究以现场感、具身感。对于青年学者而言，这一自觉的现实关怀难能可贵。

通观全书，敬鹏博士的学术史梳理细致入微，可谓纤毫毕现，并且脉络清晰，详略得当，颇见功力。论著结构以问题为纲，纲举目张；既有"朴刀"之类文献考订，也有"簪花"之类美学分析，其间还夹杂着各种统计表格或数据论证，不同的角度和方法共同指向《水浒传》的图像叙事。就文艺学近年来的状况而言，这应当是一种大踏步的"超越"。之所以这样说，是因为我一直对"没有文学的文学理论"耿耿于怀。"没有文学的文学理论"显然是不成立的，甚至是荒谬的，但是居然能够大言不惭、大行其道。在这一意义上，包括小说插图在内的文学与图像研究完全不同，它的对象决定了它必须立足文本、基于文本，必须将自己做成"实学"。就此而言，敬鹏博士以及所有从事这一研究的学者走在了正路上，甚至可以说他们的研究对于文艺学将"文艺"作为对象，具有示范意义。我们不能说文艺学只能这样，但是我们可以说，非实学的文艺学肯定是浮泛之论，意义不大，填表而已。

敬鹏等从事文学与图像研究的学者们都还很年轻。在他们身上，我们似乎看到了中国文艺学的希望。否则，一味沿着"没有文学的文学理论"前行，它的败落是必然的，被学术史淘汰也是必然的。我作为毕生从事文艺学研究的学者，不希望如此一言成谶。

权为序。

2023 年 5 月于草场门寓所

目 录

绪　论 / 1

第一章　明清时期《水浒传》图像概观 / 22
第一节　《水浒传》小说插图 / 24
第二节　"水浒戏"曲本插图 / 82
第三节　其他类型的《水浒传》图像 / 104

第二章　以图证史：《水浒传》名物的消逝 / 126
第一节　《水浒传》"朴刀"的失传与图像叙事 / 129
第二节　《水浒传》簪花现象的美学意蕴及其式微 / 147

第三章　《水浒传》的人物及其图像叙事 / 168
第一节　《水浒传》人物性格的可见性及其程式化 / 170
第二节　《水浒传》人物图像的面容与德性 / 190
第三节　《水浒叶子》与图像的独立叙事 / 210

第四章 《水浒传》情节的图像阐释 / 242
    第一节 《水浒传》"上山"的图像阐释 / 245
    第二节 明刊本《水浒传》"招安"的图像阐释 / 295

第五章 《水浒传》的图像传播 / 316
    第一节 《水浒传》图像叙事与"义"的传播 / 317
    第二节 赛珍珠译本插图与《水浒传》的海外传播 / 337

余 论 / 357

参考文献 / 373

后 记 / 390

绪　论

图像叙事（image narrative），即以图像符号"讲述"故事。[1]作为一种常见的文艺现象，图像叙事可谓古已有之、中外有之，但当今读者不再青睐"白纸黑字"的文学叙事，而是热衷关于文学的图像叙事，包括《水浒传》在内的文学名著无不面临相同的境况，[2]甚至有人宣称"我从不阅读，只是看看图画而已"[3]，堪称"图像时代"

---

[1] 国内学界关于图像叙事的基础理论研究中，龙迪勇教授与赵宪章教授较具代表性。前者由图像中的时间与空间关系入手，指出图像叙事"绘出生活中'最富于孕育性的顷刻'，从而让人在意识中'看到'事件的前因后果"，以及"让人在图像系列中感觉到某种内在逻辑、时间关系或因果关系（否则就只是多幅图像的杂乱堆砌），从而在意识中建立叙事的秩序"。后者则借助现象学探讨图像叙事何以可能，特别是插图这种图像叙事，即"插在叙事册页的褶皱中，以其明见性召唤默存的事迹在读者心目中苏醒"，而它在"赢得眼球"的同时也失去了"语言叙事的纯粹性"，可谓小说这一文体危险的"插入"。请参见龙迪勇：《空间叙事研究》，生活·读书·新知三联书店2014年版，第413—426页；赵宪章：《小说插图与图像叙事》，《文艺理论研究》2018年第1期。

[2] 21世纪初，一份关于文学阅读的调查报告显示，仅有7.9%的学生读文学原著，热衷于观看影视版的人数却占到17.8%。十余年后的情形则愈发惊人，在有"学校教育背景"的调查人群中，56%的中学生喜爱观看影视剧，而喜爱阅读文学书籍的只有12%；喜爱漫画、绘本等图文书的学生占到了52%，但喜爱纯文学作品的人数却仅为10%。随着近几年手机终端视频技术的发展，读者主要面对的已不再是《水浒传》等文学名著的"白纸黑字"，而是关于它的图像作品——这就是本书所直面的文学现实语境。详见王柏玲：《调查显示初中生乐于通过影视作品"阅读"经典》，《文汇报》2008年3月27日；黄万华：《学校教育背景下的大学生文学阅读状况调查》，《中国现代文学研究丛刊》2012年第8期；陈洁、阚玉篇：《媒介迁徙下文学阅读的嬗变、症候与对策》，《中国出版》2021年第23期。

[3] 〔斯洛文尼亚〕阿莱斯·艾尔雅维茨：《图像时代》，胡菊兰、张云鹏译，吉林人民出版社2003年版，第1页。

的真实写照。而我们沉浸于图像,迷恋图像,似乎在"后浪"奔涌的网络短视频中愈发难以自拔。那么,为了对"文学遭遇图像"这一现实问题做出理论回应,我们旨在以明清时期的《水浒传》插图为个案和切入点,探讨图像叙事的一般规律。

一、"文学与图像关系"的问题域、观念与方法

我们研究《水浒传》的图像叙事,必然无法回避它与小说"语言叙事"的关系,因为前者是对后者的摹仿与延宕,由此揭示语言与图像这两种表意符号的深层关系(即"语-图"关系),从而为当前文学图像化之势愈演愈烈提供理论参照,此类选题都可以归入"文学与图像关系"问题域。

实际上,早在 21 世纪初,中国学界就已开始关注图像时代的文学危机问题,而这一问题说到底也是文学与图像关系。所涉学人以文化研究者居多,他们学术嗅觉敏锐、西学背景优渥,相关论著视野开阔而且掌握的材料新颖;但因初涉此类现实问题域,往往停留在价值判断层面反复打滑,鲜有学理层面的深度阐发。[1] 时光荏苒,二十多年来的"文学与图像关系"问题域取得了长足进展。其中,标志性的阶段成果当属八卷本《中国文学图像关系史》(十册)[2],这部五百万字的巨著于 2010 年启动编撰工作,2018 年入选"十三五"国家重点出版规划,2019 年获批国家出版基金项目,2020 年由江苏

---

[1] 朱国华:《电影:文学的终结者?》,《文学评论》2003 年第 2 期。
[2] 如果说赵宪章教授为总主编、许结教授与沈卫威教授为副总主编的《中国文学图像关系史》,堪称"文学与图像关系"问题域的恢宏史论,那么,赵炎秋教授的著作《艺术视野下的文字与图像关系研究》(中国社会科学出版社 2021 年版),则为学界呈现出极具原创性与本土化特征的基础理论。详见拙文《文学与图像关系的理论建构及其符号学方法》,《中国文学研究》2022 年第 1 期。

凤凰教育出版社正式出版，2021年荣获第五届中国出版政府奖（图书奖）。我们不妨围绕这部学术著作，阐发它所倡导的"语-图"比较符号学方法。

《中国文学图像关系史》总主编赵宪章长期从事文艺学研究，这个学科"偏重宏论，缺少直面文学及其现实的深耕细作"[1]，甚至主张"没有文学的文学理论"，近年来逐渐高涨的"接地""及物"等呼声，充分折射出理论研究者的内心焦虑。进而言之，无论是文学理论，还是文学批评和文学史，关心文学现实的学术才具有前瞻性与生命力，否则只能是自说自话、自卖自夸以及自娱自乐。例如，刘勰正因发现当时文坛充溢着"去圣久远，文体解散，辞人爱奇，言贵浮诡，饰羽尚画，文绣鞶帨，离本弥甚，将遂讹滥"等诸多弊病，而且"详观近代之论文者多矣"，但其学术或"密而不周"，或"华而疏略"，或"未能振叶以寻根，观澜而索源"，从而确定"论文叙笔"与"剖情析采"的学术使命，最终铸成"体大而虑周"的《文心雕龙》。[2]"文学与图像关系"之所以一跃成为2020年度学术热点，[3]当代图像对文学以及文学研究的"介入"，恐怕是我们需要着重考量的原因。

一方面，就图像时代的文学现实而言，"唯有和图像的关系密切，甚或是被图像符号咀嚼过了的作品才备受青睐"，传统意义上面对"白纸黑字"的文学读者，摇身变成了倚靠影视、游戏等图像才得以接触文学的"看客"。而这种文学危机的背后是"符号危机"，

---

[1] 张节末、季通宙：《论一种文图谱系学的建立》，《符号与传媒》2021年第2期。
[2] ［南朝］刘勰著，范文澜注：《文心雕龙注》，人民文学出版社1958年版，第725—728页。
[3] 光明日报理论部、学术月刊编辑部、中国人民大学书报资料中心：《2020年度中国十大学术热点》，《光明日报》2021年1月15日。

即"在图像符号的强力诱惑下,人类的思考器官正在逐步改变,人类的语言能力正在逐渐萎缩"[1],《中国文学图像关系史》将探讨语言与图像的符号关系悬为鹄的,正是因为它们乃"人类有史以来最基本和最重要的两种符号"[2]。另一方面,文学作为语言的艺术,"通过'语象'而不是通过'概念'和世界发生联系",所谓"文学图像",实质上就是语象的图像化,[3]只有立足于"语象和图像的比较",才能发现文学艺术和图像艺术之间的"内在关联及其互文规律"。如是,以语言和图像及其符号关系为中心,比较二者的异同、关联与历史发展的"语-图"比较符号学,[4]既是文学与图像关系问题域的研究对象,又是其主要研究方法。

放眼国内学界,谈及图像研究必然无法绕开欧文·潘诺夫斯基、贡布里希、W. J. T. 米切尔等欧美学者,因为西方艺术史自从成为一门学科以来,方法论主要是参照意大利绘画传统而发展起来、旨在分析如何释读图像的图像学,这是某种被视为吸纳逻各斯与透视法的科学。[5]虽然《中国文学图像关系史》在整理《楚辞》诗意图的

---

1 赵宪章总主编,包兆会主编:《中国文学图像关系史·先秦卷》,江苏凤凰教育出版社 2020 年版,第 1—2 页。
2 赵宪章:《文学成像的起源与可能》,《文艺研究》2014 年第 9 期。
3 语象(verbal icon)作为文学理论术语,首见于维姆萨特(W. K. Wimsatt)的《论语象:诗歌意义研究》(*The Verbal Icon: Studies in the Meaning of Poetry*)一书,意指事物在头脑中所呈现的"清晰的画面",以及"从隐喻与象征维度对现实的理解"。实际上,语象即索绪尔所提出的"音响形象"(image acoustique)。《中国文学图像关系史》主要致力于探讨图像如何摹仿语象,而避免使用含义模糊的"意象"。参见拙文《再论语图符号的实指与虚指》,《文艺理论研究》2013 年第 5 期。
4 赵宪章总主编,包兆会主编:《中国文学图像关系史·先秦卷》,江苏凤凰教育出版社 2020 年版,第 8—10 页。
5 〔美〕W. J. T. 米切尔:《图像理论》,兰丽英译,重庆大学出版社 2021 年版,第 20、26 页。

"潇湘系列图式"时，不可避免地借鉴"图像志分析"的方法，[1]但包括文学图像在内的中国古代绘画，具备一系列有别于西方的材料、技术、风格与理论。[2]《中国文学图像关系史》如果生硬套用图像学，将难免出现卯榫不合的窘况。更重要的是，大量西方绘画、雕塑等视觉艺术将"宗教的、历史的或诗学的"词语再现为图像，[3]这就不难解释为何即便一般意义上的"图像学阐释"，都需要而且不止于"熟悉那些通过文字资料传播的特定主题或概念"[4]。只不过，无论是潘诺夫斯基还是夏皮罗，以及米切尔等后学，他们的图像学研究并非仅仅聚焦于"文学与图像关系"，更何况当时尚未出现如今图像时代的文学危机、符号危机，也就没有必要专门探讨语言与图像的符号关系。就此而言，《中国文学图像关系史》所凝练出的"语-图"比较符号学方法，又可谓图像学的中国化，或曰符号学的中国转向。

例如中国古代的诗画关系，学界关于它的理解往往停留在"诗中有画，画中有诗"等经典论断。《中国文学图像关系史》发现诗意图并非所有诗歌语象的再现，像明代流传取意于《琵琶行》的绘画作品，画家们偏爱白居易、琵琶女等核心人物语象，以及"枫叶""荻花""瑟瑟""茫茫"等场景语象，至于"嘈嘈""切切""大

---

1 赵宪章总主编，沈亚丹主编：《中国文学图像关系史·宋代卷》，江苏凤凰教育出版社2020年版，第82—83页。
2 透视法虽在明清传入中国并有所影响，但其历史意义远远不如其原初语境，恰如有学者所指出的那样，"线性透视法诞生于15世纪的佛罗伦萨"，这一事件对西方艺术史而言，"丝毫不亚于哥白尼革命之于科学史"。参见王哲然：《透视法的起源》，商务印书馆2019年版，第1页。
3 〔美〕迈耶·夏皮罗：《词语、题铭与图画：视觉语言的符号学》，沈语冰译，商务印书馆2021年版，第3页。
4 〔美〕欧文·潘诺夫斯基：《视觉艺术中的意义》，邵宏译，商务印书馆2021年版，第41—42页。

珠""小珠"等形容音乐美、听觉美的语象,却没有出现在图像中,盖因诸如此类的语言修辞"无法画"或者"画不像"。由此就触及绘画再现文学的过程中,图像与语言符号各自的表意特点或者表意极限。而再现《琵琶行》的诗意图,根据图像对语象不同的选择与组合,又可以分为"山水意境式""人物特写式",以及传达"送别"情谊的"山水送别式",后者显然溢出了白居易诗歌的原意与本意。[1] 再如《中国文学图像关系史》对"十咏诗"与《十咏图》开展严谨的文本调查,爬梳图像保留、删除与增加的语象,进而思考从诗歌到绘画的转化关键是落实在哪些层面。[2] 以上两例基于"语-图"比较符号学方法,从不同角度推动了诗画关系研究。

运用"语-图"比较符号学方法的《中国文学图像关系史》,在小说插图、曲本插图方面也呈现出迥异于版画史或者书籍史的学术图景。例如《西游记》插图对孙悟空的形象塑造,明代早期的闽刻本插图"人物模式化倾向"较为严重,孙悟空"见不出表情""多呈猴面人形",而且其服饰与小说的描写并不相符,"完全符合明代人物的日常穿着特征"。及至明代世德堂本与李卓吾评本插图,前者注重孙悟空的"动作刻画",后者则注重"对人物心理的描摹"。可以说,明代《西游记》插图中的孙悟空"没有华丽的服饰,甚至连取经路上头上最明显的紧箍咒都没来得及设计好,就那么仓促地与读者见面了"。清代《西游记》插图的显著特点是"出现了人物绣像",特别是味潜斋石印本《新说西游记》插图的孙悟空,"从天而

---

[1] 赵宪章总主编,吴昊、李昌舒主编:《中国文学图像关系史·隋唐五代卷》,江苏凤凰教育出版社 2020 年版,第 355—358 页。
[2] 赵宪章总主编,沈亚丹主编:《中国文学图像关系史·宋代卷》,江苏凤凰教育出版社 2020 年版,第 317—324 页。

降,头戴紧箍咒,身穿虎皮裙,脚蹬步云履,一手持金箍棒,一手在额前搭凉篷,双目炯炯有神,大有神通万里之神韵",[1]这种既超凡脱俗又机灵顽皮、既有兽性又通人性的造型,对后世插图甚至当代电视剧都有深刻的影响。

"西学东渐"开启了中国学术的现代转型,如何妥善处理"西学"与"中学"的关系,而非陷入简单的"体用"之争或者"以西释中",已成为当代学人的共同追求,[2]《中国文学图像关系史》确有自己的尝试。承上文所述,"语-图"比较符号学方法根源于"文学与图像关系"的跨学科选题,它借鉴西方图像学方法的同时,还致力于在"汉字构型、汉语文化和汉语思维"语境中揭示语言与图像的符号关系。[3]《中国文学图像关系史》的研究方法论,尽管远未达到王国维"学无新旧也,无中西也"[4]的境界,但起码不再是谈论西学时口若悬河、面对中国问题时反而束手无策。这对本书具有重要的方法论启示:我们的研究虽是考察《水浒传》图像叙事的特点与一般规律,及其同小说语言叙事之间的差异,但最终会落脚到语言与图像这两种表意符号的比较,从而为当前图像时代的文学危机提供理论阐释。

二、《水浒传》图像叙事的独特性

王国维曾在百年前勾勒中国文学的文体演进:"凡一代有一代之

---

[1] 赵宪章总主编,周群主编:《中国文学图像关系史·明代卷》,江苏凤凰教育出版社2020年版,第572—574页。
[2] 陈斐:《古代文学研究的"观念""技术"和"路数"》,《文汇报》2020年1月3日。
[3] 赵宪章:《〈中国文学图像关系史〉项目规划书(2017年版)》,未刊稿。
[4] 王国维:《国学丛刊序》,《国学丛刊》1911年第1期,第1页。

文学，楚之骚，汉之赋，六代之骈语，唐之诗，宋之词，元之曲，皆所谓一代之文学，而后世莫能继焉者也。"[1]关于文体史或文学史发展，闻一多也有过精辟的论述："从西周到宋，我们这大半部文学史，实质上只是一部诗史"，南宋之后便进入了"小说戏剧的时代"。[2]而在《三国演义》《西游记》《水浒传》《金瓶梅》等"四大奇书"，以及《红楼梦》《儒林外史》等众多明清小说中，我们之所以选择《水浒传》作为"专书研究"的个案，还因为这部小说图像叙事的独特性。

首先，图像叙事一直伴随着《水浒传》的成书，便于我们站在"文本发生学"角度开展系统考察。虽然成书类型都属于"世代累积"，但《水浒传》相较《三国演义》而言，小说故事原型出现的同时代就已有图像叙事，最为著名的便是宋人龚开《宋江三十六赞》，可惜图像并未存世，仅保留人物图的赞语。[3]如果我们重视宋元的"说话传统"，就有理由相信当时的人物图极有可能是对说书艺人"立铺讲唱"和"看图说话"的还原。[4]元代盛行的"水浒戏"虽未遗存动态的表演图像，但在"光芒万丈"的明代万历年间被大量刊刻出版，其中插图质量较高，特别是"下山"图像叙事，别具一格。即便是《水浒传》成书之后，不同地域、不同版本之间的小说叙事亦有出入，例如明代早期建阳地区的双峰堂刻本《水浒传》，在小说叙事方面只关注如何交代故事，至于那些不影响情节进展的背景铺

---

1 王国维：《宋元戏曲考》，《王国维文学论著三种》，商务印书馆 2001 年版，第 57 页。
2 闻一多：《神话与诗》，中华书局 1956 年版，第 203 页。
3 ［宋］周密：《癸辛杂识》，吴企明点校，中华书局 1988 年版，第 145—151 页。
4 胡士莹：《话本小说概论》，商务印书馆 2011 年版，第 37—39 页；〔美〕梅维恒：《绘画与表演——中国的看图讲故事和它的印度起源》，王邦维、荣新江、钱文忠译，北京燕山出版社 2000 年版，彩图 15。

垫,往往遭到了书坊主的删除;然而,身处江南地区的容与堂刻本《水浒传》,却非常重视那些关于生活场景与环境的描写,如"鲁提辖拳打镇关西"一段,书坊主添加了"门前挑出望竿,挂着酒旆,漾在空中飘荡"[1],堪称对故事场景的精心布置。与此相应的现象是,福建建阳地区"上图下文"版式中的《水浒传》插图,它的摹仿对象是当前页的主要情节或者关键、核心情节,堪称《水浒传》叙事的"示意图";而以容与堂刻本为代表的全幅版画插图,它的摹仿对象却是直接的、反映在回目标题中的情节,以及间接的、烘托这些情节的背景,当属《水浒传》叙事的"诗意图"。由是观之,我们将图像叙事置于《水浒传》成书、发展的历史中考察,"自下而上"地进行归纳与概括,也就避免了纯粹理论研究的逻辑推演,从而努力践行"文献学与文艺学两方面相互结合、渗透、协调"[2]。

其次,不同于《儒林外史》等案头写作而成的古代小说,《水浒传》的"世代累积"注定了其叙事结构及文学意义的丰富性与复杂性。如果说"可见"是所有图像艺术存在的价值,那么,《水浒传》的图像叙事就为我们重新理解或者深入理解小说提供了新的窗口,"不可见"的文学在图像叙事中得以敞亮。例如明代早期"上图下

---

1 [明]施耐庵、罗贯中:《水浒全传》,上海古籍出版社1976年版,第36页。
2 程千帆先生曾在接受巩本栋教授的访谈中明确谈道:"拿搞文学的人来说,我们最注重的是两个东西:一个是材料,称作文献学;另一个是对作品本身的艺术思考,叫作文艺学。真正好的研究成果,往往是将文献学与文艺学两方面相互结合、渗透、协调在一起所取得的。在材料上要考证清楚,尽量使它没有问题,靠得住;在艺术分析上,要深入到作家的内心世界,将它发掘出来,成为一般读者可以感觉到的东西。这二者完美地结合起来,当然很困难,不是每一个人都能做到的,但一定要考虑到这些方面。"参见程千帆、巩本栋:《学术论文写作贵在创新》,《文艺理论研究》1996年第2期;巩本栋:《文艺学与文献学的完美结合——程千帆先生的古代文学研究》,《文学遗产》2002年第2期。

文"版式的《水浒传》插图,其榜题虽是对某一情节的概括,然而,一旦离开这些榜题的提示,图像本身的叙事能力就会大大下降,因为后者无法精确再现出"打""攻""取""杀"之间的区别,"宋江进兵攻打常州"与"宋江军马望富阳进发"的构图模式竟然一模一样,图像符号在叙事和表意方面的局限,由此可见一斑。而小说叙事具有复杂性,我们会发现元代"水浒戏"中众多梁山泊英雄好汉的"下山",虽然原因各不相同,目的也有所差异,但都被曲本插图画成了正在走下山的状态,如此整齐划一的图像叙事必然引发读者对"下山"情节的"出位之思"。

最后,任何叙事性作品都离不开"事"与"人",《水浒传》在中国文学史上的最大贡献之一便是写出了传奇英雄群体,图像叙事对这些人物的造型、性格或德性的再现也就非常有特点。性格塑造毫无疑问是《水浒传》的成功之处,恰如金圣叹所说,"别一部书,看过一遍即休","独有《水浒传》,只是看不厌",因为小说人物各有其"性情""气质""形状"与"声口",诸如李逵的粗鲁侧重"蛮",而阮小七粗鲁是"悲愤无说处"等,这些精彩评点说明小说在塑造人物方面超群绝伦。[1]《水浒传》人物图的典范当属陈洪绶《水浒叶子》,任何一部中国古代版画史论都绕不开这套四十幅的册页,当时刊刻出版后就得到了张岱的推崇,"以英雄忠义之气,郁郁芊芊,积于笔墨间也"[2]。我们可以看到,张岱所关心的同样是英雄人物的图像再现。实际上,《水浒传》所写一百零八将形形色色,身份、经历等诸方面各有不同,他们既是普通人,又兼具传奇英雄本

---

[1] [清]金圣叹:《金圣叹全集》(第3卷),陆林辑校,凤凰出版社2008年版,第28—30页。

[2] [清]张岱:《陶庵梦忆》,上海书店出版社1982年版,第51页。

色,既为了"上山"而彷徨踟蹰,又面临是否受"招安"的矛盾,由此为图像叙事提供了丰富的母题与素材。

三、 相关研究的学术史梳理

与本书相关的学术史,主要集中在《水浒传》插图研究上,我们的学术史梳理不妨由此开始。作为常见的文艺现象之一,《水浒传》乃至中国古代小说的插图并没有进入文学研究的主流视野[1];艺术研究倒是有所涉及,但也仅限于版画方面的美术史论,很少涉及插图与小说的复杂关系,以及图像叙事的一般规律。例如《明清小说研究》这一中国古代小说研究的专门期刊,以"水浒"作为论文"篇名"选项,对创刊以来的《明清小说研究》(总第 1 期—第 142 期)进行检索,可以得到 172 个结果,"水浒"可谓明清小说研究的重镇,而绝大部分论文都是关注作者、成书年代、版本、真伪等文献问题,以及文学主题与思想问题,探讨《水浒传》插图的论文仅有 4 篇。此外,作为专门研究《水浒传》的学术集刊,《水浒争鸣》至今已有四十年的历史,共 18 辑、1187 篇论文,仅有 3 篇论及《水浒传》插图。总体而言,学术界对《水浒传》插图的研究并不充分,如果从现代意义的中国小说研究开始算起,百年来的历程大致可以分为三个阶段:20 世纪 20 年代至 40 年代末,属于初始和起步阶段;20 世纪 50 年代至 70 年代中后期,属于缓慢发展阶段;而 20 世纪 80 年代初至今,则属于相对快速发展阶段。

---

[1] 以"主流"形容学术研究的问题域,似乎不甚恰当,笔者曾就文学理论研究"现实性"问题采访赵宪章教授,直陈其立足基础理论研究的学术"并不是主流",后者回复"不要焦虑,做学问无所谓主流不主流"。详见赵宪章、赵敬鹏:《通过形式阐发意义——赵宪章教授访谈录》,《兰州文理学院学报》2022 年第 6 期。

(一) 20世纪20年代至40年代的初始阶段

"中国木刻画发展到明的万历年代,可以说是登峰造极,光芒万丈"[1],此后,尤其是清代中期以降,木刻版画日渐式微,而国外先进印法的传入,则"彻底扼杀了木刻画复兴的希望"[2]。在20世纪初的现代美术学校里,版画并没有被纳入"美术"学科之中,如国立北京美术专门学校共设有四个系科,分别为西洋画系、中国画系、雕塑系和图案画系,各系的必修课和选修课中,也没有木刻版画方面的课程,[3]这从侧面反映出当时版画艺术的没落地位。从20世纪20年代开始,国内出现了古代小说、木刻版画以及连环画的专门整理和研究,可视为《水浒传》插图研究的滥觞。

这一时期,《水浒传》得到大范围的校勘、整理和出版,但是插图本《水浒传》并不多见,而在所有的序跋中,也没有谈及插图问题。潘力山、胡适、鲁迅、郑振铎、孙楷第等几位研究《水浒传》的学者,多集中讨论这部小说的本事、版本流变以及主题、思想等,[4]唯有《水浒传的演化》(1929年)一文提到了《水浒传》的插图:"余本插画很精美,但刊印颇不经心。"[5]

后世关于此论题的进一步探讨,有很多都建立在此阶段成果之上。比如郑振铎为插图给出了确切的定义:"插图是一种艺术,用图

---

1 郑振铎:《中国古代木刻画史略》,上海书店出版社2006年版,第49页。
2 周心慧:《中国古版画通史》,学苑出版社2000年版,第295页。
3 周寿崧:《国立北京美术专门学校状况纪略》,《云南旅京学会会刊》1923年第4期。
4 纪德君:《百年来〈水浒传〉成书及版本研究述要》,《中华文化论坛》2004年第3期。
5 郑振铎:《水浒传的演化》,《小说月报》1929年第9期。

画来表现文字所已经表白的一部分的意思；插图作者的工作就在补足别的媒介物，如文字之类之表白。"同时，郑振铎还揭示出插图缘何备受读者欢迎，因为"艺术的情绪是可以联合的激动的"，而插图的成功，"在于一种观念从一个媒介到别一个媒介的本能的传运"。[1]应当承认，郑振铎这番话隐含了包括《水浒传》在内的插图本小说独特的审美特征，只不过被后学们忽视了而已。鲁迅则认为相对于其他艺术（包括小说在内）而言，插图更易于保存与流传，"古代的东西，因为无人保护，除小说的插画以外，我们几乎什么也看不见了"[2]，而"书籍的插画，原意是在装饰书籍，增加读者的兴趣的，但那力量，能补助文字之所不及，所以也是一种宣传画"[3]。另外，鲁迅不但提出现在看来都极具前瞻性的观点——插图也可以用来叙事，即"用图画来替文字的故事"[4]，还区分了不同类型的插图："宋元小说，有的是每页上图下说，却至今还有存留，就是所谓'出相'；明清以来，有卷头只画书中人物的，称为'绣像'。有画每回故事的，称为'全图'。那目的，大概是在诱引未读者的购读，增加阅读者的兴趣和理解。"[5]依照插图在小说中的位置不同，对其各种称谓加以解释，为后人研究小说插图风格的嬗变及其不同功能打下了坚实基础，例如汪燕岗发现插图方式的不同，对《水浒传》小说阅

---

1 郑振铎：《插图之话》，《小说月报》1927年第1期。
2 鲁迅：《论"旧形式的采用"》，《鲁迅全集》（第6卷），人民文学出版社2005年版，第24页。
3 鲁迅：《"连环图画"辩护》，《鲁迅全集》（第4卷），人民文学出版社2005年版，第458页。
4 鲁迅：《〈一个人的受难〉序》，《鲁迅全集》（第4卷），人民文学出版社2005年版，第572页。
5 鲁迅：《连环图画琐谈》，《鲁迅全集》（第6卷），人民文学出版社2005年版，第28页。

读所产生的作用就会有所差异,[1]颜彦亦着重探讨插图之于读者的"阅读效果"[2]。

（二）20世纪50年代至70年代的缓慢发展阶段

这一阶段的《水浒传》研究主要集中在"思想"领域,学界涌现了大量关于《水浒传》的"资料汇编"和"评论汇编",其内容重复率较高。但是《水浒传》插图研究,在版画学界得以缓慢发展,如陈启明的《水浒全传插图》、王伯敏的《中国版画史》、郭味蕖的《中国版画史略》等。

陈启明在《水浒全传插图》的前言部分,对现存《水浒传》的插图类型进行了归纳:"一是依据《水浒》回目内容作的故事插图;一是依照故事发展作的图文对照、有连续性、在形式上接近连环图画的插图","除去以上两种以外,还有一些专画《水浒》人物像的插图"。尤为值得一提的是,这本插图选集以杨定见本《忠义水浒全传》为底本,陈启明指出该版本插图"在表现方法上有一个很大的特点,就是极力避免每一回照例作一幅图的老套,而着重摄取书中最典型、最动人的故事与场面,来创作精美瑰丽的插图。经过作者这样苦心经营的作品,既表现了原书的内容,又有它本身的独创性。所以有的回目,一连画了两三幅图;有的回目,却连一幅图也没有。有时一幅图包括了两个故事以上的内容;有时一个故事或一个紧相关联的故事却又分成两幅以上的图画。经过上述的压缩与集中,故事的主题更明显,作品也取

1　汪燕岗:《古代小说插图方式之演变及意义》,《学术研究》2007年第10期。
2　颜彦:《中国古代四大名著插图研究》,社会科学文献出版社2014年版,第106—126页。

得了更完美的艺术效果"。[1]其中涉及《水浒传》插图的构图原则,即选取典型场面,或如莱辛所言"最富于孕育性的那一顷刻"。

无独有偶,王伯敏以《水浒传》"怒杀西门庆"一节的插图为例,论述了这一原则,"通过构图上的巧妙处理,便把这两个场面,有机的组织在一起,从而加强了情节的紧张和曲折"[2]。郭味蕖在胪列若干种插图本《水浒传》的版本之后,同样发现《水浒传》中的有些插图"不仅是描写一个场面,一个情节,而是有力的表现故事中主要的各个方面"[3]。此外,马蹄疾为其未出版的《水浒插图选集》所作的"序言"中,也按照插图类型归纳了《水浒传》的版本,在此基础上,作者对插图的作用略有交代,"帮助读者更形象、更具体、更深刻地理解《水浒》的思想内容,扩大和加深了《水浒》的教育意义"[4]。

上述学者都触及了版画如何摹仿小说,而这些新思路的烛照使《水浒传》插图研究在前一阶段基础上更进一步,至今仍有余音。如陆涛借助分析《水浒传》的插图如何"并置"小说情节,推论"图像叙述者把几个故事情节糅合在同一幅插图中,在多维度的叙事视角下,读者通过观看而不是阅读体会到多维视角的独特意味"[5]。

(三) 20世纪80年代初至今的相对快速发展阶段

较之前两个阶段,该时期的《水浒传》插图研究水平有了显著提高,具体表现为研究成果的数量大幅提升,深度也有所扩展。较

---

[1] 陈启明校订:《水浒全传插图》,人民美术出版社1955年版,第1页。
[2] 王伯敏:《中国版画史》,上海人民美术出版社1961年版,第78页。
[3] 郭味蕖编著:《中国版画史略》,朝花美术出版社1962年版,第93页。
[4] 马蹄疾编著:《水浒书录》,上海古籍出版社1986年版,第643页。
[5] 陆涛:《图像与传播——关于古代小说插图的传播学考察》,《江西社会科学》2011年第11期。

为典型的研究成果，如薄松年的《丰富多彩的明代〈水浒〉插图》，不同于前人单单对插图的分类，而是按照插图本《水浒传》的刊印年代梳理插图的演变，从作者叙述各类插图本的历史过程中，我们可以清楚地看到《水浒传》插图特点的更迭——"上图下文"式的早期双峰堂刻本《水浒传》画幅虽小，"限制了复杂场景的描绘，但却具有情节鲜明、动作突出"的特点；而在明末杨定见本《水浒传》中，"画面丰富不是单纯追求火炽或对书中情节庞杂的图像罗列，而是选择故事发展中的动人的关键情节进行艺术的表现"。[1]郑公盾也集中探讨了《水浒传》的插图，他认为双峰堂刻本的插图"绘出了《水浒传》故事生动的细节情景"，"既具有独立性，又富有连环画的连续性"，换言之，双峰堂刻本插图既受制于小说文本，又挣脱具体回目的束缚，所以这是"三百多年以前我国古代流传的仅存的一套巨型连环图画"。[2]当代学者胡小梅在《水浒传》插图类型研究方面更为出色，其硕士学位论文《从"全像"、"出像"到"绣像"——论〈水浒传〉版画插图形态的演变》着重展示了小说插图形态的历时更迭，博士学位论文《明刊〈三国志演义〉图文关系研究》则是前一研究的延续。再比如，乔光辉探讨"建阳水浒插图的演变及其传播策略"[3]，即通过研究小说与插图的关系，考察《水浒传》的图像传播，而插图的地域特色，使得不同版本的《水浒传》在小说与插图关系方面也存在差异。

值得一提的是，乔光辉的《明清小说戏曲插图研究》，以及涂秀

---

1 薄松年：《丰富多彩的明代〈水浒〉插图》，《美术》1981年第8期。
2 郑公盾：《水浒传论文集》（上册），宁夏人民出版社1983年版，第144页。
3 乔光辉、胡秀娟：《试论建阳版〈水浒传〉木刻插图与传播》，《艺术百家》2012年第2期。

虹的《明代建阳书坊之小说刊刻》,既有关于插图的理论研究,也有个案分析,值得我们着重评述。《明清小说戏曲插图研究》敏锐地抓住插图如何使小说"可见","它与原文本还发生着碰撞、冲突、对立、矛盾以及强化、扭曲等关系,插图本因而较之文字本产生意义增殖",例如黄诚之、刘启先的《水浒传》插图,将武松与西门庆的"斗杀"和武大灵堂的"审判",并置在同一画面,"犹如电影蒙太奇技法,讲述在不同空间却同时发生的故事",而类似的插图方法在万历后期至清初"逐渐出现并成为时尚"。[1]《明代建阳书坊之小说刊刻》指出,建阳刊刻的小说插图具有"连贯展示小说情节的发展"的重要作用。特别是"上图下文"的版式,即"每页插图的形式",就是为了"帮助文化水平不高的读者理解文字,调节阅读之乏"。以《水浒传》为例,容与堂本插图无意于通过每回两幅"回目图"复述小说情节,因为此类版画更重要的价值在于审美与清玩。较之容与堂本版画,建阳版画却是实用性的,"它注重图文对照,大体依据本叶故事",进而以直观形象"演示故事","读者翻阅插图就能大体把握全书内容"。涂秀虹的这一观点,极大拓展了传统版画研究,因为后者往往会走向"地域风格"般的套路和死路,但是前者却将问题引入了"文学与图像关系"这一全新的论域。[2]

汉学界对《水浒传》插图也有出色见解,最享盛名者当属马幼垣。在《嵌图本〈水浒传〉四种简介》(1988年)一文中,马幼垣对于"上图下文"的变式——"嵌图本"《水浒传》格外留心。他

---

[1] 乔光辉:《明清小说戏曲插图研究》,东南大学出版社2016年版,第42—47页。
[2] 涂秀虹:《明代建阳书坊之小说刊刻》,人民出版社2017年版,第221—276页。另见拙文《小说刊刻研究中的文学与图像关系》,《中国社会科学报》2018年1月22日。

认为，既然插图形式是这类插图本《水浒传》最显著的共通之处，那么，插图与榜题的关系值得特别注意，"插图的作用当然在配合情节以增加读者的兴趣"，但插图和情节有时并不相符，插图和所附的标题有时也不相对称，因此，"本（即版本——引者注）与本之间插图和标题的异同便可以用来解释本子之间的关系"，作者进而大致区分了四个版本《水浒传》的先后年代顺序。[1] 马幼垣首次明确提出《水浒传》小说与插图的多样关系，而这种"文学-图像"互文式批评和考证，对于探讨插图本《水浒传》版本及流传研究具有方法论意义。何谷理（Robert E. Hegel）的《中华帝国晚期的插图本小说阅读》（*Reading Illustrated Fiction in Late Imperial China*）一书[2]，其核心观点之一是明清时期不同形态的插图面向不同层次的读者。首先，如果说文人善于精读文本、玩味小说的语言，以至形成了小说评点这种独特的文学批评，那么，小说插图，特别是建阳地区占每页三分之一篇幅的插图，则为教育程度不高的读者提供了另一种批评形式。其次，不同于文人对小说微言大义的追求，普通读者仍热衷于叙事，以致插图多摹仿情节，且流于简单化、模式化。再次，就一般读者而言，文本仍是插图本小说的主导，插图仅扮演"流动评论"的角色，所以与小说文本的"距离"较近——插图直接摹仿小说情节，并与相应文本同时、同步地呈现于书籍中；但对文人读者来说，插图可以置于卷首、书首，甚至书外，即便"文本与图像分离"，他们也能通过插图获得审美愉悦。最后，精美的插图往往脱离周围文本，造成阅读的暂停，从而调动读者对小说细节的回忆与想象，但

---

[1] 马幼垣：《水浒论衡》，生活·读书·新知三联书店 2007 年版，第 120—132 页。
[2] 此书中译本由生活·读书·新知三联书店于 2019 年出版，书名译为《明清插图本小说阅读》。

这对识字率较低的普通民众来说并非易事。此外，何谷理也论及插图之于《水浒传》阅读的作用，像金圣叹这种训练有素、有足够阅读经验的读者，即便插图与小说文本分离，他也可以单独通过图像以自娱，[1]这一观点揭示出《水浒传》小说与插图深层次的互文性。

以《水浒传》"传播""接受"为题的学位论文，大多都会将插图视为《水浒传》传播的重要因素。[2]例如冯雅研究《水浒传》在日本的传播，指出葛饰北斋、小杉未醒等著名日本画家所绘图像广泛传播小说。[3]此外还有郭冰的《明清时期"水浒"接受研究》（浙江

---

1 Robert E. Hegel, *Reading Illustrated Fiction in Late Imperial China*, Stanford: Stanford University Press, 1998, pp. 321-322. 需要指出的是，这本书并未收录"许多不同年代、不同版本的《水浒传》版画插图"，刘天振教授《〈水浒传〉版画插图研究述略》一文的表述似乎有误（《水浒争鸣》[第十辑]，崇文书局 2008 年版，第 448 页）。笔者曾尝试翻译何谷理先生的《中华帝国晚期的插图本小说阅读》，关于此书的评介，详见拙文《插图本小说"阅读"中的文学与图像关系》，《中国社会科学报》2013 年 11 月 29 日。
2 近年来，古代文学研究的"传播""接受"选题颇为盛行，诚如前文所述，但凡涉及《水浒传》的"接受"或"传播"的学位论文，也会安排一定的篇幅去论述图像对小说的传播，然后例举一些版本了事。即便有人从"接受"视角切入，试图追问插图类型化的原因，并分析读者之于插图类型化的作用，也多半是"文不对题"。他们仅仅以"接受"之名罗列文学史料，不但与接受美学的研究范式相去甚远，而且无视接受者在文学场中的分层及其不同期待，更没有从文本的物质性入手，仅仅由文献中的"识语""凡例"出发，以至于所得出的结论大而化之。比如，有人认为依附于小说文本的插图是为了适应读者的阅读需要，插图不仅可以增加读者的阅读兴趣，能够"加强对文字、情节的理解，增强小说的艺术感染力"，而且还能"弥补文字、情节之不足"云云。之于什么样的受众？哪类插图才能起到弥补的作用？类似研究拘泥于文献的累加，即使选择了较为新颖的"接受"视角，但并非真正意义上的接受美学方法，对与此相关的艺术社会学方法也没有吃透，有些观点甚至经不住推敲。王兆鹏教授的古代文学"传播"研究较为深入与全面，值得借鉴。参见王兆鹏：《中国古代文学传播研究的六个层面》，《江汉论坛》2006 年第 5 期。
3 冯雅：《〈水浒传〉在日本的传播研究》，东北师范大学博士学位论文，2017 年，第 80、116、169 页。

大学博士学位论文,2005年)、吴萍的《〈水浒传〉图像传播研究》(上海师范大学硕士学位论文,2006年),雷盼的《明刊小说插图本"图-文"互文研究》(四川师范大学硕士学位论文,2017年)、许雯倩的《水浒人物题材陶瓷艺术表现研究》(景德镇陶瓷大学硕士学位论文,2021年)等等。除此之外,近年来出版的《水浒传》学术史论著,也从不同角度涉及这部小说的插图问题。例如刘天振的《水浒研究史胜论》,专门开辟章节述评《水浒传》绣像,指出"现代出版技术下的各种纸质、电子水浒画作纷纷问世",由此呼吁"批评界及时跟进,鉴别其优劣,总结其得失",从而推动这部小说与插图的研究不断走向深入。[1]许勇强的《〈水浒传〉研究史》,也留意到大量学位论文从图像角度探讨《水浒传》的传播问题。[2]

综上所述,关于《水浒传》的图像叙事研究已有一些成果,但总体看来仍有局限。首先,既有的研究范围主要集中于插图,并没有将其他类型的图像叙事纳入其中,特别是"水浒戏"曲本插图与演出图像,以及民间美术图像等,缺乏回应"文学遭遇图像"的问题意识和现实关怀,全面、深入的文献整理和学术研究尚未出现。其次,即便有学者观照影视剧等现代《水浒传》图像,也多囿于图像叙事是否忠于文学叙事,流于价值判断以及情绪化的表述。最后,迄今为止的相关研究在学术观念和研究方法上过于因循传统惯性,不能自觉意识到这是一个跨学科的全新问题域:或者将《水浒传》的文学叙事与图像叙事分别研究,比较研究不够充分;或者以经典叙事学理论为基础,对图像叙事进行简单比附和过度阐释;或者

---

[1] 刘天振:《水浒研究史胜论》,中国社会科学出版社2016年版,第309—311页。
[2] 许勇强、李蕊芹:《〈水浒传〉研究史》,中国社会科学出版社2017年版,第319—321页。

"为了研究而研究",将证明鲁迅、郑振铎等前辈学人的观点当成研究的出发点[1]。这三个方面当属现有研究的主要缺憾,对"水浒学"的启发,以及"文学与图像关系"这一问题域的开拓程度较为有限,同时也为我们的后续研究留下了十分广阔的空间。

---

[1] 笔者曾专门撰文梳理鲁迅关于插图的思想理路,详见拙文《鲁迅论"文学插图"的问题域及其思想理路》,《鲁迅研究月刊》2021年第5期。

第一章
明清时期《水浒传》图像概观

工具的使用及其技术改良，是人之为人以及人类进步的重要表征，"就整个绘画发展的历史来看，从'手绘'到'机绘'再到'数绘'，也是绘画工具不断进步的历史"[1]。"手绘"即手工绘制，像明清时期的《水浒传》插图当属此类图像；"机绘"当是指机械绘制，诸如晚清以来传入中国的摄影；"数绘"指的则是当今倚靠计算机的数码绘图。以工具作为图像分类与分期的标准，固然颇具启发性，本书最初设想参照这一视角开展《水浒传》图像叙事文献整理，却发现在这些差异巨大的技术下，很难聚焦于图像叙事的问题意识。更何况，上述图像分类原则的首创者赵宪章担任总主编的《中国文学图像关系史》，似乎也并未按照"手绘""机绘""数绘"的线索考察全部文学图像类型。这部八卷、十册的学术丛书只出版了古代部分，原计划中的民国卷、共和国卷等现代部分并未付诸梨枣。所以，《中国文学图像关系史》虽然享有"第一部根植于中国沃土的文图关系通史"之美誉，[2]但严格意义上仅是"中国古代文学图像关系"的断代史，"古代"与"现代"的脱节，

---

[1] 赵宪章：《文学成像的起源与可能》，《文艺研究》2014年第9期。
[2] 《第一部根植于中国沃土的文图关系通史》，《出版人》2021年第1期。

确实导致"通史"未能完整呈现中国文学与图像关系的古今之变[1]。

有鉴于此,我们决定将研究对象的文献整理集中于明清时期,集中于版画插图,紧紧围绕这一时段、这一类型的图像开展研究工作,辅以其他时段、其他类型的《水浒传》图像,为探讨《水浒传》插图的图像叙事构建坐标系,提供参照物。综观自明清时期至今的《水浒传》图像,真可谓蔚为大观,除上述借鉴"手绘""机绘""数绘"的图像分类原则之外,我们还可以抽绎出诸多范畴,例如"静态图像"/"动态图像",前者以《水浒传》书籍插图为代表,后者则是指取意于《水浒传》的戏曲舞台表演,或者搬演到银幕、荧屏上的电影、电视图像[2]。又如"依附图像"/"独立图像",《水浒传》书籍插图无疑属于典型的依附图像,因为它本身就插置在书籍之中;而像明清时期陈洪绶《水浒叶子》、杜堇《水浒全图》、张琳《水浒传人物图像》等,以及黄永玉、戴敦邦、叶雄、李云中等众多当代画家所绘册页,就可以视为从小说中逃逸而出的独立图像叙事。当然,依附图像与独立图像并非截然分立,清代以降的《水浒传》

---

[1] 钱穆先生曾讲,"历史本身就是一个变,治史所以明变"。参见钱穆:《中国历史研究法》,生活·读书·新知三联书店 2013 年版,第 3—4 页。
[2] 据陶君起《京剧剧目初探》的文献记载,中国历史上第一部《水浒传》题材的戏曲影片诞生于 1907 年,即由许德义主演的《收关胜》,电影图像的主要情节是"关胜攻打梁山,擒阮小七及张横。宋江回救,关胜败诸将;呼延灼投关诈降,赚关夜袭,伴至水滨,梁山男女头领,合力擒获关胜,劝同聚义",主要摹仿的是《水浒传》第六十三回"宋江兵打北京城 关胜议取梁山泊",以及第六十四回"呼延灼月夜赚关胜 宋公明雪天擒索超"的小说叙事。然而,与其说《收关胜》是一部电影,不如说是对戏曲表演的影像实录。反倒是上海长城画片公司于 1927 年制作发行的《一箭仇》《武松血溅鸳鸯楼》等电影,催生了 20 世纪 20 年代、30 年代《水浒传》题材戏曲影片的风潮。详见陶君起:《京剧剧目初探》,中国戏剧出版社 1963 年版,第 250—251 页;《银星》1927 年第 10 期,第 27—30 页;《中国电影杂志》1928 年第 11 期,第 18 页。

书籍插图多复刻《水浒叶子》，将其作为人物绣像置于书籍卷首，就是图像叙事"环流"的具体表征。从用途视角来考察《水浒传》的图像叙事，又可以归纳出"文人图像"/"民间图像"。因《水浒传》是一部雅俗共赏的明清小说，它既能吸引画家绘制文人性较强的图像，如当代著名画家傅小石、周京新的《水浒传》人物水墨画，也能吸引画家绘制大量用于日常生活或节日仪式的图像，如潍坊年画《林冲雪夜上梁山》、天津杨柳青年画《李逵负荆》、安徽阜阳年画《大战连环马》等，以及大量明清时期的《水浒传》人物或故事陶瓷图像。除此之外，我们还可以提炼出"中国图像"/"外国图像"。《水浒传》已然是"讲好中国故事"的典范，这部文学经典仅著名的英译本就有沙博理译本、杰克逊译本、赛珍珠译本三种，赛本聘请墨西哥籍著名版画家绘制的插图，成为域外最具影响力的《水浒传》插图，此外，还有日本《新编水浒画传》系列书籍等文献，都为我们深入地思考叙事规律、小说与图像的关系等问题，提供了广阔的视野。

第一节 《水浒传》小说插图

作为英雄传奇小说的代表，《水浒传》插图摹仿小说人物与情节，给中国文学图像留下了一道亮丽风景线。尽管现代学术意义上的小说研究已经开展了一个多世纪，然而《水浒传》成书时间、版本流传等文献信息至今仍是学界不断研究的基本问题。[1]虽不乏学

---

[1] 在本书搜集文献以及研究过程中，除较多参考此前出版的马幼垣先生著作，如《水浒论衡》（生活·读书·新知三联书店 2007 年版）、《水浒二论》（生活·读书·新知三联书店 2007 年版）之外，还得到颜彦《中国古代四大名著插图研究》（社会科学文献出版社 2014 年版），以及邓雷《〈水浒传〉版本知见录》（凤凰出版社 2017 年版）的启发。笔者也曾向颜彦、邓雷两位青年学者请教，特此声明，并谨表谢忱。

者对明清插图本《水浒传》进行搜集与汇编，但各版本《水浒传》插图之间互相抄袭、篡改以及书名混淆等现象加重了研究难度，以至于有关插图本《水浒传》文献方面的各家之说莫衷一是。

本节首先检讨学界关于插图本《水浒传》作品整理、文献研究的工作成果，集中解决其中较大的疑点；其次在尽力网罗全部资料的基础上，以一种更加直观的方法梳理现存插图本《水浒传》的版本及其流变。

一、《水浒传》插图文献述略

大凡中国古代插图本小说，多在书名中标示"像""相""绘"等词语，据《小说书坊录》记载，明清以降的《水浒传》共64个版本，其中28个版本带有上述字样。[1]但是，并非所有插图本《水浒传》都会附有前文那样醒目的标示。而且，在缺乏"版权法"保护的古代出版界，盗版者往往通过篡改书名的方式，将旧作、他著重新推向市场。这就提醒研究者，仅仅依靠书目文献不能够准确地梳理出插图本《水浒传》的版本流传情况。

首先，我们以《中国通俗小说总目提要》《中国古代小说总目·白话卷》两本目录学著作为基点，落实插图本《水浒传》的馆藏地或者影印出版情况。其次，还要补充那些现存却未被收入上述目录的插图本《水浒传》。最后，在此基础上，本书将以一种更加直观的方法考察插图本《水浒传》版本流变，我们不妨单纯依照插图本《水浒传》回数的多少进行梳理。而无论如何分类，书籍版式、插图

---

[1] 王清原、牟仁隆、韩锡铎编纂：《小说书坊录》，北京图书馆出版社2002年版。需要指出的是，由于编者"收罗的还是不全"，其数据可能并不是非常精确。

形制以及小说文本与插图的关系，属于我们后续考察《水浒传》图像叙事的文献基础，所以理应成为文献考察的重点面向。

（一）一百二十回插图本《水浒传》

1.《新刊京本全像插增田虎王庆忠义水浒传》（万历初，双峰堂刻本）

《中国通俗小说总目提要》的记载为：

> 《新刊京本全像插增田虎王庆忠义水浒传》（《新刊京本全像插增忠义水浒传》），残本。上图下文，正文半叶十三行，行二十二字，仅残存第二十五卷五回和第二十一卷一回缺半页，所叙为王庆故事。据残本推断全书当为二十四卷或二十五卷共一百十五回到一百二十回，明刊本。【藏巴黎国家图书馆】[1]

该版本残存的第二十五卷五回和第二十一卷一回，藏于巴黎国家图书馆，《古本小说丛刊》第2辑有所收录（图1-1、图1-2）。书籍文本与插图的排版形制属于"上图下文"式，插图位于书页的上方、小说文本位于下方；插图面积占整个版面的四分之一左右。其中，插图两侧分别竖写四字榜题；而且插图所摹仿的对象是当前页内容最多，或者最重要的情节。此外，该书每行实为二十三字，《中国通俗小说总目提要》误以为是二十二字。这类书籍插图被称为"全像"，即书籍每页都配有插图，明显区别于"偏像"。

---

[1] 江苏省社会科学院明清小说研究中心编：《中国通俗小说总目提要》，中国文联出版公司1990年版，第33页。

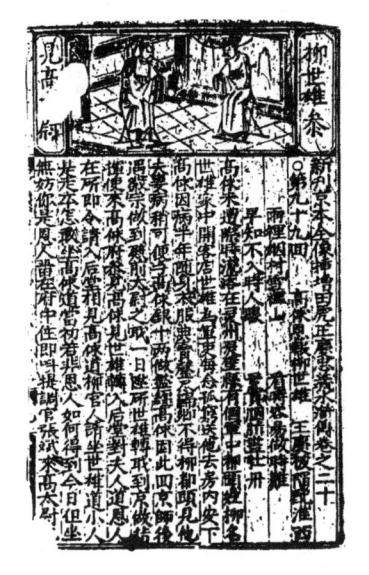

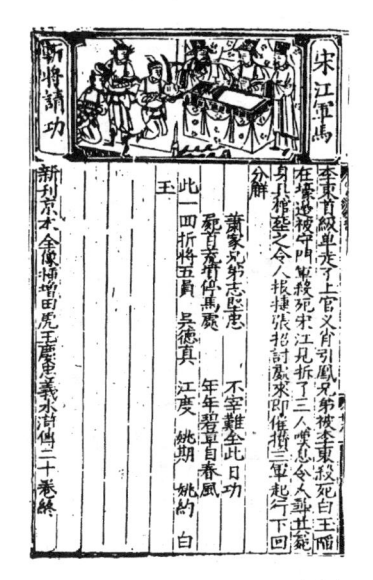

图 1-1、图 1-2 《新刊京本全像插增田虎王庆忠义水浒传》(万历初,双峰堂刻本)《古本小说丛刊》(第 2 辑)

2.《新刊京本全像插增田虎王庆忠义水浒全传》(丹麦藏本)

《中国古代小说总目》的记录为:

> 《新刊京本全像插增田虎王庆忠义水浒全传》二十四卷一百二十回。
>
> 明万历初福建建阳余氏双峰堂刊。框高 21 公分,宽 12.8 公分。白口双鱼尾。上图下文:上截占全叶面积的四分之一,为插图,图高 5.2 公分。下截占全叶面积的四分之三是正文。每叶十三行,行二十三字。[1]

这一版本目前藏于丹麦皇家图书馆,仅存卷十五、卷十六、卷十七、卷十八、卷十九(其中亦有残缺书叶),《古本小说丛刊》第 25 辑、

---

[1] 石昌渝主编:《中国古代小说总目·白话卷》,山西教育出版社 2004 年版,第 350 页。

《古本小说集成》有所收录。如图1-3、图1-4所示,该版本也是"上图下文"式的书籍形制,每页一幅插图,插图面积占版面的四分之一,每页十三行,每行二十三字。但插图榜题的边框、字体,都与上述巴黎国家图书馆藏本有所不同,故不属于同一本书。[1]

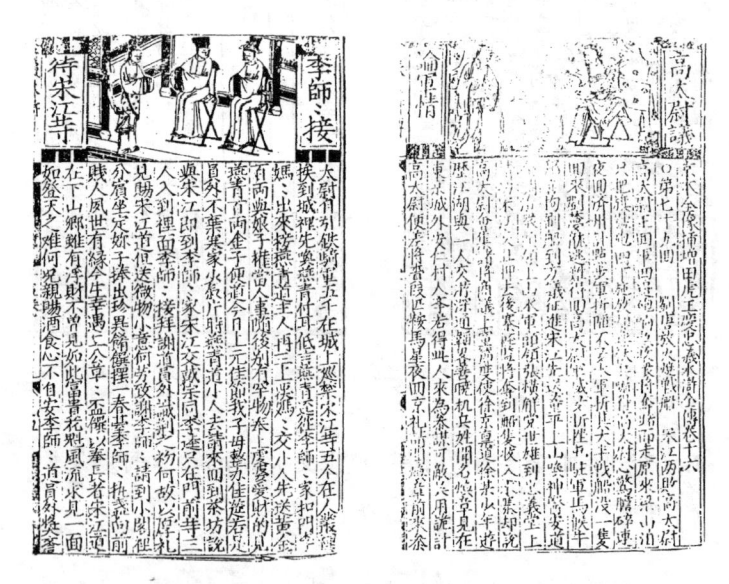

图1-3、图1-4 《新刊京本全像插增田虎王庆水浒全传》(丹麦藏本)
《古本小说集成》

3.《新刊通俗增演忠义出像水浒传》(德国藏本)

《中国通俗小说总目提要》《中国古代小说总目》均未提及这一版本。该版本藏于德国德累斯顿萨克森州图书馆(图1-5、图1-6),残存卷十七、卷十八、卷十九、卷二十,但有的回数错误,有的没有回目,如"新刊通俗增演忠义出像水浒传卷十七""新刻京本全像

---

[1] 袁世硕先生认为,巴黎国家图书馆藏本与丹麦皇家图书馆藏本是属于同一本书的不同残本,这一观点可能不甚确切,因为两书的物理形制存在明显差异。请参见《古本小说集成》中袁世硕教授的按语。

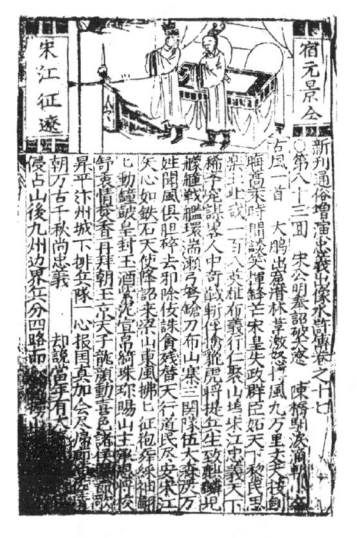

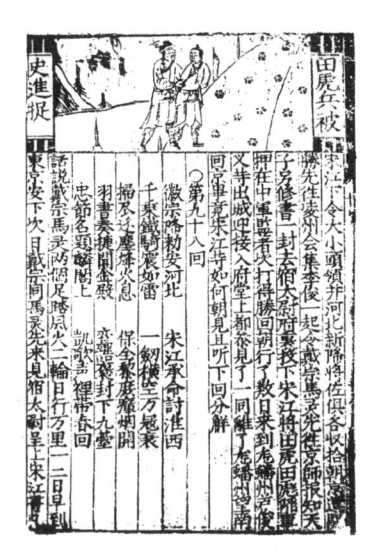

图 1-5、图 1-6　《新刊通俗增演忠义出像水浒传》（德国藏本）
《古本小说丛刊》（第 19 辑）

忠义水浒传卷十八""新刊全相忠义水浒传卷十九"；书籍形制为"上图下文"式，插图占书页的四分之一，图像两侧竖写榜题；有图的书页每行二十三字，无图的书页每行三十字。这种版本虽然也属于"上图下文"式的书籍形制，但它每两页才有一幅插图，应当是所谓的"偏像"，与此类似的版本还有《新刻全本插增田虎忠义水浒志传》（梵蒂冈教廷图书馆藏）。[1]由于该版本残卷最后一回为第九十

1　在双峰堂刻本《京本增补校正全像忠义水浒志传评林》书首的"评语栏"中，有一则题为《水浒辨》的短评："《水浒》一书，坊间梓者纷纷，偏像者十余副，全像者止一家。"如果考虑到刊刻者借机批评他人之不是，以突出自己刊刻"全像"的优势和特点，那么，我们有理由相信"半叶一图"的插图本《水浒传》即所谓的"偏像"。换言之，双峰堂所刊刻的《京本增补校正全像忠义水浒志传评林》未必就一定是最早的插图本《水浒传》。马幼垣在考察各插图本之间的语言文本与图像的差异，以及《水浒传》从中国到欧洲传播过程的基础上，推测上述梵蒂冈藏本的原刊本"不能晚过万历二十二年（即 1594 年——引者注）的下限"。但是，在没有足够多材料的情况下，我们暂且持保留看法。参见马幼垣：《水浒论衡》，生活・读书・新知三联书店 2007 年版，第 51—89 页。

八回,已经讲到宋江擒获田虎,戴宗赴东京禀报此事,所以全书总共应有一百二十回。

4.《全像水浒》(牛津藏本)

《中国古代小说总目》的记录为:

> 《全像水浒》(残叶,存第二十二卷之十四叶"宋江押王庆回京")。
>
> 万历中福建建阳余氏双峰堂刊。框高22公分,宽12.5公分,黑口双鱼尾。上图下文,图高5公分,占版面四分之一。正文每叶十三行,行二十三字。版心上口题《全像水浒》。行间有线。文字较其他简本更为简拙,他本"曰"字,此本与插增本均作"道"字。存:英国伦敦牛津大学藏残存卷二十二之第十四叶,内容为"宋江解押王庆回京"、"徽宗御赏宋江卢俊义"两面。[1]

由于该版本仅剩一叶,所以无法确定具体书名,只能根据其版心所题"全像水浒"予以命名。[2]残叶显示该版本为"上图下文"式的书籍形制,每叶两图,插图面积略多于版面的四分之一,每页十三行,每行二十三字,两幅插图的榜题分别是"宋江解押王庆回京""徽宗御赏宋江俊义"(《中国古代小说总目》所录有误)。需要说明的是,榜题文字边框与德国藏本类似。

上述四种一百二十回的插图本《水浒传》皆为"上图下文"式的书籍形制,与此类似的还有斯图加特藏本。有趣的现象是,这些"上图下文"式的一百二十回《水浒传》目前都已残缺,并不像明

---

1 石昌渝主编:《中国古代小说总目·白话卷》,山西教育出版社2004年版,第350页。
2 插图详见《水浒论衡》"插图一"。

代江南刻本那样一直完整流传于世。马幼垣近年来致力于搜集海外所藏插图本《水浒传》，掌握的材料较之郑振铎等上一辈学人丰富得多，但他却表示这种插图本《水浒传》的年代仍有待考证。

5.《出像评点忠义水浒全书》（1614年，袁无涯刊本）

《中国通俗小说总目提要》的记载为：

> 《新镌李氏藏本忠义水浒传》，一百廿回。明袁无涯刊本。正文半叶十行，行二十二字，图六十页。题"施耐庵集撰"，"罗贯中纂修"。首李贽序，杨定见小引。有旁批，眉评。在百回本基础上，增加据简本改写的征田虎、王庆故事。其所据底本、李贽评语均与容与堂本不同。另有郁郁堂、宝翰楼刊本，内容全同。[1]

《中国古代小说总目》则是这样记录的：

> 《出像评点忠义水浒全书》（袁无涯本）一百二十回。明万历四十二（1614）年安徽袁无涯刊。封里版记横书"卓吾评阅"，直大书"绣像藏本水浒四传全书"，下署"本衙藏版"。版框高21.3公分，宽14.5公分。每叶十行，行二十二字。全书三十二册。首李贽《读忠义水浒全传序》，次杨定见《忠义水浒全传小引》曰：……。次袁无涯《出像评点忠义水浒全书发凡》：……。次《宣和遗事》。次《水浒忠义一百八人籍贯出身》。次《新镌李氏藏本忠义水浒全书引首》，次行分题"施耐庵集撰，罗贯中纂修"。次《忠义水浒传目录》。次插图六十叶，有"刘君裕刻"字样，计全像一百二十幅，其中一百幅系袭用

---

[1] 江苏省社会科学院明清小说研究中心编：《中国通俗小说总目提要》，中国文联出版公司1990年版，第33页。

李玄伯藏"大涤余人序"百回本《忠义水浒传》之插图,余二十幅系补增。存:中国国家图书馆藏本。[1]

可以肯定的是,该版本有一百二十幅插图,而非《中国通俗小说总目提要》所说的"六十页",后者的笔误或者失误提醒我们,应当留意古代版刻所谓"一叶"即"两页"的常识。由陈启明校订的《水浒全传插图》(人民美术出版社 1955 年版),即是全部影印此一百二十幅插图。需要说明的是,这类《水浒传》插图占据整个书籍版面,故被称为"全图"。杨定见一方面考虑到出版商"拔其尤,不以多为贵"的插图配置原则[2],另一方面还要受制于既定的插图数量,所以,图像既有摹仿自回目标题,也有摹仿自故事情节。

杨定见重编本中的"全图",属于一百二十回《水浒传》系统中的佼佼者,很多出版商摹仿或者直接取用这些图像作为书籍插图。我们不妨胪述如下:南京图书馆收藏的《绣像藏板水浒四传全书》(崇祯初,郁郁堂刻本)、日本宫内省图书寮收藏的《李卓吾评忠义水浒全传》(崇祯间,宝翰楼刻本)、上海图书馆收藏的《忠义水浒全传》(崇祯间,三多斋刻本)等。

(二)一百一十五回插图本《水浒传》

1.《新刻全像水浒传》(1628 年,刘兴我刊本)

《中国通俗小说总目提要》的记录为:

---

[1] 石昌渝主编:《中国古代小说总目·白话卷》,山西教育出版社 2004 年版,第 349—350 页。
[2] 袁无涯:《〈忠义水浒全书〉发凡》,马蹄疾辑录:《水浒资料汇编》,中华书局 1977 年版,第 13 页。

万历藜光堂刊行的《鼎镌全像水浒忠义传》，一百十五回，前有温陵郑大郁序（明崇祯富沙刘兴我刊本即据此本翻刻）。[1]

《中国古代小说总目》的记载为：

《新刻全像忠义水浒志传》（藜光堂刊本）二十五卷、一百十五回。封面上栏为"忠义堂图"，图框高度为总高度的五分之二；下栏为书名"全像忠义水浒"，左右分刻两行；中间刻"藜光堂藏版"五字。书前有《水浒忠义传叙》：……。正文卷首署"清源姚宗镇国藩父编，武荣郑国扬文甫仝校，书林刘钦恩荣吾父梓行"。日本神山润次《水浒传诸本》云："藜光堂本，百十五回。温陵郑大郁序，首有'梁山辕门图'，每页文中嵌出像。卷端云'清源姚宗镇国藩父编'。刻与前（《水浒志传评林》）皆不下明万历，余大约同京本。"

《新刻全像水浒传》（刘兴我刊本）二十五卷，一百十五回。书前有《叙水浒忠义志传》曰：……。正文卷首署"钱塘 施耐庵 编辑，富沙 刘兴我 梓行"。版框总高22.6公分，框宽12公分。上栏插图框高4.8公分，宽8.9公分。每叶十五行，行三十五字（图下二十七字）。据日本长泽规矩也《家藏中国小说书目》云：此本系"翻刻藜光堂本者"。存：日本长泽规矩也"千叶文库"旧藏本，现藏日本"文渊阁"。[2]

---

[1] 江苏省社会科学院明清小说研究中心编：《中国通俗小说总目提要》，中国文联出版公司1990年版，第33页。
[2] 石昌渝主编：《中国古代小说总目·白话卷》，山西教育出版社2004年版，第344—345页。

孙楷第《日本东京所见中国小说书目》称藜光堂本《水浒传》佚失，[1]上述两种观点也认为"现存一百一十四回的插图本《水浒传》"只有刘兴我刊本。该版本目录为一百一十四回，却有第一百一十五回的内容。然而，由于小说正文中没有第九回的回目，将第九回的内容一并放进第八回中，而且第一百一十三回"卢俊义大战昱岭关 宋公明智取清溪洞"并未出现在目录中，所以该版本总共仍是一百一十五回。其目录叶首与叶尾分别是"鼎镌全像水浒忠义志传目录""全像水浒忠义志传目录"，每卷卷首署"新刻全像水浒传"。

但是，除经眼刘兴我本之外，马幼垣还搜集到"嵌图本"《水浒传》：东京大学所藏的藜光堂本《水浒传》、李渔序本《水浒传》（藏于德国柏林国立普鲁士文化遗产图书馆）、慕尼黑藏本《水浒传》（存于巴魏略国家图书馆）。[2]需要进一步指出的是，这四个版本《水浒传》的书籍形制差异不大，藜光堂本、慕尼黑藏本的插图榜题周围有文字框，四者的字体皆不相同，故它们属于同一系统，相互之间存在翻刻的情况。但刘兴我刊本中的连续两页（即"一叶"）出现了相同的"林冲杀王伦于亭上"插图榜题（图1-7），藜光堂本却没有出错，"其中一条（林冲尊晁盖为寨主）还有明显挖改之迹"。正因为此，马幼垣怀疑藜光堂本是对刘兴我本的承袭与改善，应当说是有其可靠依据的。

---

1 孙楷第：《中国通俗小说书目（外二种）》，中华书局2012年版，第286—296页。
2 马幼垣先生称这种插图四周全是文字、不同于"上图下文"式的插图本《水浒传》为"嵌图本"，详见马幼垣：《水浒论衡》，生活·读书·新知三联书店2007年版，第118—133页。

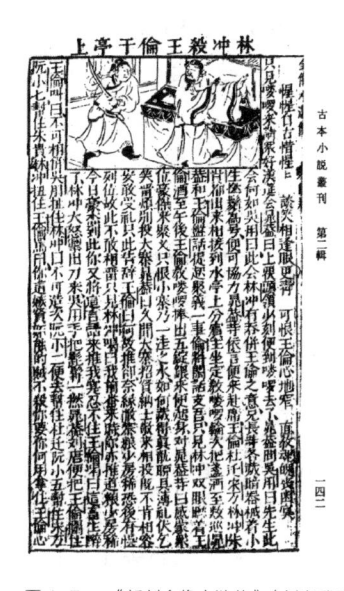

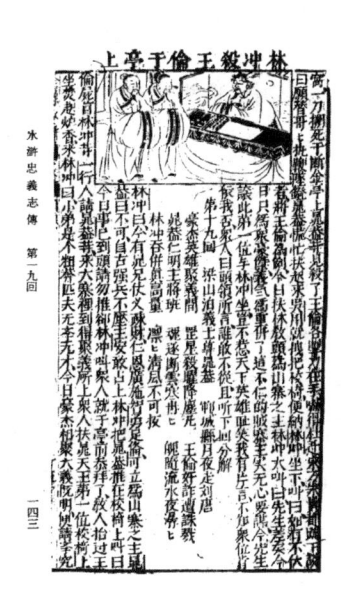

图 1-7　《新刻全像水浒传》（刘兴我刊本）
《古本小说丛刊》（第 2 辑）

　　黎光堂本《水浒传》、刘兴我本《水浒传》以及李渔序本《水浒传》，它们的书籍形制与插图物质特征如下：《鼎镌全像水浒忠义传》（明末，黎光堂本），书籍为"上图下文"式，每半叶一图，每半叶十五行，每行三十四字；插图跨度位于第四行至第十二行之间，占据七个字的高度。这一类插图面积不到版面的五分之一，简称为"嵌图"（马幼垣语）。《新刻全像水浒传》（1628 年，刘兴我本），书籍为"上图下文"式，每半叶一图，每半叶十五行，每行三十五字；插图跨度位于第三行至第十三行之间，占据八个字的高度。插图面积不到版面的五分之一。《新刻全像忠义水浒传》（明末清初，出版者不详），书籍版式为"上图下文"，每半叶一图，每半叶十七行，每行三十七字；插图跨度位于第四行至第十四行之间，占据七个字的高度。插图面积不到版面的五分之一。

2."汉宋奇书"本一百一十五回《水浒传》(清中期,会贤堂刻本)
《中国通俗小说总目提要》提到了这一版本,但非常简单:

《绣像汉宋奇书》本,一百十五回。[1]

该版本扉页写有"金圣叹先生批点""老会贤堂藏板"。与"英雄谱"本的书籍形制类似,为《水浒传》与《三国演义》的"合刻",书籍的上层为《水浒传》,下层为《三国演义》,盖因两部小说的本事源于汉、宋两代,故曰"汉宋奇书"(图1-8)。《水浒传》每叶十三行,每行十字。该书目录缺第九十九回至第一百一十一回,第一百一十二回以后的目录也与小说内容不相符,但实质上总共有一百一十五回。该版本小说明显承袭刘兴我本,如刘兴我本正文中漏印了第九回的回目,以至于这一回的内容被包含在第八回中,这一问题被该版本注意并解决。刘兴我本目录中的错误,也在"汉宋奇书"

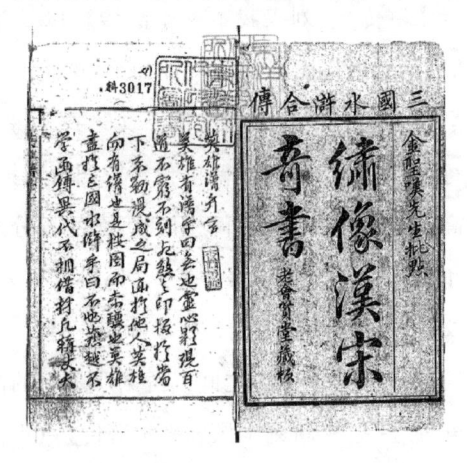

图1-8　《绣像汉宋奇书》

---

[1] 江苏省社会科学院明清小说研究中心编:《中国通俗小说总目提要》,中国文联出版公司1990年版,第33页。

本中得到了改正,例如前者第一百零二回的目录误写为"李戎智取白牛镇",实与小说内容不符,被改为"李戎败死白牛镇";再如第一百一十二回目录,"马龙岭"被改为"乌龙岭"。

在"三国读法"之后,"汉宋奇书"本安排了40幅三国人物像,像赞书于画面之上;此后是40幅水浒人物像,像赞同样书于画面之上(图1-9)。这些人物绣像与《第五才子书》(1734年,芥子园刻本)绣像插图类似,而且像赞完全一致,只是在人物次序上有所出入,《第五才子书》的朱仝绣像之后是解珍、施恩、时迁、雷横、扈三娘,而"汉宋奇书"本中的朱仝绣像之后却是时迁、雷横、施恩、扈三娘。[1]

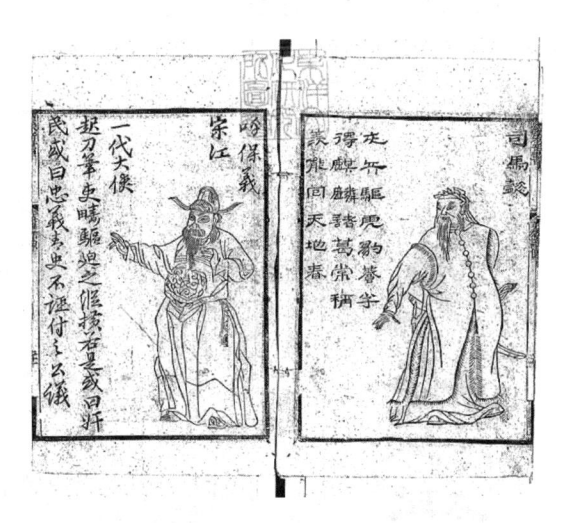

图1-9　《绣像汉宋奇书》绣像插图

---

[1] 需要说明的是,自陈洪绶绘制《水浒叶子》之后,人物绣像成了清代以来插图本《水浒传》的新风尚,主要存在两种情况:一种是直接复制或者节选40幅《水浒叶子》,另一种则是仿作这些绣像,因此,出现了很多绘图质量不高的人物绣像。其中,还出现了一种一百二十四回的插图本,配有20幅绣像,但是质量不高,而且并不是人们所热衷的"七十回本",所以在此不做介绍。详见马蹄疾编著:《水浒书录》,上海古籍出版社1986年版,第1—48页。

（三）一百一十回插图本《水浒传》

一百一十回插图本《水浒传》只有一种，即所谓"英雄谱"本（崇祯末，熊飞雄馆刻本）。《中国通俗小说总目提要》没有收录这个版本，《中国古代小说总目》的记载为：

> 《全刻三国水浒全传英雄谱》（英雄谱本）二十卷，一百十回。（明崇祯末年广东熊飞雄馆二刻本）[1]

如上文所述，孙楷第曾于日本内阁文库经眼这个版本。《古本小说集成》收录此书，书籍形制与孙楷第所说一致，但插图及配文却不知去向（图1-10、图1-11）。在《合刻三国水浒全传英雄谱》封面

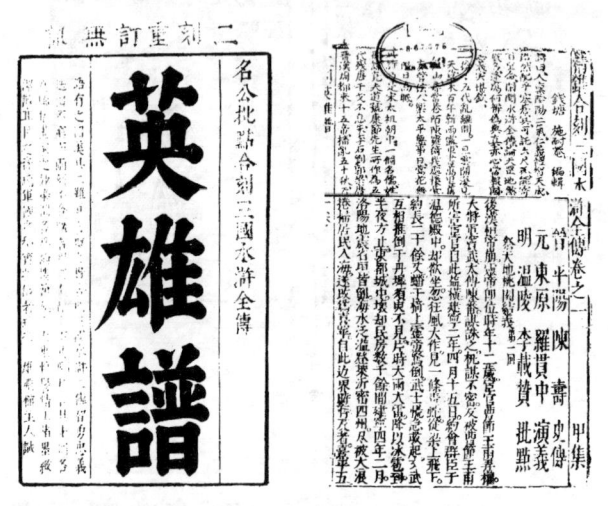

图1-10、图1-11　"英雄谱"本《水浒传》

---

[1] 石昌渝主编：《中国古代小说总目·白话卷》，山西教育出版社2004年版，第345页。需要指出的是，《中国古代小说总目》的这条文献存在笔误，应是《合刻三国水浒全传英雄谱》，而不是《全刻三国水浒全传英雄谱》。

上，熊飞雄馆做出了如下广告："回各为图，括画家之妙染；图各为论，搜翰花之大乘。较雠精工；楮墨致洁。诚耳目之奇玩，军国之秘宝也。"这就说明该版本确实有插图，但《古本小说集成》为何不将插图一齐影印，我们却不得而知。

周芜先生编纂的《中国版画史图录》收录了两幅"英雄谱"本中的插图，涉及《水浒传》的一幅是"智深打镇关西"，作者称该版本中的《水浒传》是"一百一十五回"，为"刘玉明刻"。[1]《古本小说四大名著版画全编·水浒传卷》收录"英雄谱"本插图，共计38幅，也有一幅榜题为"智深打镇关西"的插图。马文大的按语认为，《英雄谱》中的《水浒传》共"一百回"，"四知馆刊本《钟伯敬先生批评忠义水浒传》，图版与本书同，唯刻绘精粗之间，远为不及"。[2]但是，周芜与马文大都没有认真对照"英雄谱"本中《水浒传》目录与实际回数的差异（该书中《水浒传》实为一百一十回），而且也忽略了对插图抄袭问题的考察。

袁世硕在《古本小说集成》中说，"英雄谱"中的《水浒传》"是以容与堂及钟伯敬评百回本为底本（回目略有改动），于'双林渡燕青射雁'后，基本依《水浒志传评林》本，增入征田虎、王庆故事，是为与万历间袁无涯刻一百二十回之《水浒全传》不同之另一种综合本"[3]。诚哉斯言，"英雄谱"本《水浒传》是对百回本《水浒传》的缩写，比如前者的第九回"柴进门招天下客 林冲棒打洪教头"便是对百回本第九回"柴进门招天下客 林冲棒打洪教

---

[1] 周芜编：《中国版画史图录》，上海人民美术出版社1988年版，第533—534页。

[2] 首都图书馆编辑：《古本小说四大名著版画全编·水浒传卷》，线装书局1995年版，第329—368页。

[3] 袁世硕：《前言》，[明] 施耐庵、罗贯中：《二刻英雄谱》，上海古籍出版社1994年版，第1—2页。

头"和第十回"林教头风雪山神庙 陆虞候火烧草料场"的缩写。

"英雄谱"本《水浒传》不仅在小说内容、回目上与《钟伯敬先生批评忠义水浒传》相似,而且在插图方面也有大量雷同之处,简言之,"英雄谱"本《水浒传》的插图袭自《钟伯敬先生批评忠义水浒传》。原因有三:首先,"英雄谱"本有38幅插图,"钟批本"有39幅。"钟批本"多出的这幅插图(即第一幅)为"英雄谱"本所没有的,而且唯独这幅插图没有榜题。其次,"钟批本"除第一幅之外的剩余38幅插图在画面、榜题上,都与"英雄谱"本有些许差异。虽然"钟批本"插图榜题并非精确的小说回目,但都能够与回目相对应,然而,"英雄谱"本竟然有多处榜题是回目中所不曾出现的,例如第十幅插图(榜题为"梁山泊好汉劫法场")、第十四幅插图(榜题为"宋江大破连环马")等,皆找不到相对应的回目。如果"英雄谱"本插图为其刊刻者之原创,他应该顾及这一问题。最后,也是最为关键的一点,那就是"钟批本"插图的榜题均题写在画面的空白处(图1-12、图1-13),但是"英雄谱"本插图的榜题却舍易求难,全部写在画面的左侧,无论是否位于空白处(图1-14、图1-15)。由于"英雄谱"本书写榜题之处的画面没有遭到破坏,所以可以肯定的是,刊刻者为了既能抄袭,又免于为人诟病,就将"钟批本"插图空白处的榜题挖去,在原画面基础上再次刻字;反之,如果是"钟批本"抄袭"英雄谱"本,那么它就必须把画面左上角的榜题全部挖掉,然后在空白处刻字,这就必然导致木刻雕版的损坏,但二者画面左上角的差异微乎其微,足见刻版保留了原貌,故"钟批本"不太可能抄袭"英雄谱"本。

第一章 明清时期《水浒传》图像概观 41

图 1-12 "洪太尉误走妖魔" 图 1-13 "智深怒打镇关西"
《钟伯敬先生批评忠义水浒传》

图 1-14 "误走妖魔" 图 1-15 "智深打镇关西"
"英雄谱"本《水浒传》

（四）一百零四回插图本《水浒传》

一百零四回插图本《水浒传》只有一种，即明代万历年间，福建建阳双峰堂刻本《京本增补校正全像忠义水浒志传评林》。书籍排版形制属于"上评中图下文"式，插图本身面积占据整个版面的四分之一，只不过在图像上方有一则"评语栏"，可视为"上图下文"式的变体。

《中国通俗小说总目提要》没有收录这个版本，《中国古代小说总目》的记载为：

《京本增补校正全像忠义水浒志传评林》（双峰堂刊本）二十五卷、一百零四回。书前无目次。正文有卷数，有回目，三十一回后无回数。书前有"万历（二十二年）甲午（1594）岁腊月吉旦"《题水浒传叙》（未署名）：……。

卷首署"中原贯中 罗道本 名卿父 编集，后学 仰止 余宗下云登父 评校，云林 文台 余象斗 子高父 补梓"。版框：总高20.5公分，上栏评释1.7公分，中栏插图5.3公分，下栏正文13.5公分。框宽12.3公分。每叶十四行，行二十一字。存：日本"日光晃山慈眼堂"藏本，《内阁文库》残本（第八卷至第二十五卷）；国内有文学古籍社影印本，中华书局《古今小说丛刊》本，上海古籍出版社《古本小说集成》本。

这个版本的文字粗疏谫陋，故事情节歧乱芜杂，章回划分长短不均，回目命名尚欠规范，甚至正文内容自卷七"三十一回"以后，连回数排列都没有编就，这就说明此版本是作者没有完成编辑工作的"未定稿本"。余氏"双峰堂"在刻印此书时，虽然从方便阅读的角度，把每章"回前诗"移至书叶上端，但并未敢对全书的内容进行改动。否则，他完全可以把上面所列举的几点严重缺漏之处，弥补、修正过来。过去，人们以此书名为"增补校正"，就以为书中"田、王二传"是出自书商之手，这是未对全书内容及各种版本进行全面比较分析所得出的错误结论。[1]

袁世硕持不同观点，他认为"此书有妄自增补、删略，以及粗制滥造之弊。然而，此书增入田虎、王庆故事，导致嗣后不久出现一百二十回本之《水浒全传》，并于研究《水浒传》之源流变迁，有重要的史料价值"[2]。不过，该插图本《水浒传》乃"简本中现今所知刊刻年代最早者"[3]，则是学界的共识。

虽然每卷卷首都会标示书名及卷数，但各卷所显示的具体书名又有所出入，例如，小说结尾以及多数卷首题有"京本增补校正全像忠义水浒志传评林"的字样，但是第十一卷、十二卷、十九卷、二十卷、二十一卷却有别于此，分别是"京本增补全像田虎王庆出身忠义水浒志传""京本全像增补忠义水浒志传评林""京本增补全像忠义水浒志传""京本增补全像演义评林水浒志传""京本增补演义评林水浒志传"[4]。而且，同一卷的卷首与卷尾标示也会有差异，例如：第十九卷卷首为"京本增补全像演绎评林水浒志传"，卷尾却是"全像增补演义评林水浒志传"；第二十一卷卷首为"京本增补演义评林水浒志传"，卷尾却是"京本增补评林水浒志传"；第二十四

---

1 石昌渝主编：《中国古代小说总目·白话卷》，山西教育出版社2004年版，第344页。
2 《水浒志传评林·前言》，上海古籍出版社1994年版，第2页。
3 《古本小说丛刊·前言》（第12辑），中华书局1991年版，第2页。
4 《古本小说丛刊》的编者已经注意到了这种情况，详见《古本小说丛刊·前言》（第12辑）。

卷卷首为"京本增补校正全像忠义水浒志传评林",卷尾却是"京本全像忠义水浒志传评林"(图1-16、图1-17);等等。此外,还普遍存在修改或删改版面的情况,如第二十五回卷首第一行"全像"二字,就是将此处原来二字挖去后,手工补写而成。可以说,该插图本《水浒传》质量粗糙是学界的另一个共识。

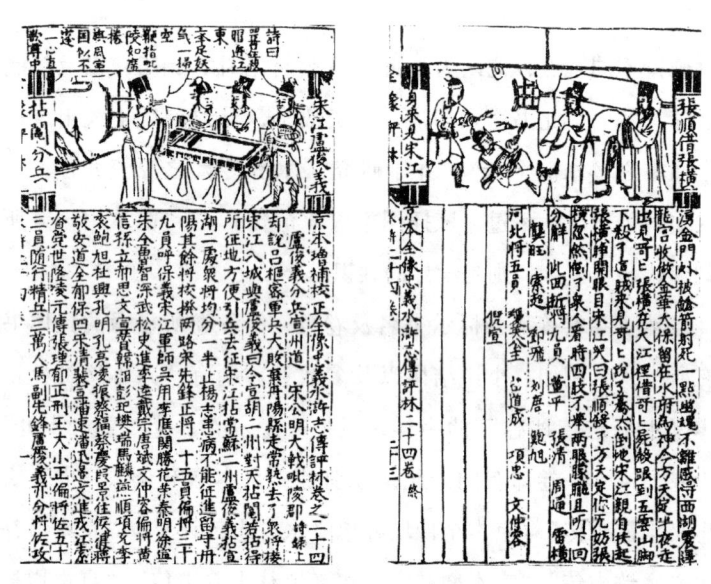

图1-16、图1-17　《京本增补校正全像忠义水浒志传评林》(双峰堂刻本)《古本小说丛刊》(第12辑)

(五)一百回插图本《水浒传》

1.《李卓吾先生批评忠义水浒传》(1610年,容与堂刻本)

《中国通俗小说总目提要》的记录为:

《李卓吾先生批评忠义水浒传》,一百卷,一百回。半叶十一行,行二十二字。明万历三十八年(1610)容与堂刊本。分有序本与无序本两种。北京图书馆藏本，题"施耐庵集撰"，"罗贯中纂修"。无李贽序，称无序本。正文前有小沙弥怀林的四篇文字，即《批评水浒传述语》、《梁山泊一百单八人优劣》、《水浒传一百回文字优劣》、《又论水浒传文字》。正文中有眉批、行间评语和每回总评；每回前有图二幅，共二百幅。日本内阁文库、中国社会科学院文学研究所藏本，与北京图书馆藏本同属一个版子，但不题撰人，无图，前有李贽序，亦称有序本。[1]

《中国古代小说总目》的记载为：

《李卓吾批评忠义水浒传》（容与堂本）一百卷、一百回。"明万历三十八（1610）年杭州容与堂刻"。此书原日本收藏家收藏"插图本"，日本内阁文库藏"无插图本"。据日本薄井恭一《明清插图本图录》说"为百回本中最早出现的版本"。书前有李贽《忠义水浒传序》：……。1965年，北京图书馆收入一部与薄井恭一所述版本情况相同的"插图本"，署"施耐庵撰，罗贯中纂修"。中缝题"李卓吾批评水浒传"。卷首为小沙弥怀林《批评水浒传述语》、《梁山泊一百单八人优劣》、《水浒传一百回文字优劣》：……。再次《又论水浒传文字》。版口鱼尾上题"李卓吾批评水浒传"，鱼尾下为卷数、叶码，口底有"容与堂藏版"五字；每回有插图二幅，共二百幅，插图中可见"黄应光"（二回）、"以贞"（六回）、"吴凤台刊"等刻工字样。正文版框高21公分，宽14.5公分。每叶十一行，行二十二字。

---

[1] 江苏省社会科学院明清小说研究中心编：《中国通俗小说总目提要》，中国文联出版公司1990年版，第33页。

正文首行题"李卓吾先生批评忠义水浒传卷之×",每回末题"李卓吾先生批评忠义水浒传卷之×终"字样。每叶上有眉批,行间有评语,回末有总评。现存:日本内阁文库藏本(卷首有"李卓吾序");中国国家图书馆藏本(无"李卓吾序");中国社会科学院文学研究所藏本(半部);中华书局上海编辑所据"北图本"影印本(1966年1月);中华书局《古本小说丛刊》本;上海古籍出版社《古本小说集成》本。[1]

为方便起见,我们可以将容与堂版插图本《水浒传》统一称作"《李卓吾先生批评忠义水浒传》"。这是目前保存最为精美、完整的一百回古代插图本《水浒传》,《古本小说四大名著版画全编·水浒传卷》一书,将此版本的插图全部收录。书籍共有插图200幅,每回两幅,均位于每回小说内容之前。图像面积占据整个版面,属于"全图"类插图,主要摹仿回目绘制而成。

2.《忠义水浒传》(1666年,石渠阁重修明刊插图本《水浒传》)《中国通俗小说总目提要》收录了这个版本:

《忠义水浒传》,一百卷,一百回。题"施耐庵集撰","罗贯中纂修"。正文半叶十二行,行二十四字。有图。首天都外臣(汪道昆)序。明万历十七年己丑(1589)刊本。现存的是清康熙年间石渠阁补刊本,并不是原刻本。[2]

---

[1] 石昌渝主编:《中国古代小说总目·白话卷》,山西教育出版社2004年版,第347—348页。
[2] 江苏省社会科学院明清小说研究中心编:《中国通俗小说总目提要》,中国文联出版公司1990年版,第32—33页。

《中国古代小说总目》的记载为:

> 《新安刻天都外臣序忠义水浒传》一百卷,一百回。明万历十七年(1589)天都外臣序、新安刻。据沈德符《万历野获编》云:"武定侯郭勋,在世宗朝,号好文多艺,能计数。今新安所刻《水浒传》善本,即其家所传,前有汪太函(道昆)序,托名'天都外臣'。"所说即此本。现原本已佚。有清康熙五年(1666)据新安刻版补修重印之《石渠阁补修忠义水浒传》,首"天都外臣"《水浒传序》:……。
> 次《水浒传像》,像末标五十叶,实存四十八叶,计九十六幅,系万历原刻本所无。正文首为"忠义水浒传引首",分题"李卓吾评阅"、"施耐庵集撰"、"罗贯中纂修"。正文鱼尾上为"忠义水浒传卷×",中间为叶码,书口底间或有"康熙五年石渠阁补"等字。版框高 19.5 公分,宽 13.9 公分。叶十二行,行二十四字。[1]

该版本《水浒传》现藏于中国国家图书馆,但其书目并非"《新安刻天都外臣序忠义水浒传》",而是"《忠义水浒传》",共有插图 96 幅,是对容与堂刻本插图的抄袭和精简。

3.《李卓吾评忠义水浒传》(崇祯间,芥子园刊本)

《中国通俗小说总目提要》的记录为:

> 明芥子园刊本《李卓吾评忠义水浒传》,一百回。正文半叶

---

[1] 石昌渝主编:《中国古代小说总目·白话卷》,山西教育出版社 2004 年版,第 346—347 页。

十行，行二十二字。有图五十叶。记刻工姓名曰"黄诚之刻"、"新安刘启先刻"，版心下有"芥子园藏版"五字。首有大涤余人序。有旁批，眉批；李玄伯藏明刻本《忠义水浒传》，一百回。正文半叶十二行，行二十二字，有图五十叶，亦记曰"新安黄诚之刻"，"新安刘启先刻"。首有大涤余人序。有眉批，圈点，与芥子园本同出一版。[1]

《中国古代小说总目》的记载为：

《大涤余人序本忠义水浒传》（新安黄诚之刻本）一百回。明万历间安徽黄诚之、刘启先刻。书前有大涤余人《刻忠义水浒传缘起》：……。

序后有精图五十叶、一百幅，版心左右题有篆书回目提要三、四、五字不等，图中偶记刻工姓名，曰"黄诚之刻"。正文有眉评、圈点、旁勒。此本即明沈德符《万历野获编》所说"出郭本之新安刻本"。此本从回目及插图、文字等看，都很古朴而欠工雅，如插图说明文字，有少于三字而多于七字等情况；又回目中第二十六回，"天都外臣序"本、"容与堂"本等均为"郓哥大闹授官亭，武松斗杀西门庆"，而此本作"偷骨殖何九叔送丧，供人头武二郎设祭"；第七十五回"活阎罗倒舡偷御酒，黑旋风扯诏谤徽宗"，而此本作"活阎罗倒船偷御酒，黑旋风招诏骂钦差"，可见此本的时

---

[1] 江苏省社会科学院明清小说研究中心编：《中国通俗小说总目提要》，中国文联出版公司1990年版，第33页。

间略早于"天都外臣序"本和"容与堂"本。[1]

据颜彦的调查，有一部清朝康熙年间刻印的该版本《水浒传》，藏于北京大学图书馆，其中配置 100 幅插图，即为杨定见重编本《水浒传》前一百回插图，第一百零一回至第一百二十回插图为后者增绘。[2]这些插图全部被《古本小说四大名著版画全编·水浒传卷》所收录。

4.《钟伯敬先生批评忠义水浒传》（天启，四知馆刻本）

《中国通俗小说总目提要》的记录为：

《钟伯敬先生批评忠义水浒传》，一百卷一百回。半叶十二行，行二十六字。首有钟伯敬序及《水浒传》人物品评。[3]

《中国古代小说总目》的记载为：

《钟伯敬评忠义水浒传》（积庆堂本）一百卷、一百回。存：日本神山润次藏本。

《钟伯敬评忠义水浒传》（四知堂本）一百卷、一百回。存：法国巴黎图书馆藏本；人民文学出版社藏"刘修业校"本，首为钟伯敬《水浒传序》：……。据孙楷第《日本东京所见小说书目》卷五载："钟伯敬先生《评忠义水浒传》一百卷一百回，

---

1 石昌渝主编：《中国古代小说总目·白话卷》，山西教育出版社 2004 年版，第 345—346 页。
2 颜彦：《中国古代四大名著插图研究》，社会科学文献出版社 2014 年版，第 279 页。
3 江苏省社会科学院明清小说研究中心编：《中国通俗小说总目提要》，中国文联出版公司 1990 年版，第 33 页。

神山润次藏,明刊本。半叶十二行,行二十六字。……钟序有'世无李逵、吴用,令哈赤猖獗辽东'之语,按:惺以天启(1621~1627)初任福建提学副使,(二年)癸亥(1623)丁忧,为南居益所劾,坐废于家,始选《诗归》及评《左传》、《史记》诸书,盛行于时,不胫而走。此序特言'哈赤',且书以钟评标榜,则书刻当在天启乙丑(1625)、丁卯(1627)间。"[1]

该版本第二十二回"阎婆大闹郓城县 朱仝义释宋公明"第三叶中缝(图1-18),署"积庆堂藏板"。孙楷第在东京见到积庆堂本《水浒传》,但没有提及插图问题,说明四知馆很有可能在承袭前者基础上,增加了39幅插图。

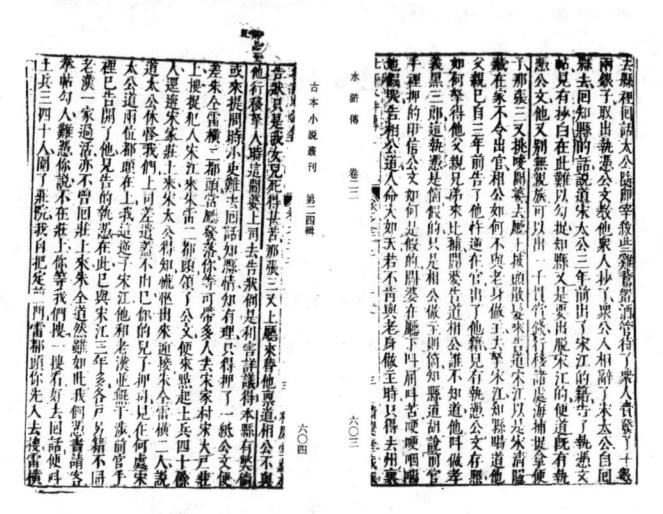

图1-18 《钟伯敬先生批评忠义水浒传》(四知馆刻本)
《古本小说丛刊》(第24辑)

---

[1] 石昌渝主编:《中国古代小说总目·白话卷》,山西教育出版社2004年版,第348—349页。其中,"癸亥(1623)"应为天启三年,而非"二年"。

（六）七十回插图本《水浒传》

《中国通俗小说总目提要》《中国古代小说总目》记载了一些七十回《水浒传》的版本，但没有详细标明有无插图。

七十回插图本《水浒传》主要是从清代才开始出现在市场上的，据调查显示，上海图书馆藏有各类插图本《水浒传》共计34种，其中七十回插图本有30种，刊刻年代分布于清初至晚清、民国。这些版本在类型上由清初的"刻本"发展到后来的"石印本"，尤其反映了刊刻技术的变化。[1]

七十回插图本《水浒传》的书名或标明"出像"，如顺治十四年（1657）醉耕堂刻本的《评论出像水浒传》；或标明"图像"，如光绪三十三年（1907）石印本《评注图像水浒传》，以及1917年石印本《评注图像五才子书》；或标明"绘图""增像"等带有广告性质的字样，如宣统三年（1911）靛琅书局石印本《绘图增像第五才子书水浒全传》。标明"出像""图像""增像"的清代插图本《水浒传》，在书籍编排方式上无甚差别：各种序跋之后是人物像（及像赞），然后是根据小说回目或情节而绘制的插图。清代以及民国的插图本《水浒传》的人物像多选自或仿作陈洪绶的《水浒叶子》、杜堇的《水浒全图》。每一章回前的插图，多依回目标题而作，不存在抄袭容与堂本、大涤余人序本《水浒传》插图的现象，但有摹仿的痕迹（图1-19、图1-20）。

---

[1] 笔者曾赴上海图书馆翻阅古籍部所藏的插图本《水浒传》，但是很可惜，因疫情原因无法将馆藏所有明清时期插图本扫描完毕，留待日后再做补充。此外，这项调查还参考了吴萍的学位论文。参见吴萍：《〈水浒传〉图像传播研究》，上海师范大学硕士学位论文，2006年，第90—92页。

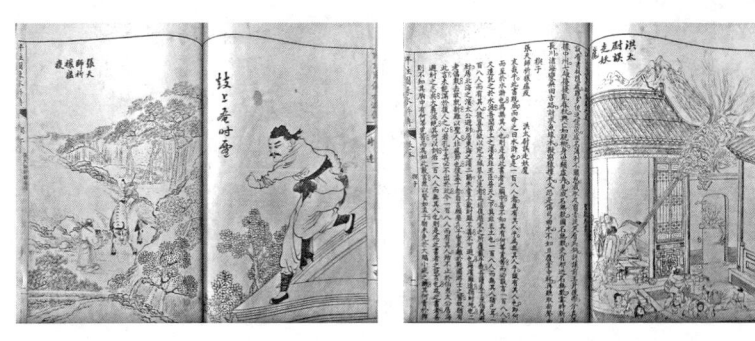

图 1-19、图 1-20 "时迁"绣像与"张天师祈禳瘟疫 洪太尉误走妖魔"回目图
《评注图像五才子书》（1907 年重印，同文书局石印本，上海图书馆藏）

有的以卷为单位，进行情节插图的创作，如 1929 年上海共和书局的石印本《评注图像水浒传》便是如此（图 1-21）。该版本《水浒传》分为若干卷，每卷包含若干回，其图像不仅是红绿两色交替出现，而且依一整卷的回目标题进行作画，将多个"回目图"并置在同一画面之中，汇成"卷目图"。

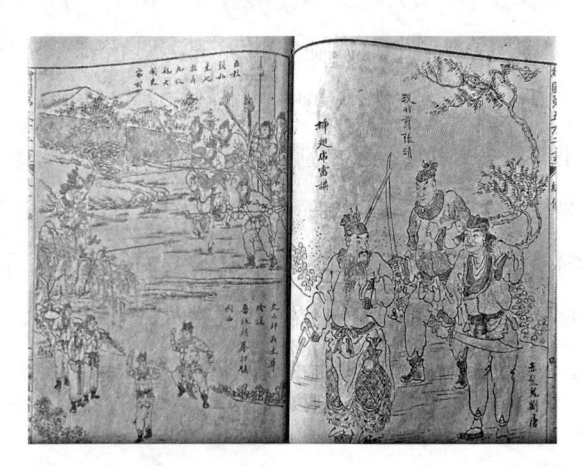

图 1-21 "雷横""武松"等绣像与"史大郎夜走华阴道 鲁提辖拳打镇关西"卷目图
《评注图像水浒传》（1929 年，共和书局石印本）

根据我们赴中国国家图书馆、南京图书馆与上海图书馆的调研，

以及颜彦《中国古代四大名著插图研究》一书关于插图本《水浒传》的文献附录，对七十回插图本《水浒传》做一简要陈述。根据配图类型，七十回《水浒传》主要分为两种：一种是单纯在小说正文之前安排若干幅人物绣像，另一种则是在绣像之后，还安排"回目图""卷目图"等摹仿小说情节的图像。

其中，单纯安排人物绣像的代表性插图本《水浒传》有：

1.《第五才子书》（1734年，芥子园刻本，浙江图书馆藏）。绣像40幅，像赞居于图像的背面，尽管这些图像与《水浒叶子》不尽相同，但摹仿后者的痕迹非常明显。重印或者翻刻此版本的插图本《水浒传》还有《绣像第五才子书》（1734年，纬文堂刻本，浙江图书馆藏）、《绣像第五才子书》（出版信息不详，中国国家图书馆藏）、《第五才子书水浒传》（四勿堂刻本，浙江图书馆藏）、《绣像第五才子书》（右文堂刻本，浙江图书馆藏）等。

2.《评论出像水浒传》（1657年，醉耕堂刻本，中国国家图书馆藏）。绣像40幅，像赞居于图像的背面，仅存37幅，复制陈洪绶《水浒叶子》。重印或者翻刻此版本的插图本《水浒传》还有《绣像第五才子书》（1734年，光霁堂刻本，中国科学院图书馆藏）、《绣像第五才子书》（1781年，芥子园刻本，浙江图书馆藏）、《评论出像水浒传》（嘉庆道光年间刻本，中国国家图书馆藏）等。

3.《第五才子书水浒传》（清金玉楼刻本）。绣像22幅，像赞与图像居于同一页，绘刻质量较为粗糙，但是赞语与芥子园刻本（1734年）相同，只不过人物编排次序略有改动。

另外，"绣像"之后还安排"回目图""卷目图"的插图本《水浒传》有：

1.《评注图像水浒全传》（1886年，同文书局石印本，上海图书馆藏）。[1] 该版本《水浒传》于 1898 年、1907 年多次重印，并更名为《评注图像五才子书》。在"圣叹外书"后，共有 28 幅绣像，依次是：宋江、卢俊义、吴用、公孙胜、关胜、林冲、呼延灼、花荣、朱仝、鲁智深、武松、董平、张清、杨志、徐宁、刘唐、李逵、史进、雷横、李俊、张顺、解珍、燕青、朱武、扈三娘、施恩、孙二娘、时迁。无像赞，画面上只有人物绰号及姓名。而在这些绣像之后，每回前均有两幅全图式的回目图。该版本《水浒传》扉页背面写有"光绪丁未季秋仿泰西法石印"字样，质量精美。无论是绣像，还是全图，都有较大的创新。例如绣像，时迁一改之前双手抱着一只鸡的形象，而是显现为飞檐走壁的样子。不过，也有传承容与堂刻本插图的痕迹，如"张天师祈禳瘟疫"的全图，同样将牧童与张天师放在图像对角线上。

2.《第五才子书水浒传》（1888 年，大同书局石印本，北京师范大学图书馆藏）。绣像 24 幅，带有简单背景，像赞居于图像背面，人物次序为宋江、吴用、卢俊义、呼延灼、林冲、史进、孙二娘、张顺、李俊、燕青、杨志、朱仝、解珍、施恩、时迁、雷横、扈三娘、张清、刘唐、武松、朱武、徐宁、李逵、鲁智深。此后安排"每回一图，每二回二图"的回目图。

3.《图绘五才子奇书水浒全传》（光绪年间石印本）。绣像 54 幅，复制杜堇《水浒全图》；其后是每回两幅回目图，共计 142 幅。与此类似的版本还有《绘图增像第五才子书水浒传全传》（清末刻

---

[1] 上海图书馆藏有该版本《水浒传》，索书号为线普长 025576，非常值得注意的是其插图数量：卷首配置 28 幅人物绣像（据陈洪绶《水浒叶子》仿制而成）；每回前配置两幅回目图，七十回共计 140 幅。也就是说，全部插图数量共计 168 幅，堪称明清时期七十回本《水浒传》插图最多的版本。

本，浙江图书馆藏）。

4.《绘图第五才子奇书》（1911年，上海书局石印本，上海图书馆藏）。该版本《水浒传》共四册，每册有八幅绣像，四幅红色图像、四幅绿色图像，面积占据整个书籍版面。绣像之后是全图，即每页分为上下两部分，分别摹仿两回内容。可以说，"绣像+全图"的《水浒传》插图模式，已成为光绪朝之后的风尚。特别是全图的绘制，受到了点石斋画报以及石印技术的影响。而且，人物造型借鉴了戏曲扮相。

5.《改良第五才子水浒全传》（1916年，千顷堂书局石印本，个人收藏）。该版本《水浒传》共八册。第一卷伊始是八幅绣像，每幅绣像中有三个人物，依次是宋江、卢俊义、吴用、呼延灼、林冲、史进、李俊、张顺、孙二娘、武松、施恩、扈三娘、朱仝、解珍、燕青、雷横、花荣、时迁、刘唐、徐宁、朱武、李逵、张清、鲁智深，还有一幅《梁山风景图》，然后是每回两幅全图。石印本《水浒传》插图的抒情性更加凸显，较之明刊本《水浒传》，此时的图像制作者越发注重景物的刻绘，力图学习文人画的写意与境界，而且还较多改变小说叙事的本意，如"花和尚单打二龙山"的全图，鲁智深被绑在木板上，这显然与语言文本的描述不相符。人物造型同样借鉴了戏曲扮相。

6.《图绘水浒传》（1925年，石印本，南京图书馆藏）。这部《水浒传》由"通俗小说社"重编，每回前有两页插图，但每页又分为四幅小的插图，共计八幅插图。例如第二十三回的第二页插图，四幅插图榜题分别是"武大郎县前遇阿弟""潘金莲谋害武大郎""乔郓哥饭店吐真情"以及"狮子楼西门庆丧身"。这种插图形制将原来每回两幅的全图，拆分为两页、八幅，可以说一方面是受到了晚清以来新闻画报的影响，另一方面也是对连环画的回应。

二、《水浒传》插图的图像叙事特点

"没有变，不成为历史。"[1]插图是明清时期《水浒传》图像的大宗，[2]而包括插图在内的木刻版画艺术，之所以能够在万历年间"登峰造极，光芒万丈"，很大程度上得益于雕版印刷技术的支持。[3]这就提醒我们重视图像的物质性，在此基础上才可以归纳《水浒传》图像叙事的历史嬗变及其特点。

（一）插图形式："全像""全图"与"绣像"

目前学界公认1594年的《京本增补校正全像忠义水浒志传评林》（双峰堂刻本）为最早的插图本《水浒传》（图1-22），其书籍版框宽度为12.3厘米，高度为20.5厘米；最上面的"评语栏"高度为1.7厘米；评语下方的"插图栏"高度为5.3厘米，插图两侧附有榜题；插图下方是小说文本，版面高度为13.5厘米。书籍每页含有14行，每行21字，简言之，插图空间相对狭小，仅占据书籍版

---

[1] 钱穆：《中国历史研究法》，生活·读书·新知三联书店2013年版，第2页。
[2] 至于陈洪绶《水浒叶子》、杜堇《水浒全图》等绣像，其物理形态为独立存在，堪称图像叙事相对于《水浒传》的逃逸。关于这部分图像的专题研究，详见本书第三章的相关论述。
[3] 书籍史的相关研究表明，雕版印刷品取代抄本，进而成为中国文化传播的主要途径，最晚在明代中期已经形成，恰如周绍明（Joseph P. McDermott）所说，印本作为书籍形式之于抄本的优势，"到了16世纪才在整个长江三角洲即江南地区实现"。参见周绍明：《书籍的社会史：中华帝国晚期的书籍与士人文化》，何朝晖译，北京大学出版社2009年版，第39—46页；〔意〕米盖拉：《中国书籍史及阅读史论略——以徽州为例》，韩琦、米盖拉编：《中国和欧洲：印刷术与书籍史》，商务印书馆2008年版，第63页。

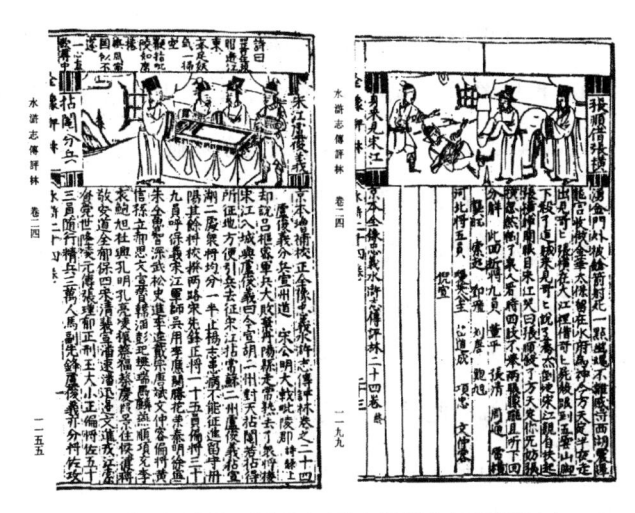

图 1-22　《京本增补校正全像忠义水浒志传评林》（双峰堂刻本）
《古本小说丛刊》（第 12 辑）

式的四分之一左右。[1] 这种小说插图的编排方式是每叶两图（即所谓每页一图），其书籍形制可以简称作"上评中图下文"式，其后出现的"上图下文"式以及"嵌图"式都属于此类形制的变体。[2] 榜题多

1　注重文本的物质性，是形式美学的题中之意，因为这是通过形式阐发意义的正途。无论单纯的文学研究、图像学研究，还是我们所进行的文学与图像关系研究，都应对此予以足够的重视。请参见张进：《论物质性诗学》，《文艺理论研究》2013 年第 4 期；拙文《论明代文学成像研究的海外参照》，《文学评论丛刊》2013 年第 2 期；李由：《商业化运作与南宋古文评点的演变》，《文学遗产》2021 年第 4 期。

2　与"上评中图下文"式相比，"上图下文"式唯一的不同之处是"评语栏"消失了，如《新刊京本全像插增田虎王庆水浒全传》（双峰堂刻本，丹麦皇家图书馆藏，《古本小说丛刊》第 25 辑有所收录）。"嵌图"式则是"上评中图下文"式的又一种变体，后者插图两侧的竖写榜题变成横书于书籍版框之上，同时"评语栏"也取消了，小说文本包围在插图四周，插图仿佛嵌入小说文本中，"嵌图"式以此得名，例如《水浒忠义志传》（藜光堂刻本，东京大学藏）、《新刻全像忠义水浒传》（李渔序本，德国柏林国立普鲁士文化遗产图书馆藏）等等。此外，还有一种"半叶一图"的插图本《水浒传》，其形制同样是"上图下文"式，只是插图数量是双峰堂刻本《京本增补校正全像忠义水浒志传评林》的一半，例如《新刊通俗增演忠义出像水浒传》（德国德累斯顿萨克森州图书馆藏，但是这份残本每一卷的卷标都不一样）、《新刻全本插增田虎忠义水浒志传》（梵蒂冈教廷图书馆藏）。

为偏正结构，是对当前页小说文本中某个情节的提炼和概括；插图则是对榜题的直接图示，画面结构简洁，其中人物最多一般不超过四个，人物服饰以阳刻为主，并运用细线条刻画身材形体及其动态，冠饰皆以较大面积凹凿吸附浓重墨色显示；背景以阳刻为主，疏朗的线条勾勒出山水、树木；建筑物多以阴刻为主，在背景的映衬下明显地突出；时而在建筑物或者旗帜上标记若干字样，以表示该物的名称。"上图下文"式的《水浒传》由于每页都配有插图，所以全书动辄便是上千幅，此类图像被当时出版者形象地称为"全像"，仿佛《水浒传》连环画的前身。又因为其接受人群多为经济实力和受教育程度较低的社会阶层，故而有着极其广泛的市场。[1]

伴随着小说创作与刊刻中心由福建建阳转移到江南地区，[2]在面积约为书籍版面四分之一左右的"全像"之后，出现了占据整个书籍版面的"全图"。明代万历三十八年（1610），杭州容与堂刻本《李卓吾先生批评忠义水浒传》率先摒弃了每半叶一幅全像的方式，改为每回两幅全图，从此开启了插图本《水浒传》的新时代。[3]这种图像的空间陡增，表现力也大大提高，明代百回本《水浒传》多采

---

[1] Robert E. Hegel, *Reading Illustrated Fiction in Late Imperial China*, Stanford：Stanford University Press, 1998, pp. 142—149.
[2] "万历、泰昌年间，以小说刻印地而论，新刊小说约四十种，其中建阳刊二十七种，金陵刊五种，苏州刊四种，其他地区刊四种，称建阳为小说出版之重镇，此无异议。"然而，这一时段建阳的小说作者有十一位，江南的小说作者约有十三位。到了天启、崇祯两朝，新刊小说约三十二种，其中，"杭州刊十一种，苏州刊十一种，建阳刊五种，南京刊四种"，江浙地区的小说作者多达十七位。由是观之，此时的小说创作与刊刻已经在江南形成气候。冯保善：《江南文化视野下的明清通俗小说研究》，江苏人民出版社2020年版，第80—81页。
[3] 在我们看来，署名"天都外臣序"的石渠阁修补本（清康熙五年，即1666年），其插图袭自容与堂刻本。这一观点可以得到王古鲁、马幼垣等多位学者的佐证。详见本书下文分析。

用这种插图编排方式。而且，容与堂刻本中的插图常被其他版本抄袭，比如《合刻英雄谱》《钟伯敬批评忠义水浒传》，以及康熙年间的石渠阁修补本《忠义水浒传》，等等。此外，刘启先、黄诚之刻绘的 100 幅百回本《水浒传》插图亦是广为流传，它们与刘君裕刻绘的另外 20 幅插图，一并被收录到杨定见本百二十回《水浒传》中。[1]

鉴于全图的空间增大，首先，构图发生了巨变，人物不再像"偏像""全像"那样平行出现，而是被安排在画面的对角线上；其次，人物服饰、动作变得更加繁复和细致，例如图 1-23 中宋江等人

图 1-23　"吴学究双掌连环计 宋公明三打祝家庄"回目图
　　　　　容与堂刻本《李卓吾先生批评忠义水浒传》

---

[1] 需要说明的是，"全图"包括两种：回目图、情节图。容与堂的全图就属于回目图，因为图像是直接摹仿回目标题的，可以视为狭义的小说情节插图。但无论是刘启先、黄诚之刻绘的 100 幅插图，还是刘君裕补刻的后二十回插图，皆非严格意义上的回目图。尽管它们都像容与堂刻本的回目图那样占据整个版面，但是有的插图却取意于小说中的某些具体情节，有的回目甚至一幅图也不配置，只能以"情节图"概括。详见陈启明校订：《水浒全传插图》，人民美术出版社 1955 年版，第 1 页。

衣服上的花纹、盔甲雕刻之详尽，在上述全像插图本中是不可能的；最后，全像类的插图大多只是某一特定时空的"停顿"，但是全图却能够将多个时空中的事件并置，其叙事能力显然要超过前者，图像所包含的意义也更加丰富。

崇祯十四年（1641），陈洪绶所绘刻的40幅人物图单独以册页的形式问世，即所谓《水浒叶子》，目的是用作"酒牌"，这就注定了它与《水浒传》文本的脱离，不像上述两种插图那样与文本并置在书籍之中（图1-24）。此后，市面上出现了与《水浒叶子》类似的《水浒全图》[1]，而二者的区别在于，《水浒全图》共有54幅图，每一幅图像包含两个人物，并且绘有细致的背景，但这在《水浒叶子》中并未出现。这种有别于一般插图的绣像，在人物特征的刻画上下足了功夫，例如图1-25中的宋江，身穿官服、头戴官帽是其标志性装扮。这些英雄人物绣像的出现，不仅再一次改变了以后插图本《水浒传》的书籍编排方式，也为民间美术中的《水浒传》图像提供了范本。

金圣叹"腰斩"《水浒传》虽然颇遭非议，但经他删改之后的七十回本《水浒传》却是清代最为流行的版本，而且其《读第五才子书法》被奉为经典性的读书法则而列于小说正文之前。与明代单纯以全像或者全图那样配文不同，清代插图本《水浒传》更多的是遵照这样的书籍编排方式：先是在各种序跋之后安排若干幅人物绣

---

1 陈洪绶《水浒叶子》自问世以来，摹仿甚至抄袭者甚多，上海图书馆藏有嵩龄所绘的《水浒画谱》（1888年，石印本）就是这种例子。《水浒全图》不仅有托名杜堇的嫌疑，而且时间在《水浒叶子》之后（参见乔光辉：《杜堇〈水浒人物全图〉伪托考》，《艺苑》2012年第6期）。此类"水浒"图像的后世仿作非常多，例如《丁元公工笔彩绘水浒人物图》《水浒白描人物》等，还有很多民间不知名画家都参与了进来。

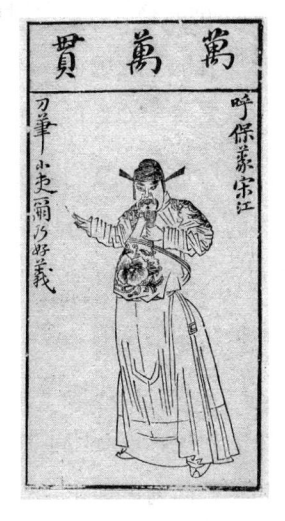

图 1-24　陈洪绶《水浒叶子》　　图 1-25　杜堇《水浒全图》

像，绣像的背面书页上一般会附有赞语；再在各回前放置两幅全图。[1]

上海作为晚近以来迅速成长的文化中心，最能反映从雕版印刷术到石印术之间的变化。仅从上海图书馆所藏清刊本以及民国刊本《水浒传》的情况来看，顺治年间的插图本《水浒传》几乎与明刊本无甚差别；但是，光绪年间及之后的插图本《水浒传》绝大多数都是石印本，少数为铅印本和影印本。[2]《水浒传》插图因石印术有

---

[1] 或者在每一卷卷首配有相关人物绣像（这些人物并非单独出现在图像中，而是以并置的形式出现，人物之间似乎没有什么必然联系），但是在具体每一回则不再出现人物绣像，而是仅仅配有该回的回目图，如《绘图第五才子书》（共和书局 1929 年版，石印本，上海图书馆藏）便是如此。

[2] 在上海图书馆古籍部，笔者经眼了清代、民国期间插图本《水浒传》共计 25 种，其中，石印本多达 15 种，尽管"石印术传入中国的时间，大约在道光年间"，但这种技术在国内的风行，恐怕是光绪朝的事情了。参见杨丽颖：《扫叶山房史研究》，复旦大学出版社 2013 年版，第 158—162 页。

了新的突破，以图 1-19、图 1-20 为例，这里的人物绣像以及回目图都是之前雕版印刷的插图本《水浒传》所没有的，该版本具体使用"手写石印"的方法，而非"照相石印"。[1]画家直接在石板上手绘图像，省去了木刻版画中刻工的工作环节，这是石印术与传统技术最大的差别。石印技术确实带来了小说插图的创新，比如时迁第一次以飞檐走壁的形象出现在图像中，画家工笔线描时迁舞动的衣褶以及头巾的两脚，并没有像版画那样受到木板纹理的影响，显示出其疾走的速度与良好的平衡感。尽管如此，其中的图像在构图上却与明刊本非常相似。特别是与容与堂刻本插图相比，该石印本插图中的张天师与骑牛的牧童在画面对角线上相遇，同前者如出一辙，甚至在张天师身背诏书这一细节的处理上都与之极为相仿。

简言之，石印术给书籍出版带来了巨大的革新，主要体现在出版速度以及刊行质量上，这不但使《水浒传》的插图在继承中又前进了一步，而且还催生出连环画这一图像叙事的新形态，[2]这些丰富的图像有待我们后续研究。

（二）图像叙事结构的演进

插图形式上的演进，势必带来与小说文本之间关系的变化，这主要表征在图像叙事的结构上。金圣叹将《史记》与《水浒传》相

---

[1] "手写石印"与"照相石印"是石印术的两种基本方法。在我们看来，照相石印技术的广泛运用，使得古籍影印复制成为现实，这对于传统的雕版印刷来说是巨大的冲击，《水浒传》的木刻版画随之式微也就不足为奇了。

[2] 石印术的普及推动了诸如《点石斋画报》一类"为连环画与新闻相结合开创了先河"读物的风靡一时。请参见姜维朴：《与世纪同行的中国连环画艺术》，中国现代美术全集编辑委员会编：《中国现代美术全集·连环画 1》，中国连环画出版社 1998 年版，第 3—6 页。

比较，认为前者是"以文运事"，即"先有事生成如此如此，却要算计出一篇文字来"，后者则是"顺着笔性去，削高补低都由我"。[1]小说人物的出场、退场以及性格的刻画，都看起来极其偶然和巧合，比如史进去寻找师父王进，却碰到了鲁达，同时遇到另一位师父李忠；又如鲁达在菜园中习武，恰好被林冲在墙头缺口处看到；再如林冲之所以最终忍无可忍、狠下心来杀掉陆虞候等人，就是因为在山神庙里避雪时听到了后者的阴谋，自己一忍再忍的怯懦性格也就走到了尽头，内心的怒火就像火山爆发一般势不可挡。换言之，如果说《史记》的叙事好比陆九渊问学语录中的"我注六经"，那么《水浒传》的叙事则无疑是"六经注我"。《水浒传》之所以不像《史记》那样"算计"，就是因为前者的叙事结构需要时刻服务于人物的塑造以及性格的刻画等，所以，表面上看起来是施耐庵的"信手拈来"和"随意安排"。

《水浒传》小说插图史显示，图像集中摹仿文学人物与故事情节，即便是后者，也不同程度地围绕人物而展开"图说"[2]。尤其是在以影视剧为代表的"机绘图像"阶段，图像绝不是单单以叙说故事取胜，而是充分利用技术优势，如各种镜头语言、光影效果以及后期剪辑等，刻画人物的内心活动与性格。不过，明清刊本的《水浒传》插图在叙事结构上，完整地反映了从单纯注重故事情节到服务人物及其性格塑造的嬗变。

我们知道，最早的插图本《水浒传》书籍形制是"上图下文"

---

1 ［清］金圣叹：《金圣叹全集》（第3卷），陆林辑校，凤凰出版社2008年版，第29—30页。
2 对于"图说"这一概念的理解，此处应当取其宽泛意义。纵然是单纯显现人物的图像，也是通过物质性的线条、笔墨、色彩去叙说这是一个怎样的人，也就是时间的空间化。因为，受众观看并理解图像叙事的过程，实质上就是在摸索如何理解图像的言说。

式，插图面积仅占版面的四分之一左右。除了"形状"之外的其他性格要素——"性情""气质""声口"等，由于属于无形的范畴，所以需要借助大量的修辞才能显现。刻画这种性格要素对于此类物质性空间狭小的插图而言，无疑是有难度的。因此，早期的《水浒传》插图多是人物与故事情节的"示意图"，而且总体上更注重对后者的叙说。

例如残本《忠义水浒传》，插图在叙说"进攻"这一事件上有着固定的图式，如图1-26所示：一人执长武器，骑于马上，另一人手持写有"令"字的大旗，走在马前；步行的人总是回头望向骑马的人。由于榜题只出现了"宋江""兵"两个指代人物的名词，所以骑马之人即为宋江，步行的单兵是对整个军队的换喻。[1]该书类似的图像共计五幅，榜题依次是"宋公明领兵征大辽""宋江领兵攻蓟州城""公孙胜作□捉延寿""田彪进兵攻打凌州""宋江分调引兵征进"。使用固定图式叙说同一种故事情节的情况，还出现在榜题为"卢俊分兵攻打关隘"和"兀统军分兵敌宋江"的插图中，卢俊义与兀统军在图像中下达命令时的坐姿、手势、表情完全一致。其中，宋江被刻画成有胡须和无胡须的两种容貌，图1-26中的宋江便没有

图1-26 "宋江分调引兵征进"
《古本小说丛刊》（第19辑）

---

[1] 关于《水浒传》的图像修辞问题，详见本书第三章的相关论述。

胡须；其他两幅图像中的宋江都长有胡须，其唇须形如"八"字，颔须造型为山羊胡。由于图式相似，在没有榜题的情况下，读者根本无法认清宋江到底是什么样貌，更不能分辨宋江与田彪、卢俊义与兀统军等人的区别。这就是说，此时插图的首要目的是叙说故事情节，而不是塑造人物。

诚如前文所述，容与堂刻本《李卓吾先生批评忠义水浒传》开启了插图本《水浒传》的新时代，因为插图在从物质性形制到构图、线条、立意等方面，都发生了巨大变化（图 1-27）。所以，可以肯定的一点是，图像不再一味拘泥于充当故事的"示意图"，而是在丰富"图说"形式的同时，兼顾到人物的塑造。且看榜题为"一丈青单捉王矮虎"的插图，在扈三娘身后有三名扈家庄的庄客，一人双手执旗，另一人拽住王英散乱的头发，而站在这两者之间身着右衽

图 1-27　"一丈青单捉王矮虎　宋公明两打祝家庄"回目图
容与堂刻本《李卓吾先生批评忠义水浒传》

布衣的男子——其眉梢高翘、眉心紧锁，眼角吊起，嘴巴绷成一条直线，好像正在认真并且奋力控制住不断挣扎的王英，几笔简单的线描，就勾勒出这名男子战斗中的状态。但是，这并不等于说图像叙事完全服务于人物塑造与性格刻画，因为读者很难理解扈三娘为何一边撤退，一边还冲着与她交战的欧鹏微笑；而且，插图中的宋江骑在马上手执令旗，半侧身俯视林冲与扈三娘交战，其眼神温和，一副闲适、无关痛痒的样子，仿佛袖手旁观、置身事外，这就更让人摸不着头脑了。所以说，这一阶段"全图"类插图的图像叙事，只是刚刚开始意识到对人物的注重。

  《水浒传》插图的图像叙事结构完成从故事到人物的重心迁移，应当出现在明末。《水浒传》的成书史，同时也是小说语言通俗化、定型化的过程，因为早期简本系统的文本尚有诸多文言词语，而这些词语在万历年间容与堂刊刻的百回本《水浒传》中已经消失殆尽。经胡适考证，明朝嘉靖以后最流行的版本正是"有招安以后事的百回本"，[1]这一方面佐证了《水浒传》漫长的成书间期，另一方面似乎能够说明，读者在相当长的时期内浸润于《水浒传》的阅读，偏爱并熟悉了其中"聚义+招安"的故事。恰如金圣叹所说，"旧时《水浒传》，子弟读了，便晓得许多闲事"，这些"旧时子弟"读《国策》《史记》也都是出于看"闲事"的目的。[2]然而，大量关于《水浒传》的评点，特别是经李贽、叶昼以及金圣叹的努力，尤其"强调小说的虚构性"，[3]引领读者将注意力由故事转移到人物身上。文人

---

1 胡适：《中国章回小说考证》，安徽教育出版社 2006 年版，第 29 页。
2 ［清］金圣叹：《金圣叹全集》（第 3 卷），陆林辑校，凤凰出版社 2008 年版，第 36 页。
3 ［美］鲁晓鹏：《从史实性到虚构性：中国叙事诗学》，王玮译，北京大学出版社 2012 年版，第 126—127 页。

评点所引发的读者兴趣转移，在图像叙事那里也得到了回应，明末一则笔记能够为此提供证据："其书（《水浒传》——引者注），上自士大夫，下至厮养隶卒，通都大邑，穷乡小邑，罔不目览耳听，口诵舌翻，与纸牌同行。"[1] 可见，大家开始痴迷陈洪绶、杜堇等人所绘的"水浒"纸牌，而这些图像并没有摹仿故事情节，全部是人物绣像。此后，人物绣像一跃成为插图本《水浒传》的必备选项，无论是清代刻本，还是石印本，它们基本上都配有人物绣像。

图 1-28 是宣统三年（1911）的石印本《水浒传》，画有人物的"像"置于书籍最前端，其次才是摹仿小说情节的"图"。从这一书籍编排方式也不难看出，清代书商业已明确区分摹仿人物与故事情节的两类图像，而且，"像"先于"图"的次序，说明读者更加关心前者这种专注于人物塑造和性格刻画的图像叙事。例如图像中的史

图 1-28　《绘图第五才子奇书》绣像（1911 年，石印本，上海图书馆藏）

1　［明］许自昌：《樗斋漫录·卷六》，马蹄疾辑录：《水浒资料汇编》，中华书局 1977 年版，第 358—359 页。

进，他与张顺、施恩在情节上并没有多少关系，只是被制作者置于一页而已。且看史进背向读者单脚站立，向左凝视，面庞清秀，目光十分坚毅，其右臂未着衣服，露出三条龙的图案，并手持一根棍棒，俨然认真摆出了习武时的旗鼓。而且他衣着梅花点袍子，高古游丝描的画法显现出纹路的均匀，暗示了衣服质料的上乘。绣像显现出家境优越却热衷习武的史进，以及他少年任气的性情。简言之，此时的图像叙事服务于小说人物的塑造，因而有着与《水浒传》一致的叙事结构。

（三）图像叙事风格愈发呈现"戏扮化"

清代以降，随着戏曲特别是花部戏的蓬勃发展，尤其是西方石印术传入中国之后，《水浒传》的小说插图开始呈现出两个显著的新特点：一方面是插图数量急剧增加，例如前文所述光绪三十三年（1907）的《评注图像五才子书》，全书一共配置了168幅插图，远超此前任何一个版本；另一方面，《水浒传》插图在人物的面相、服饰装扮、动作等方面，大量借鉴戏曲脸谱与舞台表演，以至于图像叙事风格呈现"戏扮化"倾向，堪称"动态图像"对"静态图像"的文化反哺。

例如，会文堂本《评注图像水浒传》（1863年），开卷第一幅绣像就是宋江、吴用与公孙胜的"群像"（图1-29），但非常引人注意之处是宋江头戴双翎，宛若戏曲舞台上的将领装扮。无独有偶，该版本《水浒传》插图中的宋江普遍具有"戏扮化"倾向，如"宋公明一打祝家庄"插图，宋江头戴双翎，骑马前行；"宋江赏马步三军"插图中的宋江头戴双翎站在屏风之前。再如《评注图像五才子书》第四十五回题为"拼命三火烧祝家店"的插图，与第四十六回题为"扑天雕两修生死书"的插图,两幅插图中都绘制了杨雄、石秀、时迁三位人物,但奇怪的是,前后两幅插图的人物样貌、穿着均不相同。有意思的细节在于站立着的家仆,他凝视坐在桌前写信的扑天雕李应,面部呈现出勾脸的京剧脸谱形状。这一版本《水浒传》第四十六回、第四十七回插图中的宋江与扈三娘形象,第六十一回"劫法场石秀跳楼"插图中的刽子手们,均是头戴双翎的武将形象,其中宋江两耳还挂有狐尾,被插图者按照戏曲舞台表演中"番将"的形象予以塑造。这种人物的"戏扮化"倾向,在光绪朝之后的《水浒传》插图中愈发明显。[1]

图 1-29　宋江、吴用、公孙胜(绣像)

就像解玉峰教授在《中国文学图像关系史·清代卷》中所研究

---

[1] 关于《水浒传》插图的"戏扮化",详见本书第五章的专题研究。

的那样:"清代乾隆年间以前的小说刊本中的人物绣像与前代并无显著不同,但自清代乾隆年间开始戏扮化现象,起初最为明显的舞台特征是小说人物的靠旗和翎子,嘉庆时期加入了简单的脸谱,至光绪时期戏扮化程度最高,出现了马鞭、厚底靴、髯口等元素,甚至简单的戏出场面。戏扮人物绣像的变迁,证明戏曲舞台上的靠旗样式从清代乾、嘉时期四面与六面靠旗的并行不悖,变为道光以来四面靠旗的独存。这种戏扮化现象是当时戏曲文化的影响力以及戏曲表演艺术得到极大发展在小说插图领域的反映。"[1]虽然"水浒戏"自元代以来就盛行于世,但明代《水浒传》的小说插图借鉴戏曲舞台表演"动态图像"的情况并不多见,这种影响力直到清代光绪朝之后才逐渐表征出来。我们不禁由此想到周晓虹所提出的"文化反哺"[2],发现它非常适合概括诞生时间较晚的清代戏曲表演,以其"戏扮化"反哺《水浒传》小说插图的再创作,为图像叙事注入了时代新动力。

三、《水浒传》插图整理与研究献疑:以郑振铎先生为中心

郑振铎当属版画研究界的巨擘,其《中国古代木刻画史略》第一次勾勒出古代版画的发展、成熟与式微,诸如"中国木刻画发展到明的万历年代,可以说是登峰造极,光芒万丈"[3],便是留给后人

---

1 赵宪章总主编,解玉峰主编:《中国文学图像关系史·清代卷》,江苏凤凰教育出版社2020年版,第11页。
2 周晓虹教授取意"嗷嗷林鸟,受哺于子",比喻"年轻一代向年长一代灌输新文化的反向社会化现象"。详见周晓虹:《文化反哺:变迁社会中的代际革命》,商务印书馆2015年版,第1—4页。
3 郑振铎:《中国古代木刻画史略》,上海书店出版社2006年版,第49页。

的经典名言。然而，他也留下了一些《水浒传》图像方面的疑惑，特别是关于容与堂刻本与"天都外臣序"本插图关系的问题，有待后学进一步研究。

郑振铎编录了多部版画图录，以《中国版画史图录》《中国古代版画丛刊》最为博大。《中国版画史图录》共五册、二十集，由良友图书印刷公司 1940 至 1941 年连续出版、中国书店出版社 2012 年再版。值得特别指出的是，"汪刘鲍郑诸家所镌版画集"收录了两种《水浒传》版画，分别是"一百回本水浒传插图"（四幅）、"一百二十回本水浒传插图"（八幅）。虽然郑振铎并未标出任何关于这两种版画的文献信息，但他将此二种版本《水浒传》开篇第一回的插图都选录了，为下文我们辨识、对比这两种《水浒传》版画插图提供了方便。

新中国成立之后，郑振铎亲自编校了一百二十回的《水浒全传》（人民文学出版社 1954 年版），他在序言中写道：

> 我们手头所有的各种版本的《水浒传》是：
>
> （一）《忠义水浒传》二十卷（一百回，残存第十一卷一卷，即第五十一回到五十五回），明嘉靖间武定侯郭勋刻本。
>
> （二）《忠义水浒传》一百卷（一百回），明万历十七年己丑（一五八九年）天都外臣（汪道昆）序刻本。
>
> （三）李卓吾评本《忠义水浒传》一百卷（一百回），明万历间容与堂刻本（日本内阁文库藏，今用照片本）。
>
> （四）钟伯敬评《忠义水浒传》一百卷（一百回），明末四知馆刻本（法国巴黎国家图书馆藏，今用刘修业先生校录本）。
>
> （五）《忠义水浒传》不分卷（一百回），明末大涤余人序

刻本（李玄伯氏藏），李氏排印本。

（六）李卓吾评《忠义水浒传》不分卷（一百回），明、清间芥子园刻本。

（七）《忠义水浒全传》不分卷（一百二十回），亦题"李卓吾评"，明末杨定见增编，袁无涯刻本。

（八）《忠义水浒传》不分卷（一百二十回），明、清间郁郁堂翻刻杨定见本。

（九）《第五才子书》七十五卷（七十回），明、清间金圣叹评，贯华堂原刻本，中华书局影印贯华堂本，又其他坊刻本甚多。

除了《古今书刻》著录的明代都察院本和《百川书志》著录的那部一百卷本之外（这两个本子，很可能就是郭勋本），所有已经知道的《水浒传》的各种本子，差不多都已经集中在一起了。[1]

其版本之丰富，远超于一般《水浒传》研究者和版画史家，所以有人慨叹郑振铎"罗列版本，阵容的强劲至今一般学者仍难以超越"[2]。随后，古典文学出版社及中华书局上海编辑所，在1957至1959年间先后出版了共五函、十八种的《中国古代版画丛刊》（上海古籍出版社1988年增订再版）。该书的第二册收录"明万历刊本"的插图本《水浒传》目录及其全部版画，并在书末"《忠义水浒传插图》跋"中对明清插图本《水浒传》做了总体介绍。鉴于郑振铎先生身兼版

---

1 郑振铎：《序》，施耐庵、罗贯中：《水浒全传》，人民文学出版社1954年版，第4—5页。
2 马幼垣：《水浒二论》，生活·读书·新知三联书店2007年版，第100页。

画收藏家、美术史论家，对包括《水浒传》在内的插图本小说文献研究有着巨大影响，并且较具权威性，所以兹录于下。

　　《忠义水浒传》的明·嘉靖刊本，想来是没有插图的。《水浒传》之有插图，当自明·万历时代的诸种刻本开始。建安版的简本《水浒传》，是上图下文的。较晚期刻的《英雄谱》本，也是上图下文的。全页大幅的插图，似当始于万历十七年（公元一五八九年）的天都外臣序刻本。这个本子有清初的补刻的页子，不知其插图是否属于原本所有。但那些插图，气势豪放，人物都重点突出，显得有中心，背景比较地不那末细致地表现出来，线条比较地疏朗，可看出不会是万历末期或启、祯二朝的所作，当然更不会是清初的所作的。李卓吾批评的《忠义水浒传》，也有插图，是容与堂刻本，线条也很疏朗，人物形象，简捷有力。还有一种万历刊的一百回本《忠义水浒传》（李氏藏本），也有插图一百幅，幅幅是精工细致的创作，可看得出是万历晚期的作品。后来杨定见刊本的《水浒全传》，添加了"田虎"、"王庆"的二十回，也就添加了插图二十幅；但除了这二十幅插图之外，其余的一百幅是完全袭用了这部万历末年的《忠义水浒传》的插图的，只是把每幅插图的页边上的篆文的四字标题，改为正书的七字回目而已。天启、崇祯之间，有钟伯敬评本《忠义水浒传》，其插图却别开生面，另有作风，也同样地显得虎虎有生气。及崇祯末，陈老莲的《水浒叶子》流传遍天下。绘写水浒英雄的画人们便很难脱出他的畴范之外。故清初金圣叹批刻七十回本《水浒传》，其插图便也成了重要英雄的人物图像了。

　　在以上那些有插图的百回本《水浒传》里，当然各有所长，但毕竟要以李氏藏的这部万历末年刻本的《忠义水浒传》的插图最为精工。现在就用这个本子重印出来。如有可能，别的本子的插图也将陆续印行，以供比较研究。

在这洋洋洒洒的一百幅的《水浒传》插图里，正和《水浒传》所描写的英雄形象和社会生活相同，它们也详尽地、工致地刻画了封建社会的现实生活的变化，插图作者的现实主义的作风，是不愧成为那绝代大创作的《水浒传》的俪匹的。把它们插附在《水浒传》的卷首，乃是"锦上添花"之举，乃是"相得益彰"之作。这里面当然有不少战争场面，但绘写社会生活的场面却更多。明代和宋代，为时相距不太远，同是封建社会的生活，变动也不会很大，故虽是明代万历晚期的画人们之所写的，却想来和水浒时代的社会生活情况是不会有多大的歧异的。我们把这一百幅的插图，作为封建社会的生活写照，想来是不会有什么错误的。有一小部分神异斗法的故事画，却可以"存而不论"，但其实，也便恰好表现了封建时代里的有那末样的迷信和幻想的存在。在王进、史进、鲁智深和林冲的故事里（第二回—第十二回），在"智取生辰纲"的故事里（第十四回—第十六回），在宋江杀阎婆惜的故事里（第十八回—第二十三回），在武松的故事里（第二十三回—第三十二回）以及其他"金戈铁马"的大段讲话里，或正面，或侧面，或一般地绘写，或旁敲侧击地刻画，无不把那个封建社会的黑暗面，人民的如何受官僚地主恶霸们的欺诈、掠夺、被侮辱、被压迫者们的如何告诉无门，不得不铤而走险，造成"官迫民反"的局势，栩栩如生地表现在一百面的尺幅的版画里。这一百幅的大规模的插图，可以说是没有丝毫的败笔，个个人物是生气勃勃地，所有的背景，包括华屋茅亭，长川大山在内，都出之以熟练的手笔。那个大画家（或几个）可惜不曾留名下来！也可能就是出于徽派刻工们之手。他们的一丝不苟的刀法，正体现了插图作者的传神之笔。像这样地大气魄的一百幅的插图，是古来所少有的。作为单独的钜册的版画而存在，完全有其必要。在那里，在多种多样的绘刻之工里，在多种多样的封建社会生活的刻画上，我们的美术家们，特别是版画家们，和历史家们会寻找出很多的有用、有益的资料出来的。

一九五七年九月二十三日郑振铎跋于保加利亚·瓦尔纳市的黑海之滨 时正狂风吹过万树之巅，海涛怒号，如万马奔腾。[1]

这篇序文完成于郑振铎率团访问保加利亚期间，恰如写作时的外部环境，作者难掩心中对版画的热爱，激动之情溢于纸上。不过，郑振铎有可能为了准备此后十月份赴布拉格讲学而携带了不少资料，[2] 换言之，我们不能排除这篇序文的写作是"有备而来"，而非在黑海之滨聆听海涛怒号时的"缘情"而作。郑氏如数家珍般胪列诸种插图本《水浒传》，语势之强似乎带有不容置疑的信心。但言之凿凿的背后，却另有隐情。

首先，容与堂刻本的《水浒传》插图有 200 幅，而"天都外臣序"的插图本《水浒传》仅有 96 幅插图，前者每一回前置两幅插图，后者却将插图全部放在卷首，也就是说，后者的插图是对前者的挑选，"谁抄谁十分明显"。此外，还有多处证据表明"天都外臣

---

1 郑振铎编：《中国古代版画丛刊》（二），上海古籍出版社 1988 年版，第 881—884 页。着重号系引者所加。
2 陈福康：《郑振铎的最后一次出国》，《世纪》1998 年第 6 期。

序"本的插图是"按容与堂本的插图仿刻出来的"。[1]这一观点并非仅仅由马幼垣一人所持,王古鲁同样认定容与堂刻本《水浒传》不仅早于"天都外臣序"本,更早于郑振铎所执着认定的《水浒传》最早的版本,即郭勋刻本。[2]然而,郑振铎在"《水浒全传》序"以及"《忠义水浒传插图》跋"中,一口咬定所谓的"天都外臣序"本《水浒传》不仅早于容与堂刻本,而且认为"全页大幅的插图,似当始于万历十七年(公元一五八九年)的天都外臣序刻本"。问题恰恰在于这里:既然"不知其插图是否属于原本所有",那么,为何笃定"不会是万历末期或启、祯二朝的所作,当然更不会是清初的所作的"?如此推崇这样一个问题重重的版本,并且在其他著述中也未加以充分证明,其初衷着实令人费解。

与郑振铎大约同辈的学人,对插图本《水浒传》版本的搜集、整理也做出了不可磨灭的贡献。鲁迅所首创《水浒传》"简略""繁缛"的分类方法,至今都被学界沿用,他在《中国小说史略》中列

---

[1] 马幼垣:《从挂名天都外臣序本〈水浒传〉的插图看该本的素质》,马幼垣:《水浒二论》,生活·读书·新知三联书店2007年版,第411—423页。需要说明的是,马幼垣先生误认为"天都外臣序"本中的版画是100幅,但实则仅有96幅。不过,这一不确切的技术性统计瑕不掩瑜,他善于从版画及其与小说语言文本之间的关系发现"天都外臣序"本存在的问题,功不可没。关于这一问题研究方法的效率,也比王古鲁、马蹄疾等人略胜一筹。马幼垣是通过考察小说文本与插图的关系来进行插图本《水浒传》文献研究的首创者,可参见其《嵌图本〈水浒传〉四种简介》(《汉学研究》1988年第1期)一文。笔者主要借鉴马幼垣的文献研究方法。石昌渝主编的《中国古代小说总目·白话卷》中,有孟繁仁撰写的《水浒传》内容提要与版本述略。孟繁仁先生便注意到了"天都外臣序"本《水浒传》版画"标五十叶,实存四十八叶,计九十六幅,系万历原刻本所无"这一常人忽视的细节。详见《中国古代小说总目·白话卷》(山西教育出版社2004年版)第342—355页。

[2] 王古鲁:《"读水浒全传郑序"及"谈水浒传"》,《北京师范大学学报》1957年第2期。或参见苗怀明编著:《王古鲁小说戏曲论集》,中华书局2013年版,第189—199页。

举了六本"现存之《水浒传》则所知者",尽管并未注明是否有插图,但没有郑振铎所说的"天都外臣序"的插图本《水浒传》。而且,鲁迅一再强调"然今所传《水浒》《三国志》等书,皆屡经后人增损,施罗真面,殆已无从复见矣",并引用周亮工《因树屋书影》对郭勋本《水浒传》的评定,赞同郭勋本为当时所能见到最早的《水浒传》,"原本《水浒传》今不可得"。[1]鲁迅之所以没有谈及郑振铎所偏爱的"天都外臣序"的插图本《水浒传》,恐怕不仅仅是因为其目力不及后者。

孙楷第先后出版了《日本东京所见中国小说书目》(上杂出版社1932年版)、《中国通俗小说书目》(《中国大辞典》编纂处、北平图书馆1933年版),其所见插图本《水浒传》甚多(包括现存与佚失)。在《中国通俗小说书目》中,孙楷第记录了插图本《水浒传》的版本情况:

天都外臣序本水浒传一百卷一百回

存 明翻嘉靖本,有清朝补版。正文半叶十二行,行二十四字。有图。

题 "施耐庵集撰","罗贯中纂修"。首天都外臣(汪道昆)序。[2]

孙楷第先生对一百卷一百回"天都外臣序"本《水浒传》的介绍稍

---

[1] 鲁迅:《中国小说史略》,《鲁迅全集》(第9卷),人民文学出版社2005年版,第147页。
[2] 孙楷第:《中国通俗小说书目(外二种)》,中华书局2012年版,第132—136页。需要说明的是,一"叶"即两"页"。

显粗糙，尽管他鉴定这是对嘉靖年间版本的翻刻，而且同样有清朝的"补版"，但没有详细说清楚清朝所补充的是书中的版画（图像文本）还是小说（语言文本），这就使得郑振铎关于"天都外臣序"插图本《水浒传》早于容与堂版的观点更加模棱两可。郑振铎坚称"天都外臣序"插图本早于容与堂版的主要根据是插图的风格，如他所言，"天都外臣序"本中的"那些插图，气势豪放，人物都重点突出，显得有中心，背景比较地不那末细致地表现出来，线条比较地疏朗，可看出不会是万历末期或启、祯二朝的所作，当然更不会是清初的所作的"。我们固然可以从风格角度大约为艺术断代，但这绝不是最准确的方法，原因很简单：后世艺术家完全可以临摹、仿制前代版画，仿古的水平不难达到以假乱真的效果。目前考古界以及书画鉴定界的通用方法，是通过技术（如碳十四测年法、印泥或墨迹中的成分及含量测定等）考察物品的年代及其真伪，至于"天都外臣序"插图本《水浒传》的文献信息，我们稍后将做出专门考证，但对郑振铎观点全盘接收的学者却大有人在。

比如当今版画研究界的知名学者周心慧教授，就把"天都外臣序"本以及容与堂刻本中的版画，视为"并驾齐驱"的两套系统，他对前者版画的描述非常简单，"图单面方式，上镌图题，画面疏朗醒目，背景不事雕琢，以人物活动为主，绘镌俱工"[1]。这里既没有指出石渠阁补充刊刻了哪些地方，也未对郑振铎观点有任何疑问："郑振铎先生《中国古代木刻画选集》收图著称刊于万历十七年，则这个本子就是现今所能看到的刊刻时间最早的《水浒》版画。"[2] 相对于仅用229字便完成了对"天都外臣序"插图本《水浒传》的介绍，

1　周心慧：《中国版画史丛稿》，学苑出版社2002年版，第137页。
2　周心慧：《中国版画史丛稿》，学苑出版社2002年版，第137页。

周心慧用了509字对容与堂刻本《水浒传》的情况做了详细说明。我们并非对周氏"鸡蛋里挑骨头",而是可以通过分析他对这两个版本文献的不同整理,发现其中的问题。

首先,容与堂刻本的版画上留下了刻工的信息,所以周心慧就此对刻工吴凤台、黄应光的其他作品做拓展说明;与此相反,由于他可能不清楚"天都外臣序"本的版画刻者为谁,所以,在对后者的简介中,没有类似的拓展说明。

其次,周氏在分析容与堂刻本中的版画风格时说,"容与堂本《水浒》版画,画面疏略,背景简明,人物突出","黄应光的镌刻,圆润而不失劲挺,古拙中更见秀雅,是各种刀刻技艺浑然一体的完美结合,不仅不失画家墨线之原意,而且通过木刻的韵味有所提升;若论人物形象塑造之生动与多姿多彩,是古本小说版画中最成功的作品之一,是中国古代木刻画技艺达于巅峰的标志性作品"。[1]看似详实的分析,实质上与"天都外臣序"本的版画风格到底有多少出入呢?"天都外臣序"本的版画"绘镌俱工"与容与堂插图的"各种刀刻技艺……不仅不失画家墨线之原意,而且通过木刻的韵味有所提升","画面疏朗醒目"与"画面疏略","背景不事雕琢"与"背景简明",这两种评价性话语之间,未必存在本质性差异;之所以两种版画风格描述前后有粗略、详细之别,盖因周氏欲表达前者的"最早"以及后者的"最成功"和"巅峰"的地位而已。

最后,按照常理,周心慧不会不知道"天都外臣序"本与容与堂刻本中的版画有雷同的部分,但他却并未对这两种版画做出对比

---

[1] 周心慧:《中国版画史丛稿》,学苑出版社2002年版,第137—138页。周心慧先生的文献整理非常具有启发性,特别是对《水浒传》插图之间仿制细节的留意,为我们研究其他文学插图打下了方法论基础,特此说明,并谨表谢忱。

分析，而且前者绝非完全意义上的"背景不事雕琢"，后者也并不是"背景简明"。如图1-30（"天都外臣序"本版画）、图1-31（容与堂刻本版画）那样，前者的背景竟然比后者还要繁复：图像右上角斜出的柳树及其蔓长的枝条，扈家庄旗帜的边框颜色，还有图像左下角代表梁山泊一方的旗帜与兵器等，而这种情况亦分别出现在《水浒传》的"一丈青单捉王矮虎 宋公明两打祝家庄""柴进簪花入禁院 李逵元夜闹东京"以及"黑旋风乔捉鬼 梁山泊双献头"等三回的回目图中。可以说，"天都外臣序"本与容与堂刻本中的插图版画，既有画面人物与情节内容上的增删，也有背景上的差异，不可一概而论。[1]

图1-30　"一丈青单捉王矮虎"　　图1-31　"一丈青单捉王矮虎"
"天都外臣序"本　　　　　　　　容与堂刻本

周心慧在其1988年出版的《中国古代版刻版画史论集》中，曾

---

[1] 马幼垣：《从挂名天都外臣序本〈水浒传〉的插图看该本的素质》，马幼垣：《水浒二论》，生活·读书·新知三联书店2007年版，第411—423页。

经提到过"天都外臣序"插图本《水浒传》:"《水浒》是我国最著名、拥有最广大读者群的长篇小说之一。该书著藏的最早刻本,为嘉靖间刊徽州汪道昆序《忠义水浒传》。此本是否有图,因笔者未见传本,不敢妄言。郑振铎先生提及此本,说是'想来是没有图的',亦未见真实。"[1]如此含糊的说明,与他十余年后出版的《中国版画史丛稿》中对"天都外臣序"插图本《水浒传》的介绍如出一辙。所以,我们只能做出如下推测:要么周心慧仍旧忽略或者没有看到这部《水浒传》(或中国国家图书馆所藏的石渠阁补刻本);要么就是这位后学从来都未曾质疑郑振铎先生。

尤为值得注意的是,吴晓铃曾就"天都外臣序"本《水浒传》撒过"弥天大谎":"北京图书馆藏本有字迹漫漶处,余曾见美国芝加哥大学东亚图书馆藏本,版刻较佳。今所知海内外仅此二本。"[2]但事实却并非如此,"芝大有的天都外臣序本只是七十年代得自北京图书馆的胶卷,拍摄所据者正是北京图书馆的石渠阁补刊本。北京图书馆所制胶卷,品质向来不高,往往原书字句尚能辨认而胶卷却模糊不清,因此得了胶卷而仍需要复核原书是时有之事。这套胶卷也不例外,漫漶程度较原书变本加厉",这就等于说吴晓铃"替天都外臣序本发明了一套另本"[3]。这种不严谨的学术态度固然值得商榷,但如果将吴晓铃的"造假",视为对其师郑振铎所一直重视的"问题重重"的"天都外臣序"本《水浒传》的辩护,也许就不难理解了。因此,这一版本的《水浒传》早于容与堂刻本的证据不足。

---

1 周心慧:《中国古代版刻版画史论集》,学苑出版社1998年版,第46页。
2 吴晓铃:《答客三难》,《吴晓铃集》(第1卷),河北教育出版社2006年版,第27页。
3 马幼垣:《所谓天都外臣序本〈水浒传〉尚未发现第二套序本》,马幼垣:《水浒二论》,生活·读书·新知三联书店2007年版,第409—410页。

总而言之，无论容与堂刻本与"天都外臣序"本《水浒传》插图的关系有无得以厘清，郑振铎在插图本《水浒传》作品整理与文献研究方面执牛耳的地位都不可撼动，没有他的辛劳工作，今人的研究也不会如此便利。但是，如果能够从版画图像的结构分析入手，并立足于插图与小说文本之间的互文关系考察，那么，郑振铎的这一疑惑，似乎也就有了相对合理的解释。通过对这一问题的研究，我们深刻感到理论研究务必建立在文献基础之上，而理论研究所凝结的方法又有助于文献整理。

第二节 "水浒戏"曲本插图

在《水浒传》"世代累积"的成书过程中，元代"水浒戏"是一个非常重要的阶段。[1]从《东都事略》《宋史》等历史文献对北宋时期宋江的简短记载，到周密《癸辛杂识》所抄录的龚开《宋江三十六人赞》，以及宋元话本《醉翁谈录》《大宋宣和遗事》等文学作品，再到元代以降名目众多的"水浒戏"，《水浒传》作为一部完整的小说，最后才由一位名叫施耐庵的作家纂修而成。因此，我们可以通过《水浒传》感受到它的官方史传传统、民间说话传统以及舞台戏曲传统。

如果说元代"水浒戏"影响了《水浒传》的成书，那么，明传

---

[1] 《水浒戏曲集》的"出版说明"谈到，"元代是水浒故事演化中的重要的承前启后时期"。傅惜华《元代杂剧全目》收录了元杂剧目七百三十七种，除上述存世的六种元杂剧之外，还有多达二十八种"元明之间无名氏"的"水浒戏"，例如《王矮虎大闹东平府》《宋公明排九宫八卦阵》《宋公明劫法场》等，以及《宋上皇三根李师师》《全火儿张弘》《一丈青闹元宵》等不知是否与《水浒传》相关的佚失剧目。参见傅惜华等编：《水浒戏曲集》（第一集），上海古籍出版社1985年版，第1—2页；傅惜华：《元代杂剧全目》，作家出版社1957年版，第393—420页。

奇、杂剧以及清代各类戏曲中的"水浒戏",则又不同程度地摹仿《水浒传》,这些"水浒戏"都是小说的"互文本"。[1]因元代"水浒戏"在《水浒传》成书过程中起到了重要作用,当属考察小说插图所不可忽略的"前文本",所以我们不妨搜集并整理这些曲本插图,由此整体观照这类图像叙事的特点。

《水浒传》的故事与人物原型,最早出现在宋代的历史文献。《东都事略》载"宋江以三十六人,横行河朔、京东,官军数万,无敢抗者"[2],指出宋江等三十六人活动范围是在"河朔""京东",也就是北宋时期黄河以北地区与京东两路之间。[3]《宋史》又云:

> 宋江寇京东,蒙上书言:"江以三十六人横行齐、魏,官军数万无敢抗者,其才必过人。今青溪盗起,不若赦江,使讨方

---

[1] 明清以降的"水浒"题材戏曲数量惊人,据王晓家教授的调查,见著书目的明杂剧有三种,清杂剧有三种。就传奇剧作情况而言,"明代主要有十九种(同一剧名署不同作者按不同剧目算),仅存九种(包括残篇二种),清代主要有十三种(包括宫廷连台本戏——承应大戏《忠义璇图》)"。清代中叶之后,伴随着花部戏的崛起,竟然产生了四十三种之多的"水浒戏"。昆曲中的"水浒戏"同样很多,王晓家教授依据著录清末教本以及现代以来的整理本,搜集了三十二种"水浒戏"。更为惊人的是京剧,"约有一百二十八种"剧目,其中不乏根据《水浒传》续书改编而成者。这些"水浒戏"及其舞台表演,对清代以降的《水浒传》插图产生了深远影响,最主要的表征就是图像叙事的"戏扮化"。但因明清创作的"水浒戏"文献数量过于庞大,远超我们能力之所及,更何况很多戏曲图像属于对《水浒传》小说"摹仿的摹仿",与元代"水浒戏"存在本质区别,我们决定不做专题研究,留待后续延伸和拓展。详见王晓家:《水浒戏考论》,济南出版社1989年版,第117—307页。

[2] [宋]王称:《东都事略》,孙言诚、崔国光点校,齐鲁书社2000年版,第886页。笔者据文意重新点校。

[3] 北宋行政区划经过多次变更,仅从政和元年(1111)的地图自西向东看,京东西路毗邻京畿路东侧,京东东路又紧挨京东西路东侧。参见谭其骧主编:《中国历史地图集》(第六册),中国地图出版社1982年版,第14—15页。

腊以自赎。"帝曰:"蒙居外不忘君,忠臣也。"[1]

这里转述侯蒙所言虽有出入,但记载的宋江活动范围亦是京东两路。《宋江三十六人赞》却不乏太行山这一区域的痕迹,例如"船火儿张横"被称为"太行好汉,三十有六。无此火儿,其熟不足","神行太保戴宗"被称为"不疾而速,故神无方。汝行何之,敢离太行","没遮拦穆横"被称为"出没太行,茫无畔岸。虽没遮拦,难离火伴"等。[2]《大宋宣和遗事》所记载的杨志,与其另外十一名兄弟落草为寇的地点同样是太行山;而宋江率三十六人聚义的地点则是"梁山泺"。[3]但是,到了元代的"水浒戏",以宋江为首的英雄好汉活动地区,开始从宋代的太行山逐渐稳定在梁山泊。

据仲嗣成《录鬼簿》等元代戏曲史料文献可知,元杂剧中的"水浒戏"存目三十余种,但绝大多数都已散佚,完整的戏曲文本目前仅存高文秀《黑旋风双献功杂剧》、李文蔚《同乐院燕青博鱼杂剧》、康进之《梁山泊黑旋风负荆杂剧》、李致远《大妇小妻还牢末杂剧》,以及无名氏的《争报恩三虎下山杂剧》《鲁智深喜赏黄花峪杂剧》等六种。存世的这六部"水浒戏"堪称元曲中的上乘佳作,除抄本《鲁智深喜赏黄花峪杂剧》之外,[4]其余五种均配置了精美插图,最为精美的版本当属明代万历四十四年(1616)雕虫馆《元曲选》。值得注意的现象是,这些"水浒戏"都是将故事地点梁山泊放

---

1 脱脱等:《宋史》(第32册),中华书局1977年版,第1114页。
2 [宋]周密:《癸辛杂识》,吴企明点校,中华书局1988年版,第145—151页。
3 《古本小说集成》编委会编:《宣和遗事》,上海古籍出版社1994年版,第53—59页。
4 古本戏曲丛刊编刊委员会:《脉望馆抄校本古今杂剧》(七四),文学古籍刊行社1957年版,第1—2页。

在东平府（元代被称为"东平路"）。最著名的"水浒戏"剧作家高文秀亦是东平府人，人称"小汉卿"，又被誉为"东平高氏，力追汉卿，毕生绝艺，雕绘梁山"[1]，可见其戏曲创作水平很高，而且作品主要以梁山泊为话题，简直就是在精心雕刻并描绘梁山泊。我们首先逐一考察这五部元杂剧"水浒戏"及其插图。

1.《争报恩三虎下山杂剧》（万历四十四年雕虫馆原刻《元曲选》本）

《争报恩三虎下山杂剧》一共四折，剧末的题目、正名分别为"屈受罪千娇赴法 争报恩三虎下山"，但我们知道，元杂剧的题目正名并非勾勒整体情节，而是"情节中最易使人一目了然的'人''地''事（物）'所串接起的'故事因果提要'"[2]，有时甚至还颠倒曲本情节的前后次序。这部元杂剧的题目正名，就明显省略了关胜、徐宁与花荣如何与李千娇相识的"前戏"，仅仅概括了第三折的情节。然而有意思的是，即便曲本题目正名所涉情节集中在同一折，相应的插图也会让读者产生叙事逻辑上的错觉。

第三折一半以上的篇幅都是关胜、徐宁与花荣的宾白，三者先后到达山下的粥店，重复回忆他们各自如何结识李千娇。通过文本可知，这三人都是在李千娇的帮助下度过了羁旅途中的穷困或者危难时刻，而且，听闻后者有难之后，不约而同地向宋江请假：关胜云——"我在哥哥跟前告了一个月假限，收拾一包袱金珠财宝，下山搭救他去"，徐宁云——"兄弟问哥哥告了半个月假限，背着些金

---

1 吴梅：《中国戏曲概论》，王卫民编：《吴梅戏曲论文集》，中国戏剧出版社1983年版，第134页。
2 汪诗佩：《元杂剧"题目正名"新探——以元刊杂剧为切入点的考察》，《中华戏曲》2005年第2期。

珠财宝搭救他",花荣云——"如今把姐姐拖到官中,三推六问,屈打成招,早晚押上法场去。您兄弟在哥哥根前告了一个月假限,收拾了些金珠财宝,舍一腔热血,答救千娇姐姐"。[1]三人随后分别离开粥店、赶赴法场。简言之,关胜、徐宁与花荣"下山",在故事时间上绝对早于李千娇被押赴法场,而且在故事空间上先经过粥店的周转才在法场上碰面,绝对不会是下山后直奔法场。

曲本紧接着就是李千娇在法场上的唱词:

（刽子云）行动些,布下法场,时辰将次到也。（正旦唱）我只听的一下鼓,一下锣,撮枷稍的公吏拶搜,打道子的巡军每叶和。

【紫花儿序】叫喳喳的大惊小怪,扑碌碌的后拥前推,恶狠狠的倒拽横拖。我实心儿怕死,我可也半步儿刚挪。知么,两下里一齐都簇合,可又早已时交过。坐马的将官道蹅开,来看的将巷口揽夺。（刽子做打科云）喂!快行动些。（正旦唱）

【小桃红】告哥哥休打谩评跋,权等待些儿个,负屈衔冤怎生过,不存活。这场烦恼天来大。那妮子把孩儿每厮挼,将女孩儿面皮揾破,你常是下的手狠喽啰。

（刽子云）你若不犯下罪,可也不遭这等刑宪。（王腊梅上寻打俫儿科）（正旦唱）[2]

通过李千娇的唱词,可知她被押赴法场之壮观景象,抓住她脖颈上枷锁的公吏格外凶狠,"后拥前推""倒拽横拖",而在前面开道的差

---

[1] 傅惜华等编:《水浒戏曲集》（第一集）,上海古籍出版社1985年版,第74—75页。
[2] 傅惜华等编:《水浒戏曲集》（第一集）,上海古籍出版社1985年版,第76—77页。

役与一声声的锣鼓相应和，为骑马的将官扫清前进障碍，法场四周的巷口则挤满了围观的人群。在李千娇的自白中，我们还可以看出一位慈母的担忧，她担心二夫人王腊梅日后殴打自己的一双儿女，此时的舞台提示恰好是"王腊梅上寻打俫儿科"。

我们在此基础上释读曲本插图，图1-32同样被版心分割为左右两幅，右侧半叶插图榜题是"屈受罪千娇赴法"，图中被两名持刀男子拥护之人是李千娇，她双手被绑缚于身后，头上插有一块布料或者牌子标明了其死刑犯的身份。李千娇两侧的刽子手，分别用右手拉扯、左手推搡的动作再现曲本的"后拥前推""倒拽横拖"。李千娇身后还有两个孩子，即曲本所谓的"俫儿"，他们两人拂袖捂面，似乎是惊吓于母亲即将被执行死刑。孩子们身后还有一名女子，正做走向前者状，当为上台"寻打俫儿"的王腊梅。循着李千娇远眺的目光看向左侧半叶插图，我们发现有三名男子陆续走在下山的路

图1-32 "屈受罪千娇赴法 争报恩三虎下山"《元曲选》

上,他们不约而同地望向并用手指向前进方向左侧的法场,似乎是在告诉读者下山报恩的目的。左侧插图中的三名男子当为关胜、徐宁与花荣,他们前后有别,仿佛争先恐后地关切李千娇,其中第二人还背着一个包袱,似乎再现曲本一再提及用于救助恩人的"金珠财宝"。

除了上述插图对曲本的"唱和"之外,我们需要重点关注图像叙事的变化。首先,插图并不见曲本所提的"枷梢",亦不见庞大的行刑队伍、将官以及巷口围观的人群。实际上,左侧半叶插图的"法场"完全不属于曲本故事所发生的城市空间,"仿吴仲圭笔"提示我们需要将图像与吴镇典型的山水画联系起来。右侧半叶插图摹仿马远与夏圭的边角构图,只"遴选"李千娇、刽子手、一双儿女与王腊梅等重要角色入画,但这些人物出现在文人画中显得格外突兀扎眼。其次,插图中两名刽子手虽有推推搡搡的手势,但是丝毫没有凶悍的表情;李千娇身后的两名童子虽然拂袖捂面,但同样看不出悲伤的哭泣,上扬的嘴角似乎反映出孩童的天真笑容;至于上场"寻打俫儿"的蛇蝎心肠的王腊梅,反倒是一副慈眉善目的样子。这些人物表情,与整个好人遭受冤屈面临死刑的图像叙事基调大相径庭。最后,左侧半叶插图展现的是"三虎"正在下山,这明显有悖于关胜、徐宁与花荣在粥店吃粥这一"已下山"的故事时间;同时还以具体动作图说相对抽象的"下山"概念,理解有些许机械化,而三人同时出现在山路上似乎也未能表达清楚三人急于报恩的"争"。

2.《同乐院燕青博鱼杂剧》(万历四十四年雕虫馆原刻《元曲选》本)

该曲本一共四折,左侧半叶插图榜题是"梁山泊宋江将令",右侧半叶插图榜题是"同乐院燕青博鱼"。这一插图较为奇特之处在于,榜题与曲本"杨衙内倚势行凶 同乐院燕青博鱼"的题目、正名并不完全一致。为什么会出现这样的情况呢？我们仍需要从题目、正名与曲本叙事的关系说起。承上文所述，元杂剧的题目和正名一般是"故事因果提要"，但这则题目与正名却没有彰显整部曲本的叙事逻辑。更何况，杨衙内在大雪天气里殴打燕青，与燕青在同乐院因博鱼而结识燕大夫妇之间，并不存在任何叙事因果关系，倒不如"梁山泊宋江将令"与"同乐院燕青博鱼"更加富有关联性，因为恰好是楔子部分宋江安排燕青下山治疗眼疾，才引出了第二折燕青在同乐院博鱼的故事。

《同乐院燕青博鱼杂剧》开篇讲述燕青因请假下山延误归期，被宋江责打"脊杖六十"，后者甚至还将前者赶出梁山泊：

> （宋江云）推出去，不用他也！（正末云）哥哥，打了您兄弟罢波，可怎生不用您兄弟，赶下山去？（喽啰用推出门科）（正末做没眼科云）您众兄弟每，可怎生不见您一个那？呀，呀，呀，坏了我这眼也！（喽啰云）可不早说。喏，燕青被哥哥打了六十，感了一口气，内瘴气坏了眼也。（宋江云）学究哥哥，惜了一个好汉也！小喽啰，将燕青与我扶上山来者。（喽啰云）理会的。（扶正末做见宋江科）（正末云）哥哥坏了我这眼也！（宋江云）兄弟也，某一时间致怒，打了你几下，不想坏了你这眼。众弟兄每，看我面皮，每人一只短金钗，与你下山去寻个良医，治的好了，上山来依旧用你也。（正末云）索是谢了哥哥也。（唱）[1]

曲本只描述了"宋江同吴学究领喽啰上"，宋江虽"看着众弟兄每的

---

[1] 傅惜华等编：《水浒戏曲集》（第一集），上海古籍出版社1985年版，第17页。

面皮"而饶恕了燕青的"项上之罪",但并没有明确交代是否还有其他头领在场。曲本虽写到宋江下令"推出去,不用他也",得知燕青眼睛失明后又下令"将燕青与我扶上山来",但读者无法明确这场定罪、惩罚的戏究竟发生在室内还是室外。

我们且看图1-33的右半叶,建筑前方竖立着堂幕(即传统戏曲舞台装置中的"守旧"),这一室外空间还在对角线上装点着石头。宋江坐在堂幕前的虎皮交椅上,两侧各有四位头领,其中手持拂尘的人物当是公孙胜,而头戴学士帽、五绺髭须、手持芭蕉扇的"非官员"模样人物则是吴学究。在宋江对面台阶下跪着的人物应是燕青,他的两侧各有两人执棍与旗帜。可见,插图者似乎认为公孙胜、吴学究等八位头领应像《梁山泊黑旋风负荆》"在那聚义堂上,三通鼓罢,都要来全"[1]那样全部在场。而且,这部分故事还处于室外,

图1-33 "梁山泊宋江将令 同乐院燕青博鱼"
《元曲选》

---

1 傅惜华等编:《水浒戏曲集》(第一集),上海古籍出版社1985年版,第37页。

这与曲本末尾所附的"穿关"明显不符，因为后者只标明了宋江、吴学究、喽啰与燕青的表演穿戴与装饰，并未提及他人，特别是曲本所规定的吴学究"唐巾 补子圆领 带 三髭髯"[1]，与其插图形象明显不符。由此不难说明，插图者并没有严格按照曲本绘制，极有可能受到了其他小说或书籍插图的影响。

该版本《元曲选》刊刻时间为万历四十四年，对同时代的《水浒传》插图也有一定的影响。例如稍后天启年间出现的四知馆刊本《钟伯敬先生批评水浒忠义传》，开卷第一幅插图便是"三十六煞聚哨"（图1-34）。

图1-34 "三十六煞聚哨"
四知馆刻本《钟伯敬先生批评水浒忠义传》

---

1 傅惜华等编：《水浒戏曲集》（第一集），上海古籍出版社1985年版，第31页。

这一版本的小说插图大多复制容与堂刻本等其他插图，唯独这幅"三十六煞聚哨"尚属原创。但即便如此，插图者也参考了其他插图，正如弗兰齐斯科·彼特拉克所说，"一名模仿者必须确保他的作品和前人相似，但是并不完全一致"[1]，前文所述"梁山泊宋江将令 同乐院燕青博鱼"曲本插图，便是被摹仿的对象。榜题为"三十六煞聚哨"的插图，在构图方式上采取圆形结构，图像底端乃题写"梁山泊"的山门，图像叙事的室外空间，居尊者位于图像顶端，其身后有一块屏风，两侧有数量平均的人员，甚至连坐在中间交椅的人物的手势，两幅插图都一模一样。仔细辨别图1-34中站立的《水浒传》英雄人物，其中有鲁智深、武松以及两名女性人物，这就与小说叙事之间存在明显的矛盾，因为第四十一回"宋江智取无为军张顺活捉黄文炳"末尾明确写到此时上山聚义的英雄人数为四十人，像顾大嫂、孙二娘、扈三娘、鲁智深、武松等英雄奔上梁山泊，则是此后的事情。

3.《黑旋风双献功杂剧》（万历四十四年雕虫馆原刻《元曲选》本）

该曲本一共四折，在剧目之前配置占据整个书叶的两幅插图，版心自上而下题"元曲选 图 四十五"，每幅插图右上角均有一则榜题，连起来则是"及时雨单责状 黑旋风双献功"（图1-35）。这部戏曲讲述的故事同样非常简单：孙孔目欲携妻郭念儿赴泰安烧香还愿，前者因是宋江故旧，跑到梁山泊上寻找"一个护臂"。李逵请缨下山护送孙孔目，不料郭念儿与白衙内在火炉店计划私奔。白衙内设计将孙孔目关押在狱中，李逵救出孙孔目，杀掉白衙内与郭念儿。"全图"式插图虽占据整个书叶，却被版心分割成两个独立的空间：在

---

[1] 〔意〕弗兰齐斯科·彼特拉克：《论自己和大众的无知》，张沛译，华东师范大学出版社2021年版，第193页。

右侧插图中，站在室外堂幕与虎皮交椅前的人物，着官帽、官服以及虚束的革带，当是梁山泊头领宋江；与宋江持同样指向山下手势的人物是李逵，二者仿佛正在约定下山担任孙孔目护臂过程中的"注意事项"，而在最右侧伏案执笔模样的书生则是陪同宋江的吴学究。但是，如果我们仔细对比曲本语象与图像，就会发现二者之间的差异。

图1-35　"及时雨单责状 黑旋风双献功"
《元曲选》

《黑旋风双献功杂剧》第一折写到李逵为了争取下山护送孙孔目赴泰安而向宋江许诺：

【伴读书】泰安州须无那千千丈陷虎池，万万尺迷魂阵，我与你摆着手横行。（带云）躲了。（唱）若是抹着我的无干净。保护的俺哥哥不许生疾病。若我失了军情政，哥也，我便情愿输了燕颈。

　　（正末云）哥也，您兄弟这一去，保护的哥哥无事无非还家来。若有些儿失错呵，愿输我项上这颗头。（宋江云）兄弟，下山去则要你忍事饶人者。（正末云）哥也，假似有人骂你兄弟呵呢？（宋江云）忍了。（正末云）有人唾在你兄弟脸上呵呢？（宋江云）揩了。（正末云）有人打你兄弟呵呢？（宋江云）你少还他些儿。（正末云）还他这些儿？（宋江云）少。（正末云）还他这些儿？（宋江云）少。（正末云）还到这里，怕做什么！（宋江云）可打杀人也。则要你轻道重德，兄弟也，是和非，休争竞。[1]

曲本只是提到李逵夸下海口，力保孙孔目顺利前往泰安，并未描绘是否有人专门使用纸笔记下"军令状"。此外，第三折还有李逵很长一段宾白：

　　（正末上云）哥也，这里也无人。山儿也，子要前思，免劳后悔。当此一日，小喽啰踏着山冈，问了三声道：有好男子好汉，跟的孙孔目哥哥往泰安神州烧香去，你正是囊里盛锥，尖者自出。我便道：我敢去，我敢去。你则去罢波！宋江哥根前说下大言：保护的孔目哥哥无是无非还家来，若有些失错呵，愿输项上这颗头。又立了军令状。和俺孔目下的山来，到的那火炉店内，我和俺哥哥草参亭上占房子去，不知甚么人把俺嫂嫂拐的去了！我说：哥哥，你则在这里，我不问那里，赶

---

[1] 傅惜华等编：《水浒戏曲集》（第一集），上海古籍出版社1985年版，第3—4页。

上那厮，夺的嫂嫂来。我则赶嫂嫂去了，谁想俺哥哥正告在刁了俺嫂嫂的白衙内根前！如今把哥哥下在死囚牢里也，山儿你有是么面目见俺宋江哥？我无计可施，我打扮做个庄家呆后生，提着这饭罐儿，我则能勾入那牢里去呵，我自有一个主意也。（唱）[1]

李逵此处意在回溯整个事件始末，同样提到"立了军令状"，但整个曲本没有明确这则军令状由谁写、在何处写，插图者可能根据文意以及有限的在场人物，"推断"并"补充"应当由吴学究承担这则军令状的撰写。这样的"推断"和"补充"同样发生在第二幅插图中。

我们循着第一幅插图李逵手指方向继续向左看，便将视觉延伸到"山下"，第二幅插图右下角的李逵回视"来时方向"，恰好形成一种呼应，两幅插图的图像叙事从而紧密勾连在一起。李逵右肩所扛的长矛上，挂有两颗人头，即所谓的"双献功"：

（正末杀白衙内科）（正末云）我把这两颗头都放在这里；衣服上扯下一块来，捻做个纸捻，去腔子里蘸着热血，白壁子上，写下宋江手下第十三个头领黑旋风杀了白衙内，是我来！是我来！我将着这两颗头上梁山，宋江哥哥根前献功走一遭去。（唱）

【尾声】今日个草参亭上双献头，这厮好模样，出尽丑。抹断咽喉钢刀透，眉儿圪皱，浪包娄翻做鬼狐犹。

---

[1] 傅惜华等编：《水浒戏曲集》（第一集），上海古籍出版社1985年版，第10页。

（宋江冲上云）某乃宋江是也。山儿李逵，你成了功也！（正末云）哥哥，您兄弟杀了奸夫奸妇也！（宋江云）今日与孙孔目报了冤仇也。你听者，则为那：白衙内倚势挟权，害良人施逞凶顽。孙孔目含冤负屈，遭刑宪累受熬煎。黑旋风拔刀相助，劫囚牢虎窟龙潭。秉直正替天行道，众头领与孔目庆贺开筵。[1]

由此可见，插图中李逵长矛上的人头就是郭念儿与白衙内。令人百思不得其解的是，沿着左侧插图深远的构图线索向上看，就会发现有一队行军人马正在经过，为首的将官骑马，两侧与后方有执旗和持武器的军士，然而，曲本并没有相应的描写。插图者显然又是对曲本做了"推断"和"补充"，而其所据基础则很有可能是"仿范宽笔"使然。我们知道范宽以高远构图的《溪山行旅图》著称中国美术史，这幅山水画迎面便是雄伟的山峦，山下的迷雾还衬托出这幅画的前景，层层流下的飞瀑又呈现出另一种深远构图方式，山脚下自右向左有两人指挥满载货物的驮马。"黑旋风双献功"这半叶插图极有可能受此启发，借鉴了《溪山行旅图》深远的构图，并以行军队伍替换了马帮，试图让这部分人物与李逵有所联系，或者形成图像叙事上的有机组成部分。但因为曲本没有任何相应的语象，以至于插图者的这种"补充"无疾而终。

4.《梁山泊黑旋风负荆杂剧》（万历四十四年雕虫馆原刻《元曲选》本）

该曲本一共四折，题目与正名分别题为"杏花庄老王林告状"

---

[1] 傅惜华等编:《水浒戏曲集》（第一集），上海古籍出版社1985年版，第15页。

"梁山泊黑旋风负荆",与插图两侧榜题基本相同。从整个曲本叙事来看,李逵下山在杏花庄王林酒店喝酒,听说后者女儿被宋江与鲁智深抢走。李逵遂回山寨与宋江、鲁智深理论一番,他们约定下山让王林指认,并立下军令状。王林指认强抢女儿的并非梁山泊的宋江与鲁智深,当是他人顶替,李逵只好负荆请罪。最后,在王林的帮助下,李逵捉拿到冒名者宋刚与鲁智恩,王林亦与女儿团圆。就此而言,曲本的题目与正名确实概括出叙事的核心逻辑,我们不妨继续观照插图(图1-36)。

图1-36 "杏花庄王林告状 梁山泊李逵负荆"
《元曲选》

右侧半叶插图绘制的是酒旗飘扬的王林家,后者坐在桌边拂袖悲伤,此时李逵正走进酒店买酒。这一图像叙事当是插图者的想象,毕竟曲本仅有的人物唱词与对话,特别是王林伸手接受李逵"一抄碎金子"的动作并未呈现在图像之中。左侧半叶插图绘制的是梁山泊空间,宋江坐在室外亭子中,身后是一块画有"海水朝日图"的屏风,正抄手看向跪拜在地的李逵。李逵背上插有一根棍状物,应当是曲本所提及的"一束荆杖"。鲁智深从李逵面前走过,一脸怒色之外还用手对李逵指指点点,似乎仍未消除被后者误会的气愤。此外,宋江两侧还站立着其他五位人物,或者在交谈,或者看向李逵之外的其他方向,目光没有聚焦在"负荆请罪"的李逵身上。那么,图像叙事与曲本叙事之间究竟是什么关系呢?

【搅筝琶】我来到辕门外,见小校雁行排。往常时我来呵,他这般退后趋前,怎么今日的他将我佯呆不采?(做偷瞧科)哦,元来是俺宋公明哥哥和众兄弟都升堂了也。他对着那有期会的众英才,一个个稳坐抬颏。我说的明白,道莽撞的廉颇请罪来,死也应该。

(见科)(宋江)山儿,你来了也!你背着甚么哩?(末)哥哥,您兄弟山涧直下,砍了一束荆杖,告哥哥打几下。您兄弟一时间没见识,做这等的事来!

【沉醉东风】呼保义哥哥见责,我李山儿情愿餐柴。第一来看着咱兄弟情,第二来少欠他脓血债。休道您兄弟不伏烧埋,由你便宜打到梨花月上来;若不打这顽皮不改。

(宋江)我元与你赌头,不曾赌打。小喽啰,将李山儿揣下聚义堂,斩首报来!(末)学究哥,你劝一劝儿!智深哥,你也劝一劝儿!(学究同鲁智深劝科)(宋江)这是军状。我不打他,则要他那颗头!(末)哥,你道甚么哩?(宋江)我不打你,则要你那颗头!(末)哥哥,你真个不肯打？打一下是一下疼；那杀的只是一刀，倒不疼哩。（宋江）我不打你。（末）不打，谢了哥哥也！（做走科）（宋江）你走那里去？（末）哥哥道是不打我。（宋江）我和你打赌赛，我则要你那六阳会首！（末）罢，罢，罢，他杀不如自杀，借哥哥剑来，待我自刎而亡。（宋江）也罢，小喽啰，将剑来递与他。（末做接剑科）这剑可不元是我的？想当日跟着哥哥打围猎射，在那官道傍边，众人都看见一条大蟒蛇拦路；我走到跟前，并无蟒蛇，可是一口太阿宝剑。我得了这剑，献与俺哥哥悬带。数日前，我曾听得支楞楞的剑响，想杀别人，不想道杀害自己也！[1]

对比曲本可知，陪同宋江的众位头领应当是"稳坐抬颜"，而不是像插图那样的站姿；李逵负荆请罪、跪拜在宋江面前时，鲁智深应当是与吴学究一道劝阻宋江，而不是像插图那样在李逵面前走过并指指点点、念念叨叨；曲本根本没有提及其他头领们的动作，更不是像插图那样他们交头接耳、满面悦色。以上种种差异，说明插图者可能熟悉曲本的故事梗概，在图像上仅仅绘制了李逵的跪拜，杂糅了其他与文本无关的人物及其动作，以至于图像叙事与曲本叙事之间，并非全程的"唱和"关系，而是只有"负荆请罪"的主要情节踩对了节拍，其他部分则大多变调或者走调。

5.《大妇小妻还牢末杂剧》（万历四十四年雕虫馆原刻《元曲选》本）

该曲本一共四折，题目与正名分别是"烟花则说他人过 僧住赛

---

[1] 傅惜华等编：《水浒戏曲集》（第一集），上海古籍出版社1985年版，第43—44页。

娘遭折挫""山儿李逵大报恩 镇山孔目还牢末"。就剧情而言,该曲本稍显拖沓:先是李逵奉宋江之命,下山"招安了刘唐、史进,一齐的同上梁山",而李逵因"路见不平,拔刀相助"打死了人,在李孔目的斡旋下免于死罪;李逵因暴露身份并将"一双匾金环子"作为信物赠与李孔目,不承想被李孔目小妾萧娥告官;刘唐因此前私仇擒拿、拷打李孔目,后者妻子病逝、儿女被小妾虐待,可谓家破人亡;李逵听闻李孔目有难,于是下山营救,阮小五同时下山招安刘唐与史进二人,最终救出了李孔目及其孩子们,并擒获萧娥及其姘头赵令史。

《大妇小妻还牢末杂剧》插图的榜题"李山儿生死报恩人 都孔目风雨还牢末",可以说只是对曲本正名的改头换面,并未涵盖"烟花则说他人过 僧住赛娘遭折挫"所涉的情节。我们先来看右侧半叶的插图(图1-37),屹立在烟波浩渺中的高山与旗帜飘扬的城池当

图1-37 "李山儿生死报恩人 都孔目风雨还牢末"
《元曲选》

是梁山泊,李逵右手持刀,左肩背有包袱,应为再现曲本第四折:

> 某,山儿李逵是也。今有李孔目哥哥,为我下在死囚牢中。我问宋江哥哥告了一个月假限,将着一包袱金珠财宝,下山去,搭救李孔目走一遭去。拜辞了宋江哥哥,并不辞碌碌波波,我今日忘生舍死,搭救李孔目出地网天罗。[1]

李逵正朝远离梁山泊的方向走去,一边走一边回头,挥舞的左手似乎在与宋江等人告别。

较之右侧半叶图像叙事简单而清晰的线索,左侧半叶插图则要复杂许多。左侧半叶插图绘制的是山下空间,画面中心是一对男女形象,女子侧脸对男子交代,而后者则手持一根绳索,似乎是准备捆绑或谋害画面角落的三人。画面右下角有三人,当是两个孩童扶着坐在地上的男子,后者衣衫褴褛,不着鞋袜,异常潦倒。如果我们回溯曲本叙事,便会发现图像叙事的某些端倪。第三折篇幅较短,主要叙事情节是刘唐误以为已吊死李孔目,没想到后者又活了过来;萧娥亲自跑到现场查看,要求刘唐重新将李孔目拖回牢狱之中。我们需要留意的是,这一折中僧住与赛娘救助父亲李孔目醒来,但他们两个孩童并不是刘唐的杀害对象,刘唐只是"着他还牢去"。也就是说,画面右下角的父子三人,再现的是第三折的情节,然而与画面中间那对男女之间的关系,却并非第三折的叙事逻辑。

第四折叙写李逵下山报恩,阮小五跟踪史进、刘唐与李孔目,劝说三人同上梁山,他们恰好与李逵在上梁山路上相遇:

---

[1] 傅惜华等编:《水浒戏曲集》(第一集),上海古籍出版社1985年版,第58页。

（刘、史上见科）（邦云）二位是谁？（正末云）这个便是刘唐、史进。（邦云）两位哥哥，宋江哥哥将令着我下山招安你来。（刘云）俺一齐上梁山见宋江哥哥去。看有甚么人来？（赵令史、外旦、俫儿同上）（外旦云）赵令史，有这两个业种，你与我勒死了罢。（净云）我知道。（做勒科）（邦云）兀的不有人来也，俺赶将去。（净云）有人来了，俺走！俺走！（同外旦下）（邦同刘、史赶下）（正末见二俫云）兀的不是僧住、赛娘，被奸夫淫妇勒死了！我索救孩儿咱。（唱）

【快活三】我连忙将绳解开，早是我快疾来。猛然见了，觑的明白，吓的我魂飞着天外。[1]

由上文可见，萧娥让赵令史用绳子勒死僧住、赛娘，幸好李孔目他们赶来解救了两个孩子。如果我们反观插图的图像叙事语境，就会发现画面中心的那对男女，又应当是萧娥与赵令史，他们二人的动作交流，再现的是第四折筹划勒死僧住与赛娘的情节，但后者不能像插图中那样扶起父亲李孔目，因为这个情节并非出现在第四折，而是此前的第三折。进而言之，这幅插图杂糅了第三折与第四折的叙事，它利用这两折中重合的关键人物，巧妙地串联起两个"谋害"的行动。

我们需要对这五部元杂剧"水浒戏"及其插图做出整体的归纳。包括没有配置插图的《鲁智深喜赏黄花峪杂剧》在内，元杂剧"水浒戏"呈现出"下山-上山"的二元叙事结构，梁山泊英雄头领下山或欢度佳节，或找寻伙伴，或招安入伙，在返回梁山泊

---

[1] 傅惜华等编：《水浒戏曲集》（第一集），上海古籍出版社1985年版，第59—60页。

的路上遇到了一系列困难之后，再度下山解救他人，最终获得共同上山的团圆结尾。这就导致插图具有以下共同的特征：其一，每部曲本均配置一整叶插图，而左右两个半叶插图又分别呈现出山上与山下两个空间。其二，右侧半叶插图空间无论为山上还是山下，都与左侧半叶插图形成了因果关系，例如《梁山泊黑旋风负荆杂剧》李逵看到杏花庄王林苦恼，于是介入冒名宋江者强抢民女的事件，最终因误解宋江和鲁智深而负荆请罪。其三，这些插图非常注重将图像叙事纳入到山水画的传统中，甚至每一幅都以摹仿宋元以降的名家为尚，诸如"仿吴仲圭笔""仿范宽笔""仿米友仁笔"等，折射出插图者偏爱将曲本的抒情体性与山水融为一体，从而使插图鲜明有别于明代的小说插图。其四，不论曲本叙事环境为室内还是室外，插图一律将其置于室外，并搭设舞台堂幕，这不啻为图像对故事环境的虚构；虽部分人物形象的服饰符合其在曲本中的身份与脚色，但插图者并未严格按照曲本穿关提示来绘制。

由是观之，同时代万历三十四年（1606）浣月轩刊本《蓝桥玉杵记》"凡例"所谓"本传逐出绘像，以便照扮冠服"[1]，即认为曲本插图可以指导实际演出装扮的说法，当是一则缺乏明代戏曲美术史以及图像叙事史支撑的孤证。元杂剧"水浒戏"的"下山-上山"叙事结构，对《水浒传》的小说叙事具有重要影响，只不过后者将"下山"的主要任务变成了招安以及履行招安使命。总的来说，曲本插图的上述特点，明显有别于明清时期的《水浒传》小说插图，特别是前者的文人画程度远远高于后者。

1　蔡毅编著：《中国古典戏曲序跋汇编》（二），齐鲁书社1989年版，第1302页。

第三节　其他类型的《水浒传》图像

《水浒传》的图像可谓类型多样，我们有必要尽力展示其历史原貌，纵然本书侧重于明清时期插图，也仍需其他时段、其他类型图像作为研究的参照。就动态图像而言，除前文所述的戏曲之外，还有许多摹仿《水浒传》的表演或仪式的图像。[1] 就静态图像而言，除我们集中爬梳的插图之外，还有《水浒传》题材的瓷画，以及清末之后的连环画等。

一、明清时期《水浒传》陶瓷图像

宋莉华在研究明清小说的传播问题时，注意到陶瓷绘制文学图像，产生了某种文化增殖效应，特别是康熙一朝，"以小说题材作为瓷器绘图

---

[1] 最著名的案例当属张岱所记载的"及时雨"，即摹仿宋江造型的祈雨仪式。"壬申七月，村村祷雨，日日扮潮神海鬼，争唞之。余里中扮《水浒》，且曰：'画《水浒》者，龙眠、松雪近章侯，总不如施耐庵，但如其面勿黛，如其髭勿鬣，如其兜鍪勿纸，如其刀杖勿树，如其传勿杜撰，勿戈阳腔，则十得八九矣。'于是分头四出，寻黑矮汉，寻梢长大汉，寻头陀，寻胖大和尚，寻茁壮好汉，寻姣长妇人，寻青面，寻歪头，寻赤须，寻美髯，寻黑大汉，寻赤脸长须，大索城中。无则之郭、之村、之山僻、之邻府州县，用重价聘之，得三十六人。梁山泊好汉，个个呵活，臻臻至至，人马称娖而行，观者兜截遮拦，直欲看杀玠。五雪叔归自广陵，多购法锦彩缎，从以台阁者八：雷部六，大士一，龙宫一，华重美都，见者目夺气亦夺；盖自有台阁，有其华无其重，有其美无其都，有其华重美都，无其思致，无其文理。轻薄子有言：'不替他谦了，也事事精办。'季祖南华老人喃喃怪问余曰：'《水浒》与祷雨有何义味？近余山盗起，迎盗何为耶？'余俯首思之，果诞而无谓，徐应之曰：'有之。天罡尽，以宿太尉殿焉。用大牌六，书'奉旨招安'者二，书'风调雨顺'者一，'盗息民安'者一，更大书'及时雨'者二前导之。'观者欢喜赞叹，老人亦匿笑而去。"由此可见，这一仪式活动根据《水浒传》人物的"造型描述"进行演员的选择，颇为有趣。参见［清］张岱：《陶庵梦忆》，张松颐校注，西湖书社 1982 年版，第 89—90 页。

内容"的现象非常广泛。[1]据中国陶瓷史方面的研究可知,当时所流行的《列国志》《三国演义》《水浒传》《西厢记》等文学作品,多被绘成陶瓷故事画,"为后世陶瓷的花纹开辟了新的内容和广阔的前景"。[2]鉴于陶瓷器皿主要用于日常生活,由此可见生活世界对文学艺术的摹仿,而《水浒传》借助陶瓷图像叙事又一次"飞入寻常百姓家",我们不妨检视清代中前期的典型案例。

1.《水浒传》好汉五彩图盘(康熙年间,大英博物馆藏)

该陶瓷制品系清代外销瓷之一,由珐琅彩瓷制成,直径约33.5厘米。图像绘有宋江、吴用、朱仝、林冲等四十位英雄好汉,好汉们每人都标示姓名榜题。值得注意的是,宋江头戴双翎、身披铠甲,一副戏曲人物扮相。图像以宋江为视觉焦点,在其上方书写"忠义堂"三字(图1-38)。

图1-38 《水浒传》好汉五彩图盘(大英博物馆藏)

---

1 宋莉华:《明清时期的小说传播》,中国社会科学出版社2004年版,第191页。
2 清代陶瓷釉面装饰图像多取意于文学,除摹仿上述文学作品之外,还再现了很多文学母题,例如五轮图、饮中八仙、八仙庆寿、十八学士、西湖十景、耕织图、渔樵耕读等。参见叶喆民:《中国陶瓷史》,生活·读书·新知三联书店2011年版,第559、607—609页。

2. 五彩武松打虎图胆瓶（康熙年间，阿姆斯特丹国立博物馆藏）

该陶瓷制品高23.5厘米，上半部分边缘直径为3.2厘米，胆瓶腹部直径为13.5厘米，底座直径为6.5厘米。胆瓶整体呈鸭梨形状，釉面色彩丰富，涂有蓝、红、绿、黄、黑等色。目前呈现在我们面前的这幅图像（图1-39），绘制的是武松正在打虎的瞬间。他脚踏老虎脖颈处，左手摁住虎头，高高扬起的右拳似乎将立刻落下捶打老虎，值得注意的是，武松右拳恰好位于画面的制高点，从而将观众的目光引向修长的瓶颈。而胆瓶的背面绘制的是一个猎户穿着虎皮手持长矛，仿佛是对应《水浒传》中武松打死猛虎之后遇到景阳冈上设伏的猎人们，从而与此前武松打虎形成了相对完整的叙事逻辑。

图1-39 五彩武松打虎图胆瓶（阿姆斯特丹国立博物馆藏）

3. 五彩《水浒传》人物纹盘（康熙年间，台北故宫博物院、阿姆斯特丹国立博物馆等藏）

该纹盘应当是成套的外销瓷制品，散落在世界各地，每个盘子高度为2.7厘米，直径为20.2厘米，盘内绘有三位《水浒传》英雄人物，构图方式均为左侧一人、右侧两人（图 1-40 至图 1-44）。非常有意思的现象是，这些人物的造型竟然多与陈洪绶《水浒叶子》相同，最典型的表征就是图 1-41 中的一丈青扈三娘，其头戴单翎，一副番将的戏曲舞台装扮，右手正抛起三颗弹子，引来杨雄、李忠的驻足凝视。通过下文第三章的论述便可以发现，《水浒传》并无关于扈三娘擅长弹子功夫的叙事，这是陈洪绶将百二十回琼英这位女将的"标签"移植到扈三娘身上的结果。再如图 1-43 中的董平，其宽大而且极为夸张的铠甲，与陈洪绶《水浒叶子》简直是如出一辙，只不过前者对后者左臂所持的无字之书做了改动，增加了书籍版面

图 1-40　五彩《水浒传》人物纹盘（台北故宫博物院藏）

图 1-41　五彩《水浒传》人物纹盘（阿姆斯特丹国立博物馆藏）

图 1-42、图 1-43、图 1-44　五彩《水浒传》人物纹盘（阿姆斯特丹国立博物馆藏）

上的朱丝栏。

4. 粉彩《水浒传》故事图碟、杯（雍正年间）

胡雁溪、曹俭编著的《它们曾经征服了世界：中国清代外销瓷集锦》，收录了一套取意于《水浒传》叙事的碟子与杯子（图1-45），其中碟高2.1厘米，直径13.3厘米，而杯高4.4厘米，直径9厘米。如此狭小的绘图面积，着实带来了较大的图像叙事辨识难度，编著者认为这是对《水浒传》武大郎捉奸的再现。[1]根据《水浒传》第二十五回"王婆计啜西门庆 淫妇药鸩武大郎"叙事可知，面对武大郎捉奸，西门庆先是"钻入床底下躲去"，但武大郎准备夺门而入、潘金莲数落西门庆无能之际，"西门庆在床底下听了妇人这几句言语，提醒他这个念头，便钻出来说道：'娘子，不是我没本事，一

图1-45 粉彩《水浒传》故事图碟、杯

---

[1] 胡雁溪、曹俭编著：《它们曾经征服了世界：中国清代外销瓷集锦》，中国大百科全书出版社2010年版，第237页。

时间没这智量。'便来拔开门,叫声:'不要打!'武大却待要揪他,被西门庆早飞起右脚。武大矮短,正踢中心窝里,扑地望后便倒了"。[1]也就是说,西门庆躲在床底下与武大郎被踢倒在地,属于前后两个不同的瞬间,如果图像尝试叙述这段故事,就不可能出现类似于图1-45的画面。因为这幅陶瓷图像中有一男子在桌底下,而不是床底下;此外,躲在桌底下之人与躺在地上的另一名男子同时出现。这似乎说明陶瓷图像恐怕并不是摹仿《水浒传》的图像叙事。

5. 粉彩《水浒传》人物纹碟(雍正年间)

该纹碟直径为10厘米,碟心绘有一幅图像,《古洋珍藏外销瓷图鉴》一书将其认定为摹仿《水浒传》的图像。[2]图像以繁茂的花朵作为背景,一名女子站在屋内窗前,手持一根竿子,正看向屋外手持折扇的男子,两人互相注视,面带微笑(图1-46)。这似乎能够

图1-46 粉彩《水浒传》人物纹碟

---

1 [明] 施耐庵、罗贯中:《水浒全传》,上海古籍出版社1976年版,第310页。
2 吴培编纂:《古洋珍藏外销瓷图鉴》(下),上海社会科学院出版社2016年版,第260页。

让人联想起《水浒传》第二十四回"王婆贪贿说风情 郓哥不忿闹茶肆",潘金莲准备拿叉竿挑起窗帘时,"失手滑将倒去,不端不正,却好打在那人头巾上","那人立住了脚,正待要发作;回过脸来看时,是个生的妖娆的妇人,先自酥了半边,那怒气直钻过爪洼国去了,变作笑吟吟的脸儿"。[1]

6. 广彩《水浒传》故事图碟、杯(乾隆年间)

碟子高为2.3厘米,直径11.8厘米,敞口,浅腹,边沿绘有金彩锦地的开光鸟纹,碟心部分绘有图像。杯子高为4.1厘米,直径7.5厘米,撇口,深腹,其外圈杯壁图像与碟心图像一致,形成了一对瓷器的呼应。《它们曾经征服了世界:中国清代外销瓷集锦》同样认为它是摹仿自《水浒传》的图像叙事,但是,《水浒传》的小说中没有三名女子同两名男子相遇或者共同议事的情节,而且图1-47中的绿衣红裤男子,呈现出戏曲演出中的起云手动作,这样的戏曲表演程式并未唤起我们对《水浒传》相关叙事的回忆。

图1-47 广彩《水浒传》故事图碟、杯

---

[1] [明]施耐庵、罗贯中:《水浒全传》,上海古籍出版社1976年版,第290页。

7. 五彩《水浒传》人物故事罐（清中期）

该陶瓷制品高为 16 厘米，直径为 26 厘米，口沿外撇，溜肩，鼓腹，胎质细腻而纯洁，釉色浓烈而厚重，纹饰繁密而有序，属于较为少见的《水浒传》图像瓷罐（图 1-48）。图像以松柏、山石为背景，绘制了衣着红色官服的宋江，头戴纶巾、胡须飘然的吴用，以及手持棍棒、袒露一只胳膊的鲁智深等人物。在鲁智深身前，是手持红缨钩镰枪的徐宁。而在鲁智深身后，则是身穿铠甲，分别持青龙偃月刀与钢鞭的关胜、呼延灼。[1] 有意思的是，这些人物仿佛都不是站在地面，而是站在云端，而且"人比山高""人比树大"，给人一种中国早期山水画法的错觉。

图 1-48 五彩《水浒传》人物故事罐

实际上，清代以来取意于《水浒传》的陶瓷图像叙事，并不止

---

[1] 李笙清：《清中期五彩水浒人物故事罐》，《收藏快报》2016 年 8 月 10 日。

上述几种，我们经眼很多博物馆藏品与业已出版的陶瓷图像后发现，由于榜题的匮乏，很多人物、情节、场景都无法有效唤醒观众对《水浒传》叙事的记忆，以至于大量陶瓷被简单命名为"人物"图碟或"故事"图罐等。仅从我们已经掌握的《水浒传》陶瓷图像以及摹仿其他文学的陶瓷图像文献来看，陶瓷较之于书籍更容易长期保存，这种物质形式之于文学的图像阐释、图像传播，更具时间上的优势。值得注意的是，陶瓷制品往往呈现为圆形或柱体，有助于造就图像叙事的分段落，甚至图像叙事的回环往复等效果。江西省社科院文学研究所的倪爱珍研究员，近年来致力于"陶瓷图像的文学叙事研究"，我们期待这一领域得到进一步拓展。

二、《水浒传》连环画图像

为了辩护"连环图画"的合法性，鲁迅曾专门撰文梳理中国古代书籍插图的图像叙事，"书籍的插画，原意是在装饰书籍，增加读者的兴趣的，但那力量，能补助文字之所不及，所以也是一种宣传画。这种画的幅数多的时候，即能只靠图像，悟到文字的内容，和文字一分开，也就成了独立的连环图画"[1]。阿英也认为像建阳地区双峰堂刻本《京本增补校正全像忠义水浒志传评林》"上图下文"版式中的插图，"连续性很强，不像'摘要'，近乎后来的连环画册"，只不过前者"还不是以图为主，是以文字为主，仍然具有插图性质"[2]。两位先贤都将现代以来的连环画追溯至古代插图，充分注意到这两种图像在叙事上的连续性，纵然建阳刻本插图的图像叙

---

1 鲁迅：《鲁迅全集》（第4卷），人民文学出版社2005年版，第457—463页。
2 阿英：《中国连环图画史话》，《阿英全集》（第8卷），安徽教育出版社2003年版，第580—587页。

事在人物、情节等方面不如后者那样丰富，也不像后者那样环环相扣。

第一部取意于《水浒传》的连环画图像诞生于 1928 年，李澍臣绘制的《连环图画水浒》由上海世界书局出版（图 1-49），相继出版的还有《西游记》《三国志》《封神榜》《岳传》，它们的"封面都印有'连环图画'的字样"。自此之后，我们"就把这种图文结合，绘有连续性图画的读物统称为'连环图画'"，连环画也就跻身中国近现代美术史的行列。[1] 实际上，《水浒传》连环画不仅见证了中国连环画的发端，而且还是中国连环画史的缩影。

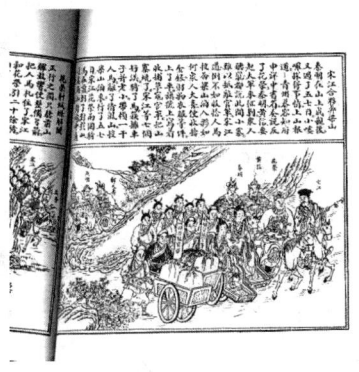

图 1-49　《连环图画水浒》（李澍臣绘，上海世界书局 1928 年版）

20 世纪 20 年代至 40 年代的《水浒传》连环画有着相同的形制，即图画位于书籍版框的下半部分，高度约占版框的三分之二；版框上半部分是当前页图像所摹仿的《水浒传》相关文本，其功能相当于明代双峰堂刻本插图两侧的榜题，高度大约占版框的三分之一。可以说双峰堂刻本的《水浒传》与此时的《水浒传》连环画都属于

1　沈其旺：《中国连环画叙事研究》，江苏大学出版社 2012 年版，第 36—37 页。

"语-图"互文的"图文书",但其中"文学"与"图像"的比例却大不相同,前者语言文本所占页面的比例要远远大于图像文本,而后者中的图像文本要多过语言文本,并且这里的语言文本都是对《水浒传》原著的缩写或者重述。这是此阶段《水浒传》连环画图像的一个突出特点。另一个特点是,大量语言文本开始渗透到图像之中,比如在人物旁边标记出姓名,以写有文字的方框、螺旋形文本框来表示人物内心所思、所感、所梦、所言。双峰堂刻本的插图,虽然也有在事物之上写出其名称的现象,但绝不像连环画中这样普遍。《水浒传》每一回故事相对独立,同时也互相勾连,这为连环画的绘制提供了天然便利,例如连环画图像叙事除了可以依照回目为题进行创作(如《雪夜上梁山》),也可以围绕某一人物创作(如《九纹龙史进》)。[1]

新中国成立之后,出于政治目的或教育目的等,《水浒传》连环画得以大量绘制出版,由此迎来了发展的高峰,并一直持续到20世纪80年代。与前一阶段相较而言,《水浒传》连环画的形制没有太大变化,只不过其中的语言文本由原来的图像上方,挪移到了图像下方,书写顺序也将从右至左的竖写,变成了从左至右的横写。"连环画本来象一派春潮","但是在1985年的某一个早上,这派春潮突然退了下去,退得远远的,久久未见涨潮的潮头到来"。[2]目前,我们共搜集到300余册《水浒传》(不包括《水浒后传》《荡寇志》等续书)的连环画图像,现以表格呈现文献信息。

---

[1] 《中国现代美术全集·连环画》收录了8种"水浒"连环画,但市面上的实际数量可能无法准确统计。
[2] 陈惠冠:《落潮时节的探求》,《连环画艺术》1987年第1期。

表 1-1 《水浒传》连环画图像[1]

编号	名称	绘画作者	出版时间	出版社或收藏地	备注
1	《彩绘全本水浒传》	戴敦邦、张琳	2009 年	中国书店	该套连环画共计 10 册，其中，第 1 至 7 册的图像为戴敦邦所绘，第 8 至 10 册的图像选自清人张琳作品。
2	《黑旋风李逵》	赵明钧	2006 年	河北美术出版社	
3	《九纹龙史进》	卜孝怀	1955 年	朝花美术出版社	该套连环画共计 26 册，2001 年由人民美术出版社重印。
4	《鲁智深》	任率英	1955 年	人民美术出版社	需要说明的是，朝花美术出版社附属于人民美术出版社。
5	《野猪林》	卜孝怀	1955 年	朝花美术出版社	
6	《林冲雪夜上梁山》	卜孝怀	1955 年	朝花美术出版社	
7	《杨志卖刀》	陈缘督	1955 年	朝花美术出版社	
8	《智取生辰纲》	吴光宇	1955 年	朝花美术出版社	
9	《石碣村》	墨浪	1955 年	朝花美术出版社	
10	《宋江杀惜》	陈缘督	1955 年	朝花美术出版社	
11	《狮子楼》	卜孝怀	1955 年	朝花美术出版社	
12	《快活林》	卜孝怀	1955 年	人民美术出版社	
13	《清风寨》	陈缘督	1956 年	人民美术出版社	

---

[1] 大部分材料都由丽水学院沈其旺教授协助提供，特此声明，并谨表谢忱。

(续表)

编号	名称	绘画作者	出版时间	出版社或收藏地	备注
14	《闹江州》	卜孝怀	1956年	朝花美术出版社	
15	《李逵下山》	卜孝怀	1956年	人民美术出版社	
16	《三打祝家庄》	徐燕荪	1956年	人民美术出版社	
17	《高唐州》	任率英	1956年	朝花美术出版社	
18	《大破连环马》	墨浪	1956年	朝花美术出版社	
19	《三山聚义》	卜孝怀	1956年	朝花美术出版社	
20	《闹华山》	卜孝怀	1956年	朝花美术出版社	
21	《大名府》	陈缘督	1956年	朝花美术出版社	
22	《曾头市》	陈缘督	1956年	朝花美术出版社	
23	《梁山泊英雄排座次》	陈缘督	1956年	朝花美术出版社	
24	《李逵元宵闹东京》	卜孝怀	1958年	朝花美术出版社	
25	《燕青打擂》	卜孝怀	1958年	朝花美术出版社	
26	《黑旋风扯诏》	卜孝怀	1958年	朝花美术出版社	
27	《两破童贯》	任率英	1960年	朝花美术出版社	
28	《三败高俅》	墨浪	1960年	朝花美术出版社	
29	《九纹龙史进》	晁锡弟	1981年	人民美术出版社	该套连环画共计30册，在朝花美术出版社1955年出版的连环画脚本基础上重新绘制。
30	《鲁智深》	马程	1981年	人民美术出版社	
31	《野猪林》	赵宏本、赵仁年	1984年	人民美术出版社	

(续表)

编号	名称	绘画作者	出版时间	出版社或收藏地	备注
32	《林冲雪夜上梁山》	高适	1982年	人民美术出版社	
33	《杨志卖刀》	王弘力	1982年	人民美术出版社	
34	《智取生辰纲》	罗中立	1984年	人民美术出版社	
35	《石碣村》	赵仁年	1982年	人民美术出版社	
36	《宋江杀惜》	高适	1984年	人民美术出版社	
37	《狮子楼》	戴敦邦、戴红倩	1982年	人民美术出版社	
38	《快活林》	韩亚洲、刘永凯	1984年	人民美术出版社	
39	《清风寨》	施大畏、韩硕	1982年	人民美术出版社	
40	《闹江州》	施大畏、韩硕	1983年	人民美术出版社	
41	《李逵下山》	刘永凯、刘炬	1982年	人民美术出版社	
42	《三打祝家庄》	孟庆江	1984年	人民美术出版社	
43	《高唐州》	徐有武	1982年	人民美术出版社	
44	《大破连环马》	罗盘、何进	1982年	人民美术出版社	
45	《三山聚义》	吴景希	1984年	人民美术出版社	
46	《闹华山》	孟庆江	1982年	人民美术出版社	
47	《大名府》	朱光玉	1982年	人民美术出版社	
48	《曾头市》	罗希贤	1982年	人民美术出版社	
49	《英雄排座次》	戴宏海	1983年	人民美术出版社	
50	《李逵闹东京》	王亦秋	1983年	人民美术出版社	

（续表）

编号	名称	绘画作者	出版时间	出版社或收藏地	备注
51	《燕青打擂》	张仁康、王重圭	1983年	人民美术出版社	
52	《黑旋风扯诏》	李舒云	1983年	人民美术出版社	
53	《两破童贯》	徐正平、徐宏达	1983年	人民美术出版社	
54	《三败高俅》	黄全昌、黄全风	1984年	人民美术出版社	
55	《受招安遭陷害》	冀平、王茜	1983年	人民美术出版社	
56	《破辽国徒劳无功》	罗希贤、罗忠贤	1983年	人民美术出版社	
57	《征方腊损兵折将》	李乃蔚	1983年	人民美术出版社	
58	《蓼儿洼》	周申	1983年	人民美术出版社	
59	《李逵闹东京》	卜孝怀	不详	中国美术馆	年画连环画
60	《水浒传》	李慕白、金雪尘	1955年	天津美术出版社	年画连环画
61	《武松打虎》	刘继卣	1954年	人民美术出版社	年画连环画
62	《智取生辰纲》	陈丹旭	1953年	上海人民美术出版社	该套连环画分为上下部分，共计12册，均为陈丹旭所绘，2010年由上海人民美术出版社再版。
63	《醉闹五台山》	陈丹旭	1953年	上海人民美术出版社	
64	《风雪山神庙》	陈丹旭	1953年	上海人民美术出版社	

（续表）

编号	名称	绘画作者	出版时间	出版社或收藏地	备注
65	《景阳冈打虎》	陈丹旭	1953 年	上海人民美术出版社	
66	《怒杀西门庆》	陈丹旭	1953 年	上海人民美术出版社	
67	《鏖战清风寨》	陈丹旭	1953 年	上海人民美术出版社	
68	《断配江州城》	陈丹旭	1953 年	上海人民美术出版社	
69	《群雄劫法场》	陈丹旭	1953 年	上海人民美术出版社	
70	《沂岭杀四虎》	陈丹旭	1953 年	上海人民美术出版社	
71	《三打祝家庄》	陈丹旭	1953 年	上海人民美术出版社	
72	《遭陷大名府》	陈丹旭	1953 年	上海人民美术出版社	
73	《大破曾头市》	陈丹旭	1953 年	上海人民美术出版社	
74	《大闹五台山》	赵仁年	1981 年	上海人民美术出版社	该套"水浒故事"系列连环画共 12 册。
75	《火并王伦》	徐正平	1982 年	上海人民美术出版社	
76	《猎虎记》	凌涛	1981 年	上海人民美术出版社	
77	《杀四虎》	赵仁年	1984 年	上海人民美术出版社	
78	《宋江杀惜》	魏忠善	1983 年	上海人民美术出版社	

(续表)

编号	名称	绘画作者	出版时间	出版社或收藏地	备注
79	《杨志卖刀》	颜梅华	1985年	上海人民美术出版社	
80	《野猪林》	戴敦邦、戴红倩	1984年	上海人民美术出版社	
81	《误入白虎堂》	颜梅华	1979年	上海人民美术出版社	
82	《拳打镇关西》	赵仁年	1980年	上海人民美术出版社	
83	《清风寨》	邵鲁江、邵鲁军	1983年	上海人民美术出版社	
84	《智取生辰纲》	颜梅华	1981年	上海人民美术出版社	
85	《枷打白秀英》	庞先健	1984年	上海人民美术出版社	
86	《时迁盗甲》	墨浪	1956年	《连环画报》总第127期	
87	《逼上梁山》	任率英、任梦龙等	1979年	人民美术出版社	
88	《逼上梁山》	戴敦邦	1979年	河北人民出版社	
89	《花和尚鲁智深》（上）	赵明钧	1985年	辽宁美术出版社	
90	《花和尚鲁智深》（下）	赵明钧	1985年	辽宁美术出版社	
91	《李逵回家》	张令涛、张之凡	1956年	少年儿童出版社	
92	《猎虎记》	赵文贤	1955年	辽宁美术出版社	
93	《猎虎记》	陈旭	1956年	《连环画报》总第129期	

(续表)

编号	名称	绘画作者	出版时间	出版社或收藏地	备注
94	《青面兽杨志》	盛鹤年	1984年	辽宁美术出版社	
95	《拳打镇关西》	阴衍江	1983年	黑龙江人民出版社	
96	《三打祝家庄》	阴衍江	1979年	黑龙江人民出版社	
97	《投降派宋江》	赵宏本等	1975年	上海人民美术出版社	
98	《武松》	钱贵荪	1982年	浙江人民美术出版社	
99	《误入白虎堂》	颜梅华	1979年	上海人民美术出版社	
100	《拳打镇关西》	罗中立	1980年	人民美术出版社	该套"水浒故事"系列连环画共计8册。
101	《大闹野猪林》	陈惠冠	1980年	人民美术出版社	
102	《火烧草料场》	韩硕、施大畏	1980年	人民美术出版社	
103	《风雪上梁山》	黄全昌	1980年	人民美术出版社	
104	《智劫生辰纲》	韩硕、施大畏	1980年	人民美术出版社	
105	《景阳冈打虎》	方瑶民	1980年	人民美术出版社	
106	《好汉劫法场》	赵仁年	1980年	人民美术出版社	
107	《智取青州城》	徐有武	1980年	人民美术出版社	
108	《方腊与宋江》	刘建平、姚仲新	1983年	天津人民美术出版社	该连环画主要摹仿《宋史》,因其与《水浒传》有关,所以也被纳入调查范围。

(续表)

编号	名称	绘画作者	出版时间	出版社或收藏地	备注
109	《景阳冈打虎》	田茂怀	1983年	河北美术出版社	该套"武松"系列连环画共计6册,主要根据评书《武松》改编。
110	《斗杀西门庆》	潘真	1983年	河北美术出版社	
111	《醉打蒋门神》	赵贵德	1983年	河北美术出版社	
112	《大闹飞云浦》	张文学	1983年	河北美术出版社	
113	《血溅鸳鸯楼》	辛鹤江	1983年	河北美术出版社	
114	《智取二龙山》	张冰洁	1983年	河北美术出版社	
115	《景阳冈打虎》	杨秋宝、徐晓平	1981年	上海人民美术出版社	该套"武松"系列连环画共计5册。
116	《斗杀西门庆》	杨秋宝、徐晓平	1981年	上海人民美术出版社	
117	《醉打蒋门神》	杨秋宝、徐晓平	1981年	上海人民美术出版社	
118	《血溅鸳鸯楼》	杨秋宝、徐晓平	1981年	上海人民美术出版社	
119	《大闹蜈蚣岭》	杨秋宝、徐晓平	1981年	上海人民美术出版社	
120	《方腊传》	夏秀功等	1977年	江苏人民出版社	
121	《方腊巧计退敌兵》	马建邦	1963年	天津人民美术出版社	
122	《揭投降派宋江》	任梅	1976年	人民美术出版社	
123	《林冲》	张光宇	1979年	天津人民美术出版社	
124	《石秀探庄》	徐余兴	1958年	辽宁美术出版社	

（续表）

编号	名称	绘画作者	出版时间	出版社或收藏地	备注
125	《私投延安府》	刘斌昆等	1996 年	上海人民美术出版社	该套连环画共计40册。
126	《义释跳涧虎》	刘斌昆等	1996 年	上海人民美术出版社	
127	《拳打镇关西》	盛元龙等	1996 年	上海人民美术出版社	
128	《大闹五台山》	陆小弟等	1996 年	上海人民美术出版社	
129	《仗义桃花村》	陆小弟等	1996 年	上海人民美术出版社	
130	《误入白虎堂》	王家训等	1996 年	上海人民美术出版社	
131	《刺配沧州道》	盛元龙等	1996 年	上海人民美术出版社	
132	《风雪山神庙》	季源业、季津业	1996 年	上海人民美术出版社	
133	《雪夜上梁山》	庞先健等	1996 年	上海人民美术出版社	
134	《卖刀汴京城》	刘建平、姚仲新	1996 年	上海人民美术出版社	
135	《七星小聚义》	季平等	1996 年	上海人民美术出版社	
136	《智取生辰纲》	乐明详等	1996 年	上海人民美术出版社	
137	《火并不仁贼》	季平等	1996 年	上海人民美术出版社	
138	《怒杀阎婆惜》	刘斌昆等	1996 年	上海人民美术出版社	

(续表)

编号	名称	绘画作者	出版时间	出版社或收藏地	备注
139	《打虎景阳冈》	周春等	1996年	上海人民美术出版社	
140	《抱冤狮子楼》	魏志善等	1996年	上海人民美术出版社	
141	《醉打蒋门神》	魏志善等	1996年	上海人民美术出版社	
142	《血溅鸳鸯楼》	刘斌昆等	1996年	上海人民美术出版社	
143	《夜走蜈蚣岭》	金稼仿等	1996年	上海人民美术出版社	
144	《看灯小鳌山》	桑麟康等	1996年	上海人民美术出版社	
145	《断配江州城》	季鑫焕等	1996年	上海人民美术出版社	
146	《结义揭阳岭》	叶雄、糜泪	1996年	上海人民美术出版社	
147	《题诗浔阳楼》	陆小弟等	1996年	上海人民美术出版社	
148	《四路劫法场》	周传发等	1996年	上海人民美术出版社	
149	《沂岭杀四虎》	苏小松、马梦丹	1996年	上海人民美术出版社	
150	《除奸翠屏山》	周申	1996年	上海人民美术出版社	
151	《火烧祝家店》	斌昆等	1996年	上海人民美术出版社	
152	《八义反登州》	斌昆等	1996年	上海人民美术出版社	

（续表）

编号	名称	绘画作者	出版时间	出版社或收藏地	备注
153	《三打祝家庄》	谢颖、郭劲松	1996年	上海人民美术出版社	
154	《枷打白秀英》	庞先健等	1996年	上海人民美术出版社	
155	《义取高唐州》	陆小弟等	1996年	上海人民美术出版社	
156	《大破连环马》	谢颖等	1996年	上海人民美术出版社	
157	《三山打青州》	钱逸敏等	1996年	上海人民美术出版社	
158	《西岳借御香》	金稼仿、钟秀	1996年	上海人民美术出版社	
159	《中箭曾头市》	朱唯践等	1996年	上海人民美术出版社	
160	《智赚玉麒麟》	周传发等	1996年	上海人民美术出版社	
161	《林中救恩主》	朱唯践等	1996年	上海人民美术出版社	
162	《智取大名府》	朱唯践等	1996年	上海人民美术出版社	
163	《活捉史文恭》	斌昆等	1996年	上海人民美术出版社	
164	《英雄排座次》	刘建平等	1996年	上海人民美术出版社	

第二章
以图证史:《水浒传》名物的消逝

文学与历史的关系,或者说"诗史之辨",堪称文学研究的基本问题之一。西方学界最早对此开展考察的当属亚里士多德,所谓"诗人的职责不在于描述已发生的事,而在于描述可能发生的事,即按照可然律或必然律可能发生的事","写诗这种活动比写历史更富于哲学意味,更被严肃的对待;因为诗所描述的事带有普遍性,历史则叙述个别的事"等,[1]便是先贤留下的经典论断。而章学诚"古人不著书,古人未尝离事而言理"的"六经皆史"看法,则说明中国关注文学与历史关系问题的传统同样非常悠久。[2]特别是对以宋江史实为原型的《水浒传》,学术界进行了大量的历史学研究,梁启超就曾指出:

> 中古及近代之小说,在作者本明告人以所纪之非事实,然善为史者,偏能于非事实中觅出事实。例如《水浒传》中"鲁智深醉打山门",固非事实也,然元明间犯罪之人得一度牒即可以借佛门作遁逃薮,此却为一事实;《儒林外史》中"胡屠户奉

---

[1] 〔古希腊〕亚里斯多德:《诗学》,罗念生译,人民文学出版社1962年版,第28—29页。
[2] 章学诚著,仓修良编注:《文史通义新编新注》,浙江古籍出版社2005年版,第1页。

承新举人女婿",固非事实也,然明清间乡曲之人一登科第便成为社会上特别阶级,此却为一事实。[1]

换句话说,即便是虚构的小说《水浒传》,仍描述客观存在的犯罪之人借助僧人度牒而逃脱法律制裁这一史实,而且,此后"张督监血溅鸳鸯楼 武行者夜走蜈蚣岭"一回,又书写了武松在度牒的庇护下以行者身份遁入江湖。"以文证史""以诗证史"或者"文史互证"属于历史学研究的常见方法论,而"以图证史"则是近年来国内学界热议的新观念,非常值得我们重视。

我国学界对"以图证史"的关注,离不开英国历史学家彼得·伯克《图像证史》的汉译,这部著作把探讨"如何将图像当作历史证据来使用"悬为鹄的,因为与文献(语言文本)、口述证词一样,图像也是"历史证据的一种重要形式",并"记载了目击者所看到的行动"。但问题的关键在于,"画家和版画家在制作画像时并没有考虑到未来的历史学家会把它们当作证据来使用",所以,历史学研究如果将图像当作证据,可能会冒一些风险,更何况"历史学家对图像的使用,不能也不应当仅限于'证据'这个用词在严格意义上的定义",而是借助图像更加生动地"想象"过去。[2]实际上,早在彼得·伯克之前,英国著名艺术史家哈斯克尔就曾指出"任何一幅从特定年代幸存下来的绘画——就像普鲁斯特的玛德莱娜蛋糕一样——都能让这个时代奇迹般复活",而图像可以触发历史学家的"想象

---

[1] 梁启超:《中国历史研究法》,中华书局2015年版,第50—51页。
[2] 〔英〕彼得·伯克:《图像证史》,杨豫译,北京大学出版社2018年版,第1—11、123页。

力"。[1]由是观之，无论哈斯克尔这样的艺术史家，还是彼得·伯克这样的历史学家，他们都支持并认同"以图证史"的方法；但限于图像"往往是含糊的，具有多义性"，"以图证史"需要"与文字档案提供的证词相互补充和印证"。[2]

如果进入"《水浒传》图像叙事研究"的语境，我们会发现插图这一文学图像纵然不能精确并完整摹仿语象，却再现了诸多业已消逝的名物。如果借助"以图证史"的方法探讨《水浒传》插图及其图像叙事，将能进一步发挥名物研究"由物，而见史、见诗"的优势。[3]阿比·瓦尔堡常说"上帝就在细节中"（God dwells in the details）[4]，我们不妨从《水浒传》普遍出现的名物入手，因为这些名物源自宋代甚至更早时间，贯穿这部小说的成书过程，承担着重要的叙事功用，而明清时期插图却留存了时人如何看待它们的痕迹，这将是本章所要重点探讨的问题。

---

1 〔英〕弗朗西斯·哈斯克尔：《历史及其图像：艺术及对往昔的阐释》，孔令伟译，商务印书馆2018年版，第5—9页。
2 〔英〕彼得·伯克：《图像证史》，杨豫译，北京大学出版社2018年版，第293—295页。
3 扬之水：《诗经名物新证》，北京古籍出版社2000年版，第5页。需要补充说明的是，近年来，"形象史学"成了国内学界的热点话题之一。所谓"形象史学"，指的是"运用传世的岩画、造像、铭刻、器具、书画、服饰等一切实物，作为证据，结合文献来考察史实的一种新的史学研究模式"，孙晓先生称"也许这可以成为继王国维二重证据（传统文献、出土文献）法、第三重证据（口头传播）法之后的一种新的方法"，由此可见"以图证史"方法的广泛运用。但文学并非历史，前者的"可能发生"，并不需要像"以图证史"那样证明后者的"已发生"，那么，就"证据"这一层面而言，文学图像与历史图像之间存在什么样的关系？《水浒传》插图是否以及如何参与了小说对可能世界的建构？这些问题尚未得到学界关注，值得我们进一步思考。参见孙晓：《前言》，中国社会科学院历史研究所文化史研究室编：《形象史学研究》（2011），人民出版社2012年版，第1页。
4 Cf. E. H. Gombrich, "Aby Warburg: His Aims and Methods: An Anniversary Lecture", *Journal of the Warburg and Courtauld Institutes*, Vol. 62, 1999, p. 268.

第一节 《水浒传》"朴刀"的失传与图像叙事

由于关涉《水浒传》的成书问题，朴刀曾备受学界的关注，如王学泰、石昌渝、陈松柏等诸位先贤，皆有精彩论述。各家虽然结论不尽一致，但所用材料与研究方法无甚差异，大都是在各种付诸文本的文献基础上加以考证。有趣的是，朴刀作为《水浒传》出现频率最高的武器，其形制以及失传问题却至今没有一个确切的答案，就这一层面来说，《水浒传》中的朴刀值得继续申说。此前的研究过分倚重语言文献，忽视《水浒传》的图像材料，有鉴于此，秉持文学与图像关系的视角去分析朴刀图像，也就有可能为我们进一步探讨提供新的路径。

一、《水浒传》中的"朴刀"语象

《水浒传》作为叙述英雄传奇的经典小说，战争与打斗描写自然不可或缺。在大大小小的战争、打斗中，朴刀这种武器的使用频率最高。"朴刀"一词在七十回、一百回、一百二十回《水浒传》中分别出现了 181 次、203 次和 221 次。[1]如此之高的"出镜率"佐证了朴刀曾经是多么常见与常用，然而时过境迁，在明清以降的古籍中，

---

1 本文所调查的《水浒传》皆为校注本，分别是七十回本（［清］金圣叹：《金圣叹全集》［第 3 卷、第 4 卷］，凤凰出版社 2008 年版）、百回本（［明］施耐庵、罗贯中：《水浒传》，人民文学出版社 1975 年版）、一百二十回本（［明］施耐庵、罗贯中：《水浒全传》，上海古籍出版社 1976 年版）。王学泰先生也有类似的统计数据，计朴刀"在百回本《水浒传》（有'天都外臣序'本）中共出现过 207 次，集中在前七十一回，前七十一回出现 195 次，后二十九回仅 12 次；《水浒全传》（一百二十回本）共出现 222 次，前七十一回出现 188 次，后四十九回出现 34 次"。详见王学泰：《"水浒"识小录》，广西师范大学出版社 2012 年版，第 1 页。

"朴刀"总共才出现102次。[1]由此可见，语词自有一个诞生和消亡的过程，语音和语义也会发生变化与损益，这些事实足以说明语言是一种有生命的存在。如果说"文学是语言的艺术"为学界所共识，那么，正因为一代有一代之语言，王国维所说的"一代有一代之文学"在学理上才得以成立。就此而言，文学当属保存语言的"活化石"。

语言不仅能够载录历史长河中某一事物的名称（语音）、概念（语义），而且还记忆着该事物的样貌。实际上，语言不具备为事物摄影的照相术，它所记录的样貌是事物名称的语音映现在人脑中的、不可见的"音响形象"。在索绪尔看来，语言作为声音符号，联结的"不是事物和名称，而是概念和音响形象"，因此语言符号才可以看作"一种两面的心理实体"。索绪尔这里所谓的"音响形象"即语言物理发音的心理印迹，是寓存于人脑中的内视图像。比方说，当我们发出"树"（或"tree"）的语音时，大脑中会呈现出一幅树的图像，无论是何种树木，不管是枝叶繁茂或者枯萎凋零，都会有别于"草""花""苔藓"等。换句话说，语言符号的能指由两部分组成——声音及其映现在人脑中的"音响形象"，而不含"象"的声音皆不足以成为语言。[2]在讨论"音响形象"的学术史上，维特根斯坦的"词语充当图像"以及维姆萨特的"语象"，都是对"音响形

1　在"中国基本古籍库"中以"朴刀"为关键词进行检索，总共得到315条记录。其中宋代古籍有10条记录，元代古籍有203条记录（这些记录全部为《水浒传》所有，而且古籍库默认《水浒传》为元代的文本），明代古籍有36条记录，清代古籍有66条记录，民国古籍中的记录为0。检索日期：2014年2月21日。

2　长期以来，我国学界对索绪尔的"能指"构成、"音响形象"的确切含义有误解，笔者曾尝试做出澄清，详见拙文《再论语图符号的实指与虚指》，《文艺理论研究》2013年第5期。

象"这一内视图像的再演绎。

今天的读者对《水浒传》中的朴刀已经相当陌生了，而且各种汉语词典也语焉不详[1]。我们尚且能够依稀感觉到这是一种刀，只不过其具体的模样仍未可知。幸运的是，《水浒传》这枚"活化石"不单单提到了朴刀，而且还有对朴刀的描述，比如朴刀的安装过程、携带与摆放，以及使用方法等，这些语言所含的语象保存了朴刀的若干特征，有助于我们认识它的原貌。

首先，朴刀属于临时组合式器具。卢俊义在听信吴用的算卦之后，率众人"去东南方异地上"躲避血光之灾，其手中的武器便是朴刀。《水浒传》第六十一回描绘了朴刀的安装过程：

> 前面摆四辆车子，上插了四把绢旗；后面六辆车子，随从了行。那李固和众人，哭哭啼啼，只得依他。卢俊义取出朴刀，装在杆棒上，三个丫儿扣牢了，赶着车子，奔梁山泊路上来。李固等见了崎岖山路，行一步，怕一步，卢俊义只顾赶着要行。[2]

由此可见，朴刀的组合需要三个步骤：取朴刀，然后把朴刀安装在杆棒上，再加以类似扣锁的铆固物，防止朴刀和杆棒的分离。最后

---

[1] 当今各大字典对朴刀的解释较为笼统，而且不甚确切，如"旧式兵器，刀身狭长，刀柄略长，双手使用"，"窄长有短把的刀"，详见中国社会科学院语言研究所词典编辑室编：《现代汉语词典》（第7版），商务印书馆2016年版，第1011页；汉语大字典编辑委员会：《汉语大字典》（缩印本），湖北辞书出版社、四川辞书出版社1993年版，第485页。
[2] ［明］施耐庵、罗贯中：《水浒全传》，上海古籍出版社1976年版，第769页。着重号系引者所加。

一步的铆固程序至关重要,因为这是临时组合而成的朴刀区别于长刀、长枪的关键所在。[1]既然是临时组合式武器,朴刀刀身与杆棒长短的比例又是如何呢?武松"血溅鸳鸯楼"后逃离孟州城,小说是这样描述的:

> 到城边,寻思道:"若等开门,须吃拿了,不如连夜越城走。"便从城边踏上城来。这孟州城是个小去处,那土城苦不甚高,就女墙边望下,先把朴刀虚按一按,刀尖在上,棒梢向下,托地只一跳,把棒一拄,立在濠堑边。月明之下,看水时,只有一二尺深。(第三十一回)[2]

武松显然倚仗朴刀做了一次"撑竿跳高"或者"撑竿跳远",这就意味着朴刀的杆棒至少不能比"身长八尺"的武松身高短太多,否则,"撑竿跳"的一系列动作都不可能完成,这种情况下的杆棒最多只能充任"拐杖"。而且朴刀的刀身长度也要比杆棒短,如若不然,武松撑竿跳高时就会手握刀身,显然有悖常理,故而朴刀的杆棒肯定是长杆,绝非短柄,并且"朴刀柄杆一定比刀身长出许多"[3]。

其次,朴刀这种组合式器具应该怎样携带?以下是几种主要的方式,我们不妨加以胪述:

> 且说少华山上朱武、陈达、杨春三个头领,分付小喽罗看

---

[1] 按照常理,长刀、长枪、长矛等都属于组合式兵器,但是这些兵器制造过程的完成,就意味着刀头、枪头或矛头已经与杆棒合二为一,不存在临时组合的现象。
[2] [明]施耐庵、罗贯中:《水浒全传》,上海古籍出版社1976年版,第375页。
[3] 马明达:《说剑丛稿》,中华书局2007年版,第156页。

守寨栅，只带三五个做伴，将了朴刀，各跨口腰刀，不骑鞍马，步行下山，径来到史家庄上。(第二回)[1]

庄里史进和三个头领，全身披挂，枪架上各人跨了腰刀，拿了朴刀。(第三回)[2]

史进头戴白范阳毡大帽，上撒一撮红缨，帽儿下裹一顶浑青抓角软头巾，顶上明黄绦带，身穿一领白绫丝两上领战袍，腰系一条揸五指梅红攒线搭膊，青白间道行缠绞脚，衬着踏山透土多耳麻鞋，跨一口铜铗磐口雁翎刀，背上包裹，提了朴刀。(第三回)[3]

那客人内有一个便拈着朴刀来斗李忠，一来一往，一去一回，斗了十余合，不分胜负。(第五回)[4]

杨志起身，绰了朴刀，便出店门。(第十七回)[5]

杨志戴了遮日头凉笠儿，身穿破布衫，手里倒提着朴刀。(第十七回)[6]

"将""拿"意指普泛意义上的携带，与此相比，其他表示携带的动

---

[1] ［明］施耐庵、罗贯中：《水浒全传》，上海古籍出版社1976年版，第30页。着重号系引者所加。

[2] ［明］施耐庵、罗贯中：《水浒全传》，上海古籍出版社1976年版，第32—33页。着重号系引者所加。

[3] ［明］施耐庵、罗贯中：《水浒全传》，上海古籍出版社1976年版，第34页。着重号系引者所加。

[4] ［明］施耐庵、罗贯中：《水浒全传》，上海古籍出版社1976年版，第71页。着重号系引者所加。

[5] ［明］施耐庵、罗贯中：《水浒全传》，上海古籍出版社1976年版，第190页。着重号系引者所加。

[6] ［明］施耐庵、罗贯中：《水浒全传》，上海古籍出版社1976年版，第195页。着重号系引者所加。

词从侧面展现出朴刀的特殊之处：既然朴刀可以"提"和"倒提"，这就说明朴刀存在前后之别或者上下之分。由于朴刀安装在杆棒之上，所以刀在上、杆棒在下，或者刀朝前、杆棒朝后属于常规的携带姿势；反之，则为"倒提"。由携带朴刀的动词"拈"和"绰"，也可以看出朴刀杆棒的直径不大，只需用人的手掌和手指攥住即可，理应与长刀、长枪、长矛等武器的杆棒类似，或者更细一些。《水浒传》只有上述卢俊义一处提及了朴刀的组合安装过程，除此之外，朴刀都是以整体的形态随时用于战斗，并不一定需要临时组装，完全可以组装好的形态提供给携带者。

再次，朴刀应该如何摆放？王学泰认为"朴刀与长枪形状相近，把柄细长，所以就能和长枪一样放在长枪架子上"，因其细长，"《水浒传》中写到放置朴刀时，常常用个'倚'字"。[1]《水浒传》中的"枪架"是摆放兵器处的统称，如：第二回中，王进"去枪架上拿了一条棒在手里，来到空地上，使个旗鼓"[2]；第三回中，史进和朱武等三个头领"全身披挂，枪架上各人跨了腰刀，拿了朴刀"[3]；第四十七回中，杨雄和石秀来到李家庄，"入得门来，到厅前，两边有二十余座枪架，明晃晃的都插满军器"[4]。金圣叹在删改《水浒传》时，也没有明确区分"枪架"和"刀架"："卢俊义心慌，便弃手中折刀，再去刀架上拣时，只见许多刀枪剑戟，也有缺的，也有折的，齐齐都坏，更无一件可以抵敌。"[5]简言之，枪架不仅存放枪，也有杆棒、

1　王学泰:《"水浒"识小录》，广西师范大学出版社2012年版，第4页。
2　［明］施耐庵、罗贯中:《水浒全传》，上海古籍出版社1976年版，第20页。
3　［明］施耐庵、罗贯中:《水浒全传》，上海古籍出版社1976年版，第33页。
4　［明］施耐庵、罗贯中:《水浒全传》，上海古籍出版社1976年版，第592页。
5　［清］金圣叹:《金圣叹全集》（第4卷），陆林辑校，凤凰出版社2008年版，第1249页。

腰刀、朴刀等枪类之外的兵器，并非专门用来归置枪械。在没有刀架可供放置时，朴刀可以"倚"在墙边，或者插在地上。例如：朱仝前去抓捕杀人嫌疑犯宋江时，"自进庄里，把朴刀倚在壁边，把门来拴了"[1]；武松在血洗鸳鸯楼之前，率先杀了后槽，然后"把朴刀倚在门边，却掣出腰刀在手里"[2]；杨志押运生辰纲，以及李逵背母亲前往梁山泊途中休息时，都是把朴刀插在地上。在《水浒传》中，临时放置朴刀、哨棒、禅杖等有长度的兵器时，大多将它们"倚"在墙边或者门旁。所以，枪架上有朴刀不足为奇，并非因为它细长。朴刀"细长"至多指它有着与长枪类似的杆棒，不能以偏概全地概括"上半身"刀身的形状。

最后，朴刀的使用方法。承上文所述，我们可以暂且归纳出朴刀是有着杆棒的长度，不同于普通的长刀、腰刀的临时组合式兵器。朴刀刀身的形状仍然无法呈现于我们的脑海。不过，尽管并不能完全弥补这一缺憾，《水浒传》在刻画朴刀的使用方法时，还是提供了一些线索：

> 史进踏入去，掉转朴刀，望下面只顾胒胸胒察的搠。（第六回）[3]
> 武松奔上前去，望那一个走的后心上，只一拳打翻，就水边拿起朴刀来，赶上去，搠上几朴刀，死在地下，却转身回来，把那个惊倒的，也搠几刀。（第三十回）[4]

---

1 ［明］施耐庵、罗贯中：《水浒全传》，上海古籍出版社1976年版，第259页。
2 ［明］施耐庵、罗贯中：《水浒全传》，上海古籍出版社1976年版，第371页。
3 ［明］施耐庵、罗贯中：《水浒全传》，上海古籍出版社1976年版，第78页。着重号系引者所加。
4 ［明］施耐庵、罗贯中：《水浒全传》，上海古籍出版社1976年版，第370页。着重号系引者所加。

武松握着朴刀，向玉兰心窝里搠着。两个小的，亦被武松搠死，一朴刀一个结果了。走出中堂，把闩拴了前门，又入来，寻着两三个妇女，也都搠死了在房里。（第三十一回）[1]

祝彪抵当不住，急勒回马便走，早被杨雄一朴刀，戳在马后股上。（第四十七回）[2]

侧首抢过插翅虎雷横，一朴刀把高廉挥做两段。（第五十四回）[3]

倘或这贼们当死合亡，撞在我手里，一朴刀一个砍翻，你们众人，与我便缚在车子上。（第六十一回）[4]

卢俊义却忿心头之火，展平生之威，只一朴刀，剁方垕于马下。（第一百一十八回）[5]

不难发现，在《水浒传》所处的冷兵器时代中，朴刀的主要使用方法为"搠""戳"，即刺、扎，"砍"和"剁"只是次要方法。由此引出了我们的疑问：朴刀属于刀具，原则上应与大刀、长刀类似，使用方法以砍、剁为主，缘何《水浒传》的小说人物反其道而行之，多持以枪、矛之类的戳刺法？这正是学界争论朴刀形状的焦点，也是我们推论朴刀失传原因的关键因素，因为朴刀形状的变化势必会

---

1 ［明］施耐庵、罗贯中：《水浒全传》，上海古籍出版社 1976 年版，第 374 页。着重号系引者所加。
2 ［明］施耐庵、罗贯中：《水浒全传》，上海古籍出版社 1976 年版，第 596 页。着重号系引者所加。
3 ［明］施耐庵、罗贯中：《水浒全传》，上海古籍出版社 1976 年版，第 684 页。着重号系引者所加。
4 ［明］施耐庵、罗贯中：《水浒全传》，上海古籍出版社 1976 年版，第 768—769 页。着重号系引者所加。
5 ［明］施耐庵、罗贯中：《水浒全传》，上海古籍出版社 1976 年版，第 1380 页。着重号系引者所加。

造成使用方法的不同。

二、其他非文学作品中的"朴刀"语象

既往研究面临这一难题时，绝大多数学者往往援引《水浒传》之外的文献，试图从中有所发现。首先可以肯定的是，朴刀不仅仅出现在《水浒传》中，它也是其他文学中的常客，"朴刀杆棒"甚至成了小说的一大主题。除此之外，大量非文学作品中也存有关于朴刀的语言描述。

此类文献还显示，"朴刀"一词最早出现在北宋，然而当时最重要的军事著作《武经总要》却没有收录该兵器。不过，南宋时期的《建康志》记载了当时的官方"军器"，其中就有朴刀——"两千一百条朴刀枪"[1]，这就证明朴刀确实存在。但需要注意的是，在时任建康府知府马光祖所添置的这批武器中，朴刀枪数量巨大，达到两千多条，与其数量相仿的武器是一千二百零九条"茅叶枪"，可以说二者属于常备武器。

宋元以降，明代《惟扬志》记载的"器仗"中有"半丈红朴刀"和"半丈黑朴刀"[2]；到了清代，朴刀属于"非民间常用之刀"[3]。一旦持朴刀故意伤害，或者"误伤"旁人，都会遭到充军的惩罚。但是，以民间常用的镰刀、菜刀或斧头伤人，却不适用于这一条法律。换言之，朴刀在清代是"管制刀具"，宋代虽然也禁止私藏、携

---

[1] ［宋］周应合：《（景定）建康志》（卷三十九），《景印文渊阁四库全书》（第489册），台湾商务印书馆1983年版。
[2] ［明］盛仪：《（嘉靖）惟扬志》（卷十），《天一阁藏明代方志选刊》，上海古籍书店1963年版。
[3] ［清］沈家本：《大清现行新律例》，《续修四库全书》（第864册），上海古籍出版社2002年版。

带器械，但所禁器械中并没有"朴刀"的身影。然而，无论文学作品还是非文学作品，都没有详细讲解朴刀刀身的样貌。

这些信息之于朴刀形状的考证没有太大帮助，却可以说明《水浒传》中的朴刀与明清时期的朴刀固然有着密切的关系，但并不是一回事。首先，《水浒传》中的朴刀是"常用之刀"，无论官方还是民间，朝廷正规军、小吏商贩、绿林强盗等，都使用朴刀。而到了清代，朴刀只能见诸兵器谱，寻常百姓并不能私自持有。其次，之所以宋代不像清代那样禁止朴刀，很有可能是因为当时的朴刀不仅仅是武器，似乎还有着其他无法替代的功能。[1]

透过上述文献，我们隐约感到朴刀的形状可能发生了变异，或者命运出现了转折，起码可以做出如下判断：在宋元明清长达数百年的时间里，人们对朴刀形状的认识处于不断变化之中。这一点在明清时期的《水浒传》图像中可以得到验证。这些摹仿《水浒传》而成的图像灿若星河、气象万千，并非文学的简单装饰，而是文学的有机构成，在文学的传播及其经典化方面尤其功不可没。我们可

---

[1] 由于朴刀并未被当作兵器记载，许多学者将其视为农具：王学泰先生认为朴刀就是"博刀""拨刀"，石昌渝先生认为朴刀就是"搏刀""钹刀"。但是文献中对朴刀形状的描述不够多，也就不具备与之相匹配的语象，故而仅仅通过名称来断定器物是否一致，存在一定的风险。王学泰所分析的一则材料出自《宋会要辑稿》："着袴刀于短枪干、拄杖头，安者谓之'拨刀'；安短木柄者，谓之'畲刀'。"这里所说的将刀安装在杆棒之上，与朴刀的安装方法一致，仅以此说明拨刀即为朴刀似乎牵强（参见王学泰：《"水浒"识小录》，广西师范大学出版社2012年版，第6—9页）。石昌渝所使用的材料是《都城纪胜》，原文为"说公案，皆是搏刀赶棒，乃发迹变泰之事"，但他却是这样分析和论述的——"朴刀，耐得翁《都城纪胜》'瓦舍众伎'又称'搏刀'"（参见石昌渝：《从朴刀杆棒到子母炮——〈水浒传〉成书研究之一》，《文学遗产》1999年第2期）。"搏刀""赶棒"都是动宾结构，意指公案小说所讲的内容都是些与打斗有关的故事，"搏"字在此既没有写错，也不是通假字或异体字。但是，为何到了《醉翁谈录》中，"搏刀""赶棒"变成了"朴刀""杆棒"，并且成为与公案并列的小说主题，尚无人研究。

以通过比勘《水浒传》语象与图像之间的关系，进而考察朴刀形状在这数百年间的变化及失传问题。

三、《水浒传》图像中的朴刀

明代早期建阳地区的插图本《水浒传》，有多处朴刀的"特写"图像。刘兴我刊本的《新刻全像水浒传》第三回，有一幅榜题为"县尉领兵捉拿史进"的插图（图2-1），暂且不论插图对小说叙事人称和视角的转变，图中两人的衣饰就有明显差别，靠近大门、右手执兵器者衣袖宽大，而且并未将小腿裹起，与图像左侧左手执兵器者形成鲜明对比，可以理解为一官一兵。图像选取了"县尉在马上，引着两个都头，带着三四百土兵，围住庄院"的场景进行摹仿。

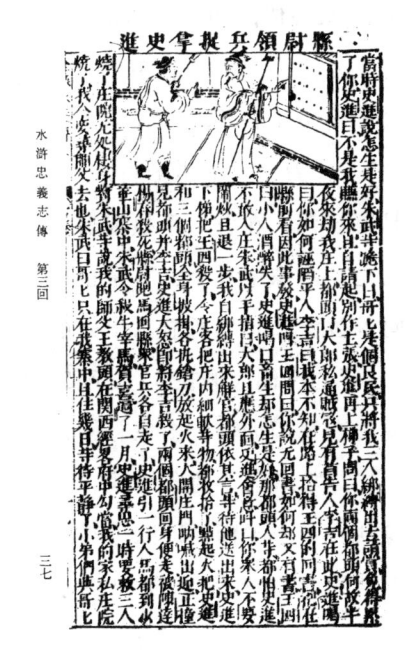

图2-1 "县尉领兵捉拿史进"及局部图
刘兴我刊本《新刻全像水浒传》

《水浒传》罗列了"钢叉、朴刀、五股叉、留客住"等围剿武器，尽管图像左侧土兵手中的武器没有呈现出全貌，我们却可以看出它细长的杆棒，杆棒之上还有疑似刀的部件。整幅版画图像以阳刻为主，但是为了在黑白两色间将土兵手中武器凸显出来，刻工故意对杆棒予以阴刻，否则它难以与白墙的背景相区分。疑似刀具的上半部分有一大块凹凿，墨色浓重，意指较厚的刀背；反之，较薄的刀刃部分仅以墨线勾勒轮廓。在刀背与刀刃之间以环形连接之处应为刀盘。由于这四种武器中，钢叉、五股叉属于叉类武器，留客住属于钩挠，唯有朴刀属于刀类，所以我们推断土兵所持武器便是朴刀。

此本《水浒传》第六回，有一幅插图呈现鲁智深在瓦罐寺与崔道成、丘小乙打斗的场面（图2-2）。《水浒传》明确写到崔、丘二人所用武器是朴刀，图像右侧没有头发之人是和尚崔道成，另外一位脸上挂有髭须、头戴巾冠之人即为道士丘小乙。丘小乙见崔道成打不过鲁智深，"却从背后拿了条朴刀，大踏步搠将来"，毫无疑问，图像左侧背对二人的便是鲁智深，在背后手执武器刺向他的正是道士丘小乙。值得注意的是，图像中丘小乙右手执杆棒上端，左手执杆棒末端，刀尖朝向鲁智深，此处所显示出来的杆棒长度，大约是刀身长度的三倍，二者的比例大概在4∶1到5∶1之间。如是，朴刀的刀身也全部展现在我们面前：图像分别以单条墨线勾勒刀刃和刀背的轮廓，在刀尖处却用了两条墨线，以此为刀身的厚度塑形，可见这种刀身共有三个平面，即除刀刃两个面积较大的刀面之外，刀尖与刀背之间还有一个面积略小的平面。

图 2-2　"崔道成大斗鲁智深"及局部图
刘兴我刊本《新刻全像水浒传》

进而言之，王学泰所谓朴刀刀身"刀头小而尖"的判断不无道理。[1]恰恰是因为朴刀刀身短小，砍、剁起来较为困难，而且伤害程度较低，所以刀法以刺、扎为主。以上例举"嵌图本"中的插图与小说语象对应，最大程度地还原了朴刀的刀身与刀法。然而，这类插图只是《水浒传》文学图像的一部分，如果要说明朴刀刀身形状的变化，还需纵向考察《水浒传》在明清时期的小说图像史。

上述"嵌图本"刊刻时间是崇祯元年（1628），但无论是早于此版本的双峰堂刻本、容与堂刻本，还是稍晚的石渠阁刻本，其中插图所示朴刀，更多的是与相应小说文本的语象不符。语象与图像之间的这种"不符"，与历史学界所谓文本资料与田野调查之间的

1　王学泰：《"水浒"识小录》，广西师范大学出版社2012年版，第6页。

"矛盾"在学理上有相通之处："在考古与历史资料的结合上，最有意义的不是能互相印证的考古资料与历史记载，而是两者间的矛盾。……透过对这些异例的诠释，我们能对历史上一些现象有更深入的了解。"[1]那么，朴刀的语象与图像，在《水浒传》文学成像过程中存在怎样的矛盾，对于我们认识朴刀形状的变化又有什么益处呢？

双峰堂刻本《京本增补校正全像忠义水浒志传评林》是上评中图下文式的书籍形制，即书页上方为评语，高度约为插图的二分之一；评语下方紧接着插图，插图两侧各有四字榜题，评语与插图高度约为书籍版面总高度的三分之一；插图下方是《水浒传》文本，文本高度约占版面总高度的三分之二。详述这一版本的书籍形制是为了突出插图面积之小，这也是上评中图下文式形制与嵌图本的类似之处。同样是限于狭小的版面，上述两类插图还有其他共同特点：图像背景十分简单，人物面部表情相当模糊，图像中人物一般不会超过四个，图像多是对某一动作（斗、杀、打、拜、见等）的再现，而且动作雷同程度很高，比如对"拜"的摹仿，图中人物无论站立还是下跪，多会持以拱手礼，等等。简言之，趋简与模式化在很大程度上受插图版面物质性所限。

然而，图像版面狭小及其导致的后果，并不足以成为画工、刻工将语象错误图像化的借口。事实上，双峰堂刻本所绘朴刀图像和语象大相径庭。例如，第二卷第六回"九纹龙剪径赤松林 鲁智深火烧瓦罐寺"中，有一幅榜题为"智深斗丘乙崔成二人"的插图（图2-3），其中，丘、崔二人单手所持武器就是文本中反复出现的朴刀。这里的朴刀并没有杆棒，仅仅是可以拿在手上的刀，刀尖与刀背之

---

[1] 王明珂：《华夏边缘：历史记忆与族群认同》，允晨文化实业股份有限公司1997年版，第225页。

间的小平面也不见了踪影,刀身细长,而且丘小乙拿刀来"搠"鲁智深的这一动作,也变成了砍。《水浒传》第六回、第十四回、第十七回、第三十一回、第四十三回、第四十六回、第六十一回中出现朴刀的次数较多,每一回都在 10 次以上,第四十三回中朴刀出现次数竟然达到 24 次。然而,即便在该回插图中,无论是李逵持朴刀杀老虎,还是李云与李逵的朴刀对决,朴刀在图像中都呈现出短把、长刀身的特征。

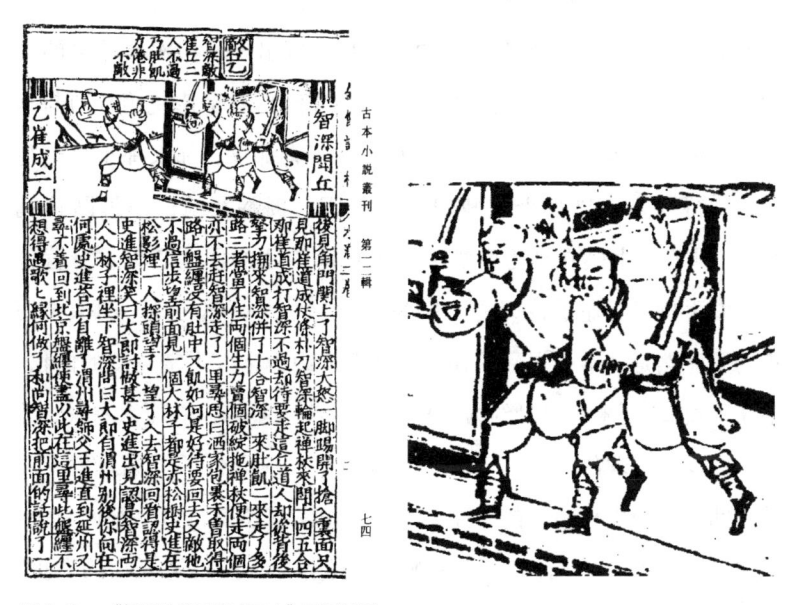

图 2-3　"智深斗丘乙崔成二人"及局部图
双峰堂刻本《京本增补校正全像忠义水浒志传评林》

同样是插图版面狭小,同样是趋简与类型化,刊刻时间稍早的双峰堂刻本却不如刘兴我刊本所绘朴刀符合文本语象。难道前者的刻工已不识朴刀为何物,反而三十年之后的刻工更熟悉朴刀吗?不过,我们还应看到,尽管刘兴我刊本插图中存在朴刀与语象相符的现象，但全书仍有大量不符之处，如"李云提刀赶杀李逵"等。易言之，语象与图像的矛盾要多于二者的相符。尤其是朴刀在图像中不以"杆棒加刀身"的组合形态出现，而是呈现为短把、长刀身，这在其他版本中也极为常见，并非个别案例。

容与堂刻本《李卓吾先生批评忠义水浒传》（1610 年）的刊刻时间在双峰堂刻本与刘兴我刊本之间，配置 200 幅插图。这一版本插图摒弃了每页一图的方式，改为每回一图，即所谓的回目图，从此开启了《水浒传》文学图像的新时代。以出现朴刀次数较多的第四十三回为例（图 2-4、图 2-5），《水浒传》对李逵使用朴刀与李鬼打斗的描写是，"李逵挺起手中朴刀，来奔那汉，那汉那里抵当得住，却待要走，早被李逵腿股上一朴刀，搠翻在地，一脚踏住胸脯"。图 2-4 中躺在地上、被另一人用脚踏住的便是李鬼；身背包袱，右手持斧、左手持刀之人应为李逵。令人疑惑的是，图像中短把的刀竟然是文本中提到的朴刀，其刀把约为常人手掌宽度的两倍，最长不过 20 厘米；刀身约为刀把的 2.5 倍，也就是 50 厘米左右；此外，图像所呈现的朴刀刀背比刀刃厚许多，所以依稀可见刀尖至刀背之间那一处面积略小的平面。图 2-5 显示李逵正持刀杀第四只虎，原因是图像下方的山涧中与右侧的山洞中有三只已经死亡的老虎，又因为李逵的腰刀已戳进了"母大虫粪门"，所以李逵手中短把刀就应当是朴刀。图像与小说语象不符的结果是使用朴刀的方法也被篡改。《水浒传》对李逵杀第四只虎的描述为"那大虫望李逵势猛一扑，那李逵不慌不忙，趁着那大虫的势力，手起一刀，正中那大虫额下"，也就是说，李逵是持朴刀搠进了老虎的下巴，图像中所呈现李逵劈砍老虎的情形，显然也有悖于语象。

图 2-4、图 2-5 "假李逵剪径劫单人 黑旋风沂岭杀四虎"回目图
容与堂刻本《李卓吾先生批评忠义水浒传》

此外，在容与堂刻本的插图中，无论是林冲为了入伙梁山泊与杨志对战时所用的朴刀，还是石秀、杨雄、时迁从祝家庄酒店里拣的朴刀，都是这种短刀把、具备三个平面刀身的形制。但是，短把的形制与小说语象十分不符。在石秀等三人与祝家庄庄客打斗，时迁被人用挠钩拖入草丛之际，杨雄用朴刀将另外伸向石秀的挠钩"拨开"，同时"将朴刀望草里便戳"。按照小说所叙，朴刀绝不可能是短把的，因为这将会大大缩短朴刀的"作战半径"，如是，杨雄不但要吃力地弯腰去拨开挠钩，而且戳向草丛时会更加贴近持挠钩的庄客，反而增加了自身的危险。

朴刀图像与语象矛盾的现象非常普遍，而且还伴随着另一种现象——朴刀与其他武器相混淆。比如石秀为了营救卢俊义而劫法场时所用的"钢刀"，以及蔡福行刑所用的"法刀"，在图像中与朴刀无异，无论是双峰堂刻本、刘兴我刊本，还是容与堂刻本，皆是如此。崇祯末年的杨定见本,以及清康熙五年(1666)的石渠阁修补本,也并未对上述两种现象做出实质性修改。清末嵩裕厚的《水浒画谱》(1888年)努力契合文本语象,在林冲与杨志打斗、李逵持朴刀杀虎等回目图中尝试画出朴刀的原貌,但其所绘刀身大而尖,不仅与《水浒传》文本语象所提供的"小而尖"的朴刀印象不符,而且刀身与杆棒的比例是1∶2,与语象之间的差距也太大。

要言之,通过比勘、释读朴刀图像与语象之间的矛盾,我们可以发现朴刀的形状发生了许多变化:朴刀原来的杆棒消失,仅以细长短把刀的形式单独出现;刀身由之前的"小而尖"演变为"大而尖",甚至开始同其他刀相混淆(如钢刀、法刀、大刀等)。如前所述,朴刀图像与语象的矛盾,不是画工以及刻工能力之不及,也绝非他们的粗心大意所致。即使刘兴我刊本、嵩裕厚尽量使插图符合朴刀语象,二者仍然没有绘出卢俊义所演示的朴刀的扣锁装置,或者没有掌握好朴刀刀身与杆棒的比例。因此,合理的解释可能是,画工与刻工们自始至终都没有见过朴刀实物,而仅仅通过《水浒传》文本中相对有限的语象,他们难以还原朴刀的原初面貌。朴刀大量出现在《水浒传》中,这充分说明《水浒传》流传久远,自宋朝至金圣叹的七十回"删定本"历经了数百年。然而,明代人难以完全复现朴刀的真面目,这似乎意味着它在明朝已经失传,或者正在失传的过程中。[1]

恰如彼得·伯克所提醒的那样,"图像或至少是大部分图像在被

---

[1] 关于朴刀的失传,顾颉刚写有相关读书笔记:"永年归纳《水浒传》中'朴刀'诸条(黄永年后将此文发表在《中国典籍与文化》1996年第4期——引者注),谓系长柄刀。此刀宋后失传,而《水浒》有之,知《水浒》流传之早也。"详见顾颉刚:《顾颉刚读书笔记》(卷三),中华书局2011年版,第185页。

创作的时候并没有想到将来会被历史学家所使用"[1]，《水浒传》图像作为艺术创作，更不会以历史证据为旨归，但通过对比图像、语象、实物原型三者之间的关系，我们仍然可以判断朴刀这种武器确实在明代就已经走向了式微。也许正是因为它失传了，没有"观物取象"与"应物相形"的先天便利条件，再加上《水浒传》描写朴刀的形状、比例、安装等细节不多，所以木刻版画中的朴刀必然浸润着画工与刻工的想象。

第二节　《水浒传》簪花现象的美学意蕴及其式微

《水浒传》的最终成书虽然经由文人之手，但小说正文及其插增诗词保留了"说话"传统。这种保留不仅体现在艺术形式层面，而且还有大量鲜活的、重要的文化现象。[2]《水浒传》集中书写了宋代簪花现象，却鲜有学人考察其特殊的叙事功能与美学意蕴。如果我们转变观念、更新视角，将插图"副文本"同样视为小说的有机组成部分，那么，进一步探讨明清刊本《水浒传》插图对簪花的再现，则有助于完善这一现象的文学接受史。

1　〔英〕彼得·伯克：《图像证史》，杨豫译，北京大学出版社 2018 年版，第 43 页。
2　包括题目、篇首、入话、头回、正话、篇尾等部分的宋元话本体制，深刻影响了明清通俗小说的创作，这已是小说史研究的常识（胡士莹：《话本小说概论》，商务印书馆 2011 年版，第 174 页），除此之外，《水浒传》还具有"社会风俗史"意义。参见李时人：《〈水浒传〉的"社会风俗史"意义及其"精神意象"》，《求是学刊》2007 年第 1 期。

一、 作为"事件"的《水浒传》簪花现象

巴迪欧在《存在与事件》的英译本序言中说,"真理只有通过与支撑它的秩序决裂才能被建构",这种开启真理的决裂可以命名为"事件"。[1]事实上,"官逼民反"似乎是"中国文学史"教科书关于《水浒传》主题的统一口径,[2]这未免遮蔽了小说的全貌或原貌。就此而言,簪花现象可谓一则"文学事件",因为与其说我们通过这一事件同"官逼民反"主题学研究路径决裂,毋宁说我们意图由此揭示《水浒传》的存在,进而敞亮作品意义的视域[3]。鉴于《水浒传》版本复杂,且后世主要流传"繁本"而非"简本",所以,我们对簪花现象的文本调查不妨以"繁本"系统为主,如有文本比勘之需再旁及"简本"系统。

"簪花"即插花于冠或头发戴花,这并不是零零星星的闲笔,而是遍布整篇小说的文化现象(详见表2-1)。《水浒传》共书写了28次簪花现象,小说正文中出现13次,插增诗词中出现15次;其中,第四十回与第六十二回小说正文及其插增诗词中重复出现簪花;第七十二回正文的"翠叶花""宫花""花帽",实际上都是指称簪花于帽的不同称谓。故总体看来,插增诗词中的簪花现象多于小说正文。簪花现象出现最多的回目,当属第七十六回"吴加亮布四斗五

---

1 Badiou, A., *Being and Event*, O. Feltham trans., London: Continuum, 2006, p. xii.
2 无论是20世纪末由袁行霈先生主编并产生较大影响的《中国文学史》,还是当前通行全国的"马克思主义理论研究和建设工程重点教材",均普遍持此论调。参见袁行霈主编:《中国文学史》(第4卷),高等教育出版社2014年版,第40页;《中国古代文学史》编写组编:《中国古代文学史》(下),高等教育出版社2016年版,第74—75页。
3 孙周兴选编:《海德格尔选集》(上册),上海三联书店1996年版,第286—287页。

方旗 宋公明排九宫八卦阵",而且全部集中在插增诗词中。有意思的是,出现在一百回之后的簪花现象只有1处;百二十回本与百回本《水浒传》之间,仅第八十二回插增的两首赋存在差异,其余关于簪花现象的书写皆同。[1]这只是我们对簪花现象粗略的文本物质性分析,接下来将展开更为细致的类型学归纳。

表2-1　《水浒传》簪花现象文本调查(百二十回本)[2]

出现回目	文本位置	簪花称谓	簪花人物	人物职业	簪花场合
第五回	小说正文	野花	小喽啰	盗匪(游民)	婚礼
第五回	插增诗词	罗帕像生花	周通	盗匪(游民)	婚礼
第十三回	小说正文	红花	索超、杨志	官吏	升职
第十五回	小说正文	石榴花	阮小五	渔民	日常生活
第二十七回	小说正文	纸花	王婆	商人	死刑(受刑)
第二十七回	小说正文	野花	孙二娘	商人	日常生活
第四十回	小说正文	红绫子纸花	宋江、戴宗	官吏	死刑(受刑)
第四十回	插增诗词	白纸花	宋江、戴宗	官吏	死刑(受刑)
第四十三回	小说正文	野花	李鬼之妻	农民	日常生活
第四十四回	插增诗词	芙蓉	杨雄	官吏	死刑(执刑)
第六十一回	插增诗词	四季花	燕青	家仆	日常生活
第六十一回	插增诗词	金花	李逵	盗匪(游民)	战斗
第六十二回	小说正文	一枝花	蔡庆	官吏	监狱
第六十二回	插增诗词	一枝花	蔡庆	官吏	监狱

---

[1] 百回本《水浒传》的文本调查对象同样是现行校注本(以容与堂本为底本),参见[明]施耐庵、罗贯中:《水浒传》,人民文学出版社1975年版,第1128—1131页。
[2] 由于七十回本《水浒传》系金圣叹腰斩百二十回本而成,且百回本与百二十回本的插增诗词大多相同,故文本调查主要依据现行校注百二十回本《水浒传》(以郁郁堂本为底本),参见[明]施耐庵、罗贯中:《水浒全传》,上海古籍出版社1976年版。

(续表)

出现回目	文本位置	簪花称谓	簪花人物	人物职业	簪花场合
第七十一回	插增诗词	黄菊	梁山好汉	盗匪（游民）	重阳节
第七十二回	小说正文	翠叶花	班直人	官吏	元宵节
第七十二回	小说正文	宫花	班直人	官吏	元宵节
第七十二回	小说正文	花帽	柴进	盗匪（游民）	元宵节
第七十六回	插增诗词	花枝	焦挺	盗匪（游民）	战斗
第七十六回	插增诗词	花枝	蔡庆	盗匪（游民）	战斗
第七十六回	插增诗词	花枝	徐宁	盗匪（游民）	战斗
第七十六回	插增诗词	翠叶金花	金枪手银枪手	盗匪（游民）	战斗
第七十六回	插增诗词	花帽	金枪手银枪手	盗匪（游民）	战斗
第七十六回	插增诗词	翠花	燕青	盗匪（游民）	战斗
第八十一回	小说正文	花帽	宿太尉随从	家仆	上朝
第八十二回	插增诗词	花	郑天寿	官吏	招安
第八十二回	小说正文	簪花	宋江等好汉	官吏	御宴
第一百一十四回	插增诗词	簪花	游客	市民	日常生活

　　首先，《水浒传》簪花的品种众多、不拘于一时。就簪花的品种而言，既有真正的鲜花，也有人工制造的假花：前者如陪同周通入赘刘太公家的小喽啰"头巾边乱插着野花"（第五回），阮小五"鬓边插朵石榴花"（第十五回）、杨雄"鬓边爱插翠芙蓉"（第四十四回）等；后者如周通"鬓旁边插一枝罗帛像生花"（第五回）、宋江与戴宗临刑前"各插上一朵红绫子纸花"（第四十回）等。文本调查的结果显示，《水浒传》的簪花现象能够绵延春夏秋冬：周通的小喽啰们簪戴野花恰逢暖春二月，阮小五鬓边的石榴花怒放于五月，杨雄钟爱的荷花盛开在七月，而随从们"锦衣花帽"地陪同宿太尉上

朝则出现在暮冬正月间。

值得注意的是，鲜花的花期在小说中起到了提醒故事时间的作用。如金圣叹在阮小五"鬓边插朵石榴花"处夹批道，"恐人忘了蔡太师生辰日，故闲中记出三个字来"[1]。小说此前已铺垫出梁中书为蔡京六月十五日过寿准备了十万生辰纲这一线索，中间又加入"晁天王认义东溪村""吴学究说三阮撞筹"等情节，金圣叹由此指出，农历五月仲夏的石榴花旨在提醒读者留意故事的发生时间。再如，杨雄初见石秀之际的插增诗词道"鬓边爱插翠芙蓉"（第四十四回），而此时恰是"秋残冬到"之前"两个月有余"的七月，正值荷花的花期；更何况，小说还在介绍潘巧云时专门解释其"巧云"之名的来由，"原来那妇人是七月七日生的"（第四十四回），这一系列巧合恐怕不能不被视为作者之匠心。

其次，《水浒传》簪花场合繁多、人群广泛。小说所书写的簪花现象，既出现在婚礼、升职、节日、死刑、御宴等场合，还存在于日常生活之中。例如：索超、杨志升职时"头上亦都带着红花"（第十三回）；梁山好汉被朝廷招安之后，得赐"至暮方散"的天子筵席，"宋江等俱各簪花出内"（第八十二回），可见，强调仪式感的重要场合均有簪花现象。另一方面，我们还看到阮小五、孙二娘、李鬼之妻、燕青等人，即便是在日复一日的生活中，仍然簪戴各式花朵。第一百一十四回赞美杭州富贵奢华的插增诗词：

　　三贤堂畔，一条鳌背侵天；四圣观前，百丈祥云缭绕。苏

1　[清]金圣叹：《金圣叹全集》（第3卷），陆林辑校，凤凰出版社2008年版，第279页。

公堤东坡古迹，孤山路和靖旧居。访友客投灵隐去，簪花人逐净慈来。[1]

最后一句直接反映了宋代市民簪花现象之普遍。这种普遍性鲜明地体现在《水浒传》全书的簪花人群中：既有索超与杨志等落草梁山前的官吏，也有阮小五、李鬼之妻等渔农山民，还有燕青、宿太尉随从等家仆百工，以及孙二娘这样的酒店商人。可以说，《水浒传》簪花人群不仅超越男女性别之限，而且还涵盖了中国古代社会的士农工商四个阶层。

不分人群、不分场合地簪花，堪称《水浒传》惯用的夸饰手段，以至于即便是在战斗行动中，人物也要打扮得"花枝招展"。例如第七十六回"绛罗巾帻插花枝""一个头巾畔花枝掩映""金翠花枝压鬓旁""鬓边都插翠叶金花""锦衣对对，花帽双双"，[2]纵然延宕出类似于戏曲舞台上群英纷纷登场亮相的效果，却严重违背现实常理。之所以出现这一情况，当是《水浒传》胎息于宋元"说话"的传统使然。[3]因为话本越在热闹处"敷衍得越久长"，如首次"战童贯"这样的重大场面，逐一介绍梁山好汉参战便是需要"敷衍"之处，所以这一回共出现了多达24首描写人物出场的插增诗词，占整个章回

1　［明］施耐庵、罗贯中：《水浒全传》，上海古籍出版社1976年版，第1334页。
2　［明］施耐庵、罗贯中：《水浒全传》，上海古籍出版社1976年版，第927—939页。
3　簪花可谓宋元话本书写人物的"标配"，例如《夔关姚卞吊诸葛》云"忽见堂下，紫衫、银带、锦衣、花帽从者十数人"。又如《志诚张主管》描写刘使君，"平生性格，随分해些春色，沉醉恋花陌。虽然年老心未老，满头花压巾帽侧。鬓如霜，须似雪，自磋恻"。再如《戒指儿记》："人人都到五凤楼前，端门之下，插金花，赏御酒，国家与民同乐。"参见欧阳健、萧相恺编订：《宋元小说话本集》，中州古籍出版社1987年版，第130、170、268页。

四分之一的篇幅。这些诗词呈现人物造型的方式明显存在程式化倾向[1]，或者成双成对地引出两名将领，或者从头到脚描述好汉的每一处部位及其穿戴，非但对推进《水浒传》的叙事多无实际功用，反而还中断了小说正文原有的节奏，主要目的当是丰富人物及其生活环境的状态[2]。

最后，梁山好汉们仿佛更偏爱簪花。在文本调查所统计的28次簪花现象中，梁山好汉们有3次集体活动，分别是："梁山泊英雄排座次"后的菊花之会，梁山好汉因重阳节而簪戴黄菊（第七十一回）；梁山好汉为争取招安有利条件而迎战童贯部队，首次在战场上亮相时多有簪花（第七十六回）；宋江等梁山好汉接受招安后，以簪花的姿态参加御赐筵席（第八十二回）。除此之外，小说正文和插增诗词还单独叙述了簪花的梁山好汉：周通、索超、杨志、阮小五、孙二娘、宋江、戴宗、杨雄、燕青、李逵、蔡庆、柴进、焦挺、徐宁、郑天寿等15人。其中，周通、索超、杨志、阮小五、孙二娘、杨雄、焦挺、徐宁、郑天寿全部因战事而亡；宋江、李逵加官晋爵后被朝廷毒酒谋杀。只有戴宗得胜还朝后辞官去往泰安州岳庙，数月后大笑而死；蔡庆、柴进返乡为民；燕青挑了一担金银隐遁江湖，尚属善终之结局。

被单独书写簪花的梁山好汉中有七成未能善终，而这恰是所有

---

1 胡士莹：《话本小说概论》，商务印书馆2011年版，第129—130页。明清时期通俗小说的插增诗词可归纳出多种程式或者格套，例如从额、眼、鼻、嘴等部位一直描述到脚的程式，可以追溯至敦煌变文，《破魔变》便是其中的典型案例："眼如珠（朱）盏，面似火曹（槽），额阔头尖，胸高鼻曲，发黄齿黑，眉白口青，面皱如皮裹髑髅，项长一似箭头绳子。"参见项楚：《敦煌变文选注》，巴蜀社1989年版，第477页。

2 〔美〕杰拉德·普林斯：《叙事学：叙事的形式与功能》，徐强译，中国人民大学出版社2013年版，第64页。

梁山好汉的缩影,因为小说结尾所述南征方腊牺牲、死于非命的好汉共计76人,同样为七成的比例。如是,簪花现象也就具备了预叙的功能,或者说作为被叙述的预设信息而散落在小说各处。正如《水浒传》第一百一十回宋江与公孙胜分别时所言,"我想昔日弟兄相聚,如花始开;今日弟兄分别,如花零落"[1]。因为梁山泊英雄好汉在小说中以簪花形象出场时,往往是其第一次亮相,或者是其人生最为耀眼、最为得意、最为辉煌的瞬间;但无论好汉所戴之花是真是假,终末都会衰败凋零,亦如他们在整个故事中的死亡。

由是观之,《水浒传》所书写的簪花现象具有令人印象深刻的叙事功能,即鲜花的花期提示故事时间,程式化的簪花呈现意在丰富小说人物状态,而簪花好汉多不得善终犹如梁山聚义结局的预设信息。通过对簪花现象的文本调查,以及对其叙事功能的分析,我们发现《水浒传》在"官逼民反"这一宏大主题之下竟然别有新意。

二、 簪花风尚的多重美学意蕴

《水浒传》所书写的簪花现象绵延一年四季、涵盖士农工商,充分说明这已成为风尚行为,并非作者的一己虚构。因为,簪花不仅大量出现在以宋代为叙事背景的《水浒传》中,而且还出现在直接影响《水浒传》的《宣和遗事》中,其中"十二月预赏元宵""罢灯夕之乐"两节所写到的"禁苑瑶花"[2],与《水浒传》第七十二回"柴进簪花入禁院"简直如出一辙。更为重要的是,簪花现象广泛存

---

[1] [明]施耐庵、罗贯中:《水浒全传》,上海古籍出版社1976年版,第1281页。
[2] 《古本小说集成》编委会编:《古本小说集成》(第4辑第87册),上海古籍出版社1994年版,第103页。

在于宋代诗、词、文、杂剧以及笔记等文献。[1]所以,我们有必要对《水浒传》簪花现象做进一步的美学考察。

首先,簪花风尚是对自然美的发现。簪花并非孤立事件,而是宋人观照自然美的具体表象与有机构成,如张镃《赏心乐事》所载,从正月"赏梅""赏山茶",二月"赏缃梅""赏红梅""赏千叶茶花",一直到十二月"赏檀相腊梅""观兰花"等,涉及大量的赏花之事,以三月与四月最为集中:

三月季春

生朝家宴、曲水修禊、花院观月季、花院观桃柳、寒食祭先扫松、清明踏青郊行、苍寒堂西赏绯碧桃、满霜亭北观棣棠、碧宇观笋、斗春堂赏牡丹芍药、芳草亭观草、宜雨亭赏千叶海棠、花苑蹴秋千、宜雨亭北观黄蔷薇、花院赏紫牡丹、艳香馆观林檎花、现乐堂观大花、花院尝煮酒、瀛峦胜处赏山茶、经寮斗新茶、群仙绘幅楼下赏芍药。

四月孟夏

初八日亦庵早斋随诣南湖放生食糕糜、芳草亭斗草、芙蓉池赏新荷、蕊珠洞赏茶蘼、满霜亭观橘花、玉照堂尝青梅、艳香馆赏长春花、安闲堂观紫笑、群仙绘幅楼前观玫瑰、诗禅堂观盘子山丹、餐霞轩赏樱桃、南湖观杂花、欧渚亭观五色莺粟花。[2]

---

[1] 张彬:《宋代戏剧服饰与时尚》,《艺术设计研究》2018 年第 4 期。
[2] [宋]周密:《武林旧事》,钱之江校注,浙江古籍出版社 2011 年版,第 209—213 页。

此两月间，张镃先后观赏了月季、绯碧桃、牡丹、芍药、千叶海棠、蔷薇、紫牡丹等二十余种鲜花，与《梦粱录》这一重要宋代笔记文献的表述——"春光将暮，百花尽开。……种种奇绝，卖花者以马头竹篮盛之，歌叫于市，买者纷然"[1]，形成了相互印证。

进而言之，赏花当属自然美这一"形式（仅是主观的）的合目的性"[2]的主要对象，而与赏花同频共振的现象是，宋人每月都有可簪之花，春夏秋冬皆不中断，如"手插海棠三百本，等闲妆点芳辰"（刘克庄《临江仙》）、"簪荷入侍，帕柑传宴"（洪咨夔《天香·寿朱尚书》）、"髻重不嫌黄菊满，手香新喜绿橙搓"（苏轼《次韵苏伯固主簿重九》）、"帝乡春色岭头梅，高压年华犯雪开。……从车贮酒传呼出，侧弁簪花倒载回"（司马光《和吴省副梅花半开招凭由张司封饮》）等。为了最大限度摆脱花期的限制，宋代还流行鲜花的替代品——像生花，例如话本小说《花灯轿莲女成佛记》的张元善夫妇，"家传做花为生，流寓在湖南潭州，开个花铺"[3]，即以制作像生花为业。藏于台北故宫博物院的《宋仁宗后坐像轴》（图2-6），也可以提供像生花的直观形象：皇后头戴游龙珍珠钗冠，面贴珠钿，神情肃然地端坐中间，其左右两侧立有两名头戴花冠的侍女。图像左侧侍女花冠以盛开的红、黄、白三色花朵为主，辅以紫色花苞及蓝叶与绿叶；图像右侧侍女花冠以白色花朵为主，夹杂黄、蓝、紫三色小花，辅以蓝叶与绿叶为背景，并以两朵大红花作为点睛之笔，皆意在包揽四季常见花色，堪称一年之景。

---

1 ［宋］吴自牧：《梦粱录》，中华书局1985年版，第14页。
2 〔德〕康德：《判断力批判》（上卷），宗白华译，商务印书馆1963年版，第25页。
3 ［明］洪楩：《清平山堂话本》，岳麓书社2019年版，第108页。

图 2-6　《宋仁宗后坐像轴》(台北故宫博物院藏)

其次，簪花表征了日常生活的审美化。中国古代的簪花现象由来已久，四川郫县宋家林出土的东汉执镜陶俑，便是一个头戴两朵花的女性形象。《晋书》卷三十二载"先是，三吴女子相与簪白花，望之如素柰，传言天公织女死，为之著服，至是而后崩"[1]，民间的簪花竟然是成恭杜皇后去世的先兆，这当属史书关于簪花集体行为的首次记录。时至隋唐五代，我们可以看到周昉《簪花仕女图》等再现簪花女性的美术作品，以及诸多描写簪花的诗歌，如"丑妇竞簪花，花多映愈丑"（司空图《效陈拾遗子昂感遇三首》）、"菊花须插满头归"（杜牧《九月齐山登高》）。《旧唐书》卷一百九十七载林

---

[1] ［唐］房玄龄等:《晋书》（第4册），中华书局1974年版，第974页。

邑国王"卷发而戴花"的造型,[1]但并未明确记录唐朝皇帝、士人等人群的簪花现象。反倒是五代的《开元天宝遗事》对簪花予以了浓墨重彩的描绘:"开元末,明皇每至春时旦暮,宴于宫中,使嫔妃辈争插艳花;帝亲捉粉蝶放之,随蝶所止幸之。后因杨妃专宠,遂不复此戏也。"又及:"御苑新有千叶桃花,帝亲折一枝插于妃子宝冠上,曰:'此个花尤能助娇态也。'""长安春时,盛于游赏……帝览之嘉赏焉。遂以御花亲插颈之巾上,时人荣之。"[2]

晚唐五代以前的簪花主体多为女性,而且涌现于宫廷生活与节日氛围之中,但这一情况却在宋代发生了重要变化。《宋史》卷一百五十三"舆服志"载:"簪戴。幞头簪花,谓之簪戴。中兴,郊祀、明堂礼毕回銮,臣僚及扈从并簪花,恭谢日亦如之。大罗花以红、黄、银红三色,栾枝以杂色罗,大绢花以红、银红二色。罗花以赐百官,栾枝,卿监以上有之;绢花以赐将校以下。太上两宫上寿毕,及圣节、及锡宴、及赐新进士闻喜宴,并如之。"[3]上述文献涉及簪花的类型、形制、场合等制度性规定,而且显而易见的是,簪花的主体多为男性,所以,我们可以看到宋代书写男性簪花的诗文不计其数,围绕韩琦、王珪、王安石、陈升之的"四相簪花"故事,甚至成了被后世文学与图像反复摹写的主题。[4]

除了簪花主体超越性别限制之外,更为重要的现象是簪花阶层的扩大。无论前文所述的贵族上流社会,还是平头百姓,无论节日、

---

1 [五代] 刘昫等:《旧唐书》(第16册),中华书局1975年版,第5269页。
2 [五代] 王仁裕等:《开元天宝遗事十种》,丁如明辑校,上海古籍出版社1985年版,第68、74、91页。
3 [元] 脱脱等:《宋史》(第11册),中华书局1977年版,第3569—3570页。
4 郭薇:《"四相簪花"在清代翰林院中的认同与书写》,《北京社会科学》2019年第10期。

宴会，还是日常生活，皆以簪花为尚。通过宋代话本和《武林旧事》《梦粱录》等笔记等文献可知，大量民间簪花行为催生了鲜花生意、像生花作坊等产业，足见宋人簪花的普及程度。宋代绘画也为此提供了足够的佐证，例如藏于故宫博物院的李嵩《货郎图》，年轻的货郎头巾上插有花朵等饰品，显然是招揽村民前来购物的促销手段，说明簪花现象已经飞入寻常人家。就此而言，宋代的簪花现象突破了以往囿于某一人群、某一阶层的惯性。面对日常生活这一以重复性思维占主导地位的实践领域，宋人的簪花行为不仅描绘着"自然的社会化"，还描绘着"自然的人化的程度和方式"，[1]从而表征了日常生活的审美化。

最后，《水浒传》英雄簪花现象主要体现为沉郁的审美风格。金圣叹认为"晁盖七人以梦始，宋江、卢俊义一百八人以梦终"，而在"万死狂贼！你等造下弥天大罪，朝廷屡次前来收捕，你等公然拒杀无数官军。今日却来摇尾乞怜，希图逃脱刀斧！我若今日赦免你们时，后日再以何法去治天下！"处夹批道，"不朽之论，可破续传招安之谬"，[2]堪称"腰斩"《水浒传》的叙事学动因。事实上，腰斩《水浒传》虽然删除了招安行动，却在最大限度上保留或者凸显了小说的英雄传奇色彩，因为如果我们检视被单独书写簪花的《水浒传》英雄好汉，其首次出场既是给读者的第一印象，也是他们人生的耀眼写照。

例如百二十回本中的孙二娘，自从亲手为武松缝制了存放度牒的锦袋后，便开始在小说中长时间沉寂——无论是到二龙山入伙时，

---

1 〔匈〕阿格妮丝·赫勒：《日常生活》，衣俊卿译，重庆出版社2010年版，第4页。
2 〔清〕金圣叹：《金圣叹全集》（第4卷），陆林辑校，凤凰出版社2008年版，第1249—1250页。

还是梁山聚义后的招安行动中，她始终只是一个可有可无或者临场调度而来的角色，直到清溪县攻打方腊时死于杜微的飞刀。我们对于孙二娘的印象，似乎仍然停留在"母夜叉孟州道卖人肉 武都头十字坡遇张青"一回，眼前浮现出那个杀人取肉、泼辣爽快并看重朋友义气的孙二娘，正簪花坐在乡间酒店的窗前。除宋江以外的其他小说人物，梁山聚义前后的描写判若两人：上山聚义之前被刻画得极为细腻，上山聚会后往往只是小说叙事的"材料"与"填充物"，并无多少实质性描写。造成这一现象的原因，可能与《水浒传》世代累积的成书过程有关。如果我们联系簪花之于这些英雄好汉的叙事功能，那么，小说以此预示他们的生命将在不久的招安行动中陨灭，令人深感低回委婉、深沉悲慨的沉郁之气。

要言之，《水浒传》所书写的簪花现象既是对自然美的发现，也是宋代日常生活审美化的具体表征。而小说所单独书写簪花的人物形象体现出沉郁的审美风格，则隐约折射出对英雄好汉命运的关切。

三、明清《水浒传》插图与簪花的式微

就明清通俗小说而言，插增诗词与插图当属两种重要的副文本，如果说前者是源自宋元"说话"传统的世交，后者就是小说文体在明清时段的新朋。插增诗词保留了文本发生学的踪迹，[1]而插图则延展了小说的接受与传播。因此，接下来需要思考的问题是，明清时期的《水浒传》插图有没有再现出簪花现象，以及能否传达其多重

---

[1] 需要补充说明的是，元杂剧"水浒戏"等"前文本"也有对簪花的书写，例如《大妇小妻还牢末杂剧》描述阮小五"涧水潺潺绕寨门，野花斜插渗青巾。带糟浑酒轮杯饮，叶子黄金整秤分"。参见傅惜华等编：《水浒戏曲集》（第一集），上海古籍出版社1985年版，第58页。

的美学意蕴。鉴于插图本《水浒传》数量惊人、版本繁复，而且各版本插图之间多有因袭，我们不妨从插图的地域、类型、时段等三方面因素加以考察。

首先，再现簪花的《水浒传》插图主要集中于江南刻本，闽刻本中并不多见。由政府、藩府与私人书坊组成的明代刻书版图格外壮观，仅就私人书坊刻书来说，也有南京、杭州与建阳等三个集中地，其中，福建建阳从宋代开始便"一直是全国重要的刻书地之一"，"其刻书数量之多，堪称全国之首"。需要补充说明的是，建阳刻书以坊刻为主，而且刻书种类齐全，"经、史、子、集无所不包，尤以小说、戏曲等通俗文学作品为最多"。[1]万历、泰昌年间新刊小说约40种，其中建阳刊27种，金陵刊5种，苏州刊4种，其他地区刊4种，称建阳为小说出版之重镇并不为过。[2]然而，我们检视建阳出版简本系统的《水浒传》插图，如双峰堂刻本《京本全像插增田虎王庆忠义水浒全传》《京本增补校正全像忠义水浒志传评林》和牛津大学图书馆藏《全像水浒》等，却并没有发现簪花的身影。

而万历三十八年（1610）的杭州容与堂刻本、万历四十二年（1614）的袁无涯刻本等江南地区的《水浒传》插图，却再现了英雄簪花的模样。例如第五回"小霸王醉入销金帐 花和尚大闹桃花村"的首幅回目图，周通右鬓簪花，正被鲁智深揿在地上。再如第十五回"吴学究说三阮撞筹 公孙胜应七星聚义"的首幅回目图（图2-7），背水而坐的人物头戴儒巾、身着长衫，显然是前来石碣村说服阮氏兄弟入伙的吴用；与吴用的长衫、儒巾形成鲜明对比的是三位衣着短褐的农民。那么如何分辨他们的具体身份呢？坐在吴用右

---

[1] 赵前编著：《明代版刻图典》，文物出版社2008年版，第8—29页。
[2] 冯保善：《明清江南小说文化论》，《明清小说研究》2013年第4期。

手边的人物是阮小七,因为其装扮与小说的描述相符——"戴一顶遮日黑箬笠,身上穿个棋子布背心,腰系着一条生布裙";坐在吴用左手边的人物是阮小五,因为其右鬓插有一朵花,与小说所描述的"斜戴着一顶破头巾,鬓边插朵石榴花"相符;很显然,坐在吴用对面的即为阮小二。[1]一个目不识丁的渔民,竟然在日常生活中簪花饮酒,其审美心态留给读者以无限的赞叹与遐想。此外,第二十七回"母夜叉孟州道卖人肉 武都头十字坡遇张青"的首幅回目图、第七十二回"柴进簪花入禁院 李逵元夜闹东京"的首幅回目图,也再现出了孙二娘簪花、柴进簪花的情形。

图 2-7 "吴学究说三阮撞筹"
容与堂刻本《李卓吾先生批评忠义水浒传》

---

[1] [明]施耐庵、罗贯中:《水浒全传》,上海古籍出版社 1976 年版,第 166—168 页。

其次,之所以江南刻本多再现簪花现象,根本原因在于这一地域的插图类型以全图为主,而闽刻本《水浒传》插图以全像为主。这就涉及"全图""全像"与"绣像"等插图类型的差异[1],闽刻本插图没有再现簪花,很大程度上受限于书籍插图刻版的物质性因素。因为明代建阳地区的插图本通俗小说以"上图下文"式形制为主,即每叶以版心为界分为左右两个半叶,每半叶上部为插图,下部为文本,插图与文本的比例在 1∶2 至 1∶3 之间,此为"全像"。像双峰堂刻本《京本增补校正全像忠义水浒志传评林》的插图上方是"评释栏",插图两侧还有榜题,因此可以想见,如此狭小逼仄的插图空间,根本无法供刻工绘制细小的花朵。即便像容与堂刻本、杨定见本这样,每一章回前插置回目图,而且每张插图占满半叶的全部版面,也不能绝对保证所绘簪花清晰到可以辨识花朵具体品种的地步,遑论建阳面积如此狭小的全像。

较之"全像"与"全图","绣像"专门以再现人物像为旨归,其物质性空间相对最大,因而不仅能再现簪花现象,还能清晰地绘制出花朵形态的细节。例如在陈洪绶《水浒叶子》这一著名的绣像册页中,燕青(图 2-8)、柴进(图 2-9)、石秀均为簪花的造型。柴进所戴之花花瓣宽大平展,有二到三轮,且以椭圆长形绿叶为衬,似为牡丹,这与陈洪绶所绘《花鸟草虫册》中的"蝶戏牡丹"造型一致。赞语"哀王孙,孟尝之名几灭门",以"孟尝"指称广招宾客的柴进,然而,如此富贵之家竟然在《水浒传》中几乎横遭灭门

---

[1] 如前文所述,"全图"指的是依据回目标题所创作的"回目图"以及摹仿每回故事的"情节图",二者都占据书籍的整个版面,而且鲜明地有别于约占版面面积三分之一或四分之一的"偏像"与"全像"。参见鲁迅:《连环图画琐谈》,《鲁迅全集》(第 6 卷),人民文学出版社 2005 年版,第 28 页。

图2-8 燕青　　　　　图2-9 柴进
陈洪绶《水浒叶子》（李一氓藏本）

之祸。象征富贵的牡丹花，似乎反讽柴进家族的衰败。而燕青所戴之花当是菊花，因为《水浒叶子》中的长形花瓣呈分散状，且以边缘有缺刻及锯齿状绿叶为衬，这与陈洪绶《折枝菊图》等菊花造型一致（图2-10）。自清代以降，金圣叹删改后的七十回本《水浒传》流行于世，集中书写簪花现象的插增诗词多遭删除，故书坊主往往选取陈洪绶、杜堇等所绘绣像，插置在小说开卷部分，借此引起读者的兴趣。有的书坊主甚至受到这些绣像的启发并加以重新绘制，例如：光绪三十三年（1907）的《评注图像五才子书》安排燕青侧坐在石头上吹笛，右鬟簪戴一朵花；会文堂刻本绣像中，燕青以站立姿势簪花吹笛；民国六年（1917）刊行的铸记书局《评注图像五才子书》中，燕青亦是侧坐吹笛，当是摹仿了光绪三十三年的燕青绣像，却忽略了这位浪子"鬓畔常簪四季花"的爱好。

图 2-10　陈洪绶《折枝菊图》

最后，地域、类型属于我们对明清《水浒传》插图再现簪花现象的横向考察，而时段则是综合上述两方面的纵向考察。纵观清代《水浒传》插图，仿制容与堂刻本插图的康熙五年（1666）石渠阁修补本中，"柴进簪花入禁院"回目图对柴进簪花予以了绘制；仿制杨定见本插图的康熙年间芥子园刻本、三多斋刻本等，亦再现了柴进簪花。[1]然而，光绪以来的石印本《水浒传》颇值得注意。一方面，书籍大多采用"绣像+全图"的插图方式，即在小说第一卷首放置绣像，此后在每一章回之前放置摹仿回目标题情节的全图，例如光绪

---

[1]　颜彦：《中国古代四大名著插图研究》，社会科学文献出版社 2014 年版，第 278—282 页。

三十三年（1907）石印本《评注图像五才子书》有 28 幅绣像，140 幅回目图，插图数量异常庞大，蔚为壮观。另一方面，书籍还采用压缩插图数量的方式，将两位乃至更多数量的人物集中到同一幅绣像中，并将每一章回的回目图简约为一幅图，例如扫叶山房刻本、会文堂刻本等即为如此，顾大嫂、孙二娘、阎婆惜、潘金莲都簪戴一朵花，尽管她们在小说文本中并非全部如是。但颇为遗憾的是，这些版本的插图质量较低，往往是为了插图而插图，或者说仅将插图视为装饰书籍的噱头，甚至将西门庆、潘金莲、武大郎等本不属于《水浒传》绣像传统的人物刻画出来。至于插图对簪花现象的再现，则时有时无或趋于程式化，全然不像明代容与堂刻本插图、《水浒叶子》绣像那样细致入微。[1]

如果考虑到同样以宋代为故事背景的《金瓶梅》，我们就会发现小说存在大量的男女赏花、簪花现象。文本调查的结果显示，书写簪花现象的章回多达 28 回，以至于靠卖翠花为生的薛嫂，经常带着她的花笼出现在故事中。男子簪花这一习俗"经宋代的鼎盛时期，至明代已经减弱"[2]，而清代小说对簪花现象的热情则更不如明代，例如《水浒传》的续作《水浒后传》，便没有书写英雄好汉们的簪花，纵然是以簪花闻名的燕青，出场时也不过是手持折花一枝而已。再如同样以宋代为故事背景的英雄传奇小说《说岳全传》，也没有簪花的任何描写。作为世情小说巅峰的《红楼梦》，虽然叙述了很多赏花的情节，但仅有一处涉及簪花的描写。可以说，簪花风尚在清代

---

[1] 《水浒传》插图在明清时期的历史演变，可视为明清通俗小说的一个缩影，特别是光绪以来的石印本插图，绘制技术与传统木刻插图存在显著区别，导致小说与插图关系发生了质的转变。关于这一问题，我们将另文探讨。
[2] 赵连赏：《明代男子簪花习俗考》，《社会科学战线》2016 年第 9 期。

的衰败，速度之快令人难以想象，至清中期已几乎不见男子簪花情形，恰如赵翼所说"今俗惟妇女簪花，古人则无有不簪花者"，但殿试传胪时，"一甲三人出东长安门游街，顺天府丞例设宴于东长安门外，簪以金花，盖犹沿古制也"。[1]金榜题名之际以簪花为礼，与《清史稿》卷一百一十五所载一致，"新进士释褐，坐彝伦堂行拜谒簪花礼"[2]，这恐怕是清代男子簪花为数不多的仪式性场合。

综上所述，《水浒传》所描写的簪花现象具有令人印象深刻的叙事功能，同时还表现出丰富的美学意蕴，但是，这一现象虽在明代江南刊刻的全图和绣像中得到再现，却基本没有在明代福建建阳地区的全像以及清代以降的插图本中体现。之所以造成上述情况，有插图类型的原因，如全像插图空间狭小逼仄，限制了花朵形状的绘制，而全图插图即便空间稍大，也很难刻画簪花的具体品种，所以簪花的美学意蕴便无从表征。更为重要的是，清代簪花现象的式微趋势，与《水浒传》的簪花插图逐渐流于装饰相契合，因为此时男子簪花现象仅仅出现于仪式性场合，最终导致插图者无法理解《水浒传》小说描述英雄好汉簪花的用意，以及明代全图与绣像对簪花的再现。

---

1 ［清］赵翼：《赵翼全集》（第3册），曹光甫点校，凤凰出版社2009年版，第574—576页。
2 ［清］赵尔巽等：《清史稿》（第12册），中华书局1976年版，第3319页。

第三章
《水浒传》的人物及其图像叙事

浦安迪曾在分析《水浒传》等"奇书文体"时指出,"中国明清长篇章回小说在'外形'上的致命弱点,在于它的'缀段性'(episodic),一段一段的故事,形如散沙,缺乏西方 novel 那种'头、身、尾'一以贯之的有机结构,因而也就缺乏所谓的整体感"[1]。这一"他者"观点未免带有胶柱鼓瑟之嫌,因为亚里士多德最早提出"穿插式情节",只是针对悲剧而言,并未着眼于后世的西方小说,更何况是《水浒传》这类世代累积而成的中国长篇章回体小说。《水浒传》介绍英雄好汉出场时,多言及这些人物与宋江相识或者久仰后者,这恰恰是因为小说在自宋至明的世代累积过程中,需要宋江将各个故事串联起来,所以这一人物没有体现出西方美学意义上的"整一性",也就不足为奇了。

《水浒传》作为叙事性文体,并非不以"讲故事"著称,但它即便故事讲述得格外动听,也是"以外在的情节来表现人物的内心活动和精神状态"[2]。较之"讲故事",中国小说似乎更擅长"写人

---

[1] 〔美〕浦安迪讲演:《中国叙事学》,北京大学出版社1996年版,第56页。
[2] 参见吴组缃:《中国小说研究论集》,北京大学出版社1998年版,第97页。自20世纪80年代以来,我国学界翻译了大量经典的西方小说研究著作,它们大多开篇就涉及故事(story)及其叙述(narrative)的问题,然后才铺陈关于人物(character)的讨论。例如〔英〕福斯特:《小说面面观》,苏炳文译,花城出版社1984年版,第21页;〔美〕韦恩·布斯:《小说修辞学》,傅礼军译,广西人民出版社1987年版,第5—12页;〔美〕伊恩·瓦特:《小说的兴起》,高原、董红钧译,生活·读书·新知三联书店1992年版,第6—12页;〔英〕詹姆斯·伍德:《小说机杼》,黄远帆译,河南大学出版社2015年版,第1、69页。

物",特别是"一个人出来,分明便是一篇列传"[1]的《水浒传》,所谓"鲁十回""林六回""杨六回""宋十回""武十回",即以人物为核心而开展的叙事单元架构。明清两朝书坊主在刊刻《水浒传》的过程中,大多注重对小说人物的品评,例如容与堂刻本撰《梁山泊一百单八人优劣》,称赞李逵是"为善为恶,彼俱无意"的"梁山泊第一尊活佛",批评宋江"的是假道学,真强盗",[2]等等。自明代至今,围绕人物品评留下了大量文献,例如吴从先《读水浒传》,认为宋江虽因毒酒而亡,但"与司马光等三百九人俱以碑传,则不朽之骨,非蔡京、童贯所能望见者"[3]。由是观之,通过《水浒传》所叙之事评价人物好坏、得失、功过,已成为读者们的共同话题。像李贽、金圣叹这样的专业批评家,在《水浒传》的小说评点中更是将这种人物品评发挥得淋漓尽致,衍生出基于"性情""气质""形状""声口"四方面的"性格理论",在中国古代文学批评史上产生了重要影响。

　　这就导致包括《水浒传》在内的中国古代小说研究,问题领域主要集中在"文献考据和形象阐释"两大方面[4]。而在图像叙事的参照下,我们不妨重新审视并延伸《水浒传》的人物研究,诸如人物性格能否通过图像实现可见,图像再现人物及其故事的同时,又能否再现人物的性格或德性。此外,以书写人物而闻名文学史的《水浒传》,为人物绣像提供了大量语象。陈洪绶的《水浒叶子》、杜堇

---

1 [清]金圣叹:《金圣叹全集》(第3卷),陆林辑校,凤凰出版社2008年版,第30页。
2 《明容与堂刻水浒传》,上海人民出版社1975年版,第1页。
3 朱一玄、刘毓忱编:《水浒传资料汇编》,南开大学出版社2012年版,第193—195页。
4 李汉秋编著:《儒林外史研究资料集成》,上海古籍出版社2017年版,第455页。

的《水浒全图》，在明清时期颇负盛名；现代以来张光宇的《水泊梁山英雄谱》，当代著名画家黄永玉、戴敦邦、周京新、叶雄等，也都创作了许多画作。这些绣像作为对小说的"逃逸"，又是如何进行图像叙事的呢？这需要我们进一步思考。

第一节　《水浒传》人物性格的可见性及其程式化

"别一部书，看过一遍即休。独有《水浒传》，只是看不厌。"金圣叹之所以如此热爱《水浒传》，根本原因在于小说"把一百八个人性格，都写出来"。[1]就此而言，施耐庵对人物几近完美的刻画，成就了《水浒传》的文学史地位，也成就了金圣叹评点中的"性格理论"。

一方面，注重塑造人物性格是《水浒传》等中国古典小说的整体特征，然而数百年来的学术史表明，围绕人物性格与"性格理论"所展开的研究却呈现出停滞不前的现状。另一方面，在"文学遭遇图像"的今天，受众所青睐的主要不再是文学本身，而是关于它的图像作品，这当属"水浒学"乃至整个文学研究界都不应忽略的现实语境。面对上述研究现状与文学现实，如果我们胸怀"'语-图'互文"的"大文学"观念，并将目光转向图像，就会发现新问题：图像如何显现《水浒传》的人物性格？

---

[1] ［清］金圣叹：《金圣叹全集》（第3卷），陆林辑校，凤凰出版社2008年版，第30页。

一、性格的"有形"与"可见"

语言作为"可名"符号,"名实一致"是其理想状态,即"词与物十分严密地交织在一起"。[1]因此,无论研究《水浒传》的人物性格,还是金圣叹的"性格理论",都离不开语言对性格的描述。我们知道,语言符号的能指是包含语象的语音,所以凡是"可名"的事物皆"可见",不过此处的可见需要加上引号,因为这只是语象留在人脑中的内视图像,并非真正可见。实际上,"性情""气质""形状""声口"等人物性格要素虽然皆"可名"[2],但唯有"形状"切实"有形"。鉴于图像可以显现"有"与"是",却不能显现"无"与"不是",因此,我们在图像中只能直观看到《水浒传》人物的"形状"。

所谓"相由心生",即人的面相反映了其身心状态,二者之间存在相似性关系。就《水浒传》而言,"形状"表征人物性格,图像显现"形状"的语象,其中的道理同样如此。但需要指出的是,"形状"只是金圣叹的笼统归纳,比如李逵的出场——"戴宗便起身下去,不多时引着一个黑凛凛大汉上楼来",金氏对"黑凛凛大汉"的夹批是"画李逵只五字,已画得出相"。而且,金氏认为"黑凛凛"

---

1 〔法〕福柯:《词与物:人文科学考古学》,莫伟民译,上海三联书店2002年版,第213—214页。
2 〔清〕金圣叹:《金圣叹全集》(第3卷),陆林辑校,凤凰出版社2008年版,第20页。金圣叹在《水浒传》第二十五回总评中,认为鲁达、林冲、杨志是"三丈夫",他们"各自有其胸襟,各自有其心地,各自有其形状,各自有其装束"。虽然此处对人物性格四个方面的概括与其之前所述并非完全一致,但不难看出,"胸襟""心地"和"性情""气质"属于内在的、隐蔽的性格要素,而"形状""装束"以及"声口"则属于外在的、显性的性格要素。详见《金圣叹全集》(第3卷),第477页。

不但"画"出了李逵的形状,还"画"出了后者的性格。简言之,在金圣叹小说评点的语境中,"形状"应全面地包括人物容貌、装束、动作以及颜色。因此,《水浒传》图像也得以从这四个方面摹仿"形状"[1],进而显现人物性格。我们不妨以李逵为例,详细阐发这一问题。

百回本《水浒传》通过一首插增诗词描述了李逵的首次出场:

> 黑熊般一身粗肉,铁牛似遍体顽皮,交加一字赤黄眉,双眼赤丝乱系。怒发浑如铁刷,狰狞好似狻猊,天蓬恶杀下云梯,李逵真勇悍,人号铁牛儿。[2]

一百二十回本《水浒传》也插增了一首诗:

> 家住沂州翠岭东,杀人放火恣行凶。不搽煤墨浑身黑,似着朱砂两眼红。闲向溪边磨巨斧,闷来岩畔斫乔松。力如牛猛坚如铁,撼地摇天黑旋风。[3]

这两首诗富含李逵形状特征的语象,却在七十回的"删改本"中被删除,盖因金圣叹认为"黑"代表了李逵形状最突出的特征,索性将其从上述两首诗中提炼出来。除了共同描写李逵形状的"黑色皮

---

[1] 研究表明,视知觉判断目标的主要依据是形状和颜色(参见〔英〕P. H. 马修斯:《缤纷的语言学》,戚焱译,译林出版社 2013 年版,第 106 页;〔美〕鲁道夫·阿恩海姆:《艺术与视知觉》,滕守尧、朱疆源译,四川人民出版社 1998 年版,第 451—452 页),就此而言,人物的容貌、装束以及动作都属于"形状"的范畴。
[2] 〔明〕施耐庵、罗贯中:《水浒传》,人民文学出版社 1975 年版,第 513—514 页。
[3] 〔明〕施耐庵、罗贯中:《水浒全传》,上海古籍出版社 1976 年版,第 465 页。

肤"与"红色眼睛",这两首诗还有涉及李逵形状的其他语象:"粗肉""顽皮"意指李逵皮肤粗糙、坚硬;"赤黄眉"即颜色介于红、黄之间的眉毛;"怒发浑如铁刷"指其头发并非自然弯曲,而是直挺,仿佛铁刷一般;"狻猊"是类似狮子的神兽,意谓李逵面貌狰狞、丑陋;"力如牛猛"与"撼地摇天"形容李逵力气大,同时暗示其身板强壮;"巨斧"则是李逵的武器,其打斗时的动作就是以双斧砍剁。

从容貌、装束、动作和颜色四个方面对李逵形状予以归纳,我们可以看出:李逵有着粗糙而坚硬的皮肤、强壮的身板,狰狞、丑陋却没有具体所指的长相;其直挺、呈放射状、宛若铁刷一般的头发,能够给人留下深刻印象,至于衣着什么服饰,则没有任何语象凭据;其动作是舞动双斧进行砍剁;其颜色是黑色的皮肤、红色的眼睛以及颜色介于红、黄之间的眉毛。对于黄皮肤、黑头发、黑眼睛的汉民族来说,李逵俨然一个异于常人的"怪物",而且还有狰狞的面目与手持斧头砍剁的动作,隐隐透露出其凶残、暴力的性格。

考察《水浒传》小说成像史之后,我们却发现图像中的李逵呈现出两种截然不同的形象:一种是有悖于上述语象的"白面书生"式,另一种则是符合其形状的"凶神恶煞"式。就现存资料而言,唯有出现时间最早的《忠义水浒传》(德国德累斯顿萨克森州图书馆藏),其"偏像"类插图属于"白面书生"式;自万历年间的《京本增补校正全像忠义水浒志传评林》以降,书籍插图、连环画以及民间美术中的《水浒传》图像,其中的李逵形象大都属于"凶神恶煞"式。如下表所示:

表 3-1　明代《水浒传》图像中的李逵

类型	出处	图像	
"白面书生"式	《忠义水浒传》（德国德累斯顿萨克森州图书馆藏）		
"凶神恶煞"式	《京本增补校正全像忠义水浒志传评林》（双峰堂刻本，1594年）		
	《新刻京本全像插增田虎王庆忠义水浒全传》（丹麦皇家图书馆藏）		
	《新刻全像水浒传》（日本东京大学东洋文化研究所双红堂文库藏）		
	《插增田虎王庆忠义水浒全传》（法国国家图书馆藏）		
	《新刻全像忠义水浒传》（李渔序本，德国柏林国立普鲁士文化遗产图书馆藏）		
	《李卓吾先生评忠义水浒传》（容与堂刻本，日本内阁文库藏）		

(续表)

类型	出处	图像	
"凶神恶煞"式	《出像评点忠义水浒全书》（杨定见重编本，中国国家图书馆藏）		
	陈洪绶：《水浒叶子》		
	杜堇：《水浒全图》		

这两种李逵形象之间的显著差异在于，前一种类型的李逵面庞清秀、没有胡须、白白净净，并且身材匀称；后一种类型的李逵却有呈放射状的胡须，浓眉大眼，或衣衫不整，或袒胸露乳，并展示出粗壮的身板，彩色图像还故意赋之以黝黑的脸色。由于文学的图像化并非语象的一一坐实，而是图像选择性地摹仿语象，[1]所以，上述四个方面的哪些语象以及如何呈现在"凶神恶煞"式图像之中，也就成了研究图像显现人物性格的关键。这需要我们释读图像，并比较语象与图像之间的出入：（1）图像选择并摹仿了"容貌"（粗壮的身板）、"动作"（挥舞双斧进行砍剁）两方面的语象；（2）图像

---

1 Robert E. Hegel, *Reading Illustrated Fiction in Late Imperial China*, Stanford：Stanford University Press, 1998, p. 172.

中所增加的元素集中在"容貌""装束"方面，主要是李逵的眉毛、胡须形状，以及衣着服饰；（3）只有彩色图像才显示出了李逵赤黄色的眉毛、黑色的皮肤，在以黑白为主色的木刻版画与连环画中，这些颜色全部没有被摹仿，而红色的眼睛在所有图像中都未得到显现。

由此可见，首先，"黑色皮肤"与"红色眼睛"固然是上述两首诗所共同展示的李逵形状特征，却并没有显现在全部图像之中。其次，尽管金圣叹认为仅凭"黑凛凛"三字便能"画龙点睛"般指出李逵性格，但这一观点无法践行于黑白图像的生产。最后，只有彩色图像摹画了李逵黑色的皮肤，原因在于，图像的生成机制是符号能指与所指物之间的相似性，这种相似首先或者主要是"形状"的相似，其次才是"颜色"的相似。而从图像所增加的元素来看，制作者普遍倾向于描绘邋遢奔放的装束、凶恶的容貌以及挥舞双斧的砍剁动作，力图以此显现李逵的暴力性格。为了达到这一目的，图像对于描写李逵的语象而言，"有一种作为想像的表现"[1]，因为诗中没有任何涉及李逵穿着的语象，图像却或以袒胸露乳，或以衣冠不整来"打扮"李逵，特别是将头发如铁刷般呈放射状的特征，移植到李逵的胡须上，愈发突出了其凶猛的意味。

整体而言，图像主要借助容貌、动作以及装束来展示《水浒传》人物的"形状"，进而显现后者的性格。除了"形状"之外的其他性格要素——"性情""气质""声口"，尽管因为属于无形的事物，而无法直接被图像显现，但是，由于本身可名、具备反映于脑海中的语象，也就具备转化为图像的可能。那么，它们如何被图像摹仿，

---

[1] 〔法〕德里达：《声音与现象》，杜小真译，商务印书馆2010年版，第65页。

图像又是怎样通过它们显现《水浒传》人物性格的呢？这需要我们进一步探讨。

二、《水浒传》人物性格的图像修辞

修辞的定义无论怎样演绎，都没有超出亚里士多德所规定的基本内涵："一种能在任何一个问题上找出可能的说服方式的技能。"[1] 通俗地讲，修辞就是为了使话说得更好听。当然，还存在另外一种情况：一旦语言不能表达或者难以表达意义时，说话人要么选择"无言"，要么就不得不求助于修辞。[2] 换言之，语言修辞的基本功能是"锦上添花"，而"临危受命"则是其特殊功能。

如果参照语言修辞来考察图像修辞，我们就会发现，明清时期的《水浒传》无论是否真正配有插图，书商动辄在题目中增加"全图""全像""绣像"等字样，试图以此招徕读者购买。表面上看，《水浒传》图像极具经济价值，实际上这是"锦上添花"的修辞功能使然：因为图像使文学"更好看"。但是，"性情""气质""声口"等人物性格要素属于无形的事物，《水浒传》图像也就没有摹仿

---

[1] 〔古希腊〕亚里斯多德：《修辞学》，罗念生译，生活·读书·新知三联书店1991年版，第24页。译文参考了屠友祥先生的观点（〔德〕尼采：《古修辞学描述》，屠友祥译，上海人民出版社2001年版，第8页）。亚氏的这一定义被学界广泛接受，例如布斯就认定"任何一个人为了加强叙述效果而使用的任何一个修辞手法或比喻"，都属于其"小说修辞学"的研究课题（〔美〕韦恩·布斯：《小说修辞学》，付礼军译，广西人民出版社1987年版，第424页）。

[2] 赵奎英：《道言悖反与审美超越》，《厦门大学学报》2007年第4期。道家的语言哲学认为，突破语言困境的路径有两种："无言"与"象言"。而"象言"就是语言脱离了原本通过能指直至所指的正途，转而"变轨"寻求图像化的言说效果来协助意义的表达，其本质上属于语言的修辞。可以说，老庄哲学中蕴含着丰富的"文学与图像关系"思想（参见许结：《论老庄语言图像的拟人化系谱》，《求索》2017年第4期）。

的原型，而图像的生成机制恰恰主要有赖于与原型之间"形"的相似，所以，图像直接通过"形"来显现人物"性情""气质""声口"的途径宣告失败。面临这一困境，图像无法"直达"语象及其意义，只能"变轨"——寻找并借助与意义相似的形状来显现性格语象。《水浒传》图像（喻体）和语象原型意义（喻义）之间的相似，说明前者是对人物性格"临危受命"般的隐喻修辞。[1]

例如《水浒传》人物普遍存在的粗鲁性情。作为一个形容词，"粗鲁"意指人的性格粗野鲁莽。如果要显现在图像中，它就必须转化为具体的形状或者动作，否则便失去了赖以依傍的物质载体。双峰堂刻本《京本增补校正全像忠义水浒志传评林》的插图是明代早期《水浒传》图像的代表，我们不妨以其中的鲁达和李逵为中心，深入阐发图像对粗鲁的隐喻修辞。

《水浒传》多次描写鲁达的粗鲁，例如鲁达出家后第一次下山，卖酒的汉子拒绝卖给鲁达，后者"赶下亭子来，双手拿住扁担，只一脚，交裆踢着"，"那汉子双手掩着，做一堆蹲在地下，半日起不得"。[2] 图 3-1 是对上述情节的摹仿，图像背景是延绵的山峰；画面右侧矗立着若干柱子，以阳刻为主的低矮栏杆构成一个半包围空间，这一建筑当为故事的发生地——亭子；靠近亭子的一人，双手拿桶、左腿撑地、右腿屈膝，这应是抢酒的鲁达；循着持桶男子的目光向画面左侧看去，另一人斜躺在一根扁担和一只桶边，右手捂住裆部、

---

[1] 宽泛地讲，一切图像都是隐喻，因为图像的生成机制就是与原型的相似（参见赵宪章：《语图符号的实指和虚指——文学与图像关系新论》，《文学评论》2012 年第 2 期）。笔者赞同并延伸了这一观点：首先，我们认为应当区分广义与狭义的图像隐喻；其次，文学成像意义上的"相似性"与隐喻修辞意义上的"相似性"并不能完全等同。

[2] ［明］施耐庵、罗贯中：《水浒全传》，上海古籍出版社 1976 年版，第 51—52 页。

左手挥动，似乎在制止前者的行动，此人应为被抢酒的汉子；通过后者捂住裆部的动作，我们能够释读出这是鲁达用其右腿踢着卖酒汉子的情节；而"踢"的动作恰恰位于画面的黄金分割点，堪称图像的显现重心。可以说，图像定格在鲁达为了吃酒而踢卖酒汉子"交裆"部位这一动作，以此隐喻前者的粗鲁。

图 3-1　"鲁达踢倒汉子抢酒"
《古本小说丛刊》（第 12 辑）

与鲁达相似，李逵也有粗鲁的性情，例如他不满于宋江、柴进与李师师吃酒，自己却和戴宗看门，于是闯入李师师处，"提起把交椅，望杨太尉劈脸打来"。再如李逵与焦挺相遇时，后者由于多看了李逵两眼，便遭到李逵的殴打。也就是说，李逵以莫须有的罪名殴打焦挺，表现出了粗鲁的性情。图 3-2 与图 3-1 的图式相似：画面右侧的人物持站立姿势，其弯曲的右腿似乎刚刚踢倒左侧的人；画面左侧的人物则侧躺在地上，右手捂住自己的肋骨，由此可知他就是被踢在"肋罗里"的焦挺。总之，李逵的粗鲁在图像中也被隐喻成"踢"这一动作及其完成时的形状。上述两幅程式化倾向的图像分别摹仿"踢""打"等语象，尽管都是为了显现鲁达和李逵的粗鲁，却无法真正摹画他们性格中的"这一个"，仿佛只要是粗鲁的性情,都可以类似的图式显现。

图 3-2 "李逵与焦挺踢打"
《古本小说丛刊》(第 12 辑)

金圣叹评点道:"鲁达粗鲁是性急,史进粗鲁是少年任气,李逵粗鲁是蛮,武松粗鲁是豪杰不受羁靮,阮小七粗鲁是悲愤无说处。"[1]进而言之,仅仅依靠隐喻修辞,图像无法彻底显现他们性格中的精微差异,甚至随时都会滋生出程式化的危险。从符号学的角度讲,语言的联想关系与句段关系,对应于人类的系统秩序(相似性)与组合秩序(毗连性)这两种心理活动。[2]用雅各布森的话说,隐喻建立在相似性基础上,而换喻则建立在毗连性基础上,隐喻和换喻是"语言的两极",二者共同建构了语言的基本修辞手段。[3]作为对文学

---

[1] [清]金圣叹:《金圣叹全集》(第 3 卷),陆林辑校,凤凰出版社 2008 年版,第 31 页。

[2] 索绪尔首先发现了这种对应,雅各布森使隐喻与换喻的研究超出了语言学,"开始向符号学过渡"(罗兰·巴特语)。参见〔瑞士〕费尔迪南·德·索绪尔:《普通语言学教程》,高名凯译,商务印书馆 1980 年版,第 170—171 页;〔法〕罗兰·巴特:《符号学原理》,李幼蒸译,生活·读书·新知三联书店 1988 年版,第 147—150 页。

[3] 雅各布森在索绪尔的基础上,深化了人们对隐喻和换喻的认识,他通过两种失语症的研究发现,隐喻建基于相似性秩序(similarity order),而换喻则建基于毗连性秩序(contiguity order)。Roman Jakobson and Morris Halle, *Fundamentals of Language*, Hague: Mouton, 1956, p. 76.

的图像叙事，《水浒传》插图不仅借助相似性摹画出有形的文学语象，也不仅以隐喻修辞的形式显现出无形的语象，更重要的意义在于，在"图说"文学的过程中，图像本身具备了或者正处于前后相续的时间链条。如是，换喻作为图像的另一种修辞，也就成为可能。[1]

当一个人说出"我读过施耐庵"时，这句话其实是指他读过施耐庵的作品。"我"（主语）、"读"（谓语）、"施耐庵"（宾语）构成了完整的言语流，但是人物显然不能"读"，能被"读"的只是施耐庵的作品。简言之，正确理解这句话的前提是，借助言语流的时间链条，"施耐庵"完成了对"施耐庵的作品"的换喻修辞。例如，在《水浒传》的早期插图中，经常出现以一个士兵换喻整个军队的现象，以此表达宋江率兵攻打辽国、王庆和方腊等。总之，受众辨识图像的每一个部分，以及在此基础上把握图像意义的过程，都处于时间链条之中。

图3-3是杨定见本《出像评点忠义水浒全书》的插图，摹仿自《水浒传》"三山聚义打青州 众虎同心归水泊"一回。其榜题"独劫华州桥"本身就运用了换喻修辞，即以"华州桥"喻指"路过（或走在）华州桥的太守"。图像的第一层换喻，是显现出了"华州桥"的喻体：横在图像中央的是一座桥，将画面左上方与右下方的水域

---

[1] 罗兰·巴特不止一次地肯定图像修辞的存在，例如，他将语言的分节引入到对"图说"的探讨，认为图像同语言一样，是"被分节表达的"，这一结构产生了两个向度："一个是（聚合体的）替换轴，另一个是（组合段的）临近轴。"巴特进一步指出，"每一单元因此都可以（潜在地）随其类似物而变异，并（实在地）与其临近物相联结"，实际上，这已经暗含了图像隐喻和换喻两种修辞，而且图像对原型的隐喻修辞是"潜在的"、隐性的，而"图说"链条上形象之间的换喻关系，却是可以通过分析得以阐明的，因此是"实在的"、显性的。详见下文的论述。〔法〕罗兰·巴特：《〈百科全书〉的插图》，罗兰·巴特：《写作的零度》，李幼蒸译，中国人民大学出版社2008年版，第84—85页。

隔开，一行人马从画面右侧向左移动，其中，被众人簇拥、坐在轿中之人为太守，行进队伍中有不少人脸带笑容，一副轻松愉悦的状态。太守的行走队伍位于桥中央，轿夫正走下桥的台阶，迎面有一个手持禅杖、腰跨戒刀的和尚，站在距离轿夫仅三个台阶的桥体上。

图 3-3　杨定见本"独劫华州桥"
陈启明校订《水浒全传插图》

转喻修辞的生成机制是毗连性，其基本特点是喻体在完整的语境中"指出"意义，[1]语言符号和图像符号都概莫能外。如果在时间链条中进一步释读图像，便可以揭示出第二层换喻——画面中所有人都向左移动，唯有这名和尚向右移动，特别需要注意的是，和尚神情紧张，双手紧握禅杖，其右腿撑地、左腿微微抬起，似乎正在继续向右移动，但微小的步幅暗示出其心中的迟疑和犹豫。鲁达双

---

[1] 赵毅衡：《符号学：原理与推演》，南京大学出版社2011年版，第192—193页。

手紧握禅杖，原本正准备持武器刺杀"撞在洒家手里"的贺太守；但是"欲进不进"的动作，表明他放弃了一开始头脑发热，要在此时此地刺杀贺太守的念头。

而在"抢鱼打张顺"一图中（图3-4），李逵正从岸边跳向小船，划船的张顺即将用篙将船划离江岸。图像右上角的三艘渔船、图像左上角的巨石背后以及古树底下，都有围观李逵与张顺打架的看客，唯独宋江、戴宗二人急匆匆赶向事发地，其中更靠近岸边的人张开双臂，右侧手掌冲向李逵与张顺打斗的方向。此时，李逵正左手伸出、右手握拳，大跨步迈向张顺的渔船，一副气势汹汹、与后者决一雌雄之形状。且看图像中的宋江或戴宗的"手掌冲向李逵与张顺打斗的方向"，这一表示"阻止性"的动作在语言文本中并没有相关语象。《水浒传》所叙写的是，在李逵与张顺二人"已翻在江里"时，宋江和戴宗才赶到岸边"叫苦"。由此可见，图像制作者的"无中生有"，实则是以结果（阻止性动作）换喻出了原因（李逵的"蛮"）。这说明图像换喻修辞比隐喻修辞更加隐蔽，因为它需要观众更为耐心地去发现图像的蛛丝马迹，并在"图说"的整体语境中联想与图像相关的喻义。诚如罗兰·巴特所分析的那样，鉴于Panzani品牌的意大利面广告海报使用了黄色、绿色和红色，与意大利国旗的颜色相同，所以图像是以这三种颜色换喻"意大利特色"（Italianicity），如若忽视广告图像的颜色组合，受众根本无法释读出这一换喻的深层意义。[1]

---

[1] Roland Barthes, *Image Music Text*, London: Fontana Press, 1977, pp. 34-35. 需要说明的是，罗兰·巴特的《图像修辞学》收录于《显义与晦义》（怀宇译，百花文艺出版社2005年版），但译文稍显晦涩，读者不妨阅读这篇论文的英译文或者原文。

图 3-4　杨定见本"抢鱼打张顺"
陈启明校订《水浒全传插图》

历时地看，明末的杨定见本《出像评点忠义水浒全书》，在图像修辞手段的运用上，较之此前的双峰堂刻本更为丰富，其效果也更加显著：不仅显现出了无形的"粗鲁"，还显现出了鲁达与李逵粗鲁中的精微差异。[1] 因为明代早期《水浒传》图像皆位于"上图下文"式插图本书籍之中，插图面积仅约占版面的三分之一，狭小的物质性空间限制了图像制作者。"全图"类《水浒传》插图面积则占据整个书籍版面，这就极大地激发了画工与刻工的创作，他们愈加自由地运用修辞手段，进而更充分地显现人物性格。因此，隐喻与换

---

[1] 改编自《水浒传》的现代影视剧具备鲜明的技术优势，这就使得它们在图像修辞方面更加得心应手。由于本书主要讨论以插图、绣像为代表的手绘图像，所以，关于《水浒传》机绘图像、数绘图像中的修辞问题，我们将另文专题探讨。

喻可视为两种基本的图像修辞。[1]

三、 性格图像的程式化

我们知道,"形似"与"写意"、"程式化"与"个性化",是两对常见的美学范畴,与"形似"为人诟病的命运[2]相似,图像的程式化或模式化同样饱受非议。无论是明代福建建阳地区拙朴的"上图下文"式插图,还是众多的《水浒传》绣像,均普遍存在程式化倾向,而非个别案例。纵使图像制作者竭其所能,运用更为丰富的修辞手段,也难逃批评家的数落。即使不去顾及制作者的成像技术[3],"集体无意识"的原型也会间接影响到图像制作者的"主题先行";而《水浒传》好汉性格的类型化则直接导致了图像显现的程式化。

"类型"实质上涉及认识论,荣格的"心理类型学"研究曾将这一问题的学术史上溯至古希腊时期"唯名论"与"唯实论"的对

---

1 有学者将图像修辞视为文学的"例证",因为图像不仅仅显现了语象的"完美相似物",即无编码"外延信息",更在编码"内涵信息"方面下足了功夫。参见赵宪章:《诗歌的图像修辞及其符号表征》,《中国社会科学》2016年第1期。
2 高居翰的中国绘画史研究发现,那些"曾是宋代早期大师们辛勤获得的用以达到再现目的的手段","都是文人画家所不介意的,并被指责为职业画家所掌握的技能",而且"再现技巧"被打入冷宫的同时,还被批评家们斥之为"形似"。可以说,尽管"这些手段恰恰推动了诗意画的全面兴盛",但这却是以牺牲图像再现世界原型为代价的。参见〔美〕高居翰:《诗之旅:中国与日本的诗意绘画》,洪再新、高士明、高昕丹译,生活·读书·新知三联书店2012年版,第7—8页。
3 图像造型的程式化,确实与成像技术有莫大的关系。例如,山东潍县年画就有刻画人物的口诀:"年画得要好,头大身子小,不要一个眼,十分八分才凑巧。"(参见谢昌一:《潍县年画口诀札记》,《美术》1962年第3期)杨柳青年画对不同类型的人物刻画,有着更为详细的技法口诀:"画贵者像诀:双眉入鬓,两目精神,动作平稳,方是贵人","画寒士像诀:头小额窄,口小耳薄,垂眉促肩,两脚如跛",诸如此类(参见《杨柳青年画制作口诀》,"天津年画张官方网站"http://www.tjnhz.com/1028.html)。这一问题并非本节的主题,详见本章第二节的相关探讨。

立，甚至更为久远的诺斯替教。[1]在这部文学经典的接受史中，不止一位读者认为《水浒传》是给"一百八人作列传"[2]。"列传"乃史书文体之一，基本含义是"叙列人臣事迹，令可传于后世"，张守节补充道"其人行迹可序列，故云列传"[3]。进而言之，列传的写作不仅以个人更以类型为划分单位，因为"刺客列传""游侠列传""酷吏列传"与"滑稽列传"等，各自书写的人物类型显然不同。所以，《水浒传》作为"侠义小说"的源头以及"英雄传奇小说"的代表，其中的人物必然具备英雄侠客们相对稳定的、主要的性格特征，如仗义、守信、英勇等。换言之，《水浒传》这部小说将好汉性格塑造得颇为类型化，实际上反映了人们对于"英雄侠客"的"集体无意识"。

我们不妨首先考察图像制作者的这一"集体无意识"。众所周知，宋元话本与小说的关系密切，称前者为"小说史上的一大变迁"（鲁迅语）并不为过。此外，学界还有一个共识，即在话本盛行的宋代，"朴刀""杆棒"早已是常见的两大小说主题，分别对应《史记》的"游侠、刺客之流"[4]。可见，给英雄侠客立传滥觞于司马氏，

---

1 〔瑞士〕荣格：《心理类型学》，吴康、丁传林、赵善华译，华岳文艺出版社1989年版，第24—25页。
2 金圣叹指出，"《水浒传》一个人出来，分明便是一篇列传"。参见《金圣叹全集》（第3卷），陆林辑校，凤凰出版社2008年版，第30页。此外，清人王仕云也说，"《水浒》一书七十回，为一百八人作列传"。参见《第五才子水浒序》，马蹄疾辑录：《水浒资料汇编》，中华书局1977年版，第40页。
3 〔汉〕司马迁：《史记》（第7卷），中华书局2014年版，第2581页。
4 康来新：《发迹变泰——宋人小说学论稿》，大安出版社1996年版，第6—7页。《醉翁谈录》记载了灵怪、烟粉、传奇、公案、朴刀、捍棒、妖术、神仙等八个小说主题（参见〔宋〕罗烨：《醉翁谈录》，古典文学出版社1957年版，第3页），吴自牧的《梦粱录》、耐得翁的《都城纪胜》等宋人笔记，也记载了当时常见的小说主题，只不过稍有出入。

这不但作为一种传统延续在历史叙事之中，更是文学叙事津津乐道的话题。魏晋至唐五代期间的侠客还稍带些仙术本领，但随着宋元小说分类的明晰化，"路见不平，拔刀相助"的侠客信条开始凸显。在明清两朝，《水浒传》中的英雄人物则将"勇侠""粗豪"式的核心性格确定了下来。[1]简言之，经过文学与历史的反复演绎，英雄侠客的原型逐渐形成。直至今日，一提到英雄侠客，读者就会立刻联想起他们这一类人物的普遍性格，即"路见不平，拔刀相助"的见义勇为、粗犷与豪迈。

作为小说成像的中介，《水浒传》图像的画家和刻工们，有着极其特殊的身份——他们不仅是胸怀"英雄侠客"原型的图像制作者，同时还是《水浒传》的文学读者。"阅读一个人物就是在阅读中想象与创造一个角色（character）"[2]，图像制作者不顾及具体的《水浒传》人物性格，而是"主题先行"地绘就图像，显然更多地受到了"英雄侠客"原型的影响。例如今人叶雄所绘的《水浒一百零八将图》，"黑旋风"李逵手持双斧，怒目圆睁、张开大口，正大跨步地向前冲杀。仔细释读其面部表情的话，我们便会发现：画家为了再现李逵冲杀时的神情，以细线勾勒后者发出呐喊声音的嘴型；同时，与发出呐喊相匹配的是紧缩的双眉、睁大的眼睛，特别是三条竖短线，以及由眉心向眉梢自下而上倾斜的眉毛，写满了李逵的愤怒、

---

1 鲁迅：《中国小说的历史的变迁》，《鲁迅全集》（第9卷），人民文学出版社2005年版，第278页；曹亦冰：《侠义公案小说史》，浙江古籍出版社1998年版，第35、68、121页。
2 Andrew Bennett and Nicholas Royle, *An Introduction to Literature Criticism and Theory*, London: Pearson Education Limited, 2004, p. 67. 亦可参阅此书的中译本（《关键词：文学、批评与理论导论》，汪正龙等译，广西师范大学出版社2007年版，第65页），只是译文有所出入。

搏杀时的粗犷与不顾危险的豪迈。但奇怪之处在于，鲁智深的造像与李逵如出一辙，唯一却无关紧要的不同之处在于，鲁达的眉毛在眉梢处有明显向下的走势。如果作者将鲁达的面部表情与李逵对换，并去掉后者的头发与帽饰，其实二者的容貌并无多少差异。这就说明，叶雄的潜意识认为，处于搏杀状态中的英雄侠客，他们粗犷与豪迈的性格就应该显现为这般图像，程式化的倾向也就不言而喻了。

可以说，英雄侠客的原型只是在潜意识层面影响图像制作者，而导致图像显现程式化的直接原因，则在于《水浒传》小说人物性格的类型化。尽管金圣叹称《水浒传》"把一百八个人性格，都写出来"，但实际上，能够给我们留下深刻印象的，只有宋江、李逵、鲁智深、林冲、阮小七等等；像孟康、马麟、侯健、郑天寿等，则难以勾起读者的回忆。[1]

我们姑且仍以鲁达、李逵为例，简单描述《水浒传》人物性格的类型化。首先，来看他们的"性情"。因为无论怎样劝说，卖酒的汉子就是不卖酒给他，鲁达最终粗鲁地殴打了卖酒人。李逵则是发现自己正在被焦挺"观看"，便动手打后者。其次，若要论"气质"，二者都具备"胆汁质"的特征，金圣叹还不止一次评点并赞叹鲁达"爽直"，李逵"天真烂漫"。再次，就"形状"而言，鲁达是"面圆耳大，鼻直口方，腮边一部貉獠胡须，身长八尺，腰阔十围"，迥异于李逵狰狞与丑陋的长相。最后，论"声口"的话，一方面，

---

[1] 比如《水浒人物之最》（马幼垣著，生活·读书·新知三联书店2006年版）一书，仅有25个《水浒传》人物出现，一大批性格并不鲜明的人物"落选"。张恨水的《水浒人物论赞》，以及孟超撰文、张光宇绘图的《水泊梁山英雄谱》同样如此，后者仅有34个人物"入选"。近年来，南京大学的苗怀明教授也在陆续写作"水浒人物杂谈"，其所选择的人物性格也都相对鲜明。导致这些现象的根本原因在于，《水浒传》中大量的人物性格并不能给人深刻印象。

鲁达虚张声势、以威吓的语气表达自己，例如他急于同史进喝酒，把围观李忠卖艺的人群"一推一交"，并骂"这厮们夹着屁眼撒开！不去的，洒家便打"。另一方面，五台山长老教训其破戒喝酒时，鲁达以心悦诚服的语气回答"不敢，不敢"。李逵与鲁达相似，既有愤怒地反对招安——"招安，招甚鸟安"，也会以得意的声调向梁山好汉介绍自己刚刚结识的汤隆。简言之，除了"形状"方面的差距较大之外，二者的其他性格要素需要仔细分辨才能得以厘清，更重要的是，他们的性格塑造都属于简单的二重组合。

按照刘再复的观点，处于"人物性格化的展示阶段"的《水浒传》，其人物性格是典型的"向心型模式"。尽管鲁达与李逵算得上《水浒传》中性格比较鲜明的人物形象，但他们都属于"性格二重因素的简单组合"，并没有"展示人物性格深层结构中的矛盾拼搏的动态内容"。[1]换言之，像这种性格因素的组合，理论上存在无数种可能，读者根本无法将其全部记住。但是，在《水浒传》人物性格之间的相似之处过多、相异之处甚少的整体环境中，鲁达的"粗中有细"，以及李逵的"可爱的粗鲁"（例如李逵下井救柴进时，仍担心宋江等人"割断了绳索"）已经属于少有的"差异性"存在，也就很容易为读者所认识了。更多的人物性格或者只有某一个因素，或者与其他人物性格相比模糊难辨，不仅根本不存在性格的内在矛盾，甚至连简单的二重组合都谈不上。《水浒传》人物性格类型化的文学形式，导致他们湮没于读者的视野之中，否则便难以解释为何读者不能完全记住每位《水浒传》英雄好汉的性格。

---

[1] 刘再复：《性格组合论》，中国人民大学出版社2009年版，第25、101—103页。需要说明的是，本节关于《水浒传》人物性格类型化的分析，参考了刘再复先生的观点。

一方面，《水浒传》人物性格仅仅是"二重因素的简单组合"，要么是某一重因素更为突出，要么就是两重因素构成并列关系，像鲁达、李逵这样，便属于第一种情况，即前者侧重粗枝大叶，后者则侧重鲁莽；另一方面，又因为《水浒传》的人物性格缺乏"断裂"，即深层的内在矛盾，所以鲜有表现出内心世界的动荡与挣扎，英雄好汉的性格也就流于简单的二重组合。鉴于《水浒传》人物图像先天缺乏全面展示性格二重组合所必需的时间，因此只能显现出某一重性格因素。例如陈洪绶、杜堇、叶雄等人的《水浒传》绣像，特别是前文所分析的李逵图像，仅显现出性格的某一主要因素，即粗鲁或者暴力，却没有可爱的一面；戴敦邦曾画有李逵装扮成哑童的绣像，也只是显现出其可爱，并不见性格中的暴力因素。

　　总之，文学中的英雄侠客原型由来已久，并且特别流行于民间文化，这体现了人们对现实的不满，以及对"乌托邦"生活的憧憬。[1]就此而言，显现在书籍插图、连环画、年画中的《水浒传》图像，可视为读者对英雄经久不衰的"图像崇拜"。更重要的是，不同于文人读者在案头长时间的耐心咂摸，就像金圣叹对每一个人物的细致评点那样，普通大众或许更热衷以直观的图像形式接受《水浒传》，当今"图像时代"影视剧的诱惑力大大超过了"白纸黑字"，个中原因恐怕同样如是。

第二节　《水浒传》人物图像的面容与德性

　　较之重视情节设置的西方小说，以明清通俗小说为典范的中国

---

[1] 关于侠客这一文化现象，余英时先生的《侠与中国文化》值得一读。参见余英时：《中国文化史通释》，生活·读书·新知三联书店2012年版，第237—319页。

古代小说，其整体特点在于重视人物塑造。而与此一致的经验是，中国人阅读小说往往最终落脚到人物，并津津乐道于人物的外表与内心、面容与德性。特别是围绕面容美丑、德性善恶及其之间的内在关联，深刻表征了中国文学的叙事伦理诉求。[1]

如果将插图纳入小说的研究视域，我们就会发现有一种现象至今尚未受到普遍关注和充分阐释：在明清时期的插图本小说中，小说与插图之间存在明显错位，后者并非对前者的简单补充。那么，小说描述人物面容的语象和肖像之间究竟是怎样的关系？不可见的德性能否在图像中实现可见？或者说，肖像的共同特征是什么，能否以及如何指涉人物德性？在以刻画人物著称的《水浒传》中，恐怕没有哪个女性人物的知名度能够超过潘金莲，特别是这一形象的伦理道德，一直是普通读者和专业学者的热议话题，所以我们不妨从她说起。

一、《水浒传》人物德性的实写与面容的虚写

小说插图（illustration）是"文学成像"的结果，即由文学而产生的图像。如是，我们在考察插图之前，也就需要对《水浒传》，特别是那些关于人物面容与德性的语象展开文本调查。由于围绕人物面容及其德性的描写集中于《水浒传》的插增诗词，我们的调查将先从插增诗词开始，再顾及小说的"正文本"。

百回本与百二十回本《水浒传》，大多会在人物出场之际插增诗

---

[1] Adam Zachary Newton, *Narrative Ethics*, Cambridge：Harvard University Press，1995，p. 8.

词,其中,两首诗直接关涉潘金莲的面容。[1]这两首诗词被插增在同一章回中,物质性的文本间距非常接近,并且连续出现在叙事时间的链条上,即引出潘金莲、武松初次看到潘金莲之处。它们的共同特点在于,都书写了潘金莲"宏观"的长相与"微观"的眉毛。但前后矛盾的是,二者所塑造的眉毛竟然分别为"八字""柳叶"两种不同的形状,这就难免让读者陷入"潘金莲到底什么模样"的疑惑。

表 3-2　潘金莲语象（百回本、百二十回本其一）

人物	外/内	元素	语象
潘金莲	面容（外）	面容	金莲面容更堪题
		眉毛	笑蹙春山八字眉
	德性（内）	品行	若遇风流清子弟,等闲云雨便偷期

表 3-3　潘金莲语象（百回本、百二十回本其二）

人物	外/内	元素	语象
潘金莲	面容（外）	眉毛	眉似初春柳叶,常含着雨恨云愁
		脸	脸如三月桃花,暗藏着风情月意
		腰	纤腰袅娜,拘束的燕懒莺慵
		嘴唇	檀口轻盈,勾引得蜂狂蝶乱
		面容	玉貌妖娆花解语,芳容窈窕玉生香

如果进一步分析书写方式,读者的疑惑将会愈加强烈。承前文所述,两首诗词都有意识地将面容划分成"眉""脸""腰"等多个元素,以此细致描绘潘金莲。然而,这并非个别案例,类似的情况

---

[1] 百回本与百二十回本的插增诗词数量不同,前者共26首,后者共19首。其中,百二十回本仅此两首诗（表3-2、表3-3）与百回本完全一致。

还出现在描写阎婆惜、潘巧云面容的插增诗词中。例如,阎婆惜被划分为头发、眉毛、眼睛等10种元素,而关于潘巧云的书写最为琐屑,内含头发、眉毛、眼睛、嘴唇、鼻子、腮、脸等16种元素。这里的问题在于,潘金莲"更堪题"的长相,与阎婆惜的"花容"有什么差异?潘金莲"如三月桃花"的脸、"纤腰",如何与潘巧云的"粉莹莹脸儿""一捻捻腰儿"相区别?仅凭"八字"或者"柳叶"形状的眉毛,读者就能够在众多小说人物中辨识潘金莲吗?换言之,这些诗词看似"事无巨细",所塑造的外在面容却非常模糊。

除此之外,百回本与百二十回本《水浒传》对英雄好汉的塑造,同样遵循上述规律。例如关于索超面容的诗词,就是先写"头"戴熟钢狮子帽盔,"身"披铁叶攒成铠甲,"腰"系镀金兽面束带,"脚"穿斜皮气跨靴,云云。这些诗词具有明显的程式化倾向,由此残留了说书人的原初痕迹。但就说书人而言,程式化的首要目标不是塑造独特的人物形象,而是本着"俭省"(thrift)原则,按照某种韵律、填词结构等,完成一段精彩纷呈的"说唱表演";为了取得更好的效果,他们可以在表演中适时"增加或删减修饰"。[1] 由此可见,"肉奶奶胸儿""白生生腿儿"等诗句,无非是说书人撩拨听众、赚取吆喝与掌声的伎俩罢了,因为增加或者减少这些语象,对我们理解潘巧云的面容并没有实质性影响。

实际上,关于胪列面容各元素、各部分的书写方式,早在莱辛的《拉奥孔》就有涉及。围绕"诗画界限"这一研究主题,莱辛认为物体美"源于杂多部分的和谐效果,而这些部分是可以一眼就看遍的",进而要求各部分"同时并列"。鉴于"各部分并列的事物"

---

[1] 〔美〕约翰·迈尔斯·弗里:《口头诗学:帕里-洛德理论》,朝戈金译,社会科学文献出版社2000年版,第57—58、97—99页。

属于"绘画所特有的题材",所以,"绘画,而且只有绘画,才能摹仿物体美"。但相较而言,诗人却只能"把物体美的各因素先后承续地展出",读者"纵使专心致志的回顾",也无法获得"一个和谐的形象"。莱辛甚至为诗歌的这一局限感到心灰意冷:"要想体会某某样的嘴,某某样的鼻子和某某样的眼睛联在一起,会产生什么样的效果,这实在是人类想象力所办不到的事。"紧接着,莱辛以康斯旦丁·玛拿赛斯为例,具体批判诗人胪列海伦肤色、眉毛、腮帮、面孔、眼睛等各部分的做法,连续发出了"这一大堆词藻产生了什么样的一种形象""海伦的外貌究竟是什么样"等诸多诘问。总之,诗歌如果仅仅通过胪列各部分书写物体美,语言就会显得"软弱无力","修词术也就变成哑巴"。[1]这就说明,插增诗词无论如何变换词藻譬喻潘金莲各部分,都是"无效修辞"或者"低效修辞",因为数量繁多的修辞并没有消除读者对面容的疑惑、误解和不解。[2]

但有意思的是,插增诗词关于潘金莲伦理道德的书写方式,与其面容之间存在较大差异。在百二十回本《水浒传》的 19 首诗词中,12 首诗词涉及潘金莲,相关的词语依次是:

> 偷期(第一首);勾引(第二首);淫妇(第三首);巫山云雨(第四首);贪淫(第五首);淫(第六首);勾引(第七首);卖俏迎奸(第十一首);风流(第十三首);泼性、淫心、偷好汉(第十四首);淫、毒(第十五首);风流(第十八首)

---

[1] 〔德〕莱辛:《拉奥孔》,朱光潜译,安徽教育出版社 2006 年版,第 121—129 页。
[2] 以瑞恰慈为代表的西方"新修辞学"认为,修辞旨在为"误解""争执"提供"补救方法"。因此,如果无助于理解意义,修辞就是无效的和低效的。
I. A. Richards, *The Philosophy of Rhetoric*, New York: Oxford University Press, 1936. p. 3.

其中，出现频率最高的是"偷情"语象（偷期、巫山云雨、卖俏迎奸、偷好汉、勾引、风流，8次），其次是表达"淫"这一德性评价的语象（淫、淫妇、贪淫、淫心，5次），二者约占上述词语总数的87%。

而在百回本《水浒传》的27首诗词中，16首诗词涉及潘金莲，相关的词语依次是：

  偷期（第二首）；勾引（第三首）；欢会（第四首）；淫行（第五首）；淫心、云雨、风流（第六首）；泼贱、贪淫、无耻、坏纲常、求云雨（第九首）；雨意云情（第十首）；怀恨（第十一首）；偷、淫荡（第十七首）；卖俏迎奸（第十八首）；偷期（第十九首）；丑行（第二十首）；淫色（第二十一首）；云情雨意（第二十三首）；风流（第二十五首）；色胆（第二十六首）

其中，出现频率最高的是"偷情"语象（偷期、勾引、欢会、云雨、风流、雨意云情、偷、卖俏迎奸、丑行、云情雨意，13次），其次是表达"淫"这一德性评价的语象（淫行、淫心、贪淫、淫荡、淫色、色胆，6次），二者约占上述词语总数的83%。

  通过上述的文本调查可见，插增诗词集中表征了潘金莲的行为及其德性。如果说"偷情"聚焦在某一具体行为，那么"淫"便是对行为主体德性的概括与曝光；至于潘金莲谋杀武大的行为，仅百二十回本《水浒传》的插增诗词以"毒"概括。作者虽然更换偷期、欢会、云雨、风流等多个词语，但它们的语象并未发生任何变化，都是在重复而且明确地指称"偷情"行为。更重要的是，插增诗词既没有进一步铺陈偷情的详细过程，也很少对潘金莲的道德水准加以修辞，进而鲜明地区别于胪列面容各部分的书写方式。之所以有这种差异，原因恐怕在于插增诗词与小说叙事的不同关系。

一般而言，插增诗词作为"副文本"，从属并依傍于小说。这种从属与依傍的特点，首先表现在诗词的篇幅体量绝不会"喧宾夺主"地超过小说正文；其次表现在诗词的书写对象与引申意义大多源于小说的叙事。例如关于潘金莲德性的诗词，无一不是对小说叙事的摹仿："等闲云雨便偷期"，根据的是潘金莲第一次出场时"爱偷汉子"的人物介绍；"私心便欲成欢会"，根据的是潘金莲"不想这段姻缘却在这里"的心理活动，以及由潘氏主导"表出自己与武二一合相处来"[1]的叔嫂对话。"贪淫无耻坏纲常"，根据的是潘金莲雪天勾引武松未遂，反被后者"抢白一场"的情节。"金莲心爱西门庆，淫荡春心不自由"称潘金莲"淫荡"，则是根据其在王婆处遇到西门庆之后，"低了头缝针线"的场景；等等。概言之，插增诗词所书写的"偷情"行为及其"淫"的德性，都能够在小说叙事中得到确证。

相形之下，集中描写潘金莲面容的两首插增诗词，对小说正文的依附性却并不显豁。就"金莲面容更堪题，笑蹙春山八字眉"一诗而言，百二十回本与百回本《水浒传》，分别只有"颇有些颜色"和"颇有姿色"这一句极为笼统而且没有具体所指的表述。至于"眉似初春柳叶，常含着雨恨云愁"一诗，其中所涉眉、脸等面容的具体部位，小说叙事根本没有相应的描写。简言之，关于潘金莲面容、德性的两类插增诗词，与小说大相径庭，尽管它们都是"有诗为证"。

---

[1] ［清］金圣叹：《金圣叹全集》（第3卷），陆林辑校，凤凰出版社2008年版，第433页。

在删改而成的七十回本《水浒传》中，金圣叹保存了"颇有些颜色"——这是关涉潘金莲面容仅有的句段，留给读者以无尽的想象。然而，读者非常明确地认识到潘金莲"偷情"的行为及其"淫"的德性，因为删除插增诗词并未从根本上影响小说的叙事结构。值得关注的是，金圣叹在删除插增诗词的同时，还加入了"评点"这一新的"副文本"，但其用意并非评价和论析潘金莲的面容，而是评析后者的偷情行为与德性。例如，圈点潘金莲对武松的称呼，"已上凡叫过三十九个'叔叔'，至此忽然换作'你'，妙心妙笔"，便是关注潘氏蓄谋偷情的草蛇灰线。再如，在潘金莲以"天色寒冷，叔叔饮个成双杯儿"等言语撩拨武松处，"一只手便去武松肩胛上只一捏"的轻浮动作处，金圣叹均夹批"淫妇"。[1]第二十四回的总评亦以"淫妇"称呼潘金莲，[2]可视为对这一人物德性的总体评价。

总之，《水浒传》仅在插增诗词这一"副文本"中，描述出潘金莲模糊的面容；然而，《水浒传》的小说叙事与插增诗词，都对潘金莲的德性予以了明确塑造：插增诗词紧密依附于小说，即便遭到删除，也不可能影响读者的理解。这就造成了潘金莲面容与德性之间差异显著的书写效果，即偷情行为及其"淫"的德性是明确之实写，而人物的面容却是模糊之虚写。因此，如果将潘金莲喻为"恶之花"，小说读者也只能是"雾里看花"，道理很简单，我们对潘金莲人物面容的理解，无法像感知其德性那样明确。在文学与图像关系的视域中进一步思考，很多新问题就会随之而来：潘金莲文学成

1　［清］金圣叹：《金圣叹全集》（第3卷），陆林辑校，凤凰出版社2008年版，第437—439页。
2　［清］金圣叹：《金圣叹全集》（第3卷），陆林辑校，凤凰出版社2008年版，第465页。

像的结果是什么？呈现为怎样的肖像？不可见的德性能否在图像中实现可见？这需要我们的深入探讨。

二、"侧显"的肖像与隐匿的德性

肖像一般包含面容与形态两个方面，但"容"的地位应当比"形"更加重要，因为前者一般是观众判断像主的首要条件。所以，我们重点考察插图如何将潘金莲的面容呈现为肖像。首先，较早的《水浒传》插图类型当属"全像"，典型版本是双峰堂刻本《京本增补校正全像忠义水浒志传评林》（1594年）。涉及潘金莲的回目是"王婆贪贿说风情 郓哥不忿闹茶肆""王婆计啜西门庆 淫妇药鸩武大郎""郓哥报知武松 武松杀西门庆"，共计33页、33幅插图，其中18幅插图绘有潘金莲的肖像。然而，观者却很难从上述18幅肖像中归纳出潘金莲的详细面容。例如武松首次看到潘金莲的情节，即"金莲面容更堪题"一诗的插增处，配有榜题为"武松同兄入见嫂子"的插图，其中潘金莲的面容可以概括为长脸、高额、短眉、大眼、塌鼻。但是，下一页插图呈现的潘金莲面容却出现了新变化，即高挺的鼻梁、凹陷的嘴部。再如"武松冒雪归见嫂嫂"插图，潘金莲已不再是长脸，而是眉毛完全消失、双眼汇成一线，面容极为丑陋。到了"嫂子调戏武松不从"一图，潘金莲的脸部愈发浑圆，两眉齐平，鼻大而嘴小。因此，在人物体型、姿势、服饰普遍雷同的"全像"类插图中，这些肖像均没有相应的小说语象作为依据，或者说肖像不是对语象的再现。

其次，稍后出现的《水浒传》插图类型是"全图"，典型版本是容与堂刻本《李卓吾先生批评忠义水浒传》（1610年）。相对"全像"类型的插图而言，"全图"的成像技术有了明显提升，能够呈现出较为繁复的画面，例如形状多样的花草，房屋细密的砖瓦结构，以及人物的发须等。容与堂刻本《水浒传》涉及潘金莲的回目是"王婆贪贿说风情 郓哥不忿闹茶肆""王婆计啜西门庆 淫妇药鸩武大郎""郓哥大闹授官厅 武松斗杀西门庆"，共计134页、6幅插图，其中3幅插图绘有潘金莲的肖像（图3-5、图3-6、图3-7），我们发现其面容同样存在前后抵牾的现象。例如图3-5肖像的眉毛，似乎只有常人的一半长度，眼如丹凤。图3-6肖像的嘴型与图3-5接近，眉毛却呈现出"八字"造型。而图3-7的肖像又发生了较大的变化，因为较之前两幅插图，脸庞稍显肥胖，眉毛的长度似乎超过了正常比例，而且眉毛形状变成了弯弯的新月，刻画眼睛的线条变成了圆点。这些肖像特征，唯眉毛能够找到"笑蹙春山八字眉"的语象依据，因此，肖像与语象之间很难被定义为再现性的"语-图"关系。

图3-5 "王婆贪贿说风情"　图3-6 "郓哥不忿闹茶肆"　图3-7 "淫妇药鸩武大郎"
容与堂刻本《李卓吾先生批评忠义水浒传》

最后，最晚出现的《水浒传》插图类型是"绣像"，典型版本是上海图书馆所藏的会文堂本《评注图像水浒传》（1863年）、章福记本《绘图评注五才子书》（1910年），后者当是对前者的承袭。较之"全像"与"全图",石印版画"绣像"的成像技术进一步提升,因为画工直接以蜡笔在平面石板上作画,进而如其所是地追求逼真效果。我们知道,陈洪绶的《水浒叶子》(单人像)、杜堇的《水浒全图》(双人像)是明清时期《水浒传》木刻绣像的代表,至今仍被当作临摹的对象。但这些绣像都是对一百零八将的刻画,并没有关注其他人物。而会文堂本与章福记本《水浒传》绣像,却首次呈现了"英雄"之外的女性人物。这两部小说都是在书首配置12幅绣像,而且每幅均为三人或者四人的"群像"。绣像人物在小说情节方面没有任何关系,对她们同处一图的合理解释是,其角色、身份,特别是德性具有内在的一致性:潘金莲、阎婆惜、潘巧云是三个行为淫荡、道德不佳的女人(图3-8、图3-9),而扈三娘、孙二娘与顾大嫂则是《水浒传》一百零八将中的女性"他者"(图3-10)[1]。

图3-8 潘金莲、潘巧云、阎婆惜
会文堂本《评注图像水浒传》

图3-9 潘金莲、潘巧云、阎婆惜
章福记本《绘图评注五才子书》

---

1 〔美〕文以诚:《自我的界限:1600—1900年的中国肖像画》,郭伟其译,北京大学出版社2017年版,第11页。

例如图 3-8 中最右侧的女子，该女子整体以 S 形的姿势站立，头顶发髻，横插一枚吊坠发簪，左侧鬓角处插有一朵貌似六瓣百合花状的饰品；长有尖下巴的鹅蛋脸微微向侧下方倾斜，两眼眸聚焦，仿佛正在凝视某物；如果端详女子肖像，就会发现她的蛾眉下有一双俊目，眉眼之间的距离稍大，而且眼角线尾部细长且挑向斜上方。这既和图 3-10 相似，也与一般的清代仕女图没有太大差异[1]，顾春福《朱淑贞小影》、陈崇光《柳下晓妆图》、改琦《记曲图》等，都将像主眼眉之间的距离拉大、眼角线上挑，以此彰显这些部位的纤细秀丽。不过需要注意的是，七十回本《水浒传》仅以"颇有些颜色"描述潘金莲的人物造型，因而即便其肖像称得上美丽，也并非再现了小说语象。

图 3-10　顾大嫂、孙二娘、扈三娘
会文堂本《评注图像水浒传》

---

[1] 任道斌：《明代江南仕女图面相模式化探微》，澳门艺术博物馆编：《像应神全：明清人物肖像画学术研讨会论文集》，故宫出版社 2015 年版，第 156—157 页。

通过文本调查，我们不难发现，从《水浒传》全像到全图再到绣像，图像物质性面积越来越大的同时，成像技术也在不断进步，这就给细致刻绘潘金莲面容提供了必要条件。就此而言，如果说受制于狭小的雕版空间，全像只是潘金莲面容的"示意图"，插图者只需将其与其他人物区别开来即可，那么全图就是潘金莲面容的"诗意图"，因为插图并没有也不可能以全部的小说语象为依据，而仅仅是对眉毛这一处语象进行选择性摹仿，堪称小说的"例证"[1]。石印绣像则是潘金莲面容的"装饰图"，即鲁迅所说的"书籍的插画，原意是在装饰书籍，增加读者的兴趣"[2]，假如我们将其单独印刷为画册，完全可以把它们看作与《水浒传》没有任何瓜葛的仕女图，故而这些绣像无非是出版商类似于说书人撩拨读者的另类手段。究其根源，是因为小说缺乏对潘金莲面容的描述，这些肖像刻绘的详细特征无法以语象为摹仿对象，所以图像不是对文学的精确再现（accurate representation）。

既然如此，这一文学与图像的关系应该如何定义呢？通过上文的分析可见，非但不同版本《水浒传》之间的潘金莲插图存在差异，同一个版本内部的潘金莲插图竟然也有出入。然而，这并非意味着《水浒传》里有两个甚至多个潘金莲，而是图像对文学的侧显。

"侧显"这一概念源自胡塞尔。在现象学理论中，"言说"词语时的指称与认识基本上属于"含义-同一"的表达，在不对某物做现时指称的情况下仍可以被理解。然而，"看"却是某种程度上"不完全的""不充分的"，事物的本质也只能"'单面地'、连续'多面

---

1 赵宪章:《诗歌的图像修辞及其符号表征》,《中国社会科学》2016 年第 1 期。
2 鲁迅:《"连环图画"辩护》,《鲁迅全集》（第 4 卷），人民文学出版社 2005 年版，第 458 页。

地'但永远不会'全面地'被给与",因此,"事物的空间形态基本上只能呈现于单面的侧显中"。[1]为了进一步解释"侧显",胡塞尔不厌其烦地举证"桌子"这一经典案例,"当我在一边不断看着一张桌子、一边绕着它走动时,就像通常一样地在改变着我的位置,我不断有对这同一张桌子的意识,这张桌子具有具体的事实存在性,即它是始终不变的同一物"[2]。如是,插图之所以存在明显的差异,盖因它们是对潘金莲的单面侧显,后者的立体性、复杂性决定了前者的丰富性。

更何况,小说对潘金莲人物造型,特别是面容的模糊书写,本身就为不同插图艺术家预留了创造空间,即现象学美学意义上的"不定点"。所谓"不定点",就是"再现客体没有被本文特别确定的方面或成份",例如文学语言"凯撒是一个人",我们在阅读过程中可以得出他有"正常的"四肢这一结论,却不能推断"他的腿有多长,他的嗓音有多高或听上去如何",因为这些因素是可变的。[3]同样的道理,鉴于小说不具备对潘金莲面容的明确描述,所以,无论有无阅读《水浒传》的经验,插图者更多的是依靠自身对小说人物的意向性,体验一个个非实显的、潜在的可能,[4]进而侧显出不尽一致的潘金莲肖像。

承上文所述,潘金莲的德性与面容在书写效果方面存在显著差

---

1 〔德〕胡塞尔:《纯粹现象学通论——纯粹现象和现象学哲学的观念 第1卷》,李幼蒸译,中国人民大学出版社2014年版,第12—13页。
2 〔德〕胡塞尔:《纯粹现象学通论——纯粹现象和现象学哲学的观念 第1卷》,李幼蒸译,中国人民大学出版社2014年版,第72页。
3 〔波兰〕罗曼·英加登:《对文学的艺术作品的认识》,陈燕谷、晓未译,中国文联出版公司1988年版,第49—55页。
4 〔德〕胡塞尔:《纯粹现象学通论——纯粹现象和现象学哲学的观念 第1卷》,李幼蒸译,中国人民大学出版社2014年版,第61—63页。

异。既然潘金莲的面容以侧显的形式给予观者，那么，其德性能否以及如何在图像中实现可见，也就成了需要进一步考察的问题。

我们不妨回顾前文所分析的《水浒传》全像、全图与绣像。首先，纵然双峰堂刻本的肖像难以称得上"有些颜色"，但是，潘金莲的面容毕竟呈现在插图中。相较而言，观者无法在插图中直观潘金莲"淫"的德性。仍以"嫂子调戏武松不从"插图为例，桌上摆有碗筷盘盏等餐具，男子端坐桌后，正向桌前手持器皿的女子拱手行礼。我们仔细观察二人的脸部，发现男子目光微微向下，似乎没有直视面前的女子，而女子的注意力也不在男子身上。如果没有两侧的榜题，即便是熟悉小说情节的观者，也无法从中看到潘金莲调戏武松的过程，特别是前者的轻浮举动，以及后者对诱惑的严词拒绝。而插图对上述偷情行为的遗忘，也就导致观者不可能从肖像中释读出潘金莲"淫"的德性。如是，潘金莲面容与德性虚实迥异的书写效果，在插图中发生了反转：小说原本虚写的、模糊的面容，在插图中却相对明确可见；原本实写的、明确的德性，反而在插图中模糊不清。

其次，全图类插图与小说在叙事方面保持一致，前者部分图说了后者的"说风情"，而不是单纯某一个具体的动作，这正是观者不借助榜题就可以判断潘金莲肖像的根本原因，毕竟任何人物都有故事，而任何故事也都离不开特定的人物。基于人物身份及其故事的确定，我们在观看图3-5时，才有可能察觉西门庆的微笑绝非那么单纯，潘金莲的微笑好像饱含着非分之想，并且二者的面部表情与嘴型别无二致，似乎有着同样的诉求；图3-6中男女的私密亲昵，也因这一行为的非道德性而变了滋味。进而言之，小说所实写的潘金莲的德性，并没有被插图直接而明确地显现，只是作为图说的附属物而若隐若现、若即若离。在极端情况下，如果观者不了解或者不确定插图的人物及其故事，像主的德性将彻底迷失在满面春风的肖像中。

最后，基于同样的道理，如果不依靠榜题，观者几乎不可能判断图 3-8 与图 3-9 这两幅绣像中每一个人物的身份，进而更不可能发现或者联想到潘金莲、潘巧云与阎婆惜的偷情行为及其道德。观者唯一可以做的，只有欣赏眼前这三个面无表情、仿佛同一个模子刻出来的程式化美人。如果说表情"已达到看得见的极限"，它给观者的想象"划了界限"，并使其"不能向上超越一步"，[1]那么，缺乏面部表情的肖像，则架空了观者对像主情绪的释读和想象，至于潘金莲的性格或者德性，在插图中也就根本无迹可寻。

总之，插图将呈现潘金莲的面容放在首位，德性则被放在次要地位，甚至无暇顾及、无迹可寻，由此反转了二者在小说中虚实有别的书写效果。

三、德性的象征与在场

究竟是什么原因，以至于所有版本《水浒传》的插图竞相选择首先呈现潘金莲的面容，而不是德性？在深受胡塞尔影响的梅洛-庞蒂看来，德性作为"有生命的身体'精神的'一面"，只能以不在场的形式给予我们。[2]也就是说，德性这一"精神"层面的不可见与不在场，鲜明区别并逊色于面容这一"物质"的可见与在场诱惑，后者既迎合了观者对图像的悦目需求，又暗合了插图者的艺术意图：

---

1 〔德〕莱辛：《拉奥孔》，朱光潜译，安徽教育出版社 2006 年版，第 20 页。
2 〔法〕梅洛-庞蒂：《可见的与不可见的》，罗国祥译，商务印书馆 2016 年版，第 207 页。

因为在图像这层"存在的薄皮"中[1],如何通过肖像呈现不在场的"精神",恰恰是画家们孜孜不倦的追求,他们普遍认同,乃至坚信人物的面容与德性之间存在某种必然联系,即后者借助前者而得以在场。

为了更好地达到上述目的,明清时期的《水浒传》插图者普遍尝试在绘刻肖像过程中融入"相术"。仍以图3-8的绣像为例,我们将图像放大之后可以清晰观察三位像主的眼神:图像右侧的潘金莲虽然两眼聚焦,但其左眼角膜偏鼻梁方向,右眼角膜居于眼眶中部或者右侧,可谓并非"直视"或者"正视",而是一边向左侧迈步,一边向右侧"斜视";至于图像左侧的阎婆惜,恰恰与潘金莲的视线方向相反,虽然她的身体整体向右侧倾斜,眼神却瞄向左侧。这就与图3-10的绣像形成了鲜明对比,特别是顾大嫂,其双眼直视正前方,绝没有丝毫顾盼。

中国人物画最为强调传神,而传神的关键部位则是眼睛。仅就元、明、清时期出现的专门人物画论而言,其中都有对眼睛画法的集中论述。例如,《传神秘要》提倡"点睛取神,尤宜高远","上视、平视、下视、怒视"能够分别表征不同的神态。[2]再如,《写真秘诀》赋予眼睛非常高的地位,称之为"一身之日月,五内之精华","所谓传神在阿堵间"。[3]尽管这些观点已属常识,但"相术"作为它们的共同立论基础,却容易被人忽略。如《写像秘诀》开篇就指出

---

1 〔法〕梅洛-庞蒂:《可见的与不可见的》,罗国祥译,商务印书馆2016年版,第326页。
2 〔清〕蒋骥:《传神秘要》,俞建华编著:《中国画论类编》,人民美术出版社1957年版,第499—501页。
3 〔清〕丁皋:《写真秘诀》,《芥子园画传》(第4集),人民美术出版社1978年版,第68—69页。

"写像须通晓相法",人的"面貌部位"与"五岳四渎"有"相对照处"[1];《传神秘要》则援引相术的"三庭",以此论述肖像的全局设计。其中,以《写真秘诀》最具代表性,诸如在引言中强调"立浑元一圈,然后分上下,以定两仪,按五行而奠五岳",此后结合"三停(庭)五部"、阴阳、五行等相术观念,讨论人物面部各部位及其画法。概言之,相术深刻影响了明清时期人物画的创作和理论。

那么,关于"眼睛"这一传神的肯綮所在,相术有着怎样的"观看之道"呢?许负的《相术》曰"眼爱盗视,奸滑人""眼视左右后盼,贱人也"[2];许劭的《人物志》曰"征神见貌则情发于目,故仁,目之精,悫然以端",刘昞注曰"心不倾倚,则视不回邪"[3];《麻衣神相》曰"眉如初月,聪明超越……重重如丝,贪淫无守;弯弯如蛾,好色惟多""偷视,淫荡""女人羊目四白,奸夫入宅""目下光浸乱,奸淫须可叹""桃花眼主淫""醉眼主淫""鸽眼贪淫"等[4]。如是,我们再来观看图3-8中的肖像,三位像主的眼睛均符合"左右后盼",特别是潘金莲的"偷视"最为突出,后者"淫"的德性似乎也就得到了较为圆满的解释。

就此而言,相术与图3-8、图3-10等肖像的程式化之间,理论上具有内在的一致性,因为二者的核心原理都是"从一个人的脸上能够读出他/她的性格,从相似的脸上推断出类似的性格"[5]。例如,

---

1 [元]王绎:《写像秘诀》,俞建华编著:《中国画论类编》,人民美术出版社1957年版,第485页。
2 王晶波:《敦煌写本相术研究》,民族出版社2009年版,第361页。
3 [汉]许劭:《人物志》,李崇智校笺,巴蜀书社2001年版,第28—29页。
4 [宋]麻衣道者:《图解麻衣神相》,金志文注,陕西师范大学出版社2010年版,第62—85页。
5 〔德〕汉斯·贝尔廷:《脸的历史》,史竟舟译,北京大学出版社2017年版,第89—108页。

潘金莲、阎婆惜、顾大嫂、扈三娘等人的肖像均属于"美人样"："鼻如胆，瓜子脸，樱桃小口蚂蚱眼；慢步走，勿夯手，要笑千万莫张口。"除此之外，具有肖像画方法论意义的画诀还概括了"贵妇样"，即"目正神怡，气静眉舒（眉间距离稍宽）。行止徐缓，坐如山立（不歪不倚）"；"丫鬟样"为"眉高眼媚，笑容可掬，咬指弄巾，掠鬓整衣"；"贱妇样"则是"薄唇鼠眉，剔牙弄带，叠腿露掌，托腮依榻"。[1]然而，这一理论的逻辑无法自洽，纵然不同的身份、环境、生活习惯可能在面容上刻有痕迹，纵然我们可以从众多"美人""贵妇""丫鬟"的面容归纳出她们共同的肖像特点，但是，观者却很难借助这些肖像特点反推像主的身份及其性格与德性，例如顾大嫂的"美人"肖像，与其"三二十人近他不得"的"母大虫"绰号极不相符，因为小说对顾大嫂的塑造"全用不着'窈窕淑女'四字"[2]。也就是说，在相术以及程式化绘画的"观看之道"中，人物肖像与德性之间不是一种严格的因果关系。

承上文所述，全像、全图与绣像中的潘金莲肖像，并非对小说语象的完整再现和精确再现，二者之间的相似性几乎可以忽略不计。更重要的是，德性这一不在场的"精神"，与人物肖像之间既没有任何的相似性，也不构成因果关系，这就不免使人联想到皮尔斯的符号分类研究。皮尔斯提出了三种符号分类的方法，其中，最著名的是以"符号与其对象之间的关系"为原则的"三分法"。如果符号与其指称的对象具有相似性，那么这种符号就是图像（image）；如果符号"指称其对象"是因为"它真正地被那个对象所影响"，那

---

1 王树村编：《中国民间画诀》，上海人民美术出版社1982年版，第14页。
2 ［清］金圣叹：《金圣叹全集》（第4卷），陆林辑校，凤凰出版社2008年版，第887页。

么这种符号就是指号（index），例如指向北方的风向标意味着南风、烟指示了火等，符号与其对象之间存在因果关系；如果符号借助"规则"或者"一般观念的联想"指称对象，那么这种符号就是象征（symbol），例如十字架等宗教符号、面具、脸谱等。[1] 相较而言，观者可以通过图像识别指称对象，可以通过指号推断指称对象，却需要通过学习象征才能理解指称对象。以京剧《连环套》的窦尔敦脸谱为例，蓝色的主色调"示其沉勇"，以白色为底，夹杂红、黑两色组成虎尾之状的眉毛"示其揉猛",[2] 假如没有专门学习脸谱这一象征符号"约定俗成"的规则，门外汉绝不可能理解其指称对象，更遑论勇猛的性格特点。

　　由是观之，尽管《水浒传》各类插图侧显出潘金莲的肖像，但是肖像并非语象的完整、精确再现，纵然它们可能与某一现实原型相似。在这样的情况下，叙事能力较弱的全像与叙事能力较强的全图，能够以其偷情行为的图说，诱发观者联想像主不在场的德性。然而，面对几乎全无叙事能力的绣像，大多数不知晓像术与绘画程式化"规则"的观者，显然无法直观像主的德性。这些肖像也就只能充任悦目的"想象物的肉身",[3] 同时摇身变为象征德性的面具，扮演着"精神"在场的合法假相[4]。很多人之所以将插图本《水浒传》中的绣像视为文人的清赏现象，恐怕重要原因就在于没有耐心还原人物造型及其德性之间的内在关联。

1　〔美〕皮尔斯：《皮尔斯：论符号》，赵星植译，四川大学出版社2014年版，第50—70页。
2　翁偶虹：《翁偶虹秘藏脸谱》，学苑出版社2018年版，第314页。
3　〔法〕梅洛-庞蒂：《眼与心》，杨大春译，商务印书馆2007年版，第39—40页。
4　〔法〕利奥塔：《肉身公式》，汪民安主编：《褶子》，白轻译，河南大学出版社2018年版，第332页。

从郑振铎 1927 年发表《插图之话》算起，现代学术意义上的小说与插图关系研究已近百年，然而，"用图画来表现文字所已经表白的一部分的意思"[1]，似乎很难作为解释这一问题的不刊之论。如果将这一问题纳入当下语境，特别是借鉴"语-图"符号学加以探讨，[2] 着重比较小说与插图在叙事、表意等方面的异同，那么我们将有可能走在接近答案的路上。

第三节 《水浒叶子》与图像的独立叙事

旨在介绍中国历史文物的《国宝档案》，当属央视的得意之作。然而，在《水浒叶子》这一期节目的制作过程中，标榜"权威性"的《国宝档案》似乎信心不足：一方面，主持人出镜解说的背景图始终是孙二娘；另一方面，节目组着重释读《水浒传》三位女英雄中的顾大嫂和扈三娘，却唯独对孙二娘只字不提。[3] 也就是说，《国宝档案》可能意识到"母夜叉"绣像背后蕴藏着值得关注的问题，但是未能展开有效的解释。

具体而言，这一问题就是绣像与小说之间并非简单的"再现"关系。事实上，学界主要拘泥于《水浒叶子》的技法和风格，即便察觉孙二娘绣像的异样，也多以陈洪绶的"夸张""变形"等绘画

1　郑振铎：《插图之话》，《小说月报》1927 年第 1 期。
2　赵宪章：《文学成像的起源与可能》，《文艺研究》2014 年第 9 期。
3　《国宝档案》（2013 年 9 月 12 日）关于顾大嫂绣像的解说词是"对母大虫顾大嫂的刻画，着重表现她身躯粗壮、粗眉大眼、手持宝剑、武艺高强的特点"；关于扈三娘绣像的解说词是"而对另一出身于庄头大户的一丈青扈三娘，则表现她年轻俏丽、秀美多姿的俊美形象"。详见 http：//tv.cntv.cn/video/VSET100232480132/855e45e591344c93915ad276ae777dfd。

特点笼统回应，久而久之的恶果便是对此"习矣而不察焉"。这就需要我们在全面掌握文献的基础上进行深入思考：图像在多大程度上摹仿了《水浒传》语象？是什么原因导致人物被陈洪绶塑造成这番模样？探讨上述问题不仅有助于考察《水浒叶子》的图像叙事，还可能拓展古典小说研究以及小说图像研究的疆域。

一、孙二娘："夜叉"与"鬼母"

明代版刻叶子多与小说或戏曲有关，但最为流行的则是《水浒传》题材，著名者当属陈洪绶的《水浒叶子》。张岱曾予以高度评价："古貌、古服、古兜鍪、古铠胄、古器械，章侯自写其所学所问已耳，而辄呼之曰宋江，曰吴用，而宋江吴用，亦无不应者，以英雄忠义之气，郁郁芊芊，积于笔墨间也。"[1]《水浒叶子》刊刻于崇祯年间，一共有40幅，刻画了40位梁山英雄好汉，按照出场顺序分别是宋江、林冲、呼延灼、卢俊义、鲁智深、史进、孙二娘、张顺、李俊、燕青、杨志、朱仝、解珍、施恩、时迁、雷横、扈三娘、张清、朱武、吴用、董平、阮小七、石秀、安道全、关胜、穆弘、樊瑞、戴宗、公孙胜、索超、柴进、武松、花荣、李应、刘唐、秦明、李逵、顾大嫂、萧让、徐宁。[2]陈洪绶不饰背景，重点突出人物形态与个性，其作品成为清代以降《水浒传》人物绣像争相摹仿的对象。《水浒叶子》第一位出场的女性是孙二娘，绣像右侧榜题为"母夜叉孙二娘"，以此提示人物身份；绣像左侧榜题为"杀人为市，天下趋

1　[清]张岱：《陶庵梦忆》，上海书店出版社1982年版，第51页。
2　陈洪绶《水浒叶子》绘制的40位英雄好汉，与宋代龚开《宋江三十六人赞》所载36人并非完全吻合，在人物排序、绣像榜题赞语等方面也不尽一致。详见[宋]周密：《癸辛杂识》，吴企明点校，中华书局1988年版，第145—150页。

之以为利"的赞语,既是陈洪绶对像主的评价,又通过语言符号将受众引导到小说第二十七回"母夜叉孟州道卖人肉 武都头十字坡遇张青"。无独有偶,孙二娘也是小说中首先出场的女英雄,得到了较为集中和较多篇幅的塑造,百回本与百二十回本《水浒传》均有相关的插增诗词,我们的分析不妨由此开始。

  眉横杀气,眼露凶光。辘轴般蠢坌腰肢,棒槌似桑皮手脚。厚铺着一层腻粉,遮掩顽皮;浓搽就两晕胭脂,直侵乱发。红裙内斑斓裹肚,黄发边皎洁金钗。钏镯牢笼魔女臂,红衫照映夜叉精。(百回本《水浒传》插增诗词)[1]

  眉横杀气,眼露凶光。辘轴般蠢坌腰肢,棒锤似粗莽手脚。厚铺着一层腻粉,遮掩顽皮;浓搽就两晕胭脂,直侵乱发。金钏牢笼魔女臂,红衫照映夜叉精。(百二十回本《水浒传》插增诗词)[2]

"桑皮""粗莽"皆形容手脚粗糙与拙笨,"钏镯""金钏"也同指臂镯这一首饰,而且两首诗词都是先胪列眉、眼、腰肢、手脚、皮肤、脸庞、头发、胳臂等各身体部位及其装饰元素,最后再以"夜叉精"作整体的观照与定位,由此完成孙二娘的造型描述。可见,百回本与百二十回本插增诗词基本一致,只不过前者增加红裙内覆盖胸部的"裹肚",旨在诱惑读者对孙二娘展开更多想象。

---

[1] [明]施耐庵、罗贯中:《水浒传》,人民文学出版社 1975 年版,第 368 页。需要说明的是,双峰堂刻本、刘兴我刊本等简本系统《水浒传》的插增诗词,多与后世传播开来的繁本系统相同,故我们文本调查的范围集中于百二十回本、百回本与七十回本。

[2] [明]施耐庵、罗贯中:《水浒全传》,上海古籍出版社 1976 年版,第 335 页。

鉴于插增诗词属于"副文本",我们还需要联系小说正文。尤其值得注意的是,在孙二娘人物造型的具体身体部位、服饰元素以及书写方式上,插增诗词与小说之间存在明显差别:插增诗词胪列人物造型的各部位与各元素,表征了《水浒传》的民间"说话"传统和程式化特色[1];而百回本、百二十回本与七十回本小说,描述孙二娘的原则却都是"先远望写一番""又近看写一番",文法颇为细腻。小说的表述似乎更加符合武松由远及近的观看视角,因为他远距离眺望呈坐姿的孙二娘,只能看到后者上半身的绿色衫衣、黄色头钗与鬓边簪花。而当二者距离接近、孙二娘起身迎接之际,武松才有机会看清楚她白里透红的脸庞、敞开的胸脯、桃红色的纱质胸衣、竖排的金色纽扣,以及下半身的红色绢裙,金圣叹对此评点道,"远近皆详矣,乃觉眼前心上,如逢鬼母"[2]。

　　武松问了,自和两个公人一直奔到十字坡边看时,为头一株大树,四五个人抱不交,上面都是枯藤缠着。看看抹过大树边,早望见一个酒店,门前窗槛边坐着一个妇人,露出绿纱衫儿来;头上黄烘烘的插着一头钗镮,鬓边插着些野花。见武松

---

[1] 百回本、百二十回本《水浒传》,在人物出场之际大多会插增集中描述人物的诗词,例如索超"头戴一顶熟钢狮子帽盔,脑后斗大来一颗红缨;身披一副铁叶攒成铠甲,腰系一条镀金兽面束带,前后两面青铜护心镜;上笼着一领绯红团花袍,上面垂两条绿绒缕领带;下穿一双斜皮气跨靴"。这些插增诗词源于宋元"说话"艺术,其最常见的书写方式,就是胪列人物造型的各部位或者各元素。而口头文学的研究表明,说书艺人喜欢并习惯使用"程式",即"一种经常使用的表达方式,在相同的步格条件下,用以传达一个基本的观念",因为这样可以最大限度地记忆需要背诵的篇章。参见〔美〕约翰·迈尔斯·弗里:《口头诗学:帕里-洛德理论》,朝戈金译,社会科学文献出版社2000年版,第57—58、102页。

[2] [清]金圣叹:《金圣叹全集》(第3卷),陆林辑校,凤凰出版社2008年版,第508页。

同两个公人来到门前，那妇人便走起身来迎接。下面系一条鲜红生绢裙，搽一脸胭脂铅粉，敞开胸脯，露出桃红纱主腰，上面一色金钮。[1]

插增诗词与小说不同的书写方式，产生了差异鲜明的艺术效果。前者多使用负面词语，诸如"蠢坌""棒槌""腻粉""顽皮""浓搽""乱发"，将孙二娘描述得不堪入目。[2]后者却塑造出一位绿衫配红裙、头戴金钗、鬓边簪花的美丽女性，令读者丝毫感觉不到孙二娘的蠢笨、邋遢与粗劣。既然插增诗词与小说中的孙二娘判若两人，那么，民间"说话"传统的"夜叉精"，与文人阶层金圣叹口中的"鬼母"，是否也就属于所指不同的命名？

"夜叉精"是"夜叉"（梵文 Yakṣas）[3]的别称，分为夜叉男与夜叉女，具有善恶双面属性，既有吃人、害人等恶的一面，也有保护地方平安或财富等善的一面。"鬼母"则是"鬼子母"（梵文 Hāritī）[4]的别称，又译诃利帝、欢喜母。鬼子母与夜叉都源于印度神话，前者是一个"美丽妩媚的夜叉女"，皈依佛教之后"被划归到夜叉类

---

1 ［清］金圣叹：《金圣叹全集》（第 3 卷），陆林辑校，凤凰出版社 2008 年版，第 507—508 页。
2 令人惊讶的是，李贽对这段插增诗词竟然夹批"好标致女人"，我们似乎应当将其理解为反语。参见《李卓吾批评忠义水浒传》，《古本小说集成》编委会编：《古本小说集成》（第 2 辑第 128 册），上海古籍出版社 1992 年版，第 869 页。
3 夜叉源于印度传统神话，是居于下层神灵与"半神半人"（Demigod）之间的角色。Sutherland, Gail Hinich, *The Disguises of the Demon*, New York：State University of New York Press, p. 1.
4 据《根本说一切有部毗奈耶杂事》的记载，鬼子母刚出生时"容貌端严见者爱乐"，"众咸皆欢庆，诸亲立字名曰欢喜"。参见《大正新修大藏经》（第 24 册），新文丰出版公司 1975 年版，第 360—361 页。

中",属于"被调伏的好夜叉"。[1]换言之,将鬼子母笼统称为夜叉似乎并无不妥。

如是,孙二娘这一人物形象典型表征了中国文学对佛教的格量与改造:首先,绰号"母夜叉"当属"夜叉""夜叉女"的变体,因为"母"这一形容词前置,更加符合汉语的表述习惯。其次,仅就孙二娘及其十字坡酒店的故事而言,她体现出了恶的一面——伤害往来客商、杀人取肉以做包子,其作坊"壁上绷着几张人皮,梁上吊着五七条人腿",可谓世间恶魔;与此同时,孙二娘又具有善的一面,因为她被武松"调伏"之后还能为后者提供庇护。最后,《大药叉女欢喜母并爱子成就法》所描述的欢喜母"身白红色天缯宝衣""头冠耳珰白螺为钏""种种璎珞庄严其身""坐宝宣台垂下右足",[2]变换成了小说插增诗词中孙二娘的金钏、钏镯和红衫。但问题的关键在于,小说正文关于孙二娘的造型描述,足以让金圣叹自然而然联想到佛教中美丽的鬼子母,为何插增诗词却反其道而行之,将孙二娘描述得如此丑陋呢?这恐怕是唐代以来的夜叉书写传统使然。

例如,《太平广记》共出现24条相关记载,并专设第三百五十六、第三百五十七两卷"夜叉"主题,其造型毫无美丽妩媚可言:"身长三丈,目如电爇,口赤如血,朱发植竿,锯牙钩爪""长丈许,着豹皮裈,锯牙披发""长丈余,状极异""目若电光,齿如戟刃,筋骨盘蹙,身尽青色""赤发蝟奋,金身锋铄,臂曲瘿木,甲驾兽

---

[1] 李翎:《鬼子母研究》,上海书店出版社2018年版,第38、85—113页。
[2] 《大正新修大藏经》(第21册),新文丰出版公司1975年版,第286页。

爪，衣豹皮裤……狞目电燮，吐火喷血，跳躅哮吼"。[1]总的来说，唐人基本上将夜叉视为"害人的精怪"，并且普遍持一种"憎恶的态度"，[2]从而对宋元以降的话本和笔记小说造成了极为深远的影响。在著名的《大唐三藏取经诗话》中，猴行者将金环杖变作一个夜叉，"头点天，脚踏地，手把降魔杵，身如蓝靛青，发似朱沙，口吐百丈火光"。[3]又如北宋张舜民《画墁录》所载，"夜叉既至，野次见之如人形状，正如图画，发朱，皮如螺蚌，腰着豹皮裤"[4]，同样呈现出一种丑化的倾向。直到明代的《剪灯新话》，都可以看到夜叉的丑陋身影，"见一夜叉，自远而至，头有二角，举体青色，大呼阔步，径至林下，以手撮死尸，摘其头而食之，如啖瓜之状"。[5]取材于《水浒传》的戏曲《义侠记》，也延续了"母夜叉惯吃人"的说法。[6]而到了清代的《聊斋志异》，"家家床头"脾气残暴的母夜叉更是广为人知。[7]由是观之，胎息于宋元话本的《水浒传》，不仅叙事艺术保留了前者的魅影，而且在刻画夜叉的丑陋、残暴、食人方面，也呈现了相同的倾向。

虽然上述插增诗词在金圣叹删改《水浒传》的过程中遭到了清

1　[宋]李昉等编：《太平广记》，中华书局1961年版，第277、2817、2818、2819、2823页。
2　房奕：《从〈太平广记〉看唐人的夜叉观》，《中国典籍与文化》2007年第2期。
3　欧阳健、萧相恺编订：《宋元说经话本集》，中州古籍出版社1991年版，第7页。
4　朱易安、傅璇琮等主编：《全宋笔记》第二编（一），大象出版社2006年版，第204页。
5　[明]瞿佑：《剪灯新话》，《古本小说集成》编委会编：《古本小说集成》（第4辑第151册），上海古籍出版社1994年版，第206页。
6　[明]沈璟：《义侠记》，傅惜华等编：《水浒戏曲集》（二），上海古籍出版社1985年版，第207页。
7　[清]蒲松龄：《铸雪斋抄本聊斋志异》，上海古籍出版社1979年版，第145—148页。

除，但在创作《水浒叶子》之际或者之前，陈洪绶以附有插增诗词的百回本或百二十回本为主要阅读对象。[1]因此，面临小说与插增诗词对孙二娘反差巨大的造型描述，陈洪绶如何取意呢？这需要我们进一步探讨。

二、绣像中的孙二娘所缝何物？

所谓"文学的图像化"，归根结底是"语象的图像化"，但无论是诗意画、小说与曲本插图等静态图像，还是现代以来改编自文学的影视动态图像，它们绝非全部语象的图像化。因此，我们将重点考察陈洪绶绘制孙二娘，选择并摹仿了哪些《水浒传》语象，抑或受到了其他哪些因素的影响。

现存《水浒叶子》主要有四个版本，质量最佳者当属我们的研究对象——李一氓藏本（图3-11，版画刻工为晚明徽州黄君倩），除此之外的三种分别是郑振铎先生编辑《中国版画史图录》所选用的底本，潘景郑藏本，以及顾炳鑫藏本。[2]

---

[1] 相关研究表明，《水浒叶子》的创作时间应为1633—1634年间。参见翁万戈：《陈洪绶的艺术》，上海书画出版社2021年版，第145—146页。按照常理推断，陈洪绶身为浙江人，又居住在杭州以及距此不远的绍兴，所以他所阅读的《水浒传》版本，应当以本地书坊刊刻、具有广泛影响力而且尚属"精刊本"的百回本《李卓吾先生批评忠义水浒传》（容与堂刻本）为主，但事实上可能并非如此。需要特别注意的细节是，《水浒叶子》所绘扈三娘以手抛起数颗弹子，但《水浒传》中以弹子为武器的女性英雄却并非扈三娘，而是百二十回本田虎部下将领琼英。由于琼英不在"天罡""地煞"名录之内，所以，陈洪绶极有可能将其弹子这一标志性武功挪移到了扈三娘身上。换言之，陈洪绶一定阅读过百二十回的全本《水浒传》。

[2] 李一氓：《陈老莲水浒叶子跋》，陈洪绶：《陈老莲水浒叶子》，国家图书馆出版社2018年版。此书为古籍珍本再造系列影印而成，并未标注页码，特此说明。

图 3-11 母夜叉孙二娘
陈洪绶《水浒叶子》（李一氓藏本）

当我们观看《水浒叶子》的孙二娘时，首先映入眼帘的却是一个坐在石头上手持针线的慈母形象，不禁心生疑问：《水浒传》所书写的母夜叉怎是这般模样？小说插增诗词中的"眉横杀气，眼露凶光""一层腻粉""两晕胭脂"等语象，在图像中全无踪影；而因服饰遮盖，我们也无法直观"钏镯""红裙内斑斓裹肚"。小说正文与插增诗词所描写孙二娘头发上的黄烘烘的钗环、"皎洁金钗"，同样没有被陈洪绶如其所是地再现，后者在绣像中为孙二娘戴上了一个如意形状的发簪，簪首处还悬挂着精致的吊坠。孙二娘脸庞略显臃肿富态，甚至腰肢也显现出小说插增诗词所描绘的"辘轴般"粗圆。她正在聚精会神地从事女红，一根丝线自下而上穿梭，右手拇指与食指顺势准备捏住针头,这不但使得画面充满动感与生机,而且还与人物的稳定坐姿形成了鲜明对比。而绣像中的孙二娘整体呈成年妇人打扮,不由得让人联想起"临行密密缝"的慈母。那么,陈洪绶绘制的孙二娘所缝何物呢?关于这一"物"的判断,影响我们对图像叙事的理解吗?

裘沙教授曾在专著《陈洪绶研究》中专门考辨《水浒叶子》,高度称赞陈洪绶的画笔可与施耐庵的文笔相匹敌,将40位英雄人物"各自的派头、光景、家数和身份一毫不差地塑造出来":

> 即以两位同是以开酒店为业的女英雄母大虫顾大嫂和母夜叉孙二娘为例,一位是提辖的婶子,在城里开业,一位是剪径者的妻女,在荒郊小卖,气度自然有别。顾大嫂衣着朴素、仍不失落落大方;孙二娘满头珠钗,却益增其村野之美。在性格上,顾大嫂深沉老辣,画家选择了她磨剑向不平,奋力勇向前的瞬间,又将剑拔弩张的全身动势,集中到一双炯炯发光注目凝神的眸子上,突出了这位女英雄惊人的胆量。孙二娘则泼辣豪爽,画家描绘了她聚精会神、专心致志地缝补铠甲的这一场面,却引人联想到英雄们斩木折竿、惊天动地的战斗生涯,渲染出孙二娘热爱正义事业的一腔豪情。前者动中有静、后者以静写动,皆各臻其妙。[1]

实际上,小说虽有顾大嫂"深沉老辣"的描述,但关于她的造型书写,仍与孙二娘存在很多相似之处,例如前者"插一头异样钗镮,

---

[1] 裘沙编著:《陈洪绶研究:时代、思想和插图创作》,人民美术出版社2004年版,第119—120页。

露两个时兴钏镯"[1]，头饰与胳膊上的首饰一样不少。而裘沙教授所谓孙二娘的"村野之美"，恐怕更多要归功于小说为其鬓边簪戴的"野花"，因为孙二娘在城外乡野之间开黑店，便于就地取材摘一朵野花装饰自己。需要我们格外注意的是裘沙教授对《水浒叶子》孙二娘所缝何物的判断，他认为是铠甲，在学界产生了较为广泛的影响。例如李洪娟《陈洪绶的文学图像研究》一文，同样持类似的看法：

> 《水浒传》中对孙二娘的描写很是凶戾，"眉横杀气，眼露凶光……金钏牢笼魔女臂，红衫照映夜叉精"。而陈洪绶对其的刻画并非如此，陈洪绶笔下的孙二娘脸庞微胖，身材结实，眉眼之中有女性之美，二郎腿的造型画出了她性格的粗放，图中的她正在专注地缝补铠甲。全然不是一副凶残的样子。[2]

潘诺夫斯基的图像学方法，第一个步骤便是辨认绘画的"原初或自然题材"，"对这种题材的理解是通过认出纯粹的形式，亦即某些具有线条与色彩的结构，或某些独特形状的青铜或石头，是对自然物象如人物、动物、植物、房屋、工具等等的再现；认出它们之间的关系是事件"。[3]这就说明，所谓"前图像志描述"首先就是建基于对图像再现对象的确定，否则此后的图像志分析与图像学阐释都

---

1 ［明］施耐庵、罗贯中：《水浒全传》，上海古籍出版社1976年版，第618页。
2 李洪娟：《陈洪绶的文学图像研究》，东南大学硕士学位论文，2014年，第32—33页。
3 ［美］欧文·潘诺夫斯基：《视觉艺术中的意义》，邵宏译，商务印书馆2021年版，第33页。

将沦为空谈。而《水浒叶子》作为文学图像，其再现对象源自《水浒传》，因此，我们理应在辨识过程中不厌其烦地"回视"小说语象。

我们不妨重新回到《水浒传》文本，张青在第二十七回向武松解释道，他曾吩咐孙二娘"三等人不可坏他"，第一是云游僧道，第二是行院妓女，第三是流配罪犯：

> 张青道："只可惜了一个头陀，长七八尺一条大汉，也把来麻坏了。小人归得迟了些个，已把他卸下四足。如今只留得一个箍头的铁界尺，一领皂直裰，一张度牒在此。别的都不打紧，有两件物最难得：一件是一百单八颗人顶骨做成的数珠；一件是两把雪花镔铁打成的戒刀。想这个头陀也自杀人不少。直到如今，那刀要便半夜里啸响。小人只恨道不曾救得这个人，心里常常忆念他。"[1]

联系《水浒传》的第三十一回"张督监血溅鸳鸯楼 武行者夜走蜈蚣岭"可知，张青此处的"独白"起到了预叙的作用，恰如金圣叹所评点的那样，"无端撰出一个头陀，便生出数般器具，真不知文生于情，情生于文。盖其笔墨亦为蚨血所涂，故有子母环帖之能也"[2]。"蚨血"意指传说中青蚨母子永不分离，将它们的血分别涂在不同的铜钱上，铜钱便会在使用完之后重新聚在一起，金圣叹以此形象比喻张青所述头陀之事、之物，与下文将要出现的武松再遇张青、孙

---

[1] ［明］施耐庵、罗贯中：《水浒全传》，上海古籍出版社1976年版，第339—340页。
[2] ［清］金圣叹：《金圣叹全集》（第3卷），陆林辑校，凤凰出版社2008年版，第513页。

二娘夫妇，并最终化身头陀遁入江湖环环相扣。

武松在第三十一回因杀了张都监十五口人而连夜逃跑，不承想又落到了张青与孙二娘其他几处的作坊。鉴于官府的频繁缉捕，张青建议武松前往鲁智深与杨志所在的二龙山宝珠寺，而孙二娘则想到一个能够保证武松在路上避免官府盘查的办法，因而再次复述一遍头陀事与物：

> 孙二娘大笑道："我说出来，阿叔却不要嗔怪。"武松道："阿嫂但说的便依。"孙二娘道："二年前，有个头陀打从这里过，吃我放翻了，把来做了几日馒头馅。却留得他一个铁界箍，一身衣服，一领皂布直裰，一条杂色短穗绦，一本度牒，一串一百单八颗人顶骨数珠，一个沙鱼皮鞘子，插着两把雪花镔铁打成的戒刀。这刀如常半夜里鸣啸的响，叔叔前番也曾看见。今既要逃难，只除非把头发剪了，做个行者，须遮得额上金印。又且得这本度牒做护身符，年甲貌相，又和叔叔相等，却不是前缘前世？叔叔便应了他的名字，前路去，谁敢来盘问？这件事好么？"张青拍手道："二娘说得是！我倒忘了这一着。"[1]

在张青与孙二娘的帮助下，武松"着了皂直裰，系了绦，把毡笠儿除下来，解开头发，折迭起来，将界箍儿箍起，挂着数珠"，俨然一副行者模样，所以插增诗词总结道，"幸有夜叉能说法，顿教行者显神通"，这就意味着《水浒传》认为孙二娘为曾经打败自己的武松提供了安全庇护。更为重要的细节在于武松与张青、孙二娘夫妇的辞

---

[1] ［明］施耐庵、罗贯中：《水浒全传》，上海古籍出版社 1976 年版，第 380 页。

别，一旦忽略这部分语象，将极有可能导致我们无法理解或者误解《水浒叶子》。

  武松见事务看看紧急，便收拾包裹要行。张青又道："二哥，你听我说，不是我要便宜，你把那张都监家里的酒器，留下在这里，我换些零碎银两，与你路上去做盘缠，万无一失。"武松道："大哥见的分明。"尽把出来与了张青，换了一包散碎金银，都拴在缠袋内，系在腰里。武松饱吃了一顿酒饭，拜辞了张青夫妻二人，腰里跨了这两口戒刀，当晚都收拾了。孙二娘取出这本度牒，就与他缝个锦袋盛了，教武松挂在贴肉胸前。武松拜谢了他夫妻两个。临行，张青又分付道："二哥于路小心在意，凡事不可托大。酒要少吃，休要与人争闹，也做些出家人行径。诸事不可躁性，省得被人看破了。如到了二龙山，便可写封回信寄来。我夫妻两个在这里，也不是长久之计；敢怕随后收拾家私，也来山上入伙。二哥保重保重，千万拜上鲁、杨二头领。"武松辞了出门，揎起双袖，摇摆着便行。[1]

  张青的殷殷叮嘱、日后上二龙山入伙的打算仍有预叙的功能，可谓"只作商量，却便斀括后事于此，妙笔"[2]。作为第二十七回张青预叙的头陀之物，度牒在武松临行前再一次出现，孙二娘不仅为武松缝制专门存放度牒的锦袋，而且还让后者挂在"贴肉胸前"。很显然，在头陀的所有遗物当中，最重要的莫过于度牒这一"身份证

---

1 ［明］施耐庵、罗贯中：《水浒全传》，上海古籍出版社1976年版，第381页。
2 ［清］金圣叹：《金圣叹全集》（第3卷），陆林辑校，凤凰出版社2008年版，第572页。

明",它既能确保武松"隐去"现有的杀人者身份,又能促使武松"蜕变"成佛家僧人的新身份,当属"武十回"这段叙事的关键过渡。《水浒传》如此书写孙二娘缝制锦袋并令武松悬挂在"贴肉胸前",恐怕还并非小说家言,而是有着实在的历史依据。

据研究表明,自宋英宗治平四年(1067)以后,僧人的度牒规定已明确区分"试经""拨放"两种形式,后者可以"空名"售卖,"自出售空名度牒后,度牒之使用几如货币"[1]。因此,我们可以看到《水浒传》第四回"赵员外重修文殊院 鲁智深大闹五台山",赵员外说"我祖上曾舍钱在寺里,是本寺的施主檀越。我曾许下剃度一僧在寺里,已买下一道五花度牒在此,只不曾有个心腹之人,了这条愿心"[2]。元代去宋不远,此时重修的佛门清规对度牒有着详细的陈说:

> 古者戴笠,笠内安经文、茶具之类。衣被束前后包,插祠部简、戒刀。今则顶包、装包之法,用青布袱二条,先以一条收拾衣被之属,仍用油单裹于外,复用一条重包于外,四角结定,用小锁锁之,仍系包钩于上。度牒有袋悬胸前,袈裟以帕子缚定,入腰包系于前,下裳鞋袜有袋系于后。右手携拄杖,途中云水相逢,彼此叉手朝揖而过。如游山到处将及门,下包捧入旦过,安歇处解包取鞋袜,灌足更衣,搭袈装与知客相看。[3]

---

1 黄敏枝:《宋代佛教社会经济史论集》,台湾学生书局1989年版,第385—386页。
2 [明]施耐庵、罗贯中:《水浒全传》,上海古籍出版社1976年版,第47页。
3 [元]德辉编:《敕修百丈清规》,李继武校点,中州古籍出版社2011年版,第139页。着重号系引者所加。

"度牒有袋悬胸前",一是因为它作为证件的重要性,而更为直接的原因似乎应当是其瘦长而且较大的物理形制需要妥善存放,否则印章、签名画押等信息容易损坏,[1]而这般明确的细节竟然见诸《水浒传》。我们甚至有理由相信绘画《水浒叶子》的陈洪绶,与小说家同样熟悉甚至更加熟悉佛教相关仪轨,毕竟他晚年一度在云门寺为僧。陈洪绶曾绘制大量佛教题材画作,例如《罗汉与护法神图》《准提佛母图》《古观音像》《观音像图》等。其中,《无极长生图轴》题跋云"来时一,去时八万四千。人不知其所终,亦莫知其所始。此义出楞严,世未有知之者。余作此无极长生图,遗为世之称觞寿域。问老之姓氏,即无量缘寿佛者是也",可见他对《楞严经》《无量寿经》以及《般若波罗蜜多心经》等佛教经文了然于心。除此之外,通过《书白兔花猫》等其他文献,也能看出他对"如来与迦叶乞食鹿林"佛教典故也信手拈来。[2]

由此反观孙二娘的绣像,她手中所缝制的物件怎么可能是铠甲?我们又如何联想到像裘沙教授所说"英雄们斩木折竿、惊天动地的战斗生涯"?这不过是用于存放度牒的锦袋,正面朝上的规则纹饰,并不像铠甲那样因材质坚硬而裸露出每一片之间的缝隙。为了进一

---

1 "宋代度牒形式如何,未见著录"(袁震:《两宋度牒考》,《中国社会经济史集刊》1944年第1期)。但出土文献表明,唐五代时期的《归义军节度使牒》长82厘米,宽30厘米,可见度牒这类证件多呈瘦长的经折装。而明代僧道人的度牒略呈方形,"白色微泛黄"的皮纸质,长114厘米,宽120厘米,"边框四周板印缠枝莲花图案",并盖有"朱色礼部之印骑缝章",此外还有礼部尚书、侍郎、主事等九人签名,以及大量文字说明。详见杨宝玉:《唐五代宋初敦煌女性出家申请的审批》,中国社会科学院历史研究所文化史研究室编:《形象史学研究(2012)》,人民出版社2012年版,第93—103页;魏德明:《从明代道士张永馨的度牒说起》,《上海文博论丛》2005年第2期。
2 [明] 陈洪绶:《陈洪绶集》,吴敢点校,浙江古籍出版社2012年版,第33页。

步强化绣像与小说的内在关联,擅长"插图必针对故事"的陈洪绶[1],还在锦袋四角绘制可供武松将锦袋"挂在贴肉胸前"的孔洞。简言之,陈洪绶绘制《水浒叶子》孙二娘绣像,一方面,取意小说语象,诸如缝制盛放度牒的锦袋、粗笨的腰肢等,整体上是美化孙二娘,并没有过分强调她的丑陋;另一方面,还有基于小说语象的改变、补充与想象,例如孙二娘坐在石头上缝制锦袋,又如其如意形状的发簪,等等。我们需要进一步追问的是,除上述两方面之外,孙二娘绣像作为职业画家的产品,是否还处在陈洪绶绘画的某个小传统之中。

三、《水浒叶子》与陈洪绶的绘画传统

陈洪绶绘有很多再现年轻女子的仕女图,例如《扑蝶仕女图》《拈花仕女图》等,形象多以唐人为原型,头大身小、面圆颔尖、发型繁复。《拈花仕女图》中的美人头顶黄金钗簪,右侧发髻上还挂有红丝垂鬘,她眉眼聚焦,正在认真观赏眼前之物——左手拈花,举至鼻前嗅其香味,右手拂袖藏在左手肘之下,从而在结构上将全身分为三折。美人整体衣饰以高古游丝描画法为主,"窄袖罗衫,胸围素帛,腰系宫绦,衫下露出锦绶,织纹白云蓝地,下接黄摆。长裙曳地,履端朱色"[2],显现出潇洒闲适之情。陈洪绶也有描绘老妪形象的画作,最具代表性的当属《宣文君授经图》。该作品工笔重彩,众多人物、树石云山与建筑篷帐交织出宏大场面,宣文君坐在山水屏风前,正在向儒生传授《周官》,她虽因高寿而呈现出皮

---

[1] 翁万戈:《陈洪绶的艺术》,上海书画出版社2021年版,第269—270页。
[2] 翁万戈:《陈洪绶的艺术》,上海书画出版社2021年版,第209—211页。

肤松弛的特征，但精神矍铄，两眼炯炯有神，右手指向前来运送典籍的侍女。

除上述年轻女子与老妪之外，陈洪绶还绘画了很多妇人，例如《红叶题诗图》，也是一位盛装美人嗅菊花，但她却侧坐在石头上，以左侧脸庞示人，我们仔细观察就会发现其下颌已悄然圆润。值得注意的是，陈洪绶同时期创作的《观音罗汉图》（图 3-12），观音与前述嗅菊花美人几乎是同样的坐姿，甚至连朝向都一模一样，她额头宽广、耳朵垂长，头发与腰间的饰品繁多，这种珠光宝气与其云纹裙摆相得益彰。观音似乎更加年长，下颌更显富态，脖颈间还有数道皱纹。

图 3-12　《观音罗汉图》
（台北故宫博物院藏）

我们整理这些绘画作品，意在指出陈洪绶极有可能将《水浒叶子》的孙二娘绣像，纳入上述妇人坐在石上的图式。陈洪绶选择孙二娘、顾大嫂、扈三娘这三位女英雄入画，并不见得是像文学选本那样"具备文本鉴赏和价值判断的筛选和建构"[1]。我们赞同《水浒叶子》选编这 40 幅绣像背后，确实隐藏着陈洪绶对《水浒传》的某些思考，但是，在缺乏画家自述以及其他文献佐证的前提下，绣像册页即便与文学选本有着类似的"筛选"和"建构"，也很难与后者相提并论。

例如，有学者指出《水浒叶子》人物排序深受李贽评本《水浒传》影响，称"李评本推崇的人物如李逵，在水浒叶子排序中居前位；相反，李评本所批评的人物如卢俊义、吴用等，在水浒叶子中的排序则明显滞后"，"陈洪绶受此影响，在水浒叶子中，李逵价值九十万贯，仅位于宋江、花荣之后"，等等。然而令人疑惑之处在于，李贽对宋江的批评以负面或者否定居多，陈洪绶又为何将其排在"万万贯"以及首位呢？李贽在百回本第十八回"美髯公智稳插翅虎 宋公明私放晁天王"中，对朱仝考虑如何放走晁盖的评语是"朱仝又是一个强盗了"，并非正面评价，陈洪绶及其《水浒叶子》又为何将朱仝题为"千万贯"，仅次于宋江的"万万贯"呢？[2] 上述不能自洽的逻辑说明，以"选本"这一文学批评标准比附《水浒叶子》殊为不妥。

而且，绣像绘制孙二娘坐在石头上缝制锦袋的动作，似乎更应当归因于陈洪绶这位艺术家绘画题材上的偏好。孙二娘所露出的左

---

[1] 毛杰：《中国古代小说绣像研究》，华东师范大学博士学位论文，2014 年，第 79 页。

[2] 参见乔光辉：《陈洪绶〈水浒叶子〉与文本增殖》，《南京艺术学院学报》2012 年第 5 期。

侧脸庞亦犹如《观音罗汉图》的观音，但前者不见后者脖颈的皱纹，这是因为她的年纪或许与丈夫张青的三十五六接近，纵然小说并未详细述说孙二娘的年纪。《水浒叶子》与《观音罗汉图》明显的不同之处在于衣服画法，前者使用铁线描突出孙二娘的庄重，而后者则以高古游丝描表现观音的优美。陈洪绶凭借自己对《水浒传》缝制锦袋这一细节的熟悉，以及在成熟妇人特别是佛教观音题材人物造型方面的惯习，绘制出《水浒叶子》孙二娘绣像。如果不顾及人物身份、榜题或者"源文本"《水浒传》，受众难免产生"慈母手中线，临行密密缝"的艺术错觉，当然，这有可能与裘沙教授所谓"引人联想到英雄们斩木折竿、惊天动地的战斗生涯"同样不可靠。

由是观之，文学图像宛若正在放飞的风筝，但风筝之所以能够舞动，之所以能够这样舞动而不是那样舞动，很大程度上取决于它身后那根若隐若现，甚至全然隐形的细细长线。放眼国内学界，谈及图像研究必然无法绕开欧文·潘诺夫斯基、贡布里希、W. J. T. 米切尔等欧美学者，米切尔所著《图像理论》已然将图像上升到人类文化责任的高度[1]。上述欧美学者以及21世纪初国内涉足图像研究的视觉文化学者，以强烈的现实关怀切入这一问题领域，非常具有启发性，但我们的问题在于：图像特别是像《水浒叶子》这样的人物图，具有脱离语言符号进行表意和叙事的独立自足性吗？

四、《水浒叶子》的逃逸及其独立叙事

这需要我们对比插置在书籍之中，而且以叙事见长的《水浒传》情节图，考察此类图像是否会导致受众忽视、遗忘甚至无法识别度

---

1 〔美〕W. J. T. 米切尔：《图像理论》，兰丽英译，重庆大学出版社2021年版，第412—413页。

牒——帮助武松完成身份转变的关键。当然,这种图像只能到占据整个书籍版面的"全图"中寻找,因为明代早期建阳地区刊本插图空间较小,无法顾及如此细微的元素。明代万历二十年(1592)的容与堂刻本《水浒传》,严格根据小说章节回目绘制插图,第三十一回"张督监血溅鸳鸯楼 武行者夜走蜈蚣岭"左右两幅插图,不见关于孙二娘缝制度牒的情节,但因小说在鲁智深剃度时亦提及度牒,这一物件得以在第四回"赵员外重修文殊院 鲁智深大闹五台山"插图中出现。

鲁智深剃度的情节虽然没有出现在章回标题中,但它却是该回插图的焦点(图3-13),在故事时间方面远远早于赵员外因鲁智深

图3-13 "赵员外重修文殊院"
容与堂刻本《李卓吾先生批评忠义水浒传》

第二次醉酒而赔偿"坏了的金刚、亭子"[1]，可以说是典型的"语-图"叙事缝隙。我们可以看到，插图中所有人物的视觉都聚焦于鲁智深，他正用手捂着髭须。而包括智真长老在内的所有僧人，也全部面带微笑，显然再现了小说中鲁智深恳求净发人不要剃除髭须而导致"众僧忍笑不住"的情节。值得注意的是，鲁智深身后桌上长条状的物品即为度牒：

长老选了吉日良时，教鸣钟击鼓，就法堂内会集大众，整整齐齐，五六百僧人，尽披袈裟，都到法座下合掌作礼，分作两班。赵员外取出银锭、表礼、信香，向法座前礼拜了。表白宣疏已罢，行童引鲁达到法座下。维那教鲁达除了巾帻，把头发分做九路绾了，搊揲起来。净发人先把一周遭都剃了，却待剃髭须。鲁达道："留了这些儿还洒家也好。"众僧忍笑不住。真长老在法座上道："大众听偈。"念道："寸草不留，六根清净，与汝剃除，免得争竞。"长老念罢偈言，喝一声："咄！尽皆剃去！"净发人只一刀，尽皆剃了。首座呈将度牒上法座前，请长老赐法名。长老拿着空头度牒，而说偈曰："灵光一点，价值千金，佛法广大，赐名智深。"长老赐名已罢，把度牒转将下来，书记僧填写了度牒，付与鲁智深收受。长老又赐法衣袈裟，教智深穿了。监寺引上法座前，长老用手与他摩顶受记道："一要皈依佛性，二要归奉正法，三要归敬师友，此是三归。五戒者：一不要杀生，二不要偷盗，三不要邪淫，四不要贪酒，五不要妄语。"智深不晓得禅宗答应能否二字，却便道："洒家记得。"

---

[1] ［明］施耐庵、罗贯中：《水浒全传》，上海古籍出版社1976年版，第59页。

众僧都笑。[1]

上述剃度过程的描写总共446字，度牒竟然反复出现4次，是整个仪式过程中的核心，因为在空头度牒上填写法名，也就意味着完成了由普通人到僧人这一身份的转变。鉴于插图者认识到此物较为重要，故索性将其画在鲁智深身旁，纵然这与小说并不一致，因为后者所描写的是首座将度牒呈给法座上的智真长老赐法名，而不是放置在桌上。

通过对比图像叙事与小说相关情节，受众便可以较为清晰地判断出度牒这一物件，类似的情况在杨定见本《水浒传》插图中也有出现（图3-14）。明末郁郁堂刊印的杨定见本《水浒传》配置120幅情节图，但这些插图并非严格依照小说回目而作，而是"或特标于目外，或叠采于回中"[2]，其中一幅题为"剪发藏金印"的插图，直接摹画了张青给武松剪发，后者正对镜察看效果，而在武松面前的桌上，同样摆着一件长条状物品，上面写有"度牒"二字。由是观之，以叙事见长的情节图，大多注意到帮助鲁智深、武松完成身份转变的度牒，受众也能较为容易地通过图像叙事辨认物件。因为语言与图像是小说叙事的两翼，图像只有像拉链那样与小说情节咬合在一起，才有可能被受众理解，否则它就完全沦为了与《水浒传》无关的装饰画。

我们不妨再回到《水浒叶子》，这类绣像册页在物理形制上与插图存在诸多差异，最大的不同在于前者脱离了小说书籍而独立存在，

---

1 ［明］施耐庵、罗贯中：《水浒全传》，上海古籍出版社1976年版，第49—50页。
2 ［明］袁无涯：《〈忠义水浒全书〉发凡》，马蹄疾辑录：《水浒资料汇编》，中华书局1977年版，第13页。详见第四章第二节的相关论述。

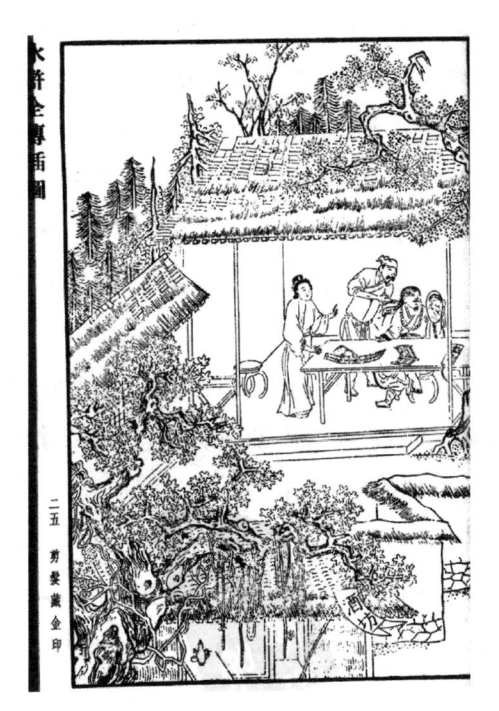

图 3-14 杨定见本"剪发藏金印"
陈启明校订《水浒全传插图》

可谓插图对小说的"逃逸"。从图像题材上来说,陈洪绶《水浒叶子》、杜堇《水浒全图》等绣像册页均为人物图,[1]但小说插图却兼备人物图与情节图。由于"故事"总是"人物"的故事,并不存在没有人物的故事,或者没有故事的人物,所以,"故事"与"人物"的无法分割决定了"人物图叙事的合法性"。[2]通过前文对母夜叉绣像

---

[1] 需要说明的是,明清小说绣像册页也有精美的情节图,例如清代著名的《梦影红楼》(参见〔清〕孙温、孙允谟:《梦影红楼》,上海古籍出版社2019年版),但是《水浒传》绣像无一例外全部都是人物图,并且深刻影响到后世英雄传奇小说绣像。
[2] 赵宪章:《小说插图与图像叙事》,《文艺理论研究》2018年第1期。

的探讨可见，《水浒叶子》作为插图逃逸仅仅是相对而言的。例如，关于孙二娘所缝制何物的判断，竟然足以决定受众能否正确理解绣像。尽管误解或者其他理解属于受众的自由，但这并不足以说明《水浒叶子》的独立叙事，因为此类阐释行为尚未厘清绣像与小说之间的叙事线索，从根本上游离了"文学图像"。接下来，我们将观照《水浒叶子》全部 40 幅绣像，从整体上把握它独立叙事的程度。

我们知道，杜堇《水浒全图》每幅绣像绘制两位英雄，人物之间具有相对明确的关系。例如宋江与戴宗，前者手执信札，似乎对应"便唤戴宗，随即传令"等情节[1]；又如公孙胜与樊瑞，似乎对应"公孙胜传授五雷天心正法与樊瑞"等情节[2]。但陈洪绶的《水浒叶子》与此不同，其每幅绣像都是单个人物图，因此我们需要格外留意甚至耐心玩味人物的动作及其细节，才能实现有效、妥帖的图像描述（表 3-4）。

表 3-4 《水浒叶子》图像叙事

次序	图像描述	绰号、姓名与赞语	
万万贯	宋江头戴硬幞头官帽，身着胸前团花牡丹常服，左手拌髭须，右手呈戏曲表演中老生所用的玄坛手，折芦描笔法突显人物的气宇轩昂、气度不凡。	呼保义 宋江	刀笔小吏，尔乃好义。
七万贯	林冲不着巾帽，右手持剑梢，左手抓住剑柄；右脚在前，左脚在后，扭头看向身后。	豹子头 林冲	美色不可以保身，利器不可以示人。

---

1 [明] 施耐庵、罗贯中：《水浒全传》，上海古籍出版社 1976 年版，第 1382 页。
2 [明] 施耐庵、罗贯中：《水浒全传》，上海古籍出版社 1976 年版，第 750 页。

第三章 《水浒传》的人物及其图像叙事　235

(续表)

次序	图像描述	绰号、姓名	赞语
二十万贯	呼延灼身着铠甲,外罩战袍,双手作执鞭状,以至于衣袖多呈方折直拐线条,充满力量与动感。	双鞭呼延灼	将门之子,执鞭令史。
九文钱	卢俊义体态臃肿,左手捋髭须,右手执长斧于身前。	玉麒麟卢俊义	积粟千斛资盗粮,积钱万贯无私囊。
空没文	鲁智深为侧身像,衣着袈裟,榜题赞语与小说第一百一十九回插增诗词"平生不修善果,只爱杀人放火"相应和,似乎是圆寂之前的场景。鲁智深左手伸向前方,右手执禅杖,面带微笑,在行云流水描的衬托下,"御赐的僧衣"彰显材质之华丽。	花和尚鲁智深	老僧好杀,昼夜一百八。
八十万贯	史进背对受众,赤裸上身,露出"一身青龙",似乎对应小说第二回王进所见史进拿棒习武的情节,但绣像并未绘制武器,仅呈现史进左脚支撑着地、右脚起跳等动作,减笔描笔法突出人物习武过程中的动感。榜题以王进的口吻慨叹其当时境遇,及其与史进的相遇。	九纹龙史进	众人皆欲杀,吾意独怜才。
二文钱	孙二娘坐在石头上缝制一块布料,经与小说语象互文释读可知,她正在为武松缝制存放度牒的锦袋。榜题所谓"杀人为市",当是概括十字坡黑店杀人获利的勾当;后半句"天下趋之以为利",则是对小说或者实际生活中"天下熙熙,皆为利来;天下攘攘,皆为利往"的讽刺或者指涉。	母夜叉孙二娘	杀人为市,天下趋之以为利。
四万贯	张顺头戴透明的纱质万字头巾,与小说"头上裹顶青纱万字巾"一致;但绣像中的张顺无须,这与小说所述"三柳掩口黑髯"不同。他右手执秤杆与秤砣,方直挺进的铁线描表现其刚直勇猛的气质。张顺手执行秤出现,当时在第三十八回中,他作为浔阳江畔的"鱼老大"前来制止李逵闹事。	浪里白跳张顺	生浔阳,死钱塘。

(续表)

次序	图像描述	绰号、姓名与赞语	
七十万贯	李俊衣着敞口布衣,右手做眺望状,左手执鱼竿并将其扛在左肩上,脚穿麻鞋。	混江龙李俊	居海滨,有民人。
八百子	燕青头簪菊花,正在吹奏横笛。小说虽夸饰燕青兼善"吹的、弹的、唱的、舞的",并着重描写他与李师师吹箫唱和,但陈洪绶却画成了吹笛。绣像以高古游丝描突出燕青衣服材质华贵,并不见小说所描写的"腰细膀阔",至于"压腰""夹靴""挨兽金环"等语象,也都变成了襦裙等。	浪子燕青	子何不去,惜主不虑。
三万贯	杨志身穿铠甲,腰悬朱仝箭壶,内有良弓一副,正躬身双手作揖。绣像似乎是对应第十三回杨志在与周瑾比射箭获胜后向梁中书拜谢的场景,因为这是小说唯一一次提及杨志射箭的叙事。	青面兽杨志	玩好不入,安用世及。
千万贯	"美髯过腹"的朱仝背着一个儿童,后者左手抓着朱仝的胡须,右手持一个拨浪鼓,关系甚为亲昵。这个动作再现的是第五十一回,朱仝将小衙内"拖在肩头上,转出府衙内前来,望地藏寺里去看点放河灯"。	美髯公朱仝	许身走孝子,黥面不为耻。
五百子	解珍右手持钢叉,上面挂着几条猎物,符合其猎户身份。他正扭身看向左后方,眼神中充满惊恐。	两头蛇解珍	赴义而毙,提携厥弟。
六百子	施恩头缠巾帕,上身穿短袖,又着护腰,裤脚饰云纹图案,正呈张弓射箭姿势,尽管弓上并没有搭箭。	金眼彪施恩	武松不死,彼燕太子。
四文钱	时迁身穿布衣,双眼聚精会神,正手持一只长尾野鸡。这应当是指涉第四十六回,时迁在祝家庄酒店里偷窃店家公鸡的细节。	鼓上蚤时迁	生吝施与,死而厚葬。尔乃取之,速朽之言良不妄。

(续表)

次序	图像描述	绰号、姓名与赞语
三十万贯	雷横头戴幅巾，颇有魏晋风度，留短山羊胡，与小说所述"一部扇圈胡须"不符。其左手呈阻止状，右手持梢棒等棍状物，腰间围着兽皮。	插翅虎雷横	好勇斗狠，以危父母，赖兹良友。
四百子	扈三娘面圆颔尖，披帛并着霞帔，腰左还系有一枚玉环，裙摆拖地，尽显女性优雅，属于典型的陈洪绶所绘年轻仕女造型。扈三娘左手抛起弹子，当是陈洪绶将百二十回本中琼英的武功移植于此使然，因为扈三娘这幅绣像之后就是没羽箭张清，巧合的是，张清与琼英在小说第九十八回结为夫妻。	一丈青扈三娘	桃花马上石榴裙，锦伞英雄娘子军。
三百子	张清戴冠歪头，身穿锦袄，手持带有把手的箭矢，颇为奇怪，看不出小说所述的"头巾掩映茜红巾，狼腰猿臂体彪形"，特别是配合弹子武功的臂长。	没羽箭张清	唐卫士，烈炬死。庙貌而祀，一羊一豕。
二万贯	朱武头戴巾帽，衣着宽袖长衫，曹衣描法夸张地显示出服饰面积。朱武左前方摆着芭蕉扇，端坐凝视面前地上的推演图。有意思的是，小说多次描写朱武登上云梯观望敌情，却未写其专心推演阵法等。	神机军师朱武	师尚父，友孙武。
九万贯	吴用头戴纶巾，鼻梁直挺，髭须稀疏且长，似乎正在大踏步前进，一副气宇轩昂的书生打扮，但绣像并未见小说所描述的武器"铜链"。	智多星吴用	彼小范老，见人不早；曳石悲歌，张元、吴昊。
二百子	董平全身披挂盔甲，腰间系长剑，左手以手掌与小臂支撑书籍，右手指点，似乎在读书。	双枪将董平	一笑倾城，风流万户侯董平。

（续表）

次序	图像描述	绰号、姓名	赞语
四十万贯	阮小七戴头巾，着布衣，脸型瘦削，肌肉呈竖线条，与其上衣横向攫头钉描线条垂直。阮小七双手垂于身前，握着一颗头颅的发根。陈洪绶有意通过怪诞的脸部肌肉再现小说中"疙瘩脸横生怪肉"的描述，前者为了体现"活阎罗"的绰号，还增加了阮小七手提头颅这一小说中未见的细节。	活阎罗 阮小七	还告身。渔于津，养老亲。
七百子	石秀簪花，不着胡须，赤裸上臂，以右手握住左手的手腕，左手握拳并与双脚的脚尖支撑地面，似乎在玩耍某种游戏。	拼命三郎 石秀	防危于未然，见事于几先。
一万贯	安道全头戴东坡巾，络腮长髯飘飘，衣着长衫，左手持镐，右手提篮，篮中满载草药。如不是榜题赞语的提示，受众恐怕无法辨认出篮中之物。	神医 安道全	先生国手，提囊而走。
六十万贯	关胜戴头巾，长须髯，衣着绣肩武将常服，膀阔腰圆，正微微抬头看向前方。	大刀 关胜	轶伦超群，髯之后昆，拜前将军。
六万贯	穆弘散发，身穿翻边长袍，右手执鞭。	没遮拦 穆弘	斩木折竿，白昼入市，终不令仲孺得孤死。
七文钱	樊瑞躬身作揖，手持莲花拂尘。	混世魔王 樊瑞	鬼神为邻，云水全真。
一文钱	戴宗头戴瓜皮小帽，手握杆棒，侧身目视前方。	神行太保 戴宗	南走胡，北走越。
半文钱	公孙胜披头散发，衣着道袍，左手持杯，右手握宝剑做法，在其面前幻化出人形怪兽。	入云龙 公孙胜	出入绿林，一清道人。
一百子	索超一身盔甲装扮，与双枪将董平非常接近，甚至连帽子上竖立的缨球都一模一样。前者侧身站立，左手持金蘸斧。	急先锋 索超	仗斧钺，将天罚。

(续表)

次序	图像描述	绰号、姓名与赞语	
九百子	柴进戴巾，簪牡丹花，着官员常服，腰间挂有一个荷包。	小旋风柴进	哀王孙，孟尝之名几灭门。
八万贯	武松身穿僧人百衲衣，袖长过膝，披头散发，脖子挂有佛珠，身后背着一把宝剑，眼神中透露出愤怒。	行者武松	申大义，斩嫂头。啾啾鬼哭鸳鸯楼。
百万贯	花荣头戴巾帻，腰缠护腰并挂有一个箭壶，内装数支箭矢。且看花荣的动作，他左脚向前，眼睛看着左脚方向，却将射箭方向朝向身后，更有意思的是，花荣右手执箭末羽毛，呈现出准备射箭的动作，但其左手却根本没有弓。	小李广花荣	嗟嗟王人，嗟嗟贼臣。
五万贯	李应披袍，长髯飘飘，其左手横持数支飞刀，右手提衣领。绣像似乎是再现李应"穿一领大红袍"，寻找祝彪理论为何无礼撕书的故事，但画中的李应表情温和，又与小说叙事氛围不符。	扑天雕李应	牵牛归里，金生粟死。
三文钱	刘唐戴瓜皮帽，帽前饰有缨球，手执弓箭，做出一副搭弓射箭之姿态。值得注意的是，刘唐左鬓有一处星状记号，应是陈洪绶对小说描述刘唐长相"鬓边一搭朱砂记，上面生一片黑黄毛"的再现。	赤发鬼刘唐	民脂民膏，我取汝曹，太山一掷等鸿毛。
八文钱	秦明全身披挂铠甲，陈洪绶在这幅绣像的笔法上多用横线，显得较为特别。秦明脸庞肥胖，双手拄着一根狼牙棒，但无法看出其"性如霹雳火"。	霹雳火秦明	族尔家，乌乎义。忠哉匹夫终不贰。
九十万贯	李逵头戴瓜皮圆帽，脸部肌肉较为突出，上衣在蚯蚓描的衬托下，显得质地非常柔软，当是较为贵重的锦衣，其腰间系短刀与壶形荷包。下身裙裤线条为竖线，与上衣形成对比。左手握住杆棒，右手搭在杆棒末梢，触地部分有类似于狼牙棒的铜刺。	黑旋风李逵	杀四虎，奚足闻；悔不杀，封使君。

(续表)

次序	图像描述	绰号、姓名与赞语	
五十万贯	顾大嫂造型较为奇特,其上身着铠甲,右手持剑,并将剑搭在左手上。下身自腰下系裙,裙摆异常宽大,裙前有四重玉质装饰品。这幅绣像之所以如此处理,应当是陈洪绶根据小说描述顾大嫂"胖面肥腰""生来不会拈针线,弄棒持枪当女工"所画。	母大虫顾大嫂	提葫芦,唱鹧鸪,酒家胡。
六文钱	萧让侧面站立,身穿长衫,腰间系一把宝剑,其双手持卷轴,似乎在宣读朝廷圣旨。	圣手书生萧让	用兵如神,笔舌杀人。
五文钱	徐宁戴头盔,并无宋明两朝与头盔相连的顿项,着皮革护膊,右肩扛一把弓箭,正朝左侧观望。	金枪手徐宁	甲胄以卫身,好之以陷人。

纵观《水浒叶子》这40幅绣像,恐怕只有鲁智深、史进、孙二娘、张顺、杨志、朱仝、时迁与扈三娘等八人的绣像,可以通过人物此时的穿着打扮、所执器物与动作,诱使受众联想起《水浒传》的相关叙事,例如孙二娘缝制存放度牒的锦袋,时迁手执野鸡。当然,陈洪绶并非完全"如其所是"地再现小说叙事,而是带有艺术家的变形、补充与想象,就像他将小说中时迁所窃店家报晓的公鸡,换成了美观的长尾野鸡,将小说中琼英这位"花木兰"的弹子武功,移植到了扈三娘身上。

《水浒叶子》对小说叙事的逃逸,主要表现在八成比例的绣像无法唤醒受众对《水浒传》叙事的记忆,可谓"关注画面的描绘性特征是以牺牲叙事情节的再现作为代价"[1]。如果将人物绰号、姓名与

---

[1] 〔美〕斯维特兰娜·阿尔珀斯:《描绘的艺术:17世纪的荷兰艺术》,王晓丹译,商务印书馆2021年版,第10—11页。

赞语视为绣像的有机组成部分，我们就会最终发现，受众对绣像像主身份的判断、对图像意义的阐释与理解，更多地依靠《水浒叶子》的语言符号，而非图像符号本身，尽管后者是绣像成其为图像艺术的本体。

由是观之，《水浒叶子》图像的独立叙事并非不可能——它可以图说某人、某事、某场景，但是，在这种独立性与图像对《水浒传》叙事的依附性之间，存在着某种微妙的可变范围：从本质上讲，绣像作为文学图像，图像叙事依附小说是其天然属性；所谓独立性仅仅是相对而言，即绣像能够通过人物本身图说某些或者某段《水浒传》。正因为绣像是对小说叙事的"超简化处理"，所以前者只能在其他方面做文章，例如"添加了书写文本中所没有的细节、形象"，以至于这种图像叙事的逃逸被夏皮罗称为"仅仅成了故事的象征"[1]，这对我们反思艺术图像表意的独立性不无启发意义。

---

1 〔美〕迈耶·夏皮罗：《词语、题铭与图画：视觉语言的符号学》，沈语冰译，商务印书馆2021年版，第5页。

第四章
《水浒传》情节的图像阐释

如果用两个关键词分别概括《水浒传》前七十回与后五十回的情节，恐怕最合适的莫过于"上山"和"下山"，[1]以至于一旦提及《水浒传》，哪怕是最普通的中国读者，脑海中也会立刻浮现"逼上梁山"四字。而"逼上梁山"之所以如此具有穿透性与影响力，就在于《水浒传》书写了人的反抗，特别是对"乱自上作"的反抗，恰如金圣叹在贯华堂本《水浒传》第一回总评中道：

> 一部大书七十回，将写一百八人也。乃开书未写一百八人，而先写高俅者，盖不写高俅，便写一百八人，则是乱自下生也；不写一百八人，先写高俅，则是乱自上作也。乱自下生，不可训也，作者之所必避也；乱自上作，不可长也，作者之所深惧也。[2]

换言之，如果我们简单将"上山"理解为一百零八人的主动行为，那么他们就属于"乱自下生"。我们仔细剖析《水浒传》的开篇，发现天下太平的稳定局面竟然不是终结于"乱自下生"，而是被钦差大臣洪信打破，他亲手从伏魔之殿释放出"三十六员天罡星，七十

---

1 李庆西：《水浒十讲》，文汇出版社2020年版，第107—154页。
2 ［清］金圣叹：《金圣叹全集》（第3卷），陆林辑校，凤凰出版社2008年版，第58页。

二座地煞星"[1]。更重要的是，小说开篇第一个着力塑造的重要人物竟然并非天罡或地煞，而是殿帅府太尉高俅，他通过非常之道从街头帮闲摇身变成了朝廷命官，上任之后的第一件事便是因私仇报复"不坠父业，善养母志"的孝子王进，可谓"高俅来而王进去矣"，继而"王进去而一百八人来矣"。总之，金圣叹通过分析这一系列逻辑，得出"高俅来而一百八人来矣"的结论，[2]深刻阐发《水浒传》"乱自上作"的叙事动力。

"乱自上作"所引发的"上山"，一直是《水浒传》敷衍前七十回的核心叙事线索。其中，"梁山泊好汉劫法场 白龙庙英雄小聚义"一回为"一部书之腰"。[3]金圣叹在第七十回总评中谈道，"一部书七十回，可谓大铺排，此一回可谓大结束。读之正如千里群龙，一齐入海"，夹批又称赞《水浒传》"一部大书以石碣始，以石碣终，章法奇绝"。[4]由是观之，前七十回的"上山"叙事自成一个整体，难怪金圣叹从此"腰斩"《水浒传》。

百二十回、百回本等繁本系统的《水浒传》，其七十回之后的情节又都可以概括为"下山"，因为梁山泊完成聚义之后的第一件事，便是宋江力主招安并决定前往东京打探消息，以此顺带出李逵"乔捉鬼""双献功"等这些元代"水浒戏"中就已非常成熟的"下山"桥段；直至此后招安成功，梁山泊英雄好汉分别"破大辽""征田

---

1 ［明］施耐庵、罗贯中：《水浒全传》，上海古籍出版社1976年版，第10页。
2 ［清］金圣叹：《金圣叹全集》（第3卷），陆林辑校，凤凰出版社2008年版，第58—59页。
3 ［清］金圣叹：《金圣叹全集》（第4卷），陆林辑校，凤凰出版社2008年版，第730页。
4 ［清］金圣叹：《金圣叹全集》（第4卷），陆林辑校，凤凰出版社2008年版，第1234—1236页。

虎、王庆""擒方腊",亦属于"下山"范畴中的行动。甚至可以这样说,元代"水浒戏"中梁山英雄好汉下山"报恩"等情节,在小说《水浒传》中已将其核心地位让渡给了"招安"以及此后所履行的"征四寇"使命。就此而言,一百零八将因各种原因而"上山",但这并非人生的终点,"下山"既是敷衍《水浒传》故事的重要间架,更是英雄好汉们回归正常社会的必经之路。

面对"上山""下山"这两个最为关键的小说情节,《水浒传》图像是如何再现的呢?罗伯特·弗尔福德说,"叙事给了我们一种体谅他人的方式"[1],进而言之,图像叙事并非对小说的简单复述,其选择哪些情节入画,有无改变《水浒传》的叙事规律,都是值得深入思考的问题,毕竟"任何再现在本质上都受到限制,也就是说艺术家在一段题词、一副面容、一张图画或者一面镜子中让我们看到的是他所偏爱的东西"[2]。但图像阐释又不同于李卓吾、金圣叹等人的评点——后者显见于字里行间,而前者却隐藏在笔墨线条之下。这也恰是西方图像学的旨归所在,诚如斯维特兰娜·阿尔珀斯指出的那样,"自从艺术史作为一门学科被制度化后,一些主要的分析手段,即传授我们如何看画和读解作品的方法",是参考意大利的绘画传统而发展起来的,我们所熟知的欧文·潘诺夫斯基的图像学便是其中之一。绘画或者基于图像符号的作品需要专门的理解方法,这充分说明这种艺术本身可以阐释意义,但很难阐释清楚的意味。接下来,第四章将围绕"上山"特别是"逼上梁山",以及"下山"

---

[1] 〔加〕罗伯特·弗尔福德:《叙事的胜利:在大众文化时代讲故事》,李磊译,南京大学出版社2020年版,第211页。
[2] 〔美〕斯维特兰娜·阿尔珀斯:《描绘的艺术:17世纪的荷兰艺术》,王晓丹译,商务印书馆2021年版,第237页。

中的招安，探讨图像如何阐释《水浒传》情节。

第一节 《水浒传》"上山"的图像阐释

"逼上梁山"可谓《水浒传》的代名词，它也是这部小说给汉语留下的宝贵遗产，《汉语典故大辞典》解释道："《水浒传》这本描写北宋末年农民起义的长篇小说中，有林冲、武松等许多人被逼上梁山泊参加起义的情节。后因以'逼上梁山'喻指被迫走上反抗的道路。"[1]作为"水浒学"的专门学术集刊，《水浒争鸣》在"创刊辞"中也这样解释"逼上梁山"，称《水浒传》"调动了各种艺术手段，展示各个阶层的代表人物被腐朽反动的官僚集团逼上梁山的曲折过程，热情歌颂了同黑暗的封建势力进行斗争的精神"[2]。且不说"农民起义""反封建"等概念明显带有特殊时代的学术色彩，仅"许多人""各个阶层"被"逼上梁山"就非常值得质疑：在《水浒传》一百零八将当中，到底有多少人确属此类情况？这就需要我们对小说开展详实的文本调查，而不是僭越文本，取用政治学或历史学方法研究《水浒传》的文学叙事。

一、《水浒传》的"上山"及其叙事动力

著名叙事学家华莱士·马丁指出，"事出有因"是任何叙事作品的基本特征，"使一个场面或情节或事件'事出有因'就是赋予它一个动力或动机（motivation 的本义），这一动力将推动场面、情节、事件发

---

[1] 赵应铎主编：《汉语典故大辞典》，上海辞书出版社 2010 年版，第 42 页。
[2] 《水浒争鸣》编委会：《"不读〈水浒〉，不知天下之奇"——〈水浒争鸣〉卷头语》，《水浒争鸣》（第 1 辑），长江文艺出版社 1982 年版，第 I 页。

展,直至终局"[1]。这就启发我们思考一百零八将究竟是否都属于被"逼上梁山"的情况,因为各个人物"上山"的叙事动力,同时也是他们"上山"之目的,[2]这关涉到读者对小说前七十回的理解。

实际上,关于《水浒传》英雄人物"上山"的类型学研究,学界先贤已有不少成果,例如汪远平的《论"逼上梁山"》(《西南师范大学学报》1986年第1期)、诸葛志的《"逼上梁山"具体涵义考论》(《浙江师大学报》1997年第1期)、刘召明的《〈水浒传〉"农民起义"说、"逼上梁山"说献疑——基于英雄人物身份、职业及上山类型的统计分析》(《文艺理论研究》2017年第6期)等。尽管对某些人物"上山"原因的看法不尽一致,但非常可贵的是,上述文献都意识到不能简单给《水浒传》冠以"逼上梁山":

> 就《水浒传》而言,固然徽宗时期"乱自上作",各地盗贼生发,但如果不结合作品及人物经历具体分析,则容易陷入罔顾事实的主观预设,是一种"泛逼化"的倾向,即认定反对封建政治与封建社会的人物的所有行为都具有正当性与合理性,甚至认定所有的滥杀无辜是社会所逼,所有的生意折本是时代所逼,所有的图财害命是官府所逼。这样一来,"逼上梁山"就

---

[1] 〔美〕华莱士·马丁:《当代叙事学》,伍晓明译,北京大学出版社2005年版,第55页。
[2] 亚里士多德最早提出解释事物变化的"四因说"。"作为一个自然哲学家,他应当用所有这些原因——质料、形式、动力、目的——来回答'为什么'这个问题。"但是,鉴于"形式"是事物之间的界限,变化成某种形式也就意味着达成某种"目的",所以"形式和目的是同一的"。另一方面,我们解释"为什么"这一问题时,必须追问"质料"何以具备这一"形式",这就"根究到最初的推动力"。由是观之,"动力"与"目的"都内在地包含于"形式"之中。详见〔古希腊〕亚里士多德:《物理学》,张竹明译,商务印书馆1982年版,第60—61页。

成了无所不纳的箩筐，失去了其鲜明的内涵指向。[1]

有意思的是，这三篇重要文献关于被"逼上梁山"的人物判定，竟然没有完全一致的看法。以宋江这一《水浒传》小说的核心人物为例，既有学者认为"宋十回"生动写出了"'官逼'的'前因'和'上山'的'后果'"[2]，从而构成了"官逼"与"民反"之间的"事出有因"，也有学者认为宋江因怒杀阎婆惜，"犯了人命官司，东躲西藏，在江州牢城里甚至连装疯卖傻也无济于事，只好上梁山落草做大头目"[3]，并不能算作因"官逼"而"上山"。相较而言，前者忽略了宋江故意杀人后的潜逃，后者则忽略了宋江因题写反诗而入狱面临死刑这一情节。这就启发我们需要以多维度反思"上山"，因为它在《水浒传》"世代累积"的成书过程中，特别是缀段性的叙述结构中显得较为复杂。

托多罗夫曾以《圣杯的寻觅》为例分析叙事动力，他指出圣杯"既是个物质实体，也是个精神实体"，我们寻觅圣杯的过程"就是寻觅一个符码"，也就是说，任何叙事的动力，都建基于"物质与精神的这种合二为一"。[4]我们由此反观《水浒传》的叙事，一百零八将的"上山"经历，可以分为直接上梁山和间接上梁山，后面这种情况主要表现为在上梁山之前已在某处"上山落草"，例如朱武、陈达、杨春因"累被官司逼迫"，不得已才占据少华山，从此安营扎

---

1 刘召明：《〈水浒传〉"农民起义"说、"逼上梁山"说献疑——基于英雄人物身份、职业及上山类型的统计分析》，《文艺理论研究》2017 年第 6 期。
2 汪远平：《论"逼上梁山"》，《西南师范大学学报》1986 年第 1 期。
3 诸葛志：《"逼上梁山"具体涵义考论》，《浙江师大学报》1997 年第 1 期。
4 〔法〕托多罗夫：《散文诗学：叙事研究论文选》，侯应花译，百花文艺出版社 2011 年版，第 82 页。

寨、打家劫舍。[1]史进则因寻找师父王进未果，火烧瓦罐寺后又重返少华山入伙，直到第五十八回"三山聚义打青州 众虎同心归水泊"、第五十九回"吴用赚金铃吊挂 宋江闹西岳华山"，鲁智深、武松才从梁山泊下山，远赴少华山邀请前述四人上山。这就提醒我们，不仅需要考辨少华山、桃花山、清风山、二龙山等其他"小聚义"最终汇聚到梁山的原因，更需要兼顾到这些英雄人物一开始"上山落草"的初衷。更何况，宋江作为山寨之主时的梁山泊，与林冲"雪夜上梁山"之时的梁山泊相比，山寨的性质发生了根本性的改变，即便是"逼上梁山"的典型人物，林冲"上山"的动力也不纯粹，起码包含着负案在身的原因。职是之故，我们只有开展详实的文本调查，才有可能探讨梁山何以成为众位英雄好汉纷纷追求的精神或者符码。

表 4-1 《水浒传》"上山"动力的文本调查表（百二十回本）[2]

回目	人物	上山动力/目的	上山地点	文本证据
第二回	朱武 陈达 杨春	"逼上梁山"	少华山	朱武哭道："小人等三个，累被官司[3]逼迫，不得已上山落草，当初发愿道：'不求同日生，只愿同日死。'虽不及关、张、刘备的义气，其心则同。"（第 27 页）

---

1 [明]施耐庵、罗贯中：《水浒全传》，上海古籍出版社 1976 年版，第 23—26 页。需要说明的是，为了直观地展现文本调查，我们将《水浒传》相关文本胪述在表 4-1 之中。
2 文本调查对象为百二十回本《水浒传》（详见[明]施耐庵、罗贯中：《水浒全传》，上海古籍出版社 1976 年版），为避繁琐，表格内仅随文括注页码，着重号系引者所加，特此说明。
3 在现代汉语中，"官司"一词主要意指诉讼。但是，在古代汉语的语境中，特别是在此处文本语境中，"官司"应当泛指官吏或官府。有学者在关于"上山"的文本调查中容易忽略这一点，我们在此着重补充。参见商务印书馆辞书研究中心修订：《古代汉语词典》（第 2 版），商务印书馆 2014 年版，第 465 页。

第四章 《水浒传》情节的图像阐释 249

（续表）

回目	人物	上山动力/目的	上山地点	文本证据
第五回	李忠	安身立命	桃花山	李忠道："小弟自从那日与哥哥在渭州酒楼上同史进三人分散，次日听得说哥哥打死了郑屠。我去寻史进商议，他又不知投那里去了。小弟听得差人缉捕，慌忙也走了，却从这山下经过。却才被哥哥打的那汉，先在这里桃花山扎寨，唤做小霸王周通。那时引人下山来和小弟厮杀，被我赢了，他留小弟在山上为寨主，让第一把交椅，教小弟坐了，以此在这里落草。"（第69页）
第五回	周通	安身立命	桃花山	同上
第六回	史进	负案上山 安身立命	少华山	史进道："我如今只得再回少华山去，投奔朱武等三人，入了伙，且过几时，却再理会。"（第79页）
第十一回	朱贵 杜迁 宋万	安身立命	梁山泊	那汉慌忙答礼，说道："小人是王头领手下耳目，姓朱，名贵，原是沂州沂水县人氏，江湖上但叫小弟做旱地忽律。山寨里教小弟在此间开酒店为名，专一探听往来客商经过。但有财帛者，便去山寨里报知。但是孤单客人到此，无财帛的，放他过去；有财帛的，来到这里，轻则蒙汗药麻翻，重则登时结果，将精肉片为犯子，肥肉煎油点灯。"（第130—131页）
第十一回	林冲	"逼上梁山"负案上山 安身立命	梁山泊	林冲道："若得大官人如此周济，教小人安身立命。只不知投何处去？"柴进道："是山东济州管下一个水乡，地名梁山泊，方圆八百余里，中间是宛子城、蓼儿洼。如今有三个好汉，在那里扎寨。为头的唤做白衣秀士王伦，第二个唤做摸着天杜迁，第三个唤做云里金刚宋万。那三个好汉，聚集着七八百小喽啰，打家劫舍；多有做下迷天大罪的人，

(续表)

回目	人物	上山动力/目的	上山地点	文本证据
				都投奔那里躲灾避难，他都收留在彼。三位好汉，亦与我交厚，尝寄书缄来。我今修一封书与兄长，去投那里入伙如何？"（第127页） 林冲立在朱贵侧边，朱贵便道："这位是东京八十万禁军教头，姓林，名冲，绰号豹子头。因被高太尉陷害，刺配沧州，那里又被火烧了大军草料场，争奈杀死三人，逃走在柴大官人家，好生相敬。因此，特写书来举荐入伙。"（第132页）
第十五回	阮小二 阮小五 阮小七	"逼上梁山" 负案上山 安身立命	梁山泊	阮小二道："那伙强人，……打家劫舍，抢掳来往客人。我们有一年多不去那里打鱼，如今泊子里把住了，绝了我们的衣饭，因此一言难尽。"吴用道："小生实是不知有这段事，如何官司不来捉他们？"阮小五道："如今那官司一处处动弹，便害百姓；但一声下乡村来，倒先把好百姓家养的猪、羊、鸡、鹅，尽都吃了，又要盘缠打发他。"（第170页） 吴用道："小生短见：假如你们怨恨打鱼不得，也去那里撞筹却不是好？"阮小二道："先生，你不知，我弟兄们几遍商量要去入伙，听得那白衣秀士王伦的手下人都说道他心地窄狭，安不得人。前番那个东京林冲上山，怄尽他的气。王伦那厮，不肯胡乱着人，因此我弟兄们看了这般样，一齐都心懒了。"（第171页）
第十七回	杨志 鲁智深	"逼上梁山" 负案上山 安身立命	二龙山	话说杨志当时在黄泥冈上，被取了生辰纲去，如何回转去见得梁中书，欲要就冈子上自寻死路。却待望黄泥冈下跃身一跳，猛可醒悟，曳住了脚，寻思道："爹娘生下洒家，堂堂一表，凛凛一躯，

(续表)

回目	人物	上山动力/目的	上山地点	文本证据
				自小学成十八般武艺在身，终不成只这般休了。比及今日寻个死处，不如日后等他拿得着时，却再理会。"回身再看那十四个人时，只是眼睁睁地看着杨志，没个挣扎得起。杨志指着骂道："都是你这厮们不听我言语，因此做将出来，连累了洒家。"树根头拿了朴刀，挂了腰刀，周围看时，别无物件，杨志叹了口气，一直下冈子去了。（第189页） 曹正道："制使见的是。小人也听的人传说：王伦那厮，心地偏窄，安不得人；说我师父林教头上山时，受尽他的气。不若小人此间离不远，却是青州地面，有座山，唤做二龙山；山上有座寺，唤做宝珠寺。那座山生来却好，裹着这座寺，只有一条路上的去。如今寺里住持还了俗，养了头发，余者和尚都随顺了。说道他聚集的四五百人，打家劫舍。为头那人，唤做金眼虎邓龙。制使若有心落草时，到去那里入伙，足可安身。"杨志道："既有这个去处，何不去夺来安身立命？"（第192页） 鲁智深道："一言难尽。洒家在大相国寺管菜园，遇着那豹子头林冲，被高太尉要陷害他性命；俺却路见不平，直送他到沧州，救了他一命。不想那两个防送公人回来，对高俅那厮说道：'正要在野猪林里结果林冲，却被大相国寺鲁智深救了。那和尚直送到沧州，因此害他不得。'这直娘贼恨杀洒家，分付寺里长老不许俺挂搭；又差人来捉洒家，却得一伙泼皮通报，不是着了那厮的手。吃俺一把火烧了那菜园里廨宇，逃走在江湖上，东又不着，西又不着。来到孟州

(续表)

回目	人物	上山动力/目的	上山地点	文本证据
				十字坡过，险些儿被个酒店妇人害了性命，把洒家着蒙汗药麻翻了。得他的丈夫归来得早，见了洒家这般模样，又看了俺的禅杖、戒刀吃惊，连忙把解药救俺醒来。因问起洒家名字，留住俺过了几日，结义洒家做了弟兄。那人夫妻两个，亦是江湖上好汉有名的，都叫他做菜园子张青，其妻母夜叉孙二娘，甚是好义气。住了四五日，打听的这里二龙山宝珠寺可以安身，洒家特地来奔那邓龙入伙，叵耐那厮不肯安着洒家在这山上。和俺厮并，又敌洒家不过，只把这山下三座关，牢牢地拴住。又没别路上去，那撮鸟由你叫骂，只是不下来厮杀，气得洒家正苦在这里没个委结，不想却是大哥来。"（第193—194页）鲁智深并杨志做了山寨之主，置酒设宴庆贺。小喽罗们尽皆投伏了，仍设小头目管领。（第196页）
第二十回	吴用公孙胜刘唐	负案上山安身立命	梁山泊	晁盖道："你等众人在此：今日林教头扶我做山寨之主，吴学究做军师，公孙先生同掌军权，林教头等共管山寨。汝等众人，各依旧职，管领山前山后事务，守备寨栅滩头，休教有失。各人务要竭力同心，共聚大义。"（第229页）晁盖恐三阮负担不下，又使刘唐点起一百余人，教领了下山去接应，又分付道："只可善取金帛财物，切不可伤害客商性命。"（第233页）晁盖道："我等今日初到山寨，当初只指望逃灾避难，投托王伦帐下，为一小头目，多感林教头贤弟推让我为尊，不想连得的两场喜事：第一赢得官军，收得许多人马船只，捉了黄安；二乃又得了若干财物金银。"（第234页）

(续表)

回目	人物	上山动力/目的	上山地点	文本证据
第二十二回	宋江 宋清	负案上山	柴进庄院	话说宋江弟兄两个行了数程，在路上思量道："我们却投奔兀谁的是？"宋清答道："我只闻江湖上人传说沧州横海郡柴大官人名字，说他是大周皇帝嫡派子孙，只不曾拜识，何不只去投奔他？人说仗义疏财，专一结识天下好汉，救助遭配的人，是个现世的孟尝君。我两个只投奔他去。"（第262—263页）宋江便把杀了阎婆惜的事，一一告诉了一遍。柴进笑将起来，说道："兄长放心。便杀了朝廷的命官，劫了府库的财物，柴进也敢藏在庄里。"（第264页）
第三十一回 第三十二回	武松	负案上山"逼上梁山"安身立命	二龙山	武松道："我这几日也曾寻思：想这事必然要发，如何在此安得身牢？止有一个哥哥，又被嫂嫂不仁害了；甫能来到这里，又被人如此陷害；祖家亲戚都没了。今日若得哥哥有这好去处，叫武松去，我如何不肯去？只不知是那里地面？"张青道："是青州管下一座二龙山宝珠寺。花和尚鲁智深和一个青面兽好汉杨志，在那里打家劫舍，霸着一方落草。青州官军捕盗，不敢正眼觑他。贤弟只除那里去安身，方才免得；若投别处去，终久要吃拿了。他那里常常有书来取我入伙，我只为恋土难移，不曾去的。我写一封书，备细说二哥的本事，于我面上，如何不着你入伙。"（第379页）武松道："哥哥，怕不是好情分，带携兄弟投那里去住几时！只是武松做下的罪犯至重，遇赦不宥，因此发心，只是投二龙山落草避难。……天可怜见，异日不死，受了招安，那时却来寻访哥哥未迟。"宋江道："兄弟既有此心归顺朝廷，皇天必祐。"（第392页）

(续表)

回目	人物	上山动力/目的	上山地点	文本证据
第三十二回	王英	负案上山 安身立命	清风山	这个好汉，祖贯两淮人氏，姓王，名英，为他五短身材，江湖上叫他做矮脚虎。原是车家出身，为因半路里见财起意，就势劫了客人，事发到官，越狱走了，上清风山，和燕顺占住此山，打家劫舍。（第395页）
第三十二回	燕顺 郑天寿	安身立命	清风山	那个好汉，祖贯山东莱州人氏，姓燕，名顺，绰号锦毛虎。原是贩羊马客人出身，因为消折了本钱，流落在绿林丛内打劫。（第395页） 这个好汉，祖贯浙西苏州人氏，姓郑，双名天寿；为他生得白净俊俏，人都号他做白面郎君。原是打银为生，因他自小好习枪棒，流落在江湖上，因来清风山过，撞着王矮虎，和他斗了五六十合，不分胜败。因此燕顺见他好手段，留在山上，坐了第三把交椅。（第395页）
第三十三回 第三十四回	花荣	"逼上梁山"	清风山	花荣道："……近日除将这个穷酸饿醋来做个正知寨，这厮又是文官，又没本事，自从到任，把此乡间些少上户诈骗，乱行法度，无所不为。"（第402页） 且说这青州府知府，正值升厅公座。那知府复姓慕容，双名彦达，是今上徽宗天子慕容贵妃之兄。倚托妹子的势，要在青州横行，残害良民，欺罔僚友，无所不为。（第408—409页） 花荣陪着笑道："总管容复听禀：量花荣如何肯反背朝廷？实被刘高这厮，无中生有，官报私仇，逼迫得花荣有家难奔，有国难投，权且躲避在此，望总管详察救解。"（第416—417页）

(续表)

回目	人物	上山动力/目的	上山地点	文本证据
第三十四回	秦明	被赚上山	清风山	秦明见说了，怒气于心，欲待要和宋江等厮并，却又自肚里寻思：一则是上界星辰契合，二乃被他们软困，以礼待之，三则又怕他们不过……秦明见众人如此相敬相爱，方才放心归顺。（第423页）
第三十四回	黄信	被劝上山	清风山	黄信听了，跌脚道："若是小弟得知是宋公明时，路上也自放了他；一时见不到处，只听了刘高一面之词，险不坏了他性命。"（第424页）
第三十五回	宋江	负案上山	梁山泊	众好汉听罢，商量道："此间小寨，不是久恋之地。倘或大军到来，四面围住，如何迎敌？"宋江道："小可有一计，不知中得诸位心否？"当下众好汉都道："愿闻良策。"宋江道："自这南方有个去处，地名唤做梁山泊，方圆八百余里，中间宛子城、蓼儿洼，晁天王聚集着三五千军马，把住着水泊，官兵捕盗，不敢正眼觑他。我等何不收拾起人马，去那里入伙？"秦明道："既然有这个去处，却是十分好。只是没人引进，他如何肯便纳我们？"宋江大笑，却把这打劫生辰纲金银一事，直说到："刘唐寄书，将金子谢我，因此上杀了阎婆惜，逃去在江湖上。"秦明听了大喜道："怎地，兄长正是他那里大恩人。事不宜迟，可以收拾起快去。"只就当日商量定了，便打并起十数辆车子，把老小并金银财物、衣服、行李等件，都装载车子上，共有二三百匹好马。小喽啰们有不愿去的，赍发他些银两，任从他下山去投别主；有愿去的，编入队里，就和秦明带来的军汉，通有三五百人。（第426—427页）

(续表)

回目	人物	上山动力/目的	上山地点	文本证据
				只见屏风背后转出宋太公来叫道："我儿不要焦躁，这个不干你兄弟之事。是我每日思量，要见你一面，因此教四郎只写道我殁了，你便归得快。我又听得人说，白虎山地面多有强人，又怕你一时被人撺掇，落草去了，做个不忠不孝的人，为此急急寄书去，唤你归家；又得柴大官人那里来的石勇，寄书去与你。这件事尽都是我主意，不干四郎之事，你休埋怨他。我恰才在张社长店里回来，听得是你归来了。"（第437页）
第三十五回	吕方 郭盛	安身立命	对影山	小人姓吕，名方，祖贯潭州人氏，平昔爱学吕布为人，因此习学这枝方天画戟，人都唤小人做小温侯吕方。因贩生药到山东，消折了本钱，不能够还乡，权且占住这对影山打家劫舍。（第429页） 小人姓郭，名盛，祖贯西川嘉陵人氏，因贩水银货卖，黄河里遭风翻了船，回乡不得。……江湖上听得说对影山有个使戟的占住了山头，打家劫舍，因此一径来比并戟法。连连战了十数日，不分胜败。（第429页）
第三十五回	石勇	负案上山 慕名上山	梁山泊	那汉道："哥哥听禀：小人姓石，名勇，原是大名府人氏，日常只靠放赌为生。本乡起小人一个异名，唤做石将军。为因赌博上一拳打死了个人，逃走在柴大官人庄上。"（第432页） 宋江道："……我只写一封备细书札，都说在内，就带了石勇一发入伙，等他们一处上山。"（第433页）

(续表)

回目	人物	上山动力/目的	上山地点	文本证据
第三十五回	白胜	负案上山	梁山泊	白日鼠白胜，数月之前，已从济州大牢里越狱逃走，到梁山上入伙，皆是吴学究使人去用度，救得白胜脱身。（第435页）
第三十六回	宋江	被劝上山	梁山泊	宋太公唤宋江到僻静处叮嘱道："我知江州是个好地面，鱼米之乡，特地使钱买将那里去。你可宽心守耐，我自使四郎来望你，盘缠有便人常常寄来。你如今此去，正从梁山泊过，倘或他们下山来劫夺你入伙，切不可依随他，教人骂做不忠不孝。此一节，牢记于心。孩儿路上慢慢地去，天可怜见，早得回来，父子团圆，兄弟完聚。"（第441页） 宋江道："兄这话休题。这等不是抬举宋江，明明的是苦我。家中上有老父在堂，宋江不曾孝敬得一日，如何敢违了他的教训，负累了他？前者一时乘兴，与众位来相投，天幸使令石勇在村店里撞见在下，指引回家。父亲说出这个缘故，情愿教小可明吃了官司，急断配出来，又频频嘱付。临行之时，又千叮万嘱，教我休为快乐，苦害家中，免累老父怆惶惊恐。因此父亲明明训教宋江，小可不争随顺了，便是上逆天理，下违父教，做了不忠不孝的人，在世虽生何益？如不肯放宋江下山，情愿只就众位手里乞死。"说罢，泪如雨下，便拜倒在地。（第443—444页）
第三十九回	金大坚 萧让	被赚上山	梁山泊	吴学究道："……随后却使人赚了他老小上山，就教本人入伙。"（第490页） 吴学究道："……因为他雕得好玉石，人都称他做玉臂匠。也把五十两银去，就赚他来镌碑文。"（第490—491页）

(续表)

回目	人物	上山动力/目的	上山地点	文本证据
第四十一回	宋江	负案上山"逼上梁山"	梁山泊	宋江便道："小可不才，自小学吏。初世为人，便要结识天下好汉。奈缘力薄才疏，不能接待，以遂平生之愿。自从刺配江州，多感晁头领并众豪杰苦苦相留，宋江因见父亲严训，不曾肯住。正是天赐机会，于路直至浔阳江上，又遭际许多豪杰。不想小可不才，一时间酒后狂言，险累了戴院长性命。感谢众位豪杰不避凶险，来虎穴龙潭，力救残生；又蒙协助，报了冤仇。如此犯下大罪，闹了两座州城，必然申奏去了。今日不由宋江不上梁山泊投托哥哥去，未知众位意下若何。如是相从者，只今收拾便行。如不愿去的，一听尊命。只恐事发，反遭负累，烦可寻思。"说言未绝，李逵跳将起来，便叫道："都去，都去！但有不去的，吃我一鸟斧，砍做两截便罢！"（第513—514页）
第四十一回	戴宗 李逵 薛永 侯健 李俊 李立 童威 童猛 张顺 张横 穆弘 穆春	负案上山	梁山泊	众人议论道："如今杀死了许多官军人马，闹了两处州郡，他如何不申奏朝廷，必然起军马来擒获。今若不随哥哥去，同死同生，却投那里去？"（第514页）

（续表）

回目	人物	上山动力/目的	上山地点	文本证据
第四十一回	欧鹏	负案上山	黄门山	为头的那人姓欧，名鹏，祖贯是黄州人氏，守把大江军户，因恶了本官，逃走在江湖上绿林中，熬出这个名字，唤做摩云金翅。（第515页）
第四十一回	蒋敬马麟陶宗旺	安身立命	黄门山	第二个好汉姓蒋，名敬，祖贯是湖南潭州人氏，原是落科举子出身，科举不第，弃文就武，颇有谋略，精通书算，积万累千，纤毫不差，亦能刺枪使棒，布阵排兵，因此人都唤他做神算子。第三个好汉姓马，名麟，祖贯是南京建康人氏，原是小番子闲汉出身，吹得双铁笛，使得好大滚刀，百十人近他不得，因此人都唤他做铁笛仙。第四个好汉姓陶，名宗旺，祖贯是光州人氏，庄家田户出身，惯使一把铁锹，有的是气力，亦能使枪抡刀，因此人都唤他做九尾龟。（第515页）
第四十二回	宋江	安身立命	梁山泊	宋江再拜道："老父惊恐，宋江做了不孝之子，负累了父亲吃惊受怕。"（第530页）
第四十三回	朱富	负案上山安身立命	梁山泊	朱富道："只是李云不会吃酒，便麻翻了，终久醒得快。还有件事：倘或日后得知，须在此安身不得。"朱贵道："兄弟，你在这里卖酒，也不济事。不如带领老小，跟我上山，一发入了伙，论秤分金银，换套穿衣服，却不快活？"（第546页）
第四十四回	李云	负案上山被劝上山	梁山泊	朱富道："……师父，你是个精细的人，有甚不省得？如今杀害了许多人性命，又走了黑旋风，你怎生回去见得知县？你若回去时，定吃官司，又无人来相救，不如今日和我们一同上山，投奔宋公明，入了伙。未知尊意若何？"（第549页）

(续表)

回目	人物	上山动力/目的	上山地点	文本证据
				李云听了,叹口气道:"闪得我有家难奔,有国难投,只喜得我又无妻小,不怕吃官司拿了,只得随你们去休。"(第549页)
第四十四回	杨林	慕名上山 安身立命	梁山泊	那汉道:"小弟姓杨,名林,祖贯彰德府人氏,多在绿林丛中安身,江湖上都叫小弟做锦豹子杨林。数月之前,路上酒肆里遇见公孙胜先生,同在店中吃酒相会,备说梁山泊晁、宋二公招贤纳士,如此义气,写下一封书,教小弟自来投大寨入伙,只是不敢轻易擅进。"(第552页)
第四十四回	邓飞	安身立命 负案上山	饮马川	这个认得小弟的好汉,他原是盖天军襄阳府人氏,姓邓,名飞。为他双睛红赤,江湖上人都唤他做火眼狻猊。能使一条铁链,人皆近他不得。(第553页) 为因朝廷除将一员贪滥知府到来,把他寻事刺配沙门岛,从我这里经过,被我们杀了防送公人,救了他在此安身,聚集得三二百人。(第554页)
第四十四回	孟康 裴宣	"逼上梁山" 负案上山 安身立命	饮马川	邓飞道:"我这兄弟,姓孟,名康,祖贯是真定州人氏,善造大小船只。原因押送花石纲,要造大船,嗔怪这提调官催并责罚他,把本官一时杀了,弃家逃走在江湖上绿林中安身,已得年久。"(第554页) 杨林问道:"二位兄弟在此聚义几时了?"邓飞道:"不瞒兄长说,也有一年多了。只半载前在这直西地面上遇着一个哥哥,姓裴,名宣,祖贯是京兆府人氏,原是本府六案孔目出身,极好刀笔;为人忠直聪明,分毫不肯苟且,本

(续表)

回目	人物	上山动力/目的	上山地点	文本证据
				处人都称他铁面孔目。亦会抬枪使棒，舞剑抢刀，智勇足备。为因朝廷除将一员贪滥知府到来，把他寻事刺配沙门岛，从我这里经过，被我们杀了防送公人，救了他在此安身，聚集得三二百人。"（第554页）
第四十四回 第四十六回	石秀 杨雄 时迁	被劝上山 负案上山 安身立命	梁山泊	那汉答道："小人姓石，名秀，祖贯是金陵建康府人氏。自小学得些枪棒在身，一生执意，路见不平，但要去相助，人都呼小弟作'拼命三郎'。因随叔父来外乡贩羊马卖，不想叔父半途亡故，消折了本钱，还乡不得，流落在此蓟州卖柴度日。既蒙拜识，当以实告。"戴宗道："小可两个因来此间干事，得遇壮士。如此豪杰流落在此卖柴，怎能够发迹？不若挺身江湖上去，做个下半世快乐也好。"石秀道："小人只会使些枪棒，别无甚本事，如何能够发达快乐？"戴宗道："这般时节认不得真，一者朝廷不明，二乃奸臣闭塞。小可一个薄识，因一口气去投奔了梁山泊宋公明入伙，如今论秤分金银，换套穿衣服，只等朝廷招安了，早晚都做个官人。"石秀叹口气道："小人便要去，也无门路可进。"戴宗道："壮士若肯去时，小可当以相荐。"（第558—559页） 杨雄道："兄弟，你且来，和你商量一个长便。如今一个奸夫，一个淫妇，都已杀了，只是我和你投那里去安身？"石秀道："兄弟已寻思下了，自有个所在，请哥哥便行，不可耽迟。"杨雄道："却是那里去？"石秀道："哥哥杀了人，兄弟又杀人，不去投梁山泊入伙，却投那里去？"杨雄道："且住。我和你又不曾

(续表)

回目	人物	上山动力/目的	上山地点	文本证据
				认得他那里一个人,如何便肯收录我们?"石秀道:"哥哥差矣。如今天下江湖上皆闻山东及时雨宋公明招贤纳士,结识天下好汉。谁不知道?放着我和你一身好武艺,愁甚不收留!"杨雄道:"凡事先难后易,免得后患。我却不合是公人,只恐他疑心,不肯安着我们。"石秀笑道:"他不是押司出身?我教哥哥一发放心。前者哥哥认义兄弟那一日,先在酒店里和我吃酒的那两个人,一个是梁山泊神行太保戴宗,一个是锦豹子杨林。他与兄弟十两一锭银子,尚兀自在包里,因此可去投托他。"(第584页)时迁道:"节级哥哥听禀:小人近日没甚道路,在这山里掘些古坟,觅两分东西。因见哥哥在此行事,不敢出来冲撞,却听说去投梁山泊入伙。小人如今在此,只做得些偷鸡盗狗的勾当,几时是了。跟随的二位哥哥上山去,却不好?未知尊意肯带挈小人么?"石秀道:"既是好汉中人物,他那里如今招纳壮士,那争你一个。若如此说时,我们一同去。"时迁道:"小人却认得小路去。"当下引了杨雄、石秀,三个人自取小路下后山,投梁山泊去了。(第585页)
第四十八回	扈三娘	被俘上山	梁山泊	骑四匹快马,把一丈青拴了双手,也骑一匹马,"连夜与我送上梁山泊去,交与我父亲宋太公收管,便来回话。待我回山寨,自有发落"。(第611页)
第四十九回	解珍解宝	"逼上梁山"负案上山	梁山泊	原来毛仲义五时儿,先把大虫解上州里去了,却带了若干做公的来捉解珍、解宝。(第616页) 包节级措手不及,被解宝一枷梢打重,把脑盖擗得粉碎。(第624页)

(续表)

回目	人物	上山动力/目的	上山地点	文本证据
第四十九回	乐和 孙新 顾大嫂 邹渊 邹润	负案上山	梁山泊	天色黄昏时候，只见孙新引了两筹好汉归来。那个为头的姓邹，名渊，原是莱州人氏，自小最好赌钱，闲汉出身，为人忠良慷慨，更兼一身好武艺，性气高强，不肯容人，江湖上唤他绰号出林龙。（第620页）邹渊道："我那里虽有八九十人，只有二十来个心腹的。明日干了这件事，便是这里安身不得了。我却有个去处，我也有心要去多时，只不知你夫妇二人肯去么？"顾大嫂道："遮莫甚么去处，都随你去，只要救了我两个兄弟。"邹渊道："如今梁山泊十分兴旺，宋公明大肯招贤纳士。他手下现有我的三个相识在彼：一个是锦豹子杨林，一个是火眼狻猊邓飞，一个是石将军石勇，都在那里入伙了多时。我们救了你两个兄弟，都一发上梁山泊投奔入伙去如何？"顾大嫂道："最好，有一个不去的，我便乱枪戳死他。"（第620—621页）
第四十九回	孙立	被劝上山 负案上山	梁山泊	顾大嫂道："伯伯，你的乐阿舅透风与我们了。一就去劫牢，一就去取行李不迟。"孙立叹了一口气，说道："你众人既是如此行了，我怎地推却得开，不成日后倒要替你们吃官司？罢，罢，罢，都做一处商议了行。"（第622—623页）孙立引着解珍、解宝、邹渊、邹润，并火家伴当，一径奔毛太公庄上来，正值毛仲义与太公在庄上庆寿饮酒，却不提备。一伙好汉呐声喊，杀将入去，就把毛太公、毛仲义，并一门老小，尽皆杀了，不留一个。去卧房里搜检得十数包金银财宝，后院里牵得七八匹好马，把四匹捎带驮载，解珍、解宝拣几件好的衣服穿了，将庄院一把火，齐放起烧了。（第624页）

（续表）

回目	人物	上山动力/目的	上山地点	文本证据
第四十九回	杜兴 李应	被赚上山	梁山泊	便与李应、杜兴解了缚索，开了锁，便牵两匹马过来，与他两个骑了。宋江便道："且请大官人上梁山泊躲几时，如何？"李应道："却是使不得。知府是你们杀了，不干我事。"宋江笑道："官司里怎肯与你如此分辩？我们去了，必然要负累了你。既然大官人不肯落草，且在山寨消停几日，打听得没事了时，再下山来不迟。"当下不由李应、杜兴不行，大队军马中间，如何回得来？一行三军人马，迤逦回到梁山泊了。（第635—636页）李应又见厅前厅后这许多头领亦有家眷老小在彼，便与妻子道："只得依允他过。"（第636页）那扮知府的是萧让，扮巡检的两个是戴宗、杨林，扮孔目的是裴宣，扮虞候的是金大坚、侯健。又叫唤那四个都头，却是李俊、张顺、马麟、白胜。李应都看了，目睁口呆，言语不得。（第636页）
第五十一回	雷横	被劝上山 负案上山	梁山泊	宋江宛曲把话来说雷横上山入伙，雷横推辞老母年高，不能相从，"待小弟送母终年之后，却来相投"。（第638页）朱仝道："兄弟，你不知，知县怪你打死了他表子，把这文案却做死了，解到州里，必是要你偿命。我放了你，我须不该死罪。况兼我又无父母挂念，家私尽可赔偿。你顾前程万里自去。"雷横拜谢了，便从后门小路奔回家里，收拾了细软包裹，引了老母，星夜自投梁山泊入伙去了，不在话下。（第644页）

(续表)

回目	人物	上山动力/目的	上山地点	文本证据
第五十一回 第五十二回	朱仝	被赚上山 被劝上山	梁山泊	吴学究道:"山寨里头领多多致意,今番教吴用和雷都头特来相请足下上山,同聚大义。"(第646页) 朱仝道:"兄弟,你是甚么言语?你不想我为你母老家寒上放了你去,今日你倒来陷我为不义!"(第647页) 吴学究道:"足下放心,此时多敢宋公明已都取宝眷在山上了。"朱仝方才有些放心。(第650页)
第五十四回	汤隆	被劝上山 安身立命	梁山泊	汤隆道:"若得哥哥不弃,肯带携兄弟时,愿随鞭镫。"(第679页)
第五十四回	柴进	"逼上梁山"	梁山泊	晁盖教请柴大官人就山顶宋公明歇处,另建一所房子,与柴进并家眷安歇。(第686页)
第五十五回	彭玘	被俘上山	梁山泊	宋江收军,退到山西下寨,屯住军马,且教左右群刀手,簇拥彭玘过来。宋江望见,便起身喝退军士,亲解其缚,扶入帐中,分宾而坐。宋江便拜。彭玘连忙答礼拜道:"小子被擒之人,理合就死,何故将军以宾礼待之?"宋江道:"某等众人,无处容身,暂占水泊,权时避难,造恶甚多。今者朝廷差遣将军前来收捕,本合延颈就缚,但恐不能存命,因此负罪交锋,误犯虎威,敢乞恕罪。"彭玘答道:"素知将军仗义行仁,扶危济困,不想果然如此义气!倘蒙存留微命,当以捐躯保奏。"(第693—694页)
第五十五回	凌振	被俘上山	梁山泊	宋江便同满寨头领下第二关迎接,见了凌振,连忙亲解其缚,便埋怨众人道:"我叫你们礼请统领上山,如何恁地无礼!"凌振拜谢不杀之恩,宋江便与他把盏已了,自执其手,相请上山。到大

(续表)

回目	人物	上山动力/目的	上山地点	文本证据
				寨,见了彭玘已做了头领,凌振闭口无言。彭玘劝道:"晁、宋二头领,替天行道,招纳豪杰,专等招安,与国家出力。既然我等到此,只得从命。"宋江却又陪话,凌振答道:"小的在此趋待不妨;争奈老母妻子,都在京师,倘或有人知觉,必遭诛戮,如之奈何!"宋江道:"但请放心,限日取还统领。"凌振谢道:"若得头领如此周全,死亦瞑目。"(第698页)
第五十六回	徐宁	被赚上山	梁山泊	徐宁道:"兄弟,你也害得我不浅!"晁盖、宋江都来陪话道:"若不是如此,观察如何肯在这里住?"随即拨定房屋,与徐宁安顿老小。(第710页)
第五十七回	韩滔	被俘上山	梁山泊	宋江见了,亲解其缚,请上厅来,以礼陪话,相待筵宴,令彭玘、凌振说他入伙。韩滔也是七十二煞之数,自然意气相投,就梁山泊做了头领。宋江便教修书,使人往陈州搬取韩滔老小,来山寨中完聚。(第715—716页)
第五十七回	施恩 曹正 张青 孙二娘	负案上山 安身立命	二龙山	前面山门下坐着四个小头领:一个是金眼彪施恩,原是孟州牢城施管营的儿子,为因武松杀了张都监一家人口,官司着落他家追捉凶身,以此连夜挈家逃走在江湖上;后来父母俱亡,打听得武松在二龙山,连夜投奔入伙。一个是操刀鬼曹正,原是同鲁智深、杨志收夺宝珠寺,杀了邓龙,后来入伙。一个是菜园子张青,一个是母夜叉孙二娘。这是夫妻两个,原是孟州道十字坡卖人肉馒头的;因鲁智深、武松连连寄书招他,亦来投奔入伙。(第719页)

(续表)

回目	人物	上山动力/目的	上山地点	文本证据
第五十七回	孔明 孔亮	负案上山	白虎山	为头的乃是白虎山下孔太公的儿子毛头星孔明、独火星孔亮。两个因和本乡一个财主争竞，把他一门良贱尽都杀了，聚集起五七百人，占住白虎山，打家劫舍。（第722页）
第五十八回	呼延灼	被俘上山	梁山泊	宋江见了，连忙起身，喝叫："快解了绳索！"亲自扶呼延灼上帐坐定，宋江拜见。呼延灼道："何故如此？"宋江道："小可宋江怎敢背负朝廷？盖为官吏污滥，威逼得紧，误犯大罪；因此权借水泊里随时避难，只待朝廷赦罪招安。不想起动将军，致劳神力。实慕将军虎威。今者误有冒犯，切乞恕罪。"呼延灼道："被擒之人，万死尚轻，义士何故重礼陪话？"宋江道："量宋江怎敢坏得将军性命？皇天可表寸心。"只是恳告哀求。呼延灼道："兄长尊意，莫非教呼延灼往东京告请招安，到山赦罪？"宋江道："将军如何去得？高太尉那厮，是个心地偏窄之徒，忘人大恩，记人小过。将军折了许多军马钱粮，他如何不见你罪责？如今韩滔、彭玘、凌振，已多在敝山入伙。倘蒙将军不弃山寨微贱，宋情愿让位与将军；等朝廷见用，受了招安，那时尽忠报国，未为晚矣。"呼延灼沉思了半晌，一者是天罡之数，自然义气相投；二者见宋江礼貌甚恭，语言有理，叹了一口气，跪下在地道："非是呼延灼不忠于国，实感兄长义气过人，不容呼延灼不依，愿随鞭镫。事既如此，决无还理。"（第730—731页）

（续表）

回目	人物	上山动力/目的	上山地点	文本证据
第五十九回	樊瑞项充李衮	安身立命	芒砀山	这三个结为兄弟，占住芒砀山，打家劫舍。三个商量了，要来吞并俺梁山泊大寨。（第744页）
第五十九回	段景住	慕名上山安身立命	梁山泊	小人姓段，双名景住；人见小弟赤发黄须，都呼小人为金毛犬。祖贯是涿州人氏，平生只靠去北边地面盗马。……江湖上只闻及时雨大名，无路可见，欲将此马前来进献与头领，权表我进身之意。（第751页）
第六十四回	关胜宣赞郝思文	被俘上山	梁山泊	关胜道："人称忠义宋公明，话不虚传。今日我等有家难奔，有国难投，愿在帐下，为一小卒。"（第809页）
第六十五回	索超	被俘上山	梁山泊	杨志向前另叙一礼，又细劝了一番。索超本是天罡星之数，自然凑合，降了宋江。（第811页）
第六十五回	安道全	被赚上山	梁山泊	张顺道："只有两条路，从你行。若是声张起来，我自走了，哥哥却用去偿命；若还你要没事，家中取了药囊，连夜径上梁山泊，救我哥哥。这两件随你行。"（第817页）
第六十五回	王定六	慕名上山	梁山泊	老丈道："老汉听得说：宋江这伙，端的仁义，只是救贫济老，那里是我这里草贼？得他来这里，百姓都快活，不吃这伙滥污官吏薅恼！"（第815页）
第六十七回	卢俊义	被赚上山	梁山泊	卢俊义拜道："卢某是何等之人，敢为山寨之主？若得与兄长执鞭坠镫，愿为一卒，报答救命之恩，实为万幸！"（第832页）
第六十七回	燕青蔡福蔡庆	负案上山	梁山泊	宋江方才欢喜，就叫燕青一处安歇。另拨房屋，叫蔡福、蔡庆，安顿老小。（第832页）

（续表）

回目	人物	上山动力/目的	上山地点	文本证据
第六十七回	焦挺鲍旭	安身立命	枯树山	那汉道："小人原是中山府人氏，祖传三代，相扑为生。却才手脚，父子相传，不教徒弟。平生最无面目，到处投人不着，山东、河北都叫我做没面目焦挺。近日打听得寇州地面，有座山，名为枯树山。山上有个强人，平生只好杀人，世人把他比做丧门神，姓鲍名旭。他在那山里，打家劫舍，我如今待要去那里入伙。"（第836页）
第六十七回	单廷珪魏定国	被俘上山被劝上山	梁山泊	关胜道："某与宋公明哥哥面前，多曾举你。特来相招二位将军，同聚大义。"单廷珪答道："不才愿施犬马之力，同共替天行道。"（第840页）魏定国听罢，沉吟半晌，说道："若是要我归顺，须是关胜亲自来请，我便投降；他若是不来，我宁死不辱！"（第841页）
第六十八回	郁保四	负案上山	曾头市	回至青州地面，被一伙强人，为头一个唤做险道神郁保四，聚集二百余人，尽数把马劫夺，解送曾头市去了。（第843页）
第六十九回	董平	被俘上山	梁山泊	董平道："程万里那厮，原是童贯门下门馆先生，得此美任，安得不害百姓？若是兄长肯容董平今去赚开城门，杀入城中，共取钱粮，以为报效。"（第863页）
第七十回	张清	被俘上山	梁山泊	张清见宋江如此义气，叩头下拜受降。（第870页）
第七十回	皇甫端	被劝上山	梁山泊	张清见宋江相爱甚厚，随即便去唤到兽医皇甫端，来拜见宋江，并众头领。（第871页）
第七十回	龚旺丁得孙	被俘上山	梁山泊	宋江叫放出龚旺、丁得孙来，亦用好言抚慰，二人叩首拜降。（第871页）

在表4-1中，我们对《水浒传》一百零八将初次"上山"的原因进行调查，主要从叙事学角度考察这一情节的动力，至于他们如何兜兜转转进入梁山泊，则属于另外一个话题，并不在此次文本调查的范围之内。我们从中凝练出逼上梁山、安身立命、负案上山、被赚上山、被劝上山、被俘上山、慕名上山等七种动力，很多人物可能同时兼具多种。需要补充说明的是，"逼上梁山"特指官府或地方豪强势力"上对下"逼迫所导致的上山，纵然这些受迫害的人物并不一定是被逼上"水泊梁山"；如果小说并未详细交代该人物上山原因，我们则以"安身立命"加以概括；此外，"被赚上山""被劝上山"都带有被胁迫的意味，但前者更侧重于梁山泊的"骗"，后者更侧重上山对象的"两害相较取其轻"。

通过上述文本调查可见，在"上山"的108位《水浒传》英雄好汉中，逼上梁山者17人，安身立命者44人，负案上山者56人，被赚上山者9人，被劝上山者13人，被俘上山者15人，慕名上山者4人。这些上山的诸多类型显露出以下规律。

首先，负案上山者的比例竟高达52%，这就意味着半数英雄好汉是为了逃避违法犯罪的惩罚而上山。事实上，《水浒传》所书写的犯罪行为遍布整部小说，可谓无人不"乱"、无处不"乱"、无时不"乱"。除了山寨火并、攻打城池时大量的杀人外，还有其他许多犯罪行为或事件（表4-2），以至于犯罪主体涵盖了士农工商这四个常见的古代社会阶层。而在《水浒传》所书写的67个犯罪事件中，仅有22个得到审理，未被审理而逃之夭夭者占据了三分之二的比例，我们不由得揣测小说以此意指国体已呈现荒废之势。

更为明显的证据在于《水浒传》所书写犯罪与刑罚之间的不对称现象，例如强权的压迫导致林冲被刺配"远恶军州"，这明显重于北宋时期"诸谋杀制史,若本属府主、刺史、县令,及吏卒谋杀本部五品以上官长者,流二千里。已伤者绞,已杀者斩"[1]的相关规定,由此表现出国家法度的名存实亡。非常有意思的是,17位被逼上梁山者均属于负案在身,他们分别是朱武、陈达、杨春、林冲、杨志、鲁智深、阮小二、阮小五、阮小七、武松、花荣、宋江、孟康、裴宣、解珍、解宝、柴进。然而,仅叙写林冲、杨志、鲁智深、阮氏兄弟、武松、宋江等人之事,就占据了《水浒传》前七十回的四十回篇幅。由是观之,小说将这类上山动力作为最具代表性的案例大写特写,读者深感"逼上梁山"具有普遍性也就在所难免了。

表4-2 《水浒传》书写犯罪事件的文本调查表(百二十回本)

回目	犯罪事件	犯罪者身份
第二回	高俅报复诬陷王进	殿帅府太尉执事
第二回	史进包庇收容被官府通缉的朱武、陈达、杨春	史家村少庄主
第二回	史进杀死报官的王四、李吉	
第三回	鲁达打死郑屠	渭州经略府提辖
第五回	周通在桃花村打家劫舍、强抢民女	桃花山草寇
第五回	李忠、周通在桃花山下打劫,"搠死七八个"人	
第六回	鲁智深、史进打死瓦罐寺崔道成、丘小乙	和尚、逃犯
第七回	高衙内调戏林娘子	高俅之子
第七回	高衙内诬陷林冲"手持利刃,故入节堂"	
第八回	"陆虞候传高太尉钧旨",让董超、薛霸杀林冲	虞候
第十回	林冲杀死陆谦、富安、差拨三人	犯人
第十二回	杨志"失陷了花石纲""逃去他处避难"	殿司制史官
第十二回	杨志杀死牛二	逃犯
第十六回	晁盖、吴用等七人劫取生辰纲	保正、学究等

---

[1] 参见周密:《宋代刑法史》,法律出版社2002年版,第250页。

（续表）

回目	犯罪事件	犯罪者身份
第十七回	杨志失陷生辰纲	管军提辖使
第十七回	府尹威胁恐吓何涛	府尹
第十八回	宋江包庇并给晁盖等人通风报信	押司
第二十一回	宋江杀死阎婆惜	押司
第二十二回	朱仝放走宋江	马兵都头
第二十四回	潘金莲与西门庆私通	商人、妇人
第二十五回	王婆、西门庆、潘金莲合谋毒杀武大郎	市民
第二十六回	武松杀死西门庆、潘金莲	步兵都头
第二十七回	张青、孙二娘夫妇开黑店，谋财害命	商人
第二十九回	蒋门神抢占施恩家产	张团练跟班
第三十回	武松被诬陷偷盗	官员
第三十回 第三十一回	武松杀公人和蒋门神两徒弟，回孟州杀17人	罪犯
第三十一回	张都监受张团练贿赂，派人暗杀武松	官员
第三十一回	张青、孙二娘放走武松	商人
第三十二回	武松杀死强抢妇女的飞天蜈蚣王道人和道童	罪犯
第三十三回	宋江被诬陷抢掳刘夫人	草寇
第三十三回	青州知府慕容彦达"残害良民，欺罔僚友"	知府
第三十四回	王英等人劫囚车	草寇
第三十六回 第三十七回	公人受宋家贿赂，在押解途中下宋江"行枷"	小吏
第三十六回 第三十七回	李俊、张横等人在江上"做私渡"，劫财害命	渔夫
第三十九回	宋江浔阳楼题反诗	犯人
第三十九回	戴宗"结连梁山，通同造意，谋叛为党"	押牢节级
第三十九回	吴用伪造文书	梁山泊草寇
第四十回	梁山众人劫法场	草寇
第四十三回	李鬼冒充李逵拦路抢劫	劫匪

(续表)

回目	犯罪事件	犯罪者身份
第四十三回	李逵杀死、吃李鬼	草寇
第四十四回	孟康杀死"催并责罚"的提调官	草寇
第四十四回	裴宣被知府寻事	六案孔目
第四十五回	裴如海、潘巧云通奸	和尚、妇人
第四十五回 第四十六回	石秀杀裴如海、头陀， 杨雄杀潘巧云、迎儿	卖柴贩、 押狱兼剑子
第四十九回	解珍、解宝被毛太公诬陷为贼	猎户
第四十九回	顾大嫂、孙立、孙新劫牢，杀毛太公等人	草寇
第五十一回	雷横打伤白秀英父亲白玉乔	步兵都头
第五十一回	雷横打死白秀英	犯人
第五十一回	朱仝私自放走雷横	节级
第五十一回	李逵杀死小衙内	草寇
第五十二回	李逵打死殷天锡	草寇
第五十二回	柴进"瞒昧官府"，故纵李逵	前朝皇裔
第五十六回	时迁偷盗徐宁的雁翎甲	草寇
第五十六回	汤隆冒充徐宁劫客人财物	草寇
第五十八回	华州贺太守强抢画匠王义女儿， 并将王义"刺配远恶军州"	太守
第五十八回	史进杀死防送公人，欲刺杀贺太守	草寇
第五十八回	鲁智深杀贺太守未遂	和尚
第六十二回	卢俊义被妻子贾氏和其奸夫李固状告造反	员外妻、管家
第六十二回	董超、薛霸欲害卢俊义	押送公人
第六十二回	燕青杀死董超、薛霸	家仆
第六十二回	石秀为救卢俊义，跳楼劫法场	草寇
第六十五回	张顺杀死张旺一家五口	渔牙
第六十七回	卢俊义将贾氏、李固"割腹剜心，凌迟处死"	草寇
第七十三回	李逵杀死狄太公女儿和其奸夫王小二	草寇

（续表）

回目	犯罪事件	犯罪者身份
第一百二十回	高俅毒死卢俊义	太尉
第一百二十回	蔡京毒死宋江	太师
第一百二十回	宋江毒死李逵	安抚使

其次，40%的上山者，其最初的目的就是安身立命。哪怕是因走投无路才决定上山的英雄汉豪，例如林冲、杨志、鲁智深、武松、朱富、杨林、邓飞、孟康、裴宣、杨雄、邹渊等，都会在做出决定之前为何处安身而焦虑。正常人在实施犯罪行为时"会苦于烦恼和不安，良心也受到责备"[1]，亦如陀思妥耶夫斯基笔下的拉斯柯尔尼科夫行凶后内心恐惧，但《水浒传》中的英雄好汉却首先思考逃跑以及逃跑到哪个地方，试图以此躲避惩罚。更有趣的是，很多英雄好汉一出场便是占据某处打家劫舍，例如燕顺、吕方、石秀经商"消折了本钱"之后选择"上山"为生，显然将这种游离于正常社会之外的环境当成了安身立命的第一选择和最佳选择。

最后，被赚上山者、被劝上山者、被俘上山者、慕名上山者加起来，占到了一百零八将的38%。例如，那些被俘上山的朝廷军官，他们被宋江动之以情、晓之以理，竟然全部选择落草等待招安，充分显示出对"上"、对国家体制的不信任。仅就《水浒传》小说叙事的语境而言，除了受到梁山泊的威胁之外，恐怕更重要的原因就是"彼处"较之"此处"更加具有吸引力，或者说所付出的代价更少。"一百八人，为头先是史进一个出名领众。作者却于少华山上，特地为之表白一遍，云：'我要讨个出身，求半世快活，如何肯把父

1　〔日〕平尾靖：《违法犯罪的心理》，金鞍译，群众出版社1984年版，第29页。

母遗体便点污了。'嗟呼！此岂独史进一人之初心，实惟一百八人之初心也。"[1]正如金圣叹所说，《水浒传》开篇描写史进，着重凸显此人上山之前的抗拒与彷徨，因为这是"把父母遗体便点污"的不孝之举，"不务农业，只爱刺枪使棒"[2]的史进尚且这样思虑，更何况林冲、关胜、柴进、卢俊义等一大批朝廷官吏与士绅阶层的人物，所以金圣叹推断这也应是所有人的初心。但可怕的是，随着小说叙事的敷衍，越来越多的人选择上山，恰恰从反面再一次印证了"乱自上起"及其导致的广泛恶果。

总的来说，《水浒传》英雄好汉们的"上山"源自"乱自上起"，而被"逼上梁山"者人数虽并不占多，其被逼无奈却因小说的集中书写与深入刻画得以放大。接下来，我们将目光转向图像，继续考察明清时期的《水浒传》插图，是否以及如何再现"逼上梁山"情节及其叙事动力。

二、 图像对"逼上梁山"及其叙事动力的再现

《水浒传》留给后世读者最深刻印象的"上山"人物，毫无疑问当属林冲，经典曲目《夜奔》即为取材于此较为著名的动态图像；北京颐和园长廊所绘一万四千余幅的彩色静态图像中，摹仿《水浒传》的图像有八幅，其中，"林冲风雪山神庙"就占有一席之地，堪称《水浒传》著名的图像母题。如上所述，《水浒传》英雄人物的"上山"并不都是被"逼上梁山"，但因明代早期建阳刻本"全像"插图只是小说叙事的"示意图"，以至于不同图像叙事之间的"图式"存在雷同现象，而且人物绣像又不以叙事见长，故我们不妨围绕明代最为著名、对后世产生重要

---

[1] [清]金圣叹：《金圣叹全集》（第3卷），陆林辑校，凤凰出版社2008年版，第85页。
[2] [明]施耐庵、罗贯中：《水浒全传》，上海古籍出版社1976年版，第21页。

影响的《水浒传》"全图"——容与堂刻本与杨定见本，归纳这类图像如何叙述林冲被"逼上梁山"，毕竟"一个文本的意义在不同的插图者那里发生了改变，尽管词语保持不变"[1]。

在整体呈现出"缀段性"叙事特点的《水浒传》中，林冲上山的故事主要集中在第七回至第十二回，回目标题分别是"花和尚倒拔垂杨柳 豹子头误入白虎堂""林教头刺配沧州道 鲁智深大闹野猪林""柴进门招天下客 林冲棒打洪教头""林教头风雪山神庙 陆虞候火烧草料场""朱贵水亭施号箭 林冲雪夜上梁山""梁山泊林冲落草 汴京城杨志卖刀"。首先来看容与堂刻本，这是最早配置"全图"的《水浒传》，插图榜题即小说回目标题，然而，插图的图像叙事与榜题之间并非完全吻合的状态。我们需要逐一概括这些图像叙事，考察它们到底再现了哪些小说叙事。

表4-3 容与堂刻本"林冲"母题的图像叙事

榜题	图像叙事	相应的小说叙事	"语-图"叙事关系
花和尚倒拔垂杨柳	一道院墙隔开了菜园内外两重空间，鲁智深弯弯腰，右臂绷紧的肌肉线条说明他正在发力，试图拔出这棵柳树，周围站着四个人物观看，而树梢纷飞的乌鸦似乎说明柳树已被摇动。	智深相了一相，走到树前，把直裰脱了，用右手向下，把身倒缴着，却把左手拔住上截，把腰只一趁，将那株绿杨树带根拔起。（第85—86页）	图像叙事截取了"正在拔树"这一动作瞬间。但是小说所谓鲁智深与"二十三泼皮饮酒"，在图像中只呈现为四个人。可见图像叙事会根据画意减少或增加人物。

---

[1] 〔美〕迈耶·夏皮罗:《词语、题铭与图画：视觉语言的符号学》，沈语冰译，商务印书馆2021年版，第6页。

第四章 《水浒传》情节的图像阐释 277

（续表）

榜题	图像叙事	相应的小说叙事	"语-图"叙事关系
豹子头误入白虎堂	林冲右手持刀，左手悬在刀刃之上，以略显迟疑的神情抬头看向"白虎节堂"匾额。在林冲的右前方站着三人，中间着文官服饰者当为高俅太尉，他正用手指着林冲，似乎在告诫此处不可持刀进入。	林冲拿着刀，立在檐前，两个人自入去了，一盏茶时，不见出来。林冲心疑，探头入帘看时，只见檐前额上有四个青字，写道："白虎节堂"。林冲猛省道："这节堂是商议军机大事处，如何敢无故辄入？"急待回身，只听的靴履响、脚步鸣，一个人从外面入来。林冲看时，不是别人，却是本管高太尉。林冲见了，执刀向前声喏。太尉喝道："林冲，你又无呼唤，安敢辄入白虎节堂？你知法度否？你手里拿着刀，莫非来刺杀下官？有人对我说，你两三日前，拿刀在府前伺候，必有歹心。"林冲躬身禀道："恩相，恰才蒙两个承局呼唤林冲，将刀来比看。"太尉喝道："承局在那里？"林冲道："他两个已投堂里去了。"太尉道："胡说！甚么承局，敢进我府堂里去！左右与我拿下这厮！"说犹未了，傍边耳房里走出二十余人，把林冲横推倒拽，恰似皂雕追紫燕，浑如猛虎唹羊羔。（第94页）	图像将林冲抬头凝视"白虎节堂"匾额与高俅的责问，并置为同一瞬间，明显加快了小说原有的叙事速度。为了再现这一时间上的并置，图像不得不安排林冲面向高俅，而不是像小说所写那样"探头入帘看时，只见檐前额上有四个青字"，消解了林冲发觉"误入"时的惊恐。此外，图像同样省略了部分叙事环境，因为小说写到"傍边耳房里走出二十余人"，而图像中则只有两名武将围绕在高俅两侧，并不见二十余人。
林教头刺配沧州道	林冲头戴枷锁，并被一名押送公人牵着绳索，他正伸手去扶晕倒的林娘子。正在一旁的岳丈张教头，也是以袖捂嘴，非常悲伤。在图像的右上方，露出酒店的一角，窗口有人	正在阁里写了，欲付与泰山收时，只见林冲的娘子，号天哭地叫将来。女使锦儿抱着一包衣服，一路寻到酒店里。林冲见了，起身接着道："娘子，小人有句话说，已禀过泰山。为是林冲年灾月厄，遭这场屈事，今去沧州，生死不保，诚恐误了娘子青春。今已写下几字在此，万望娘子休等小人，有好头脑，自行招嫁，莫为林冲误了贤妻。"那娘子听罢，哭将起来，说	插图截取的是林娘子"哭倒声绝在地"的瞬间，但图像叙事却将小说发生在室内的情节，移植到了户外。小说中"林冲起身谢了，拜辞泰山并众邻舍，背了包裹，随着公人去了"，在图像中被再现为

（续表）

榜题	图像叙事	相应的小说叙事	"语-图"叙事关系
	探出头来，围观林冲从东京刺配沧州道的离别场景。	道："丈夫，我不曾有半些儿点污，如何把我休了！"林冲道："娘子，我是好意，恐怕日后两下相误，赚了你。"张教头便道："我儿放心，虽是女婿恁的主张，我终不成下得将你来再嫁人！这事且由他放心去。他便不来时，我也安排你一世的终身盘费，只教你守志便了。"那妇人听得说，心中哽咽，又见了这封书，一时哭倒声绝在地。未知五脏如何，先见四肢不动。……林冲与泰山张教头救得起来，半晌方才苏醒，兀自哭不住。林冲把休书与教头收了。众邻舍亦有妇人来劝林冲娘子，搀扶回去。张教头嘱付林冲道："你顾前程去挣扎，回来厮见。你的老小，我明日便取回去，养在家里，待你回来完聚。你但放心去，不要挂念。如有便人，千万频频寄些书信来。"林冲起身谢了，拜辞泰山并众邻舍，背了包裹，随着公人去了。张教头同邻舍取路回家，不在话下。（第98—99页）	他头戴枷锁，由一名押送公人牵着绳索。可见，图像叙事如此改造，增加了林冲与娘子离别的矛盾冲突，凸显出被"逼上梁山"的无奈。
鲁智深大闹野猪林	图像中央为一棵参天大树，林冲脚上穿着草鞋，双手与披散着的头发都被绑缚在树干上，迎面是一个押送公人持棍棒打来。而在林冲身后，鲁智深着袈裟、持禅杖疾步打来，图像左下角则是另	薛霸腰里解下索子来，把林冲连手带脚和枷紧紧的绑在树上。同董超两个跳将起来，转过身来，拿起水火棍，看着林冲说道："不是俺要结果你，自是前日来时，有那陆虞候传着高太尉钧旨，教我两个到这里结果你，立等金印回去回话。……"薛霸便提起水火棍来，望着林冲脑袋上劈将来，可怜豪杰束手就死。（第102—103页）话说当时薛霸双手举起棍来，望林冲脑袋上便劈下来。说时迟，那时	图像叙事截取了薛霸举起棍棒劈头打向林冲脑袋，而鲁智深恰好赶在棍棒落下之前跳出来的瞬间，凸显出林冲面临性命休矣的千钧一发之际。但是，图像所绘林冲，头发被拴在树上，而双脚未被拴上，与小说并不一

第四章 《水浒传》情节的图像阐释　279

（续表）

榜题	图像叙事	相应的小说叙事	"语-图"叙事关系
	外一名准备逃走的押送公人。	快，薛霸的棍恰举起来，只见松树背后雷鸣也似一声，那条铁禅杖飞将来，把这水火棍一隔，丢去九霄云外，跳出一个胖大和尚来，喝道："洒家在林子里听你多时！"（第104页）	致。此外，小说叙事在这一刹那时并未描写董超的动作，而图像将其画成对鲁智深突然出现表现出惊呆。
柴进门招天下客	图像主体是一群庄客围着骑在马上的柴进，后者虽骑马前行，但正扭头与另外一名骑马者对话，没有注意到右前方站着的两名押送公人以及头戴枷锁的林冲。	林冲道："如此是我没福，不得相遇，我们去罢。"别了众庄客，和两个公人再回旧路，肚里好生愁闷。行了半里多路，只见远远的从林子深处，一簇人马飞奔庄上来，……那簇人马飞奔庄上来，中间捧着一位官人，骑一匹雪白卷毛马。（第108—109页）	图像叙事截取了林冲所见柴进一行人的画面，但小说是以林冲视角描述其所见柴进"牵几只赶獐细犬，擎数对拿兔苍鹰"，在图像叙事中，却变成了第三人称视角。更重要的是，回目标题的意思是柴进广泛资助流配犯人，但这一叙事背景在小说中只是插叙性质的铺垫。可见，插图者虽未如实按照回目标题来绘制，却凝练出了林冲与柴进相遇这一关键情节。
林冲棒打洪教头	图像上方标示的月亮与星链，意味着故事发生在晚上。图像左右两侧分别站立着柴进及其两名庄客，以及两名押送公人，前者面前地上的银锭、	两个教头在明月地上交手，使了四五合棒。只见林冲托地跳出圈子外来，叫一声："少歇。"柴进道："教头如何不使本事？"林冲道："小人输了。"柴进道："未见二位较量，怎便是输了？"林冲道："小人只多这具枷，因此，权当输了。"柴进道："是小可一时失了计较。"大笑着道："这个容易。"便叫庄客取十	图像叙事截取了洪教头被林冲打败，"撇了棒，扑地倒了"的瞬间。这一瞬间并非"林冲棒打洪教头"的"包孕性"，反倒是再现该小说卫星情节的结果。

(续表)

榜题	图像叙事	相应的小说叙事	"语-图"叙事关系
	后者面前地上的枷锁，分别暗示出双方的身份。而画面的焦点则是林冲与洪教头的比武，后者已被打倒趴在地上。	两银子，当时将至。柴进对押解两个公人道："小可大胆，相烦二位下顾，权把林教头枷开了，明日牢城营内但有事务，都在小可身上，白银十两相送。"董超、薛霸见了柴进人物轩昂，不敢违他，落得做人情，又得了十两银子，亦不怕他走了。薛霸随即把林冲护身枷开了。柴进大喜道："今番两位教师再试一棒。"洪教头见他却才棒法怯了，肚里平欺他做，提起棒却待要使。柴进叫道："且住！"叫庄客取出一锭银来，重二十五两。无一时，至面前。柴进乃言："二位教头比试，非比其他，这锭银子，权为利物；若是赢的，便将此银子去。"柴进心只要林冲把出本事来，故意将银子丢在地下。洪教头深怪林冲来，又要争这个大银子，又怕输了锐气，把棒来尽心使个旗鼓，吐个门户，唤做把火烧天势。林冲想道："柴大官人心里只要我赢他。"也横着棒，使个门户，吐个势，唤做拨草寻蛇势。洪教头喝一声："来，来，来！"便使棒盖将入来。林冲望后一退，洪教头赶入一步，提起棒，又复一棒下来。林冲看他脚步已乱了，便把棒从地下一跳，洪教头措手不及，就那一跳里，和身一转，那棒直扫着洪教头臁儿骨上，撇了棒，扑地倒了。柴进大喜，叫快将酒来把盏。众人一齐大笑。洪教头那里挣扎起来。众庄客一头笑着，扶了洪教头，羞颜满面，自投庄外去了。（第111—112页）	

第四章 《水浒传》情节的图像阐释 281

(续表)

榜题	图像叙事	相应的小说叙事	"语-图"叙事关系
林教头风雪山神庙	林冲将被褥铺在山神庙供桌之前，正坐在被褥之中饮酒，酒葫芦以及胸前摆放着牛肉。在林冲右手边的地面上，摆放着长枪，而他的腰刀则放在供桌之上。	把被卷了，花枪挑着酒葫芦，依旧把门拽上，锁了，望那庙里来。入得庙门，再把门掩上，傍边止有一块大石头，掇将过来，靠了门。入得里面看时，殿上塑着一尊金甲山神，两边一个判官，一个小鬼，侧边堆着一堆纸。团团看来，又没邻舍，又无庙主。林冲把枪和酒葫芦放在纸堆上；将那条絮被放开；先取下毡笠子，把身上雪都抖了；把上盖白布衫脱将下来，早有五分湿了，和毡笠放在供桌上；把被扯来，盖了半截下身。却把葫芦冷酒提来慢慢地吃，就将怀中牛肉下酒。正吃时，只听得外面必必剥剥地爆响。(第121—122页)	图像叙事截取的是林冲正在吃酒，即"正吃时，只听得外面必必剥剥地爆响"的瞬间，可谓千钧一发之际。因为此时差拨、富安、陆谦三人，刚好来到山神庙门口。
陆虞候火烧草料场	画面中央站着三个人，其中一人手指着火的方向，似乎在慨叹林冲必死无疑。他们三人完全没有意识到，林冲正从身后的山神庙中冲出来，腰间系短刀、持长枪刺向他们。	林冲听得三个人时，一个是差拨，一个是陆虞候，一个是富安。自思道："天可怜见林冲！若不是倒了草厅，我准定被这厮们烧死了。"轻轻把石头掇开，挺着花枪，左手拽开庙门，大喝一声："泼贼那里去？"三个人都急要走时，惊得呆了，正走不动。林冲举手，肐察的一枪，先拨倒差拨。陆虞候叫声："饶命！"吓的慌了手脚，走不动。那富安走不到十来步，被林冲赶上，后心只一枪，又搠倒了。翻身回来，陆虞候却才行得三四步，林冲喝声道："好贼，你待那里去！"批胸只一提，丢翻在雪地上，把枪搠在地里，用脚踏住胸脯，身边取出那口刀来，便去陆谦脸上搁着，喝道："泼贼，我自来又和你无甚么冤仇，你如何这等害我？正是杀	图像叙事截取的是小说中差拨、富安与陆谦观看他们火烧草料场，同时林教头从山神庙中冲出来刺杀上述三人的瞬间。插图者同样没有囿于回目标题，因为这一标题只凝练出林冲被"逼上梁山"的最直接原因，并未涵盖林冲杀人这一行动，可见图像叙事是对小说叙事的有益补充。

(续表)

榜题	图像叙事	相应的小说叙事	"语-图"叙事关系
		人可恕,情理难容。"陆虞候告道:"不干小人事,太尉差遣,不敢不来。"林冲骂道:"奸贼,我与你自幼相交,今日倒来害我,怎不干你事?且吃我一刀!"把陆谦上身衣服扯开,把尖刀向心窝里只一剜,七窍迸出血来,将心肝提在手里。回头看时,差拨正爬将起来要走。林冲按住喝道:"你这厮原来也恁的歹!且吃我一刀。"又早把头割下来,挑在枪上。回来,把富安、陆谦头都割下来。把尖刀插了,将三个人头发结做一处,提入庙里来,都摆在山神面前供桌上,再穿了白布衫,系了搭膊,把毡笠子带上,将葫芦里冷酒都吃尽了。被与葫芦都丢了不要,提了枪,便出庙门投东去。(第122—123页)	
朱贵水亭施号箭	两个人物站在窗前向外张望,其中收拾弓箭的人物当是朱贵,他似乎正在解释如何从此处上山。朱贵手中只持弓,却并无箭,而图像对角线处露出一个船头,我们由此推断朱贵已射出箭,唤来了中转的船只。	睡到五更时分,朱贵自来叫起林冲来,洗漱罢,再取三五杯酒相待,吃了些肉食之类。此时天尚未明,朱贵把水亭上窗子开了,取出一张鹊画弓,搭上那一枝响箭,觑着港畔芦折苇面射将去。林冲道:"此是何意?"朱贵道:"此是山寨里的号箭,少顷便有船来。"没多时,只见对过芦苇泊里三五个小喽啰,摇着一只快船过来,径到水亭下。(第131页)	插图截取的是朱贵发射号箭之后,接应船只靠近水亭的瞬间。也就是说,图像叙事摹仿的不是朱贵"施号箭"这一动作,而是其结果。

(续表)

榜题	图像叙事	相应的小说叙事	"语-图"叙事关系
林冲雪夜上梁山	图像右下角停泊着一只靠岸的小船，朱贵走在前，引领着林冲上山。而在二人面前，则是一座城门，循着山脊线往山看，又是一座城池，后者当是梁山泊的宛子城。因图像并没有标示夜晚的月亮或者星链，可见图像叙事并没有完全按照回目标题来创作，而是遵循了小说的"五更"即天亮时分的故事时间。	当时小喽罗把船摇到金沙滩岸边，朱贵同林冲上了岸。小喽罗背了包裹，拿了刀杖，两个好汉上山寨来。那几个小喽罗，自把船摇到小港里去了。林冲看岸上时，两边都是合抱的大树，半山里一座断金亭子。再转将过来，见座大关，关前摆着枪、刀、剑、戟、弓、弩、戈、矛，四边是擂木炮石。小喽罗先去报知。二人进得关来，两边夹道遍摆着队伍旗号。又过了两座关隘，方才到寨门口。林冲看见四面高山；三关雄壮，团团围定；中间里镜面也似一片平地，可方三五百丈；靠着山口，才是正门，两边都是耳房。（第131—132页）	插图截取的是船只停泊在金沙滩岸边，朱贵在前引领林冲上山的瞬间。需要特别注意的是，图像叙事混淆了"谁在说"与"谁在看"，因为小说以第三人称叙事，却安排以林冲所见展开梁山泊的胜景。此外，回目标题的故事时间是"雪夜"，但实际上，这只是朱贵与林冲起床的"五更时分"，而且故事地点尚在朱贵酒店，但插图者所绘图像叙事，已将故事地点挪移到了梁山泊。
梁山泊林冲落草	自左下角至右上角的山脉与溪流，将画面隔为两部分：图像下方是林冲与杨志打斗，二者在雪地上留下了一串串脚印；图像上方则是王伦居高临下的围观。图像的环境仍有与小说叙事不一致之处，例如小说称"溪边踏一片寒冰"，就没有被插图者绘出，后者所画的溪流并不是雪后结冰的状态。	林冲正没好气，那里答应，睁圆怪眼，倒竖虎须，挺着朴刀，抢将来斗那个大汉。此时残雪初晴，薄云方散。溪边踏一片寒冰，岸畔涌两条杀气，一往一来，斗到三十来合，不分胜败。两个又斗了十数合，正斗到分际，只见山高处叫道："两位好汉不要斗了！"林冲听得，蓦地跳出圈子外来。两个收住手中朴刀，看那山顶上时，却是白衣秀士王伦和杜迁、宋万，并许多小喽罗，走下山来，将船渡过了河。（第136页）	回目标题凝练的情节是林冲最终在梁山泊落草为寇，但插图者却截取了林冲与杨志打斗的瞬间，或者说再现了"林冲落草"前的"投名状"情节。需要指出的是，小说写到林冲与杨志二人均持朴刀打斗，但插图中的武器却是腰刀，可见图像与小说叙事的差异。

(续表)

榜题	图像叙事	相应的小说叙事	"语-图"叙事关系
汴京城杨志卖刀	杨志右手持刀,站在天汉州桥,此处正是林冲刺配沧州道之前与娘子分别之处,有意思的是,插图者同样画出一个妇人通过窗子向外张望,试图围观桥上发生何事,前后两幅插图形成了互文关系。且看桥面上散落的破碎铜钱以及毛发,而且杨志挥动左手,似乎是在抗拒牛二的死缠烂打。而在图像左上角的河岸上,站着另外两个围观杨志卖刀的人。	牛二紧揪住杨志说道:"我偏要买你这口刀。"杨志道:"你要买,将钱来。"牛二道:"我没钱。"杨志道:"你没钱,揪住洒家怎地?"牛二道:"我要你这口刀。"杨志道:"我不与你。"牛二道:"你好男子,剁我一刀。"杨志大怒,把牛二推了一交。牛二爬将起来,钻入杨志怀里。杨志叫道:"街坊邻舍,都是证见:杨志无盘缠,自卖这口刀,这个泼皮强夺洒家的刀,又把俺打。"街坊人都怕这牛二,谁敢向前来劝。牛二喝道:"你说我打你,便打杀直甚么?"口里说,一面挥起右手一拳打来。杨志霍地躲过,拿着刀抢入来,一时性起,望牛二嗓根上搠个着,扑地倒了。杨志赶入去,把牛二胸脯上又连搠了两刀,血流满地,死在地上。(第140—141页)	图像叙事截取了杨志忍无可忍、即将动刀杀人的瞬间。图像虽然将围观群众放置在较远的河岸,与小说所述"跑入河下巷内去躲"基本一致,但天汉州桥与北宋开封城桥梁原型并不一致。[1]

除去第一幅榜题为"花和尚倒拔垂杨柳"的插图,以及第十二幅榜题为"汴京城杨志卖刀"的插图,其他十幅插图都与林冲被"逼上梁山"的故事有着直接关联。整体而言,容与堂刻本《水浒

---

[1] 北宋时期东京城的州桥又被称为天汉桥,根据张驭寰先生《北宋东京城建筑复原研究》的介绍,这座桥为平面桥,有五孔四ături立柱,用横梁贯穿,桥面上建有"歇山式双坡屋顶,上部起高脊,两端上翘",桥的四根柱子"每根柱为长方形,边长约60厘米",柱子下端又铺设鹅卵石,用来保护桥梁柱子的安全,是一种十分美观的屋桥或者房桥。张驭寰:《北宋东京城建筑复原研究》,浙江工商大学出版社2011年版,第63页。

传》图像叙事虽是对小说叙事的摹仿与再现，但并非简单意义上"表现文字所已经表白的一部分的意思"[1]，或者"补助文字之所不及"[2]。我们知道，"可见"是图像艺术存在的意义与根本原因，包括插图在内的绘画必然"包含对所选择事物所持的意图，包含某种同意或反对的信号"[3]。面对小说回目标题这样的"画题"，容与堂刻本插图者的首要问题便是如何从小说中选材。

我们归纳图像所叙情节后发现，如果给上述12幅插图重新拟榜题，它们似乎应当这样书写："倒拔垂杨柳""误入白虎堂""林冲刺配离别娘子""鲁智深解救林教头""林冲遇柴进""林冲打败洪教头""林冲山神庙避雪饮酒""林冲刺杀火烧草料场凶手""朱贵水亭施箭而快船至""朱贵引林冲上山""林冲为投名状斗杀杨志""杨志卖刀拒绝牛二缠闹"。不难发现，除第一幅和第二幅插图榜题契合图像叙事之外，其他插图的榜题均无法完全概括图像叙事的情节。换言之，大多数插图并置了小说叙事过程中的多个瞬间，以至于"时间在这里浓缩、凝聚，变成艺术上可见的东西；空间则趋向紧张，被卷入时间、情节、历史的运动之中"[4]，"画不对题"也就在所难免。插图者如此选择小说叙事情节入画，并非草率之举，例如第三幅插图就没有单纯再现"刺配"情节，而是加入了"离别"，由此凸显了小人物被"逼上梁山"的无奈与悲凉。

---

1 郑振铎：《插图之话》，《小说月报》1927年第1期。
2 鲁迅：《"连环图画"辩护》，《鲁迅全集》（第4卷），人民文学出版社2005年版，第458页。
3 〔法〕加埃坦·皮康：《1863，现代绘画的诞生》，周皓译，生活·读书·新知三联书店2021年版，第117页。
4 〔俄〕巴赫金：《巴赫金全集》（第3卷），白春仁、晓河译，河北教育出版社1998年版，第274—276页。

其次，郑振铎只是说插图能够表现"一部分"意思，并未确指哪一部分，也没有阐明哪些意思无法在图像中实现可见，我们不妨借机对这一观点予以补充。例如榜题为"豹子头误入白虎堂"的插图（图4-1），插图不仅加快小说原有的叙事速度，而且出于并置不同故事时间之目的，不得不牺牲小说中林冲正面望向"白虎节堂"匾额时"猛省"危险将至的画面，改为林冲背向匾额且侧目睥睨，后者的姿势似乎更侧重"迟疑"。由是观之，图像叙事确实能够传达小说的主干情节与核心意义，但某些微妙的意味可能损失或者流失。除此之外，图像为了实现"一部分"意思的可见，还混淆了小说叙事中的"谁在说"与"谁在看"，最典型的案例便是榜题为"柴进门招天下客"与"林冲雪夜上梁山"的两幅插图。通过上述细致的"语-图"叙事比较分析，我们深刻意识到学界先贤所留下的经典论

图4-1　"豹子头误入白虎堂"
容与堂刻本《李卓吾先生批评忠义水浒传》

断，需要在当下的研究语境中注入新的视角，从而在学理上得到进一步完善。

再次，所谓"补助文字之所不及"，在上述插图中主要体现为图像对小说叙事情节的补充。例如榜题为"鲁智深大闹野猪林"的插图，图像叙事就补充了董超的动作，纵然后者在鲁智深以禅杖隔开劈头打向林冲的水火棍时，并未得到相应的描写。再如榜题为"柴进门招天下客"的插图，小说原本只是借由店家的插叙，交代出柴进广泛收留并资助流配犯人这一叙事背景，但图像叙事却做出了重要的改变，具体而言，就是通过刻绘林冲与柴进相遇，以林冲这一鲜活人物及其与柴进的相遇，充实了关于后者"门招天下客"的说法。而图像叙事补充小说叙事的典型案例，当属榜题为"陆虞候火烧草料场"的插图（图4-2），虽然榜题只是概括了陆谦、富安与差

图4-2　"陆虞候火烧草料场"
容与堂刻本《李卓吾先生批评忠义水浒传》

拨放火烧掉草料场，试图以此谋害林冲的情节，但插图的图像叙事却补充或者加入了林冲从身后刺杀上述三人的情节，由此交代出林冲被"逼上梁山"最为直接的原因——杀人并负案在身，从而最终还原了《水浒传》中林冲"上山"的复杂动力。

作为百二十回插图本的典范，明末杨定见本《忠义水浒全传》的图像叙事则另有一番特色，其中共有"菜园中演武""野猪林大闹""棒打洪教头""火烧草料场""青面兽被劫"等五幅插图。我们不妨沿用上文考察容与堂刻本的方法，继续比较研究杨定见本的图像叙事及其与语言叙事的关系（表4-4）。

表4-4　杨定见本"林冲"母题的图像叙事

榜题	图像叙事	相应的小说叙事	"语-图"叙事关系
菜园中演武	图像由院墙分隔出了上下两重空间。其中，站在围墙缺口观看菜园内鲁智深持禅杖习武的便是林冲，他正用右手捋着髭须，专心欣赏鲁智深的招式；后者应当是趁着酒兴习武，因为菜园中杯盘尚在。与此同时，图像上方的岳庙内，林娘子正遭到高衙内调戏，女使锦儿见状不好，连忙向岳庙外奔跑，同时还不忘回头张望林娘子的情况。	众泼皮道："这几日见师父演力，不曾见师父使器械，怎得师父教我们看一看也好。"智深道："说的是。"便去房内取出浑铁禅杖，头尾长五尺，重六十二斤。众人看了，尽皆吃惊，都道："两臂膊没水牛大小气力，怎使得动？"智深接过来，飕飕的使动，浑身上下没半点儿参差。众人看了，一齐喝采。智深正使得活泛，只见墙外一个官人看见，喝采道："端的使得好！"智深听得，收住了手，看时，只见墙缺边立着一个官人，怎生打扮，……那官人生的豹头环眼，燕颔虎须，八尺长短身材，三十四五年纪，口里道："这个师父，端的非凡，使的好器械！"众泼皮道："这位教师喝采，必然是好。"智深问道："那军官是谁？"众人道："这官人是八十万禁军枪棒教头林武师，名唤林冲。"（第86—87页）	插图榜题虽是"菜园中演武"，但这一情节只是图像叙事的一部分，因它还再现了高衙内调戏林娘子。就叙事人称而言，图像可谓第三人称的全知全能叙事，因为它既再现了鲁智深在菜园内习武，林冲站在墙缺口处观看，还再现了女使锦儿见状不妙，赶紧去找林冲相救。如此一来，就与《水浒传》的语言叙事产生了矛盾，因为后者是以鲁智深为"谁在看"的聚焦者，通过他

第四章 《水浒传》情节的图像阐释　289

（续表）

榜题	图像叙事	相应的小说叙事	"语-图"叙事关系
		恰才饮得三杯，只见女使锦儿慌慌急急，红了脸，在墙缺边叫道："官人休要坐地！娘子在庙中和人合口。"林冲连忙问道："在那里？"锦儿道："正在五岳楼下来，撞见个好诈不及的，把娘子拦住了不肯放。"林冲慌忙道："却再来望师兄，休怪，休怪。"林冲了智深，急跳过墙缺，和锦儿径奔岳庙里来，抢到五岳楼看时，见了数个人，拿着弹弓、吹筒、粘竿，都立在栏杆边；胡梯上一个年少的后生，独自背立着，把林冲的娘子拦着道："你且上楼去，和你说话。"林冲娘子红了脸道："清平世界，是何道理把良人调戏？"（第87页）	看到了墙缺口处的林冲。更重要的是，图像叙事将"演武"与"调戏""呼救"等多个情节并置，但它们在小说中原本并非如是，特别是高衙内在胡梯上"独自背立着"调戏林娘子，当是林冲返回岳庙的五岳楼下所见。由此可见，插图者虽尽力增加图像叙事的情节，即提高了"图说"的能力，但在故事时间的处理上仍稍显不足。
野猪林大闹	在茂密的松树林中，林冲双手被绑在树上，双脚也被捆在一起，脚上的草鞋清晰可见，与另外两名押送公人的鞋形成了鲜明对比。林冲闭上眼睛坐以待毙，而准备挥动水火棍的薛霸与另一名押送公人董超同时看向身后，发现鲁智深双手持禅杖飞奔而来，以至于不持武器的董超双手举起，作慌忙逃跑状。	薛霸腰里解下索子来，把林冲连手带脚和枷紧紧的绑在树上。同董超两个跳将起来，转过身来，拿起水火棍，看着林冲说道："不是俺要结果你，自是前日来时，有那陆虞候传着高太尉钧旨，教我两个到这里结果你，立等金印回去回话。……"薛霸便提起水火棍来，望着林冲脑袋上劈将来，可怜豪杰束手就死。（第102—103页）话说当时薛霸双手举起棍来，望林冲脑袋上便劈下来。说时迟，那时快，薛霸的棍恰举起来，只见松树背后雷鸣也似一声，那条铁禅杖飞将来，把这水火棍一隔，丢去九霄云外，跳出一个胖大和尚来，喝道："洒家在林子里听你多时！"（第104页）	同容与堂刻本一样，插图截取了鲁智深在千钧一发之际解救林冲的一幕。但是，平行排列的构图虽能再现林冲、押送公人与鲁智深的人物关系，却没有再现出鲁智深从松树背后隔开水火棍，也就消解了林冲逃过一劫的惊险。

(续表)

榜题	图像叙事	相应的小说叙事	"语-图"叙事关系
棒打洪教头	图像仍以月亮与星链标示故事时间为晚上，画面的中心是林冲将洪教头打倒在地，后者呈趴在地上的姿势。在洪教头与林冲之间，隔着一锭银子，颇具讽刺意味。较之容与堂刻本，杨定见本插图还增加了林冲获胜之后，柴进命人倒酒的动作，纵然这一动作的故事时间发生在林冲获胜之后。	两个教头在明月地上交手，使了四五合棒，只见林冲托地跳出圈子外来，叫一声："少歇。"柴进道："教头如何不使本事？"林冲道："小人输了。"柴进道："未见二位较量，怎便是输了？"林冲道："小人只多这具枷，因此，权当输了。"柴进道："是小可一时失了计较。"大笑着道："这个容易。"便叫庄客取十两银子，当时将至。柴进对押解两个公人道："小可大胆，相烦二位下顾，权把林教头枷开了，明日牢城营内但有事务，都在小可身上，白银十两相送。"董超、薛霸见了柴进人物轩昂，不敢违他，落得做人情，又得了十两银子，亦不怕他走了。薛霸随即把林冲护身枷开了。柴进大喜道："今番两位教师再试一棒。"洪教头见他却才棒法怯了，肚里平息他做，提起棒却待要使。柴进叫道："且住！"叫庄客取出一锭银来，重二十五两。无一时，至面前。柴进乃言："二位教头比试，非比其他，这锭银子，权为利物；若是赢的，便将此银子去。"柴进心中只要林冲把出本事来，故意将银子丢在地下。洪教头深怪林冲来，又要争这个大银子，又怕输了锐气，把棒来尽心使个旗鼓，吐个门户，唤做把火烧天势。林冲想道："柴大官人心里只要我赢他。"也横着棒，使个门户，吐个势，唤做拨草寻蛇势。洪教头喝一声："来，来，来！"便使棒盖将入来。林冲望后一退，洪教头赶入一步，	图像在构图方面与容与堂刻本多有相似，但杨定见本插图者将那锭银子放在托盘中，由此解构了柴进"故意将银子丢在地下"的用意。

(续表)

榜题	图像叙事	相应的小说叙事	"语-图"叙事关系
		提起棒，又复一棒下来。林冲看他脚步已乱了，便把棒从地下一跳，洪教头措手不及，就那一跳里，和身一转，那棒直扫着洪教头臁儿骨上，撇了棒，扑地倒了。柴进大喜，叫快将酒来把盏。众人一齐大笑。洪教头那里挣扎起来。众庄客一头笑着，扶了洪教头，羞颜满面，自投庄外去了。（第111—112页）	
火烧草料场	如果说容与堂刻本插图的叙事时间是林冲刺杀陆谦等三人"前"，那么杨定见本插图的故事时间则是刺杀过程之中。且看林冲已刺倒富安，将花枪插在地上，正从腰间取出刀，并用脚踏在陆谦胸口，而正在地上准备爬走并回头看向林冲之人则是差拨。	林冲听得三个人时，一个是差拨，一个是陆虞候，一个是富安。自思道："天可怜见林冲！若不是倒了草厅，我准定被这厮们烧死了。"轻轻把石头掇开，挺着花枪，左手拽开庙门，大喝一声："泼贼那里去？"三个人都急要走时，惊得呆了，正走不动。林冲举手，胳察的一枪，先拨倒差拨。陆虞候叫声："饶命！"吓的慌了手脚，走不动。那富安走不到十来步，被林冲赶上，后心只一枪，又搠倒了。翻身回来，陆虞候却才行得三四步，林冲喝声道："好贼，你待那里去！"批胸只一提，丢翻在雪地上，把枪搠在地里，用脚踏住胸脯，身边取出那口刀来，便去陆谦脸上搁着，喝道："泼贼，我自来又和你无甚冤仇，你如何这等害我？正是杀人可恕，情理难容。"陆虞候告道："不干小人事，太尉差遣，不敢不来。"林冲骂道："奸贼，我与你自幼相交，今日倒来害我，怎不干你事？且吃我一刀！"把陆谦上身衣服	插图榜题虽然写作"火烧草料场"，但这一情节只是图像叙事的一部分，只体现于画面右上角的那团火光。而图像叙事的主体或者说主要情节，却是林冲正在刺杀陆谦，可以说再现出了林冲被"逼上梁山"的同时，还有"负案上山"的动力。

（续表）

榜题	图像叙事	相应的小说叙事	"语-图"叙事关系
		扯开，把尖刀向心窝里只一剜，七窍迸出血来，将心肝提在手里。回头看时，差拨正爬将起来要走。林冲按住喝道："你这厮原来也恁的歹！且吃我一刀。"又早把头割下来，挑在枪上。回来，把富安、陆谦头都割下来。把尖刀插了，将三个人头发结做一处，提入庙里来，都摆在山神面前供桌上，再穿了白布衫，系了搭膊，把毡笠子带上，将葫芦里冷酒都吃尽了。被与葫芦都丢了不要，提了枪，便出庙门投东去。（第122—123页）	
青面兽被劫	图像以山脊与小溪为对角线，左上角是观看林冲抢劫杨志的王伦等人，以及他们身后的梁山泊城楼和旗帜。图像的右下角则是林冲与杨志打斗的场面，二人均手持腰刀，而非小说明确写到的朴刀，此外，他们在雪地里打斗，脚下却并非印痕，似是一处败笔。	林冲正没好气，那里答应，睁圆怪眼，倒竖虎须，挺着朴刀，抢将来斗那个大汉。此时残雪初晴，薄云方散。溪边踏一片寒冰，岸畔涌两条杀气，一往一来，斗到三十来合，不分胜败。……两个又斗了十数合，正斗到分际，只见山高处叫道："两位好汉不要斗了！"林冲听得，蓦地跳出圈子外来。两个收住手中朴刀，看那山顶上时，却是白衣秀士王伦和杜迁、宋万，并许多小喽啰，走下山来，将船渡过了河。（第136页）	对比图像叙事与语言叙事可见，小说所铺垫的环境，诸如残雪、寒冰等，似乎没有在图像中再现。

整体而言，杨定见本插图的"图式"有不少沿袭容与堂刻本之处，但前者在山、石、云、水等山水画基本素材的绘制方面，要略

胜后者一筹。而且，恰恰因为插图者可以不受回目标题的限制，杨定见本图像叙事产生了更多的"出位之思"，道出林冲被"逼上梁山"的原动力。特别是榜题为"菜园中演武"的插图（图4-3），虽然在故事时间的并置上出现了些许失误，但插图者尝试通过图像空间并置故事时间，从而叙述出林冲娘子遭到高衙内调戏这一动力，可谓抓住了"乱自上起"之肯綮所在。

图4-3　杨定见本"菜园中演武"
陈启明校订《水浒全传插图》

同样引起我们注意的是，无论是容与堂刻本的12幅插图，还是杨定见本的5幅插图，在图说林冲被"逼上梁山"这一艺术创作过程中，插图者都不会忽略林冲在山神庙外，映着草料场的火光刺杀陆谦、富安和差拨三人这一情节。这需要我们在《水浒传》第七回至第十二回中整体考察小说叙事。从高衙内调戏林娘子开始，上自高俅等朝廷高官，下至富安这种帮闲，无不试图谋害林冲，甚至再三置之死地而后快。于是，《水浒传》上述六回便呈现出这样的叙事逻辑：误入→（高俅处决未果）→刺配→（中途谋害未果）→火烧→（烧死或加害未果）→杀人→（逼上梁山）。由此可见，"乱自上起"的力量不断逼迫林冲，三次阴谋未果之后，林冲因被逼上绝路而奋起反抗，这一叙事节点恰好位于林冲在山神庙内听闻陆谦三人洋洋得意地炫耀他们火烧草料场的行径。上述叙事节奏与民间讲唱艺术中的"三翻四抖"颇为类似，恰如金圣叹所谓"三番跌顿，直使读者眼光一闪一闪，直极奇极恣之笔也"，又如"三翻四落写出一片菩萨心胸，一若天下之大仁大慈"，[1]这些评语都是对叙事艺术中情节高潮前的顷刻概括。而这一顷刻因"最富于孕育性"，往往以其"包含过去，暗示未来"颇受画家青睐，[2]也就成了小说插图"出相"的首选。行文至此，我们似乎能够理解颐和园长廊彩画为何绘制一幅"林冲风雪山神庙"了，因为这是对林冲等悲剧人物、对"逼上梁山"及其叙事动力的最佳再现。

---

1 ［清］金圣叹：《金圣叹全集》（第3卷），陆林辑校，凤凰出版社2008年版，第191、515页。
2 〔德〕莱辛：《拉奥孔》，朱光潜译，人民文学出版社1984年版，第83页。

第二节　明刊本《水浒传》"招安"的图像阐释

招安历来是"水浒学"乃至中国文学史上的热议话题。[1]作为小说《水浒传》的"前文本",《大宋宣和遗事》早就书写了宋江一伙"受招安"之事:"宋江统率三十六将,往朝东岳,赛取金炉心愿。朝廷无其奈何,只得出榜招谕宋江等。有那元帅姓张名叔夜的,是世代将门之子,前来招诱宋江和那三十六人归顺宋朝,各受武功大夫诰敕,分注诸路巡检使去也。因此三路之寇,悉得平定。后遣宋

---

[1]《水浒传》第七十八回"十节度议取梁山泊 宋公明一败高太尉",也写到了第一次兴兵讨伐梁山泊的十名"节度使"将领,都是被朝廷招安而做官的,"原来这十路军马,都是曾经训练精兵,更兼这十节度使,旧日都是绿林丛中出身,后来受了招安,直做到许大官职,都是精锐勇猛之人,非是一时建了些少功名"。《水浒传》第五十五回"高太尉大兴三路兵 呼延灼摆布连环马",高俅奉命组织三路人马围剿梁山泊,却全部铩羽而归。第七十七回"梁山泊十面埋伏 宋公明两赢童贯",童贯又是惨败,输完只剩下四万人的"败残军马",而小说中的高俅、童贯这些朝廷奸臣并不敢禀告实情,只能拿"天气暑热,军士不伏水土,权且罢战退兵"如此荒唐的借口哄骗宋徽宗,后者也非常有趣,竟然顺水推舟、信以为真。何竹淇先生主编的《两宋农民战争史料汇编》辑录了433次武装反抗运动,其中,北宋203次,南宋230次,而这些运动大多是千百人的农民起义,意味着统治中国320年的大宋王朝,平均每年就会出现1.35次武装反抗,宋江之事只是其中一次;如果再算上很多小规模的暴动或者局部冲突,我们所得出的统计数据将会更加惊人。面对这么大量、这么频繁的武装运动,一味镇压和持续打击显然需要极高的政治经济成本。事实上,从北宋初年开始,朝廷就已出现了招安的怀柔政策。这些文本内外的证据,充分说明招安是北宋常见的政治现象之一,以至于金圣叹在"三山聚义打青州 众虎同心归水泊"一回总评中说道:"夫宋江,淮南之强盗也。人欲图报朝廷,而无进身之策,至不得已而姑出于强盗。"参见施耐庵、罗贯中:《水浒全传》,上海古籍出版社1976年版,第954—955页;何竹淇主编:《两宋农民战争史料汇编》(上编 第二分册),中华书局1976年版,第411—430页;王齐洲:《〈水浒传〉是描写农民起义的作品吗?》,《水浒争鸣》(第一辑),长江文艺出版社1982年版,第110—128页;[清]金圣叹:《金圣叹全集》(第4卷),陆林辑校,凤凰出版社2008年版,第1034页。

江收方腊有功，封节度使。"[1]我们现在所看到的《水浒传》，基本的叙事架构或者说核心情节，在《大宋宣和遗事》中已现雏形。而两宋之际的《鸡肋编》也记载了北宋朝廷南渡之后的流行俚语——"仕途捷径无过贼，上将奇谋只是招""欲得官，杀人放火受招安；欲得富，赶着行在卖酒醋"[2]，似乎说明了通过招安这一途径"发迹变泰"的普遍性。就宋江等一百零八位英雄好汉而言，无论是自愿上山、被迫上山还是被骗上山，能够通过招安这一途径回归正常社会，当属上乘的人生选择，否则，他们将一生被困在那个小小的水泊里。[3]

由此可见，招安的重要性在于，被朝廷招安不但决定了梁山聚义的命运与性质，更关涉到小说的主题和意义。但就招安的学术史而言，既往研究囿于思想史理路，忽略了文学图像，而明代插图以其富有张力的阐释，开启了《水浒传》的图像接受史。[4]

一、招安情节及其明代插图谱系

招安是《水浒传》的关键情节。纵观百二十回本《水浒传》，

---

1 《古本小说集成》编委会编：《古本小说集成》（第4辑第87册），上海古籍出版社1994年版，第60—61页。
2 ［宋］庄绰：《鸡肋编》，中华书局1997年版，第67页。
3 王学泰：《闲话〈水浒〉的"招安"》，《中华读书报》2002年4月17日；王学泰：《话说"招安"（上）》，《社会科学论坛》2003年第11期；王学泰：《话说"招安"（下）》，《社会科学论坛》2003年第12期。
4 小说与插图之间的关系，经常表现为后者对前者的应和，例如插图"能补助文字之所不及"（鲁迅：《"连环图画"辩护》，《鲁迅全集》［第6卷］，人民文学出版社2005年版，第458页），可以"表现文字所已经表白的一部分的意思"（郑振铎：《插图之话》，《小说月报》1927年第1期）。简言之，插图之于读者，"仿佛勘探者照亮了洞穴"（J. Hillis Miller, *Illustration*, Cambridge：Harvard University Press, 1992, p.61），但这只是图像阐释文学的一个方面。道理很简单，任何阐释都具有多重维度，充满了缝隙与张力，这也正是图像接受文学的复杂性所在。

梁山好汉接受招安的动机萌生于"武行者醉打孔亮 锦毛虎义释宋江"（第三十二回），可以看作整个情节的第一阶段；第二阶段是从"忠义堂石碣受天文 梁山泊英雄排座次"（第七十一回）到"梁山泊分金大买市 宋公明全伙受招安"（第八十二回），主要叙述了梁山好汉围绕招安的矛盾，及其与朝廷所开展的斗争；鉴于招安成功，举行招安仪式以及梁山好汉此后所履行的"征四寇"使命——"破大辽""征田虎、王庆""擒方腊"[1]，属于第三阶段；最后一阶段则是招安的结局和命运。由此可见，招安情节有着律诗般的"起承转合"和节奏。

纵观百年来讨论招安的学术史，无不集中在招安矛盾、梁山好汉在履行招安使命过程中的牺牲以及英雄的最终结局。此三方面确实切中招安研究之肯綮，也是本节考察图像阐释招安情节的重点，因为招安矛盾涉及梁山好汉对招安理念的理解，他们履行招安使命所付出的牺牲涉及招安的历史贡献，英雄结局则涉及招安的局限性。

就插图类型而言，《水浒传》在明代的成像史可以划分为三个阶段[2]：由每两页一图的"偏像"到每页一图的"全像"，再到每一章

---

[1] 作为世代累积而成的小说，《水浒传》在明代成书已为学界之共识。值得注意的现象是，"破大辽""擒方腊"的行军路线或者战争叙事的线索，往往与京杭运河有关。特别是"擒方腊"这十回小说，梁山泊军队从淮安到扬州，从扬州南渡长江到镇江，又从镇江沿着丹徒、常州、无锡、苏州、吴江、嘉兴，向东、向南进军抵达杭州。上述军事作战行进轨迹，与历史上乃至现实中的运河走向极度契合。甚至在攻打杭州城时，《水浒传》中关于东南西北四方面城门、水门的描述，也都与南宋时期的杭州城市地图基本一致。这不得不让我们相信，在书写南征方腊故事的过程中，《水浒传》作者或者对京杭大运河的路线极为熟悉，或者参照了大运河与杭州的城市地图。这就涉及"地理图像"与《水浒传》空间叙事的关系问题，详见即将出版的拙著《大运河与〈水浒传〉》。

[2] "偏像"与"全像"类插图的沿袭情况较为复杂，但"全图"类插图的版本流变线索较为清晰，例如"英雄谱"本《水浒传》以及下文将要涉及的四知馆刻本《钟伯敬先生批评水浒传》，有的插图就是临摹容与堂刻本《李卓吾先生批评忠义水浒传》而成。详见第一章第一节的相关论述。

回配置若干幅的"全图"。[1]清中期以降，石印版画逐渐兴起并促使木刻版画式微，尽管前者的画材与画法有所演进，但图式却多沿袭明人。[2]故而，我们主要以明刊本《水浒传》插图为研究对象，其谱系大致如下表所示：

表4-5　明刊本《水浒传》插图谱系[3]

插图类型	代表版本
偏像	《忠义水浒传》
全像	《京本增补校正全像忠义水浒志传评林》 《新刻全像水浒传》 《新刻全像忠义水浒传》（李渔序本，共25卷115回，德国柏林国立普鲁士文化遗产图书馆藏）
全图	《李卓吾先生批评忠义水浒传》 《钟伯敬先生批评水浒传》 《出像评点忠义水浒全书》

1　"全图"指的是依据回目标题所创作的"回目图"以及摹仿每回故事的"情节图"，二者都占据书籍的整个版面，而且鲜明地有别于约占版面面积三分之一或四分之一的"偏像"与"全像"（鲁迅：《连环图画琐谈》，《鲁迅全集》[第6卷]，人民文学出版社2005年版，第28页）。此外，"绣像"自清初以后才变成专门指称"人物图"的术语，所以，明刊本小说标题中出现的"绣像"，既包括人物图，也包括依据回目标题所画的"回目图"（汪燕岗：《古代小说插图方式之演变及意义》，《学术研究》2007年第10期）。

2　需要指出的是，纵然清代石印本《水浒传》中出现了所谓的"卷目图"（将若干回小说内容组成一卷，每卷配置的插图即"卷目图"），但它们大多是并置一些小说人物，其成像原则并非摹仿情节，主要用于装饰文本。关于这一问题，详见第三章第二节的相关论述。

3　这些版本多被影印重版，详情如下：《忠义水浒传》（残本），《古本小说丛刊》（第19辑），中华书局1991年版；《京本增补校正全像忠义水浒志传评林》（双峰堂刻本），《古本小说丛刊》（第12辑），中华书局1991年版；《新刻全像水浒传》（刘兴我刊本），《古本小说丛刊》（第2辑），中华书局1990年版；《李卓吾先生批评忠义水浒传》（容与堂刻本），《古本小说集成》（第2辑第127—131册），上海古籍出版社1992年版；《钟伯敬先生批评水浒传》（四知馆刻本），《古本小说丛刊》（第24辑），中华书局1991年版；《出像评点忠义水浒全书》（杨定见重编本），上海古籍出版社1984年版。下文如有引用，亦仅括注回目。

中国文学与图像的关系史表明，插图属于对小说的"顺势"摹仿，二者建构了有机的"互文本"，[1]插图类型的多样化往往意味着图像摹仿文学的具体原则不尽一致，互文关系也就因此而丰富多彩。事实上，插图并非"以图像叙述整个故事"[2]，即图说不是简单等同于全部情节的图像化。面对《水浒传》的招安情节，插图者选择哪些片段入画，是小说成像过程的首要问题。下一个问题是，插图对哪些片段着墨较多，对片段之间的时间顺序或因果关系是否有所改变。最后，由于"图像所表现的东西是图像的意义"[3]，所以，插图会表达或折射出插图者的意图，从而产生基于"入画与否"和"如何图绘"的阐释效果。以上便是图像阐释招安情节的三个命题及其逻辑关系。接下来，我们将由此入手，对《水浒传》插图如何阐释招安矛盾、梁山好汉履行招安使命的牺牲与英雄结局等展开具体的文本调查。

二、插图对招安矛盾的揭示与规避

《水浒传》集中叙述招安矛盾的情节是从英雄排座次到全伙受招安，但招安首次出现在此前的"武行者醉打孔亮 锦毛虎义释宋江"。武松与宋江在孔太公家不期而遇、抵掌而谈，前者婉拒后者一同前往清风寨的建议，提出"天可怜见，异日不死，受了招安，那时却来寻访哥哥未迟"。宋江在与武松分别时再一次勉励道："入伙之后，

---

[1] 赵宪章：《语图互仿的顺势与逆势——文学与图像关系新论》，《中国社会科学》2011年第3期。
[2] Robert E. Hegel, *Reading Illustrated Fiction in Late Imperial China*, Stanford: Stanford University Press, 1998, p.172.
[3] 〔奥地利〕维特根斯坦：《逻辑哲学论》，贺绍甲译，商务印书馆1996年版，第31页。

少戒酒性。如得朝廷招安，你便可撺掇鲁智深、杨志投降了。日后但是去边上，一刀一枪，博得个封妻荫子，久后青史上留一个好名，也不枉了为人一世。"（第三十二回）然而有意思的是，在梁山泊英雄排座次之后的第一次重要宴席——菊花之会上，宋江以《满江红》一词公开发表招安理念，曾经主动提出愿受招安的武松竟然第一个跳出来反驳："乐和唱这个词，正唱到'望天王降诏，早招安'，只见武松叫道：'今日也要招安，明日也要招安去，冷了弟兄们的心！'黑旋风便睁圆怪眼，大叫道：'招安，招安，招甚鸟安！'只一脚，把桌子踢起，撷做粉碎。"（第七十一回）这是梁山泊内部因招安而生的第一次矛盾。第二次矛盾出现在"活阎罗倒船偷御酒　黑旋风扯诏谤徽宗"。萧让宣读诏书之后，除宋江之外的众头领"皆有怒色"。缘由是诏书不但将梁山泊一伙定性为"啸聚山林，劫掳郡邑"，而且还威胁道："倘或仍昧良心，违戾诏制，天兵一至，龁龇不留。"李逵率先从梁上跳下来，扯破诏书，殴打陈太尉和李虞候。又因为阮小七将御酒偷换成"村醪白酒"，加剧了众位好汉的不满，所以，除了第一次反对招安的武松、李逵之外，鲁智深、刘唐、穆弘、史进以及六个水军头领都参与到此次矛盾之中，而且"四下大小头领，一大半闹将起来"（第七十五回）。

　　如果说菊花之会上的矛盾为"是否招安"，陈太尉亲赴梁山招安时所引发的矛盾则是"如何招安"，即招安的方针、策略问题。面对这两种招安矛盾的情节，小说插图者既要考虑是否选其入画，还要考虑如何图绘。总的来说，杨定见本与李渔序本插图，在面对是否招安与如何招安的矛盾时，并没有选择这两种矛盾入画；而双峰堂刻本与刘兴我刊本插图不但鲜明地揭示了招安矛盾，而且还予以充分的展示。

首先，我们需要考察菊花之会关于是否接受招安的矛盾。与第七十五回"黑旋风扯诏谤徽宗"直接显露招安矛盾不同，菊花之会的矛盾只是为了引出日后的招安，并非这一回的重点，不像前者那样将矛盾凝缩成回目标题，故而以摹仿回目标题为原则的全图类插图对此皆没有摹仿。可见，插图者没有选择招安矛盾入画，是招安矛盾并未体现在回目标题中使然。只不过，杨定见本《忠义水浒全传》另有隐情。[1] 因为该版本插图秉持两个摹仿原则——"或特标于目外，或叠采于回中"[2]，即图像或取自回目标题，或取自每一回中的精彩情节。"忠义堂石碣受天文 梁山泊英雄排座次"一回的配图，就没有摹仿"受天文""排座次"这两个出现在回目标题中的情节，而是以文中的菊花之会为入画对象，并将榜题另撰为"赏菊集群英"（图4-4）。画面呈圆形构图，右下、左上与右上各安排一组人物，人物分布的数量基本均匀，并以菊花加以隔开。画面中央摆放的两簇菊花，集中渲染着重阳节的氛围。此幅插图的视角是由大厅前上方向下俯视，因而读者可以看到桌上的杯盘清晰可数、井然有序，与整洁、宽敞的大厅环境相匹配。虽然画面左上角有两人猜拳、两人饮酒、一人正在接受侍者的斟酒，还有一人摇手，似乎拒绝侍者斟酒的问询，但参加宴会的大多数人物头戴儒巾、衣着长衫，显得文质彬彬。特别是画面的右上角，宋江正题词于手卷之上，其身后有童子执砚、袅袅熏香，而卢俊义、

---

[1] 杨定见本《忠义水浒全传》每回一图或者两图，或者有的回目没有插图，共计120幅插图。不过，后20回的插图系刘君裕所刻，前100幅插图袭自刘启先、黄诚之的刻图（参见陈启明校订：《水浒全传插图》，人民美术出版社1955年版，第1页）。

[2] ［明］袁无涯：《〈忠义水浒全书〉发凡》，马蹄疾辑录：《水浒资料汇编》，中华书局1977年版，第13页。

吴用、公孙胜等人则坐在一旁观赏，颇具文人集会的雅致，一派祥和之气。总之，插图所绘的菊花之会，与小说所述的"肉山酒海""语笑喧哗""觥筹交错"相差甚远，让人丝毫看不出招安矛盾的端倪。[1] 与此相似，四知馆刻本、李渔序本插图也在有意回避第一种招安矛盾。

图4-4　杨定见本"赏菊集群英"
陈启明校订《水浒全传插图》

---

[1] "受天文""排座次"出现在李渔序本《新刻全像忠义水浒传》第六十六回，回目标题亦为"忠义堂石碣受天文 梁山泊英雄排座次"。小说在叙述天书内容之后，紧接着的却是宋江取出金银答谢何道士，至于"菊花之会"、宋江作词传达盼望招安的理念以及武松和李逵的公然反对等情节，遭到了书坊主的全部删除，自然没有相关插图。

值得注意的是，明刊本《水浒传》全图类插图最明显的物质性特点在于其面积占据了整个书籍版面，相形之下，偏像、全像类插图的面积要小许多。后者在书籍中的形制之所以被称为"上图下文"式，原因在于插图下方是小说文本，图像空间相对狭小，其宽度与书籍版框等同或略小，高度仅为版框的四分之一左右。而且，全图与偏像、全像的摹仿原则也大为不同：全图主要根据回目标题来绘制，但偏像与全像却是根据所在页的小说情节来绘制，如果情节不止一个，插图者一般以主要情节、关键情节作为入画对象。[1]但刘兴我刊本与双峰堂刻本《水浒传》插图，并不回避梁山好汉围绕招安所产生的矛盾，它们都将李逵因反对招安而遭宋江命令斩首的情节予以图像化，甚至不惜违背全像类插图以主要情节、关键情节作为入画对象的原则。例如刘兴我刊本第六十六回，小说叙写乐和等人在菊花之会上演奏乐曲的内容占到了 7 行；写武松、李逵反对招安的内容占 2 行；写宋江下达斩杀李逵命令、众人下跪求情的内容占 3 行；写宋江慨叹自己在江州因反诗遭祸，李逵拼命解救，而今却又因一首词害李逵性命，这部分内容也占 3 行。虽然不属于当前页的主要情节，"宋江斩逵众人劝免"却被绘成了插图。

　　其次，如果我们继续考察插图是否将第二种招安矛盾作为入画

---

[1] "上图下文"式《水浒传》插图的入画对象，一般是当前页内容最多或者最为关键的情节。以刘兴我刊本与双峰堂刻本《水浒传》"忠义堂石碣受天文 梁山泊英雄排座次"一回为例，前者共有 9 幅插图，后者共有 14 幅插图，如果要把所有情节一一入画，十余幅插图的容量显然不够。如果插图者并不遵照上述一般规则，那么一定有其特殊用意。

对象，那么，这些插图者的态度就更加明显了：杨定见本[1]、李渔序本插图并没有像刘兴我刊本、双峰堂刻本那样摹仿叙述招安矛盾的情节。以李渔序本为例，其"小七倒船偷御酒 李逵扯诏谤朝廷"（第七十回），与刘兴我刊本、双峰堂刻本的叙事无甚差别，但是它们的插图却迥然有异。暂且不论阮小七"偷御酒"有无入画，仅就李逵扯破诏书、殴打陈太尉与李虞候来说，这部分内容占到了李渔序本书页的一半版面，共 8 行、222 字；萧让宣读诏书的内容为 5 行；宋江亲自护送陈太尉下山的内容仅占 2 行、74 字。由此可见，"李逵扯诏谤朝廷"属于插图所在页的叙事重心，但李渔序本的插图者显然有意忽视之，因其只选择了宋江"礼送"陈太尉下山这一情节入画。

与此形成鲜明对比的是，刘兴我刊本与双峰堂刻本（图 4-5）插图不但揭示了第二种招安矛盾，而且都选择李逵"扯诏书"这一情节入画。插图将故事场景由室内转移到户外，以远山为背景，左侧绘有半棵树，下方点缀着几片竹叶。画面疏略、拙朴，然而呈现的重点与意图非常明显，因为读者可以看到左侧人物正在伸手指向右侧人物，后者戴着方顶硬壳幞头帽，当为御史陈太尉，前者则

---

[1] 容与堂刻本与杨定见本《水浒传》插图，是"全图"类型的代表。容与堂刻本的插图严格执行每回两图的配置，而且"偷御酒""扯诏谤徽宗"情节以回目标题的形式出现，所以图像自然展现了此次围绕"如何招安"的矛盾。但是，杨定见本插图并非固定的每回配置两图，也并不一定就是回目图，"燕青智扑擎天柱 李逵寿张乔坐衙"一回竟然配有 3 幅插图，榜题分别为"智扑擎天柱""寿张乔坐衙""李逵闹书堂"。然而吊诡的是，"李逵闹书堂"的情节在小说中总计 58 字，分量极其微小，也未曾出现在回目标题之中。在接下来"偷御酒""谤徽宗"的一回中，却只有 1 幅榜题为"阎罗尝御酒"的回目图，杨定见本《水浒传》非但将"偷御酒"改成了"尝御酒"，而且也未选择"李逵扯诏谤徽宗"这一主要情节入画。

是愤怒撕破诏书的李逵，而诏书则处于刚刚被扔出、飘落至地的过程中。虽然插图无声，但我们却不难想象李逵冲着陈太尉的叫骂。宽泛地讲，李逵扯破诏书、打人、谤徽宗以及众将士对御酒的不满，都能表现出"如何招安"的矛盾，但严格来说，撕破代表朝廷的诏书属于最大限度反映招安矛盾的行为，因为这是对政权最直接、最激烈的反抗。

图 4-5　"李逵扯破朝廷诏书"
《古本小说丛刊》（第 12 辑）

插图者是否选择招安矛盾入画以及如何图绘等，包含着深刻而且独到的观看之道。因为"注视是一种选择行为"[1]，带有很强的主观目的性，所以眼睛只会看到我们渴望注视的事物。很显然，就杨定见本与李渔序本插图而言，其焦点并不是招安矛盾；但刘兴我刊本与双峰堂刻本的插图者，却选择了招安矛盾并将其图像化。后者的眼睛"被来自世界的某一特定的影响所感动，并通过手的各种形迹把这种影响恢复成可见者"[2]，这"某一特定的影响"即人对世界

1　〔英〕约翰·伯格：《观看之道》，戴行钺译，广西师范大学出版社 2005 年版，第 2 页。
2　〔法〕莫里斯·梅洛-庞蒂：《眼与心》，杨大春译，商务印书馆 2007 年版，第 42 页。

的认识。进而言之，招安矛盾入画与否以及为何如此刻画，都能够在插图者身上找到原因。当然，杨定见本与李渔序本的原因有可能不尽相同。[1]

以前者为例，作为李贽的资深弟子，杨定见在业师处享有不凡的评价："若能不恨我，又能亲我者，独有杨定见一人耳。"[2]纵然并非最直接的插图者，但杨定见在重编《水浒传》时扮演了举足轻重的指导角色。他认为，"非卓老不能发《水浒》之精神"[3]，而"《水浒》之精神"指的是李贽所反复强调的"忠义"[4]。在宋江以《满江红》传达招安理念之际，武松与李逵"不合时宜"地发表反对意见，甚至做出"把桌子踢起，撅做粉碎"（第七十一回）这般几乎愤怒至极的抗议，显然不是心怀忠义之人所为，也给宋江"一意招安，专图报国"的忠义之举带来不和谐音符。所以，杨定见重编《水浒传》时，在"忠义堂石碣受天文 梁山泊英雄排座次"一回的插图配置上，有意挑选其乐融融的"赏菊集群英"，以此掩盖"是否招安"的矛盾。而在面对第二种招安矛盾，即"如何招安"时，杨定见维护"忠义"的意图愈发昭彰。一方面，他需要考虑书商规定的"拔其尤，不以多为贵"的插图配置原则[5]；另一方面，他还要受制于既定插图数量（120幅）。因此，杨定见宁肯为"活阎罗倒船偷御酒黑

---

1 需要补充说明的是，虽然明代很多著名画家（如唐寅、萧云从、陈洪绶等）绘制文学插图，但大量的插图者和版画刻工属于普通工匠，难以记录和保存创作意图。因此，我们更多的是通过插图及其与小说的关系、序跋等相关文献探讨插图者的意图。
2 ［明］李贽：《焚书·续焚书》，中华书局1975年版，第107页。
3 ［明］杨定见：《〈忠义水浒全书〉小引》，马蹄疾辑录：《水浒资料汇编》，中华书局1977年版，第11页。
4 ［明］李贽：《焚书·续焚书》，中华书局1975年版，第109页。
5 ［明］袁无涯：《〈忠义水浒全书〉发凡》，马蹄疾辑录：《水浒资料汇编》，中华书局1977年版，第13页。

旋风扯诏谤徽宗"的前一回"燕青智扑擎天柱 李逵寿张乔坐衙"设置3幅插图,也要删略原本应该摹仿李逵扯破诏书、毁谤徽宗情节的插图,其目的就是尽量减少图像对招安矛盾的再现,规避梁山泊内部对招安的质疑与反对,努力打造出《水浒传》整体的"忠义传记"形象。

三、 插图对梁山好汉牺牲场面的强化与弱化

七十回《水浒传》主要流行于清代,因此,所有明刊插图本均有梁山好汉履行招安使命的情节。[1]梁山泊队伍在各类大大小小的战斗中,虽然最终获得成功,但也有过挫折,甚至还有逼得宋江拔剑自刎的惨败,流血牺牲更是难以避免。那么,插图又是如何展现这些情节的呢?

藏于德国德累斯顿萨克森州图书馆的《忠义水浒传》,其残存部分较少,开卷便是第八十三回"宋公明奉诏破大辽 陈桥驿泪滴斩小卒";末尾一回虽然没有回目标题,内容却是宋江成功捉拿田虎、田彪,班师回朝之后又听闻河北王庆作乱。残卷保留了"破大辽""征田虎"的小说叙事以及73幅插图,恰好便于我们集中观照插图如何阐释梁山好汉履行招安使命。

与小说章目标题相似,插图榜题也是情节的凝练,故而,欲考

---

[1] 金圣叹尽管很早就开始评点《水浒传》,却是在崇祯十四年(1641)才为《第五才子书》作序,并且此际萌发了"'六才子书'的观念"。如此看来,被"腰斩"后的七十回《水浒传》及其插图,并未在明朝大规模出现(参见[清]金圣叹:《金圣叹全集》[第6卷],陆林辑校,凤凰出版社2008年版,第34页)。

察哪些情节入画，可以从榜题的文本调查开始。[1]结果显示，前述73幅插图榜题皆为主谓结构的陈述句，拥有主语、谓语动词和宾语等完整的句子成分。主语多为人物姓名，最常见的是宋江和卢俊义，分别出现了21次和7次。谓语动词大多表示战斗，出现频率较高的有"打""攻""取""杀"等，其中用于梁山泊队伍攻打辽国与田虎的比较丰富，用于辽国、田虎攻打梁山泊队伍的非常单调，这是情节安排使然——小说主要叙写的是梁山泊队伍出征并主动攻打辽国、田虎，后者大多时候处于被动防守地位，"戏份"自然超不过前者。宾语可分为人名、地名、阵法三类，其中三分之二是梁山泊队伍所攻打的人物对象和地理位置。概言之，榜题多数模式为"梁山泊+攻打+辽国（田虎）"，这鲜明地反映在73幅插图之中：摹仿梁山泊队伍攻打辽国、田虎的插图共计32幅，而后者攻打前者的插图仅11幅。《水浒传》叙写梁山泊队伍损兵折将甚至惨败的情节多达十余处，但只有3处呈现在插图中。这就说明，插图很少选择梁山泊队伍战斗失利的情节。

如果进一步考察该版本小说情节入画的情况，我们就会发现，插图揭示梁山泊队伍积极履行招安使命的同时，却存在弱化战斗惨烈程度与自身损失的嫌疑。换言之，插图重在表现梁山泊队伍的忠义和英勇，而他们在战斗中的惨烈搏杀与失利大部分没有入画，被绘就成插图的只有"辽兵围困玉田县城"（第八十四回）、"魏州城中十将被陷"（第九十四回）、"马灵金砖打退宋军"（第九十五回）3幅。小说以19行文字叙述卢俊义败走玉田县，却只用了不到10行的文字叙述辽兵围困玉田县城以及宋江的解围。两部分情节出现在相

---

[1]《水浒传》章目标题有一定规律可循，如果由此分析插图的类型化、程式化以及小说与插图的关系史，不失为一种有益的尝试，笔者将另文探讨这一问题。参见程国赋：《中国古代小说命名刍议》，《文艺研究》2011年第11期。

联的两页上，然而，插图者只选择了后者入画（图 4-6）：插图以虚写实，仿佛戏剧舞台的场景，紧闭的城门、高耸的城墙意指玉田县城，两名手执旗帜的士兵以及露出的部分兵刃，转喻"四下围得铁桶一般"的辽国军队（第八十四回）。图像仅仅是以客观、平淡的口吻叙述这一情节，没有流露卢俊义兵败如山倒及其被包围的恐慌。

图 4-6 "辽兵围困玉田县城"
《古本小说丛刊》（第 19 辑）

残本《忠义水浒传》第九十回是"魏州城宋江祭诸将 石羊关孙立擒勇士"，讲述了新近投降宋江的十名将领，在攻打魏州的战役中身先士卒，却不幸连入守军设置的陷坑之中，并全部被搠死，"两千军马不留得一个回阵"，场面极其惨烈。图 4-7 左侧阴刻与阳刻交错之处是魏州城墙；插图的主体是一个圆形状物体，四周高、中间低的视觉效果暗示此乃魏州守军所设置的陷坑；陷坑中有十个人，即攻打魏州战役中牺牲的十名将领，他们被刻画成半截身体已经埋在地下的状态。但是，插图者并没有刻画他们被搠死的瞬间，也没有显示陷坑周围所埋伏的枪手。仅从插图中各位将领的面目来看，读者甚至不能确定他们的生死状况，更无法释读出其牺牲的原因，战斗的残忍性也就大大降低。从上述两幅偏像来看，狭小的版面空间客观上限制了文学成像的形态，因为即便插图者画技高超，也很难再现围困卢俊义的千军万马以及十位将领连人带马被撺死于陷坑之中的场景，所以才会以部分士兵代替整个辽国军队，以面目模糊的半身像意指已经牺牲的将领们。

图 4-7 "魏州城中十将被陷"
《古本小说丛刊》（第 19 辑）

此外，在榜题为"马灵金砖打退宋军"的插图中，马灵"脚踏风轮"轻松战败梁山好汉，以及后者狼狈逃回本阵的情状都没有被刻绘出来。相似的情况还出现在全图类插图系统，例如：容与堂刻本的 200 幅插图中，只有 2 幅图像分别摹仿了解珍、解宝兄弟以及张顺的牺牲；杨定见本的 120 幅插图，仅 1 幅插图展示了梁山泊队伍在履行招安使命过程中的牺牲，阵亡的无数士兵以及 59 位梁山好汉并未入画。简言之，明刊本插图者弱化了履行招安使命过程中的挫折、艰难与牺牲。例外的是，唯独双峰堂刻本、刘兴我刊本《水浒传》插图强化了张顺阵亡时的悲壮场面。如前者的"张顺被箭枪射死涌金门"一图，插图右侧为城墙，上有手持弓箭的两名守军，插图左侧为宽阔的水域，其中有八支箭飞向张顺。身中四箭的张顺两手摊开、双目紧闭，宛若牺牲前的定格画面。[1]

---

[1] 关于插图对梁山好汉牺牲场面的阐释问题，陆敏《明刻〈水浒传〉插图对梁山受招安事件的诠释》（《现代语文》2014 年第 2 期）值得参考。

就明刊本《水浒传》的整体情况而言，无论刊刻质量高低，也无论空间、表现能力大小，插图大多弱化了梁山队伍履行招安使命过程中的牺牲，尽管有的版本也强化了牺牲场面，却并非主流现象。这背后隐藏着插图者、书商甚至整个时代对《水浒传》的文学接受倾向。双峰堂刻本卷首为《题〈水浒传〉序》，谓梁山好汉"虽未必为仁者博施济众，按其行事之迹，可谓桓文仗义，并轨君子"[1]。这篇序言的作者非常清楚英雄在接受招安前后的变化，招安之前的梁山集团虽然打出了"替天行道"的旗号，却并没有付诸实践，无论出于何种原因攻打祝家庄、东平府、东昌府等，都不能为其盗寇行径做出有效辩护。接受招安之后，梁山队伍去攻打辽国、田虎、王庆与方腊，即便这是中了奸臣"借刀杀人"的阴谋，也着实解除了国家的外患与内忧。就此而言，梁山好汉们确有"为国之忠""济民之义"[2]。刘兴我刊本、钟惺批本的序言都存在类似的表述："致身王室，力扶宋祚之倾"[3]，"《水浒》中极奇绝者，……在锄奸劈邪，杀恶人如麻，吐世人不平之气于一百单八人"[4]。这些文献普遍反映了《水浒传》在明代的接受状况：梁山好汉为国为民的忠义形象在人们心中业已形成，尽管在招安之前的盗寇身份属于不争的事实，但这并没有影响读者对他们的尊重和喜爱。因而，对于英雄履行招

1　[明]天海藏:《题〈水浒传〉序》，《古本小说丛刊》（第12辑），中华书局1991年版，第3页。

2　[明]天海藏:《题〈水浒传〉序》，《古本小说丛刊》（第12辑），中华书局1991年版，第4页。

3　[明]汪子深:《序〈水浒忠义志传〉》，《古本小说丛刊》（第2辑），中华书局1990年版，第2页。

4　[明]钟惺:《〈水浒传〉序》，《古本小说丛刊》（第24辑），中华书局1991年版，第6页。需要说明的是，这段话在钟惺批本、李渔序本中均有出现，当为后者引用前者。

安使命过程中的牺牲，明代的插图者很少选择入画，即便将之刻画成图像，也平添了许多温婉与体面。

四、 插图对招安结局的认同与不满

除了在南征方腊战斗中阵亡的以及病故的、不愿回京朝觐的梁山泊一百零八将，小说的最后两回集中交代英雄"受招安"的其他三种结局：接受朝廷的加官晋爵，继续为国家效力，如呼延灼、凌振等；同样是为官，却最终被奸臣害死，如宋江、卢俊义等；推辞掉封赏并回乡为民，如阮小七、柴进等。而在所有英雄的招安结局中，小说着墨最多的是宋江等人接受朝廷任命却被害死的情况，从理论上宣告了招安失败。那么，插图对此又是如何阐释的呢？

一方面，全像类插图都表示出强烈的不满，因为它们都摹仿了卢俊义之死与宋江之死，并且存在许多共同之处。双峰堂刻本《水浒传》用了3幅插图展现宋江之死的过程："宋公误饮药酒""宋江赐药酒与李逵""宋公明灵柩葬于蓼儿洼"（第一百零四回）。刘兴我刊本《水浒传》的相关插图也有3幅："宋江与李逵饮药酒""李逵别宋江回润州""花荣吴用缢死坟前"（第一百一十五回）。李渔序本亦是如此："上赉鸩酒宋江误饮""宋江赐酒与李逵饮""吴用花荣自缢冢上"（第一百一十五回）。从上述插图榜题来看，双峰堂刻本的插图者将宋江之死归因于"误饮药酒"，忽视了奸臣向御酒中下毒这一关键情节；刘兴我刊本从根本上回避了毒酒的来源；李渔序本则直接认定是皇帝赐给宋江毒酒，后者"误饮"才导致死亡。

读者观看这些插图后的第一个疑问便是何为毒酒的来源；第二个疑问是，宋江率梁山队伍为国家南北征战、功劳显赫，缘何会被皇帝赐毒酒，又为什么会发生"误饮"的小概率事件。作为文学的图说，插图在叙述《水浒传》时具有在场感，它可以让读者感到"所描述的景象历历在目"[1]，然而图说的景象却普遍与小说情节大相径庭。因为真正害死宋江的肇事者并未出现，实际上这是插图者的"留白"，读者观看留白，"就意味着在知觉对象中补充了一件本应该在而不在的东西，他不仅强烈地感到'它的不在'，并且把这种'不在'视为眼前所见景象的一个'特征'"[2]。换言之，插图者在此"阻塞视野"，故意混淆宋江之死的真正原因，[3]旨在激起读者对肇事者的追寻与问责。由此可见，对于宋江、卢俊义之死以及他们的招安结局，这三个版本的《水浒传》插图者都抱有不满，但他们并没有明确图说，盖因这种不满"不能说""不便说"或者"说不清"。

另一方面，全像类插图却又都认同天帝（玉帝）、皇帝以及乡民对梁山好汉的表彰，它们全部绘就了靖忠之庙与宋江祠堂。给予功臣配享的资格以及为功臣单独建立庙宇，属于皇帝的表彰；乡民建立宋江祠堂，则当是一种来自民间的褒奖与崇拜。在小说文本中，宋徽宗梦游梁山泊，听完宋江灵魂的诉冤之后询问："卿等已死，当往受生，何故相聚于此？"宋江回答道："天帝哀怜臣等忠义，蒙玉帝符牒敕命，封为梁山泊都土地。"梦醒之后，宋徽宗封宋江为"忠烈义济灵应侯"，并亲自书写"靖忠之庙"的牌额（第一百二十回）。可以说，宋徽宗的这一举动上合天意、下应黎民。而且，所有

1　〔美〕鲁斯·威布：《实现图画》，张宝洲译，张宝洲、范白丁选编：《图像与题铭》，中国美术学院出版社2011年版，第29页。

2　〔美〕鲁道夫·阿恩海姆：《视觉思维：审美直觉心理学》，滕守尧译，四川人民出版社1998年版，第116页。

3　图像的目的不仅仅是"可见"与"再现"，同时也是"掩埋"和"隐藏"。参见〔法〕朱利安：《大象无形：或论绘画之非客体》，张颖译，河南大学出版社2017年版，第34页。

全像类插图对宋江祠堂与靖忠之庙的刻画并无本质差别，以双峰堂刻本《水浒传》为例，二者仅有一处不同，即后者的窗户上写有"靖忠庙"的字样。

此外，在全图类插图系统中，容与堂刻本最后一回的插图榜题为"宋公明神聚蓼儿洼"，画面绘有三位正在祈福的人，以此神化宋江并突出其死后的"显灵"。杨定见本《水浒传》最后一回也有一幅插图，其榜题是"蓼儿洼显神"，图像绘刻的却是宋徽宗梦游梁山泊，榜题与图像显然错误地搭配在了一起。从符号学的角度讲，语言是实指符号，而图像是虚指符号，意指虚、实上的巨大差异决定了二者共处同一文本时，语言的实指性会驱逐图像的虚指性，受众就会相信前者所言，而非后者所绘。鉴于此，我们认为杨定见本《水浒传》最后一幅插图的原意也是为了体现来自皇帝或者乡民的表彰。明刊本《水浒传》的插图者无疑都认同这种表彰行为，然而他们又同时不满宋江之死，并简单将之归因于朝廷中的奸臣。我们不难发现，图像对招安结局的悖论性阐释早在《水浒传》的木刻插图阶段便已开始。

总之，明刊本《水浒传》的多数插图规避了梁山泊内部关于招安的矛盾，也有少数插图勇于揭示之，这就表明它们的插图者在理解招安性质上存在分歧。前者认为招安矛盾有悖于小说整体"忠义传记"的形象，后者则通过对招安矛盾的揭示，完整保留了梁山好汉们思想上的转变。[1]有趣的是，无论揭示还是规避招安矛盾，绝大

---

[1] 前文引述了双峰堂刻本《水浒传》的序言："虽未必为仁者博施济众，按其行事之迹，可谓桓文仗义，并轨君子。"这一重要文献表明，刊刻者非常清楚梁山好汉们在接受招安之前的性质。面临招安时的态度以及内部就招安而生的矛盾，恰恰能够反映出好汉们在转变自身性质上的考虑。

部分明刊本插图都弱化了梁山好汉在履行招安使命过程中的牺牲场面，盖因他们的忠义形象已经被烙印在广大读者心中。而在英雄招安结局的问题上，包括插图者在内的明代读者群体，既对宋江之死抱有极大不满，同时又认同皇帝与民间对宋江的表彰与神化，格外矛盾的心理由此可见一斑。就此而言，我们不妨将图像视为对文学的"隐语"阐释，图像本身没有声音，它所阐释出的观念、意义与意味便都隐藏在了笔墨线条之中。[1]

---

1 图像的这种"隐语"阐释，是相对于金圣叹明确以"腰斩"《水浒传》来阐释招安而言的。金圣叹将"腰斩"解释为他对作者原意的尊重，因为删掉的部分皆是梁山好汉"忠义"之举，故而"削'忠义'而仍'水浒'者，所以存耐庵之书其事小，所以存耐庵之志其事大"（参见［清］金圣叹：《金圣叹全集》［第3卷］，陆林辑校，凤凰出版社2008年版，第17—18页）。"腰斩"《水浒传》固然有着一定的思想动机和深层的文化原因，然而，一个不争的事实是，金圣叹伪撰《贯华堂所藏古本〈水浒传〉前自序》以凸显"删改本"之正宗，不但带有为自己辩护的意味，而且还明确表达了他在招安问题上的反对态度（参见樊宝英：《金圣叹"腰斩"〈水浒传〉、〈西厢记〉文本的深层文化分析》，《文学评论》2008年第5期）。

第五章
《水浒传》的图像传播

"书籍的插画,原意是在装饰书籍,增加读者的兴趣的,但那力量,能补助文字之所不及,所以也是一种宣传画"[1],鲁迅的这则经典论断,可以说是中国现代学术对图像传播问题的较早关注。还有学者在此基础上佐以书籍价格等文献,论证插图刺激了明清小说"在广大读者特别是具有相当文化素养及欣赏品味的文人士子及认同文人品味的官僚、富商阶层中的传播"[2]。围绕"图像传播"的成果,也多以整理小说的图像文献见长,包括图像类型,插图者、书坊主及其所参与的生产过程,乃至受众圈层等因素,都被纳入了探讨范围。[3]这是图像传播在"媒介"意涵层面上的研究。

但"媒介"只是传播(communication)在17世纪末之后的重要引申意,后者拉丁文词源communis的最初本意是"使普及于大众""传授"的动作[4]。而"单就文本文学之后的历史来看,图像对于文学的重要意义之一是它的传播作用",此处所谓的"传播"即图像如何在大众层面普及文学,特别是被郑振铎誉为"登峰造极,光

---

[1] 鲁迅:《"连环图画"辩护》,《鲁迅全集》(第4卷),人民文学出版社2005年版,第458页。
[2] 宋莉华:《插图与明清小说的阅读及传播》,《文学遗产》2000年第4期。
[3] 吴萍:《〈水浒传〉图像传播研究》,上海师范大学硕士学位论文,2006年。
[4] 〔英〕雷蒙·威廉斯:《关键词:文化与社会的词汇》,刘建基译,生活·读书·新知三联书店2005年版,第73—74页。

芒万丈"的明代万历年间版画,以繁荣的图像艺术"极大地推动了小说戏曲等文学的民间传播"。[1]我们由此不免联想到美国著名学者梅维恒的《绘画与表演》一书,通过追溯古印度的看图讲故事传统,解释中国古代"讲说'变'的人在表演时就使用'变相'作为一种解说故事的手段",而"变"与"变相"的关系,同元代以降平话与"图画前后连续,描绘故事"的插图之间,存在着明显的承续关系。[2]

可见,对"传播"的不同理解,决定了上述两种研究范式的差异。《水浒传》被改编为戏曲表演、连环画,或者配置书籍插图,无论图像是静态的还是动态的,它都通过小说之外的其他媒介普及了小说主题、故事与人物等。年画、瓷画等大量民间图像再现《水浒传》,以至于中国人无人不知"武松打虎",无人不晓梁山泊英雄义气。除此之外,《水浒传》作为中国古代小说的典范,广受海外读者热爱,成为我们传播"中国故事"的重要窗口,而小说被翻译成他国语言的同时,插图也被格外重视。这就需要我们思考,图像在《水浒传》的海外传播中扮演着什么角色。承上文所述,本章综合两种范式的各自优长,尝试探讨《水浒传》的图像传播问题:一方面,从图像的物质性入手,还原传播路径与过程;另一方面,着眼于文学意义如何通过图像传播,传播的效果又是一番什么景象。

第一节 《水浒传》图像叙事与"义"的传播

尽管《水浒传》以道教的祈禳为楔,以托梦皇帝给宋江建立庙

---

[1] 赵宪章:《文体与图像》,人民文学出版社2014年版,第150页。
[2] 〔美〕梅维恒:《绘画与表演——中国的看图讲故事和它的印度起源》,王邦维、荣新江、钱文忠译,北京燕山出版社2000年版,第1—4页。

宇为终，同时含有因果轮回等佛教因素，表征了明代"三教混一"的思想现状，但较之道、佛，深刻影响中国读者的仍然是其中的儒家意识形态。也正是因为认识到小说"忠""义"两大主题属于儒家意识形态的范畴，李贽才会不遗余力地褒扬梁山好汉"大力大贤"[1]。如果说李贽所言精确命名和定位了儒家意识形态中的"义"，因而可以被比作"钉子"；那么，摹仿自小说的《水浒传》图像则是"视觉锤"，它以强势的传播力将"义"植入受众内心深处。[2]在"文学与图像关系"理论的烛照下，本节将探讨图像叙事如何传播"义"这一《水浒传》主题，以及取得了怎样的效果。

一、"义"的类型及其文学图像

"义"（義）为会意字，《说文解字》释曰"己之威仪，从我羊"，"羊"即祭祀品，引申为人头上的帽饰，"我"部则指武器，所以从词源学的角度讲，"义"的本义是头戴礼帽、手执兵器的仪仗队。[3]"义"在《论语》中出现了24次，大多情况下笼统指称君子的

---

[1] ［明］李贽:《焚书·续焚书》，中华书局1975年版，第109—110页。有学者仅仅从"童心说"出发，认为李贽以此反对儒家礼法。事实却并非如此，李贽高度评价以宋江为首的梁山好汉，并对《水浒传》冠以"忠义"二字，其对礼法的重视可见一斑。参见许苏民:《李贽评传》，南京大学出版社2006年版，第206—214页；周群:《儒释道与晚明文学思潮》，上海书店出版社2000年版，第112—115页；龚鹏程:《晚明思潮》，商务印书馆2005年版，第20—24页。

[2] "名实问题"是语言学的核心命题，因此语言被看作"可名"符号，其基本功能就是为世界命名。基于这一原理，现代营销业将重心放在定位和确定战略目标上，即找到所谓的"语言钉子"。但仅有"语言钉子"还远远不够，图像这种"视觉锤"是帮助"语言钉子"楔入消费者心智"最好、最有效、最有说服力"的途径。详见〔美〕劳拉·里斯:《视觉锤》，王刚译，机械工业出版社2013年版，第15—21、181—182页。

[3] ［汉］许慎:《说文解字》，段玉裁:《说文解字注》，上海古籍出版社1981年版，第633页。

良好品行，但没有具体外延；《荀子》"正名篇"则明确赋予"义"以正义的意思[1]；《中庸》云"义者，宜也"，孔颖达据此认为"义"乃适宜性[2]。可见，在不同经典中，或者在同一经典的不同语境中，"义"的所指都并非完全一致，《水浒传》亦是如此。然而，学界对这一主题的复杂性认识不足，缺乏全面分析的同时，更无人关注"义"的图像传播。

既往研究的另一个缺陷在于，抹杀了"忠""义"之间的区别，甚至将"忠义"理解为仅仅表达"忠"的偏义复词。不过，明清时期的读者却十分清楚——无论李贽的"忠于君""义于友"，余象斗的"尽心于为国之谓忠，事宜在济民之谓义"，还是金圣叹的"忠者，事上之盛节也；义者，使下之大经也"，他们都明确意识到"忠""义"主题之间的差异，尽管对"义"的理解不尽相同。[3]据资料显示，"忠"的概念自先秦之后便已经固定，特指下对上、臣对君的道德准则。[4]虽然在《水浒传》中偶尔也有"义"指代"忠"的情况，但是受众容易把握文本意图而不至于误读，所以，我们主要归纳除此之外"义"的其他类型及其图像叙事[5]。

---

1 王先谦：《荀子集解》，中华书局1988年版，第413页。
2 ［汉］郑玄注，［唐］孔颖达疏：《礼记正义》，北京大学出版社2000年版，第1683—1684页。
3 ［明］余象斗：《题〈水浒传〉序》，马蹄疾辑录：《水浒资料汇编》，中华书局1977年版，第9页；［清］金圣叹：《金圣叹全集》（第3卷），陆林辑校，凤凰出版社2008年版，第17—18页。
4 霍有明：《由"义"词源的演化略探〈水浒〉的"忠"、"义"》，《唐都学刊》2001年第4期。
5 如前所述，以《水浒传》为代表的文学名著，其图像叙事历史悠久、形态丰富，可根据运动与否分为"静态图像"和"动态图像"两大类型。就《水浒传》而言，"静态图像"包括版画插图、连环画以及民间美术中的图像；"动态图像"指改编自这部小说的电影、电视图像。而本书的研究对象，主要是《水浒传》的"静态图像"，因为古今同理，"静态图像"只是"动态图像"的暂停模式。

在一百二十回《水浒传》中，"义"字总共出现1076次，除去毛仲义、王义、卢俊义等人物姓名，由"义"组成的词语及其词频统计如下（表5-1）：

表5-1 《水浒传》"义"的文本调查表（百二十回本）

词语	义士	忠义堂	忠义、忠肝义胆	义气	聚义厅	结义、认义、拜义	大义	聚义	仗义	呼保义	背义、不义、无义、失义
词数	1	1	2	1	1	3	1	1	1	1	4
词频	71	65	60	43	41	28	27	26	21	14	14

词语	仗义疏财、疏财仗义	仁义	恩义	孝义	义释	义勇	起义	义胆	义夫节妇	义夺、义友、义弟、义理、有德有义、有仁有义、有义
词数	2	1	1	1	1	1	1	1	1	7
词频	13	10	9	4	4	3	3	2	2	1

通过上表可知，"义"的衍生词共计34个，但它们的词频悬殊：使用频率最高的是"义士"，共计出现71次；"义理"等词的出现次数只有1次。并且，词语之间的意义有不少重叠之处。"义士"是社会对好汉们的尊称，高俅、宿元景、闻焕章等朝廷官员对梁山好汉们，金老对鲁达，施恩父子对武松，都是这般称呼，所以，这里的"义"只是笼统意味着仗义的好汉不同于一般贼寇。"忠义堂""忠义""忠肝义胆"以及"义胆"，则明确表示"义"是区别于"忠"的另一种重要品质，即敢于为友人或知己赴汤蹈火，甚至是"士为知己者死"式的自我牺牲，比如阮氏兄弟为晁盖劫取生辰纲、晁盖等人在江州劫法场等。"义气"既指上述为他人奉献的精神，同时还指代一般意义上人与人之间美好的情感，比如梁山好汉在攻打祝家庄、方腊等的过程中，总担心争功坏了义气。"聚义厅"在《水浒

传》中极为常见，不为梁山泊所独有，像李忠、王英等人盘踞的桃花山和清风山，或者说但凡"占山为王"之处，都存在"聚义厅"，其中的"义"与"结义""认义""拜义"相似，即维系人们的一种无关于血缘的亲密关系。通过详实的文本调查，我们不难看出"义"在小说中的多重意指，也可以由此归纳出"义"的若干类型。[1]

第一种类型的"义"特指正义。金老称呼鲁达为"义士"便是对其正义帮扶的钦佩与赞赏，晁盖劫取生辰纲的原因则在于后者"不义"，即非正义，而且朝廷的部分军队也被冠以"忠义"，取自"正义之师"的意思。我们不妨就以鲁达为例，考察《水浒传》图像如何反映了正义和非正义。

明代早期双峰堂刻本《京本增补校正全像忠义水浒志传评林》的插图属于"全像"，图5-1除了"鲁达打死郑屠"的榜题之外，上方还有一则"评打郑屠"的评语："鲁达打死郑屠，须是气所使，但郑屠四（恃）强勒骗，乃天理昭彰，报应之速。"在画面中央，头戴帽饰、长有络腮胡子之人即为鲁达，他正抬起紧握拳头的右手，准备向躺在地上的人打去。鲁达双脚迈开，呈现出挥拳前进的姿势，意味着他并未准备收手，而是持续击打。毫无疑问，躺在地上挨打之人便是郑屠，根据头发散乱的方向，我们大致可以判断郑屠是从画面左侧向右被击打在地。版画刻工故意将鲁达的身材绘刻得更魁

---

[1] 对文本进行词频统计，可以更加细致和全面地考察《水浒传》中的"义"，这与形式美学"通过形式阐发意义"的研究理念相契合。但是，长期以来"文以载道"的学术惯性，使学界失去了文本调查的耐心，学术研究也就失去了应有的客观与严谨。比如，《水浒传》仅仅在柴进、朱仝、晁盖、宋江、叶孔目、戴宗等六人出场时，才介绍了他们"仗义疏财"，并非"《水浒》英雄个个仗义疏财""都有仗义疏财之德"。详见傅承洲：《〈水浒〉忠义思想的纵向考察》，《湖北民族学院学报》2006年第5期；刘洪祥：《浅论〈水浒传〉中"义"的价值评判》，《水浒争鸣》（第十辑），崇文书局2008年版，第114—116页。

梧一些，郑屠则相对瘦小，但后者躺下时双手摆放的状态与现实并不相符，左手的大拇指不应像画面中那样朝向身体外侧。不过，这都不影响我们看出郑屠无力反抗鲁达的击打。评语直接传递出对鲁达正义行动的赞赏与认同，图像同样如此，因为画面没有反映郑屠的任何抵抗，纯粹是鲁达之正义的个人表演，特别是他持续击打不正义的郑屠，给观者一种淋漓尽致的感觉。说到底，鲁达履行正义的图像之所以能够给人以审美快感，根源在于"义"精准定位了起源于渴望报复和平等的理念[1]。

图 5-1 "鲁达打死郑屠"
《古本小说丛刊》（第 12 辑）

　　第二种类型的"义"意谓人与人之间美好的情感，它不仅包括普通的友谊，也包括"交情浑似股肱，义气如同骨肉"的金兰结义；不但超越阶层之别，又独立在法律之外。例如，李逵央求燕青一同前往泰安州，燕青"怕坏了义气"才勉强同意，读者将这里的"义气"理解为和气、友谊或者结义兄弟之情，都无可厚非。又如词频

---

[1] "文明社会的正义由两个来源产生：一方面是在人类的本性中取得自己的来源，另一方面又从建立于私有财产基础上的社会环境中取得自己的起源。"简言之，正义起源于人们对报复和平等的渴望。详见〔法〕保尔·拉法格：《思想起源论》，王子野译，生活·读书·新知三联书店 1963 年版，第 67 页。

较高的"仗义"——柴进的"仗义疏财",首先是对与他人之间友谊的重视,而且是为了帮助他人,甚至不顾对方有无犯罪,也不会考虑自己的行为合法与否,只要帮助了需要帮助的人,柴进就认为他的"仗义"具有存在的合理性。再如"义释""义夺",像朱仝"义释"宋江和雷横明显违法,而武松出于友情以及知遇之恩帮助施恩"义夺"快活林,也很难说是正义的。

《水浒传》图像与文学的叙事立场一致,并不顾及"义"的复杂性,只是一味地表彰"义"这种情感。[1]我们不妨先来阅读《水浒传》相应回目的小说文本,朱仝与雷横前往宋家庄,奉命捉拿杀害阎婆惜的嫌疑人宋江。通过小说文本可知,《水浒传》并未对宋太公的庄园进行描写,宋江也只是在与朱仝对话末尾、即将分别之际,才一再称谢,那么插图是如何再现的呢?图5-2是容与堂刻本《水浒传》的插图,榜题为"朱仝义释宋公明",宋江即画面左侧从地窖中露出半身的人,正俯身向另一人——朱仝行拱手礼,而朱仝则左手指向墙外的枪矛等武器,面向宋江说话,似乎在告诉后者雷横在门外带兵守候。且看宋江面带微笑,衣着长衫,彬彬有礼,朱仝右手准备做出辞让的姿势,这当是宋江在感谢朱仝的"义释"。尽管图像右侧及下方点缀着花草,以及盆栽腊梅和石头,显示出宋江庭院

---

[1] 这就涉及图像的基本功能——图像表彰,下文将有详述。如果说语言的创立是为了记录"心灵的经验",那么制作图像的初衷与此无甚差别,或者说就是人类试图抗拒遗忘的另一条途径([古希腊]亚里士多德:《范畴篇·解释篇》,方书春译,商务印书馆2009年版,第60页)。正是在这一意义上,张彦远才将图像的功能推向与六经同样的高度——图像记录并表彰了忠、孝、烈士以及功臣,使观者"见善足以戒恶,见恶足以思贤。留乎形容,式昭盛德之事,具其成败,以传既往之踪",故而可以最终实现"成教化、助人伦"的效果。就此而言,图像再现原型的同时,也是对后者的表彰。详见[唐]张彦远:《历代名画记》,上海人民美术出版社1964年版,第1—4页。

的文人雅致，但都无法超越宋江对朱仝拱手称谢这一核心场景。

图 5-2　"朱仝义释宋公明"
容与堂刻本《李卓吾先生批评忠义水浒传》

第三种类型的"义"则专门用于啸聚山林者。一方面，他们都称自己为"聚义"，也会以"共聚大义"的美名邀请他人入伙，而其盘踞之地必有"聚义厅"。《水浒传》之所以忝列"四大奇书"，就是因为刻画了这群标榜"忠义"的绿林好汉，叙述了他们的传奇故事，堪称侠义小说的"源流"[1]：众人聚义于山林之间，建立了

---

[1] 鲁迅：《中国小说的历史的变迁》，《鲁迅全集》（第9卷），人民文学出版社2005年版，第349—350页。鲁迅认为以《三侠五义》为代表的侠义小说，"大概是叙侠义之士，除盗平叛的事情，而中间每以名臣大官，总领一切。……其中所叙的侠客，大半粗豪，很像《水浒》中底人物，故其事实虽然来自《龙图公案》，而源流则仍处于《水浒》。不过《水浒》中人物在反抗政府；而这一类书中人物，则帮助政府，这是作者思想的大不同处，大概也因为社会背景不同之故罢"。而早在明朝万历年间，天都外臣在为《水浒传》所撰写的序言中，就曾明确称宋江等人"有侠客之风，无暴客之恶"。详见［明］天都外臣：《〈水浒传〉序》，马蹄疾辑录：《水浒资料汇编》，中华书局1977年版，第2页。

一个远离世俗的乌托邦,时常行侠仗义,而杀人越货亦可不被追究,进则以招安为跳板来博取功名,退则隐遁江湖、浪迹天涯。诚如陈平原总结的那样,"要不就是时代过于混乱,秩序没有真正建立;要不就是个人愿望无法得到实现,只能靠心理补偿;要不就是公众的独立人格没有很好健全,存在着过多的依赖心理"[1],因此,类似《水浒传》的侠义小说对大众读者有着强烈的吸引力。

另一方面,如果说上述友谊会因为不顾一切而走向畸形,那么这一类型的"义"则可能更容易走向极端。例如"三打祝家庄",即便晁盖认为梁山泊自从火并王伦之后"以忠义为主,全施仁德于民",但仍会为了山寨"三五年粮食"去攻打祝家庄,况且宋江还辩解道"非是我等要去寻他,那厮倒来吹毛求疵,因而正好乘势去拿那厮""非是我们生事害他,其实那厮无礼"。[2] 换句话说,这种"义"是赤裸裸的强盗逻辑。也正因如此,这部小说才会被金圣叹认为是"已为盗者读之而自豪,未为盗者读之而为盗"[3],而自明代至今,《水浒传》一直被视作"诲盗"的教材,以至于民间流传"老不读《三国》,少不读《水浒》"之类的说法。

金庸认为"文化大革命"期间的暴力造反,与《水浒传》的

---

1 陈平原:《千古文人侠客梦——武侠小说类型研究》,人民文学出版社 1992 年版,第 7—11 页。
2 施耐庵、罗贯中:《水浒全传》,上海古籍出版社 1976 年版,第 598 页。
3 [清] 金圣叹:《金圣叹全集》(第 3 卷),陆林辑校,凤凰出版社 2008 年版,第 17—18 页。

"诲盗"有着莫大的关联。[1]不过，当时贴有"四旧""禁书"标签的《水浒传》鲜为读者阅读，反而是那些体积较小、携带方便，内容压缩、图文并茂的连环画成了首选的接受方式。所以确切地说，即便此时《水浒传》起到了"诲盗"的作用，也是主要通过图像。仅以"文革"前出版的最后一部《水浒传》连环画——《燕青打擂》为例，图5-3中李逵看到任原的徒弟哄抢赏品后"睁圆怪眼，倒竖虎须"，由于没有随身携带板斧，"便把杉刺子撅葱般拔断，拿两条杉木在手，直打将来"。[2]李逵非常醒目地位于图像的正中央，双手分别持有两截木棍，其放射状的髭须率先给人一种凶猛的印象。通过李逵腰带飞舞的方向，及其右腿弯曲、左腿伸直的架势，我们断定他当时正在向自己身体的右侧移动，由此，李逵也摆出了一个戏曲舞台表演打斗时的旗鼓。环视其左前方正在逃散的人群，以及来自右后方胆怯的目光，李逵"路见不平"的性格呼之欲出。《水浒传》图像诚然表彰了李逵对任原徒弟哄抢赏品这种"不义"的打击，但并不能由此认为李逵"拔刀相助"式的侠义值得绝对肯定，换言之，图像没有对侠义的伤及无辜、尺度问题等做出客观评析。长此以往，图像未加限制地表彰侠义精神，产生"诲盗"的负面影响也就不足为奇了。

---

[1] 金庸、〔日〕池田大作：《探求一个灿烂的世纪：金庸/池田大作对话录》，北京大学出版社1998年版，第317—320页。关于批评《水浒传》"诲盗"的著述难以计数，比如袁中道曰"崇之则诲盗"（〔明〕袁中道：《游居柿录》，上海远东出版社1996年版，第211—212页），清人也说"崇义于盗"等（〔清〕西湖钓叟：《续金瓶梅序》，朱一玄编：《金瓶梅资料汇编》，南开大学出版社1985年版，第407页），梁启超则认为所有的古典小说都是"海淫诲盗，不出二者"（〔清〕梁启超：《变法通议·论幼学》，梁启超：《饮冰室合集·文集》［第1册］，中华书局1989年版，第54页）。由此可见，《水浒传》作为侠义小说的先驱以及英雄传奇题材的佼佼者，对中国读者的影响力之大。
[2] 〔明〕施耐庵、罗贯中：《水浒全传》，上海古籍出版社1976年版，第915页。

图 5-3 王静洲《燕青打擂》
辽宁美术出版社 1957 年版

事实上，我们人为地区分《水浒传》中"义"的三种类型，只是为了便于分析和论述，而且图像对"义"的再现也从来都不是如此明确。从根本上讲，这一情况是图像符号的虚指性使然。因为图像的生成是以原型为参照[1]，即能指与所指物的相似，然而，相似性恰恰导致了图像意指的模糊。较之图像符号，语言符号的表意原理是语音能指和语义所指之间的任意性，纵然能指与所指物不相似甚或相悖，都不影响符号的准确意指。就此而言，语言是一种实指符号，图像则是一种虚指符号。[2]

---

[1] "图像"（image）和"摹仿"（imitari）的词根有关，即与原型相似。详见〔英〕雷蒙·威廉斯：《关键词：文化与社会的词汇》，刘建基译，生活·读书·新知三联书店 2005 年版，第 224—225 页；〔美〕鲁道夫·阿恩海姆：《视觉思维：审美直觉心理学》，滕守尧译，四川人民出版社 1998 年版，第 18—19 页。

[2] "语言和图像的关系史证明，能指和所指关系的'任意性'造就了语言的实指本性，'相似性'原则决定了图像的隐喻本质和虚指体性。"（赵宪章：《语图符号的实指和虚指——文学与图像关系新论》，《文学评论》2012 年第 2 期）而关于这一问题的讨论与补充，可参见赵炎秋教授《实指与虚指：艺术视野下的文字与图像关系再探》（《文学评论》2012 年第 6 期），以及拙文《再论语图符号的实指与虚指》（《文艺理论研究》2013 年第 5 期）。

借助符号的虚指特性，《水浒传》图像混淆乃至消泯了"义"的类型界限，而"义"开始聚合成儒家意识形态的"整体形象"，这需要我们进一步探讨。

二、图像对类型界限的模糊处理

巫鸿的《重屏：中国绘画中的媒材与再现》一书，曾断言"惟一能免于为大众所挪用的只有一种文人屏风——没有任何绘画或书法的素屏"[1]，其考察"图像环路"（iconic circuits）的独特视角固然值得肯定，但这一观点本身却站不住脚。因为在《水浒传》小说成像的过程中，即便画工与刻工认为屏风标志着图像的文人化，也仅仅是在构图需要时信手拈来，至于屏风的类型，则可能是无关紧要的细节。[2]与此不同的是，《水浒传》图像制作者有意识地模糊处理"义"的类型界限，这集中体现为以同样的图式表彰不同类型的"义"。

首先来看表彰正义的图式，不妨仍以鲁达为例。金老在雁门县遇到杀人潜逃的鲁达，将其领进家门之后，对鲁达是一拜再拜、感激不尽，双峰堂刻本《水浒传》的插图摹仿了这一语象（图5-4）。这幅版画以阳刻为主，图像左侧跪着一男一女，靠近屏风、留有胡

---

1 〔美〕巫鸿：《重屏：中国绘画中的媒材与再现》，文丹译，上海人民出版社2009年版，第151页。
2 在《水浒传》图像中，文人化程度较高的"全图"类插图以及大众化的连环画，都有素屏的身影。仅就容与堂刻本《水浒传》而言，屏风在总共200幅的插图中出现了33次，其中"山水屏风"14幅，"素屏"15幅。这些屏风并没有相关的语象作为摹仿对象，而且"山水屏风"既出现在李师师的闺房之中，也出现在宋江与卢俊义的前线指挥部里；"素屏"不但出现在五台山寺院之中，还出现在梁山泊的忠义堂里。我们由屏风出现场合的混乱可以看出，《水浒传》插图的制作者并不关心具体的屏风类型，也没有意识到每一类型的屏风具备怎样的特殊意义和风尚。

须的男性即金老，其身旁有发髻翘起的女性为翠莲，二者的双手袖口相连处皆为凹陷的粗墨线，以突显两手相交行作揖状。屏风正前方站立之人则是鲁达，其身后的椅子增大了画面空间感，而鲁达同时也向面前的下跪者施拱手礼。简言之，金老父女下跪并作揖以谢鲁达的正义救助，而后者则以拱手礼辞让。

图 5-4 "金老父子拜谢鲁达"
《古本小说丛刊》（第 12 辑）

其次来看作为情感之"义"的图示。承上文所述，朱仝义释宋江时，后者持拱手礼感谢前者的义气，前者则单手做出推让动作。在容与堂刻本《水浒传》插图中，但凡出现这一类型的"义"，都会出现类似推让或者还礼的图示。例如，在榜题为"宋公明私放晁天王"的插图中，晁盖朝宋江拱手作揖，宋江右手牵马，左手做出了与朱仝如出一辙的姿势。在榜题为"锦毛虎义释宋江"的插图中，燕顺、郑天寿和王英听说被劫上山的路人乃宋江，立刻跪下"纳头便拜"，宋江则做出与前者相同的动作——下跪并作揖"答礼"。再如展现"混江龙"李俊在太湖金兰结义的图像，李俊率童威、童猛站立于图像的右侧，均弯腰向前做拱手礼，而图像左侧站立的四人——费保、倪云、卜青和狄成同样弯腰向前做拱手礼。而遇到钦慕已久的义士，或者建立了深厚的情感，亦是类似的图式。比如连环画《黑旋风李逵》(图5-5),李逵终于见到自己要去投奔的宋江之后,也是"扑翻身躯便拜",且看李逵右膝支撑跪地,左腿弯曲,其胳膊加以凸起的线条,喻示体格粗壮的同时,也说明他抱拳施礼时的用力,以及心情的激动。在这幅图像中,宋江弯腰、屈膝去扶李逵起身,可视为下跪答礼的变体。

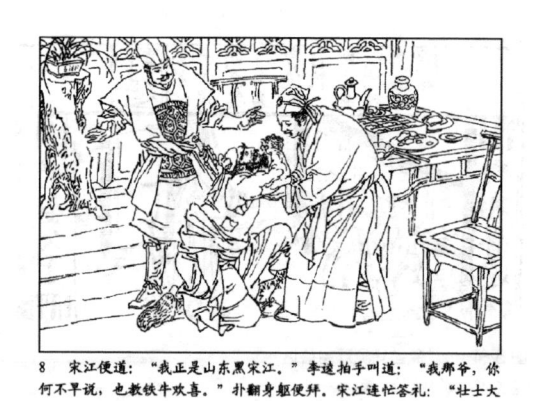

图5-5　赵明钧《黑旋风李逵》
河北美术出版社2006年版

我们再看图像如何表彰专门用于啸聚山林者之间的"义"。以"梁山泊义士尊晁盖"这一情节为例,容与堂刻本《水浒传》插图是这样呈现的(图5-6):晁盖居中,吴用、公孙胜分坐两列,所有人都是双手相交行礼,以此表明他们拥戴晁盖为头领,并从此聚义于梁山泊。无独有偶,在"忠义堂石碣受天文"的回目图(图5-7)中,宋江等人立于高台之上,朝天空的方向行拱手礼,而图像左上角正有一团火"直滚下虚皇坛来"。但是,行礼并非《水浒传》小说原文所有,当属插图制作者在传播文学过程中的个人发挥,因为在他们看来,图像中的"行礼"能够产生一种施行(performative)效力,即通过这一"表现性动作",能分别确立晁盖、宋江为聚义头领。

图 5-6 "梁山泊义士尊晁盖"　　图 5-7 "忠义堂石碣受天文"

容与堂刻本《李卓吾先生批评忠义水浒传》

将表彰这三种类型"义"的图式加以对比，我们便会发现，它们之间并没有实质性的差别，都可以概括为"一方施礼，另一方或默认，或辞让，或同时施礼"。特别是受礼的一方，无论文本中是否有相关语象，图像都可以自由选择上述三种应对方式，并无定法。如果去除掉插图的榜题、连环画的配文，读者就无法分辨图像展示的是哪一种类型的"义"，因为李逵在图 5-5 中向久违的宋江义士施礼，有理由被释读为前者感谢后者正义帮扶；李俊与费保在太湖金兰结义时互相施礼，也可以被理解为两者互相肯定对方的江湖义气。可见，借助自身虚指性特点，图像不但混淆了"义"的类型界限，连亚类型的界限也消泯得无影无踪。进而言之，图像以"打包"的形式，将全部类型"义"的内涵加以聚合。

如此一来，只要出现一幅表彰"义"的《水浒传》图像，"视觉锤"都会施力于"语言钉子","义"这种儒家意识形态便会被重复一次,在受众心中的印象也就更深刻一些。比如容与堂刻本《水浒传》,该版本总共一百回内容、200幅"全图"插图,在插图本书籍中属于图像数量较少的一种。其中含有30幅类似上述图式的插图,大约每三回便有一幅这种图像,足见"义"的重复频率之高。在"上图下文"式的"全像""偏像"类水浒插图、连环画中,这一频率有过之而无不及。由于语言和图像是人类使用的基本符号,因此听觉与视觉便成了主要的记忆器官,其中,事物进入心智最好的方法是"依靠视觉"[1],纵然借助视觉的记忆属于"短时记忆",但图像的不断重复有效地维持了记忆效果。而上述《水浒传》图像高频表彰"义",无疑加大了对儒家意识形态的宣扬强度。

不过,对"义"的类型界限进行模糊处理,只是图像传播《水浒传》主题的第一步。因为图像表彰内含两个方面:既正面表彰符合儒家意识形态的"义",又反面"表彰"有悖于儒家意识形态的"不义"。所以,图像制作者一方面美化"义",另一方面还丑化"不义",使"视觉锤"对比鲜明,图像的传播力度随之进一步提高。

三、"义"的美化与"不义"的丑化

儒家意识形态主要关涉人与人之间的关系,因此在某种意义

---

[1] 相对而言,图像往往先于语言被受众接受并留下深刻印象,心理学家昂内尔·斯坦丁(Lionel Standing)的实验可以为此提供有力的证据:在实验过程中,研究对象能记住之前看到过的70%的图像(〔美〕劳拉·里斯:《视觉锤》,王刚译,机械工业出版社2013年版,第XVI—XVII页)。借助视觉器官的"图像记忆"属于"短时记忆",而借助听觉器官的"语言记忆"则属于"长时记忆",这涉及认知心理学,详见王甦、汪安圣:《认知心理学》,北京大学出版社1992年版,第113—121页。

上被视为道德哲学。尽管康德预设"要使一件事情成为善的,只是合乎道德规律还不够,而必须同时也是为了道德而作出的"[1],却并不能解释"电车难题"[2]中的悖论,因为即便出于救人责任,当事人仍然会被指控谋杀。可见,现实生活中的道德问题永远都不是一句简单的价值评判,但人们偏偏习惯于善恶、对错的二分,这在《水浒传》"义"的主题及其图像显现上,表现得十分明显。

每逢英雄好汉出场,《水浒传》便会胪述这一人物的优点或不同寻常人之处,其中多半会赞扬"义"这一道德规范:朱仝、晁盖的"仗义疏财"、雷横的"仗义"、阮氏兄弟的"义胆包身"等等。《水浒传》开篇介绍高俅时,奚落他"若论仁、义、礼、智、信、行、忠、良,却是不会"[3]。而当"义"遭遇了"不义",一定是前者打败后者。此外,在叙述梁山好汉的结局时,小说往往强调这是"忠孝节义"的结果,例如琼英在张清牺牲后独自养育孩子,其子张节屡建功勋、封官晋爵,自己也得以颐养天年。

总之,"义"与"不义"之间形成了鲜明对比。就此而言,《水浒传》在明末"无恶不归朝廷,无美不归绿林"的接受效果绝

---

[1] 〔德〕康德:《道德形而上学原理》,苗力田译,上海人民出版社1986年版,第38、49—50页。

[2] "电车难题"是道德哲学中的著名思想实验,最早由英国哲学家菲莉帕·富特(Philippa Foot)提出,后经多次补充和演绎,但其基本内容并没有多少变化:一辆电车失控、无法停止,却有五个人卡在轨道上;当事人可以将电车转向另一条轨道,但这条轨道上也有一人——如果电车继续前进,将会导致五人丧命;如果电车改变轨道,也会撞死一人,如何处理?参见〔美〕托马斯·卡思卡特:《电车难题》,朱沉之译,北京大学出版社2014年版,第I页。

[3] 〔明〕施耐庵、罗贯中:《水浒全传》,上海古籍出版社1976年版,第11页。

非偶然，但这不见得是"流贼大乱"所致的必然结果[1]。因为以宋江为首的梁山好汉，已经被塑造成"忠"和"义"的化身，明代摹仿《水浒传》的杂剧与传奇同样是以颂扬招安与义气，而与他们相左的对象，则都有可能被受众理解成"不忠""不义"。图像"视觉锤"在反映和宣扬儒家意识形态的过程中，其总体策略是美化"义"的同时，还丑化"不义"；其具体着力点则与小说所强调的一样，都在于人物形象、"义"与"不义"的斗争以及最终结局。

首先是图像对人物形象的差异性塑造，以期构建出"义"与"不义"双方之间显而易见的区别。在《水浒传》插图中，代表"义"的人物一般比"不义"的人物高大一些，在图像中位置更为醒目。例如前文所分析的图 5-1，鲁达比郑屠的身形要大许多；刘兴我刊本《水浒忠义志传》的插图与此类似，鲁达位于图像正中央，郑屠则以较小的身材侧躺在地上。简言之，正义的鲁达与非正义的郑屠被塑造成一对差异显著的形象，这一做法也被连环画以及《水浒传》影视剧等现代图像所沿用。

我们不妨继续来看聚义的情况——虽然都是啸聚山林，王伦却是迥异于晁盖、宋江的寨主，林冲评价他"心术不定""妒贤嫉能""笑里藏刀，言清行浊"，简言之，鉴于王伦的"不义"，林冲以及晁盖等人难以与其相聚。晁盖与宋江则是"义"的楷模，各方豪杰皆慕名而来。例如连环画《火并王伦》（图 5-8），王伦脸庞瘦削；

---

[1] [清]金圣叹：《金圣叹全集》（第 3 卷），陆林辑校，凤凰出版社 2008 年版，第 17—18 页。胡适以"文学进化论"的视角考证《水浒传》，认为明末流贼的大乱，导致金圣叹做出上述"迂腐"的论断。详见胡适：《〈水浒传〉考证》，胡适：《中国章回小说考证》，安徽教育出版社 2006 年版，第 38—43 页。

眼睛不但小，而且还经常眯起来；下巴长有微微上翘的山羊胡，特别是其俯身并双手捧杯的样子，仿佛若有所思，给人一种与友不义、算计他人的感觉。即便是同一人物，其形象塑造也会有重大差异，比如在"文化大革命"末期的"批《水浒》"运动中，宋江被阐释成"投降派"的代表，而此时图像中的宋江形象，与以往也大不相同（图5-9）：宋江身穿印有铜钱纹的服饰，与周围的布衣兄弟构成强烈的反差；面对第一次前来招安的天使，武松等人坚决反对，所以不向天使行礼，但宋江双手扑地、仰望圣旨，一副虔诚盼望招安的模样。概言之，图像展现了宋江急于招安而不顾聚义兄弟的想法与感受，宁愿"卖友求荣"，甚至陷自身于不义的泥潭。

图5-8　徐正平《火并王伦》
上海人民美术出版社1982年版

图5-9　赵宏本、贺友直等《投降派宋江》
上海人民出版社1975年版

其次，在反映"义"与"不义"的斗争过程方面，图像倾向于以后者的狼狈、凶残与狡诈，来反衬前者的英雄气概。前文所述鲁达拳打郑屠，以及武松杀潘金莲、西门庆，都属于这种情况。在《水浒传》插图中，西门庆与郑屠一样——都呈现被动挨打、没有丝毫抵抗的瞬间。例如容与堂刻本《水浒传》插图，武松左脚踩在狮子楼二楼的窗台上，右脚蹬着酒桌，左手掐住西门庆腋下，右手抓着其小腿，正在做出托举和投掷的姿势，准备将后者从二楼扔下。图像制作者在武松的小臂上添加了稀疏的纵向线条，以此突出他因用力而绷紧的肌肉，而西门庆则四肢腾空，只能等待被扔下楼的结局。在杨定见本《水浒传》插图中，西门庆已经被武松扔下，其贴地的双手以及还未贴地的双脚，意味着他刚刚着地。武松则正从二楼跳下，舞动的衣褶以及稳健的步伐暗示其武功的高强，相形之下，西门庆则狼狈许多。

最后，遵循"义"这种儒家意识形态的人，在图像中多以善终结尾，而"不义"之人的结局却注定是残忍的死亡。《水浒传》格外唾弃和仇恨"不义"，但凡做了"不义"之举，此人便会遭到杀戮，如潘巧云与裴如海偷情，并挑拨杨雄、石秀之间的结义感情，最终被自己的丈夫残忍杀害。[1] 所有的"全像"类插图，都摹仿了这一情节——双峰堂刻本与李渔序本《水浒传》插图中均有四人，其中丫鬟迎儿的头颅已被割下，脖颈处正喷射血液；刘兴我刊本除了没有绘就迎儿之外，与前者的图示几乎一致；尤为显著的是，石秀在三幅插图中都是站在杨雄身后指指点点，充当了一名唆使杀人的帮凶以及冷酷的看客，而潘巧云在插图中虽然没有被开膛破肚，却是以赤裸上身的姿态被捆绑在树上，这也就预示着她注定在羞辱以及看客的围观中死去。

综上所述，《水浒传》图像作为儒家意识形态的"视觉锤"，美化"义"的同时还丑化"不义"，塑造二者之间的鲜明反差和强烈对比，以至于达到了只要是"义"的一方便是对的、善的，而"不

---

[1] 对于《水浒传》中的这种"屠杀快感"，刘再复曾做出比较深刻的阐释，读者不妨一阅。参见刘再复：《双典批判》，生活·读书·新知三联书店2010年版，第75—83页。

义"的一方则是错的、恶的这种接受效果，却不顾图像表彰"义"是否会附有负面力量，例如杨雄杀妻，图像制作者显然没有考虑这种杀害的合法性与残忍程度。可见，图像"视觉锤"对"义"的宣扬与传播，也佐证了中国人在道德问题上的二分习惯[1]，以及狭隘的因果报应观念。

图像"视觉锤"以其对"义"的高频重复和对比鲜明的表彰，帮助受众迅速发现"语言钉子"，并使之深入人心，这是图像符号相对于语言符号的传播优势，因而对受众有着强大的诱惑力。古今同理，尽管当代受众更青睐《水浒传》的影视剧，更愿意"陷入"其中而乐此不疲，但这并不能说明文学被图像所终结。道理很简单：如果没有"语言钉子"，"视觉锤"就无的放矢，一旦缺乏文学的语言文本，即便再悦目的图像也不过仅仅是物理意义上的视觉弥留而已。

第二节　赛珍珠译本插图与《水浒传》的海外传播

赛珍珠（Pearl S. Buck）凭借书写中国题材的《大地》"三部曲"，荣获 1938 年度的诺贝尔文学奖。《大地》深受《水浒传》的

---

[1] 这种二分可以"培育善恶的理性观念和肯定与否定的人性情感"，中国传统所讲的"是非之心"，就是"理性的善恶观念"与"好恶爱憎的人性情感"交融混合的产物（李泽厚：《关于〈有关伦理学的答问〉的补充说明（2008）》，《哲学动态》2009 年第 11 期）。尼采认为西方道德也有"对与错""善与恶"的二分，但它们根源于人的对立——不同的社会（政治、经济、文化）地位以及生理（心理）条件。详见〔德〕尼采：《论道德的谱系》，周红译，生活·读书·新知三联书店 1992 年版，第 10—37 页。

影响，因为赛珍珠在创作前者的过程中，几乎同步进行着对后者的翻译。[1]这部译本不但直接复刻明清时期《水浒传》及其他古籍插图，还邀请墨西哥版画家珂弗罗皮斯（Miguel Covarrubias）绘制插图，堪称《水浒传》乃至中国古典小说的海外传播典范。[2]颇为遗憾之处在于，无论是针对赛珍珠译本《水浒传》（以下简称"赛译本"）的专书研究，还是围绕译者与珂弗罗皮斯的专人研究，国内学界都很少关注到插图与图像叙事问题。如果就此展开深入探讨，将有助于我们进一步思考如何通过图像向西方讲述中国故事。

一、"赛译本"插图的谱系及其装饰性

纵然沙博理译本选取故事更长的一百回《水浒传》为底本，纵然杰克逊译本与"赛译本"出版时间接近，但都没有像"赛译本"那样有意识地配置数量众多、特色鲜明的插图。这需要我们在文本调查的基础上，归纳"赛译本"的插图谱系及其普遍存在的装饰性特点。

首先，"赛译本"于1933年初版时，封面书衣插图是《水浒传》人物群像，两幅扉页插图直接复刻了明末杨定见本《出像评点忠义水浒全书》的"智取生辰纲"与"石碣受天文"（图5-10），正文则

---

[1] 《大地》的出版时间是1931年，而赛珍珠耗时五年翻译的《水浒传》出版时间是1933年，前者存留了很多后者的影响痕迹，例如王老三带领"一百零八个棒小伙子"的队伍，坚持认为"五百年前就一直是这样的，英雄好汉们就是要劫富济贫"等。参见〔美〕赛珍珠：《大地》，王逢振等译，漓江出版社2000年版，第267、335—339、382—383、415—432页。

[2] 赛珍珠译本在《水浒传》海外传播史上具有重要地位，自1933年初版以来，这部译本不仅修订再版十余次，而且还被转译为波兰语、捷克语等其他语种。参见郑公盾：《水浒传论文集》，宁夏人民出版社1983年版，第212—223页；钟再强：《刍议赛珍珠英译〈水浒传〉的国外影响》，《外语研究》2014年第3期。

在章回末尾空白处插置若干幅兵器图像。书衣整体呈现出黄色调，群像主体是八位形态各异的人物，并点缀以云纹、"寿"字等信息，但因缺乏榜题提示，这些人物的标志性特征并不突出，因而其具体名称存疑。赛珍珠在导言中解释道，正文各兵器插图源自弗格森（J. C. Ferguson）博士提供的"一部古书"。[1]而这部古书正是明清时期著名的《三才图会》，"赛译本"择取、复制并剪裁这部"百科全书"的插图，装饰在书籍空白处（即"补白"）。

图 5-10　杨定见本"智取生辰纲""石碣受天文"
陈启明校订《水浒全传插图》

之所以称之为"装饰"，主要原因在于这些插图并非《水浒传》的"再现"，而只能称得上是与小说存在广义互文关系的"文学图

1　Pearl S. Buck, *All Men Are Brothers*, New York：The John Day Company, 1937, pp. V-VIII.

像"[1]。例如,"赛译本"在第三回"赵员外重修文殊院 鲁智深大闹五台山"末尾,配置了一幅"骑兵旁牌"即盾牌的插图,在第四十回"宋江智取无为军 张顺活捉黄文炳"末尾,配置了一幅"望楼"插图(图5-11)。但是,前者回目主要讲述鲁智深遁入佛门却仍未戒掉饮酒习性,两次醉酒后大闹五台山寺院的故事,根本没有出现骑兵及其盾牌的语象;后者回目则主要讲述宋江率领梁山好汉攻打江州城、智取无为军的故事,小说所描写的战斗过程虽一波三折,却并不存在"望楼"这一武器。但在赛珍珠看来,"望楼"当属攻城略池所可能需要的步骤,因此索性于此处配置这样一幅兵器插图。

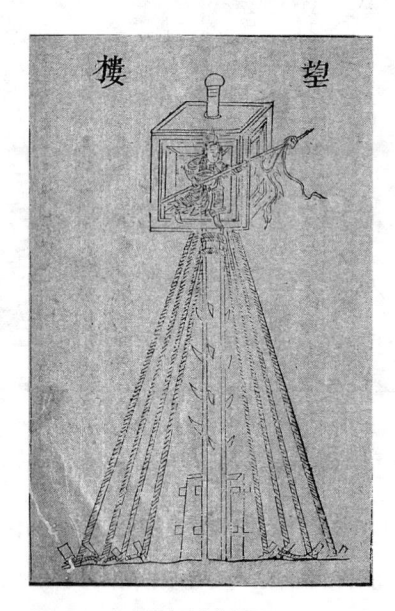

图5-11 《三才图会》插图

---

[1] 广义的"文学图像",即"和文学相关的图像";狭义的"文学图像",则指摹仿自文学作品的图像艺术,后者是前者的外化与延宕。参见赵宪章:《"文学图像论"之可能(代序)》,赵宪章总主编,包兆会主编:《中国文学图像关系史·先秦卷》,江苏凤凰教育出版社2020年版,第8页。

其次,"赛译本"于 1937 年由同一家出版社再版,除保留初版正文插图之外,还为书籍函套增加了背景插图(图 5-12)。此图节选自仇英《清明上河图》的某个仿本(图 5-13):一条街横贯画面左右,熙熙攘攘的人群经过路面上侧的金银首饰店,店左侧楹柱写有"成造金银首饰"的招牌;循着手卷自右向左的观看顺序,是一座题有"学士""世登两府"的科举牌坊,一群儿童在家长的陪伴下观看正在一边说唱、一边演出的木偶戏。与此巧合的是,"赛译本"保留了"话说""列位看官""欲知后事如何,且听下回分解"等章回体小说特征,充分尊重《水浒传》的宋元说话传统。尽管《水浒传》的本事与《清明上河图》同样发生在北宋,但二者并不存在摹仿对方的互文关系,甚至前者成书时间远远晚于后者,赛珍珠选用《清明上河图》的原因,仍是将其视为具有装饰性的广义"文学图像"。

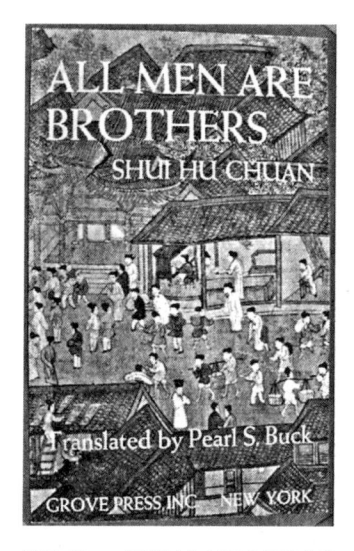

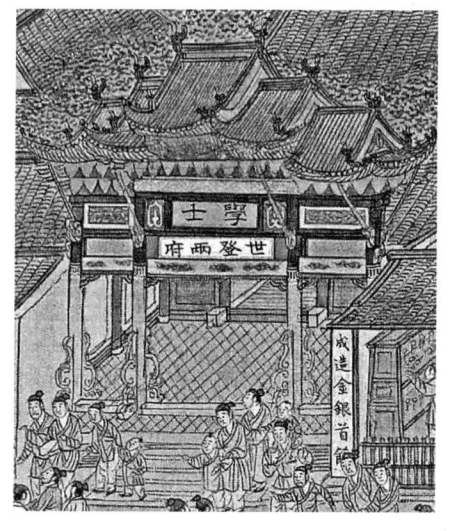

图 5-12　"赛译本"封面(1937 年)　　图 5-13　仇英《清明上河图》(局部)

最后,"赛译本"于1948年还进行了一次修订出版,林语堂撰写了长达6页的序言,珂弗罗皮斯则负责这一版本《水浒传》的插图事宜。一方面,珂氏保留此前兵器插图的装饰传统,即在正文章回末尾空白处配置23幅极其微小的黑白插图,小说楔子与书籍版权页部分各附1幅兵器插图,共计25幅广义的"文学图像";另一方面,珂氏还根据《水浒传》的叙事与人物,绘制了32幅"全图"式彩色插图,可视为狭义的"文学图像",以独立插页的形式分散在小说正文之中。之所以这一版本插图区分出大小,主要原因在于其物质性面积存在明显差异:在两栏文本的书页格局中,"全图"式插图占据整个版面,小幅的补白插图最多只占据版面的八分之一。而非常有意思的现象是,在25幅补白插图中,2幅兵器插图仍是对之前译本的复制,但另外23幅全部是珂氏全新绘制插图的局部。例如扉页插图"梁山泊"(图5-14),框内的局部,即被分别放置在第七回、第九回、第三十回、第三十九回、第五十一回、第六十七回末尾空白处的6幅补白插图。第七回的叙事没有提及梁山泊,末尾却出现了扉页插图的局部:两人在水边小榭游览风光,宛如怡然自得的山水画(图5-15)。类似的情况并非个别案例,而是这一版"赛译本"的普遍现象,再如第二十回"虔婆醉打唐牛儿 宋江怒杀阎婆惜"末尾配置"石秀"插图的局部,第二十三回"王婆贪贿说风情 郓哥不忿闹茶肆"末尾配置"花和尚倒拔垂杨柳"插图的局部,等等。这就说明,珂氏先是绘制了32幅《水浒传》"全图"式插图,又从中择取局部图插置在小说回目末尾的空白处,而且不论这些局部图与该回叙事是否有关。

第五章　《水浒传》的图像传播　343

图 5-14　"赛译本"扉页插图"梁山泊"　　图 5-15　第七回插图（1948 年）
（方框系引者所加）

通过以上三个主要版本的文本调查可见，"赛译本"在出版过程中有意识地配置插图：初版书衣上的英雄人物群像、直接复制杨定见本《出像评点忠义水浒全书》的插图以及《三才图会》的兵器插图；再版时又在书函上以《清明上河图》为背景；而第二次修订再版时，又在回目末尾空白处加入珂弗罗皮斯绘制"全图"式插图的局部。这些插图普遍表现出装饰性，即通过鲜明的中国版画图像向西方读者表明这部小说之"他者"体性，恰如康德所说，"非内在地属于对象的全体表象作为其组成要素，而只是外在地作为增添物以增加欣赏的快感"[1]。特别是珂弗罗皮斯将"全图"式插图拆成多幅小面积的局部图，"见缝插针"似的在章回末尾"补白"，其装饰意味愈发明显和突出。但

1　〔德〕康德：《判断力批判》（上），宗白华译，商务印书馆 2009 年版，第 58 页。

作为文学的"副文本",珂弗罗皮斯所绘插图除了具有天然的装饰性之外,还在中国戏曲启发下呈现出图像叙事的表演性,从而决定了其在"赛译本"乃至《水浒传》海外传播史上的重要地位。

二、 图像叙事的表演性

珂弗罗皮斯(1904—1957)鲜为国内艺术界所知,被誉为"墨西哥艺术学与人类学领域的杰出人物",依靠漫画赢得了其艺术生命早期的名望,长期为《名利场》(*Vanity Fair*)、《纽约客》(*The New Yorker*)等美国著名杂志供稿。[1]实际上,在"赛译本"之前,珂氏曾为多部文学名著绘制插图,1938年版《汤姆叔叔的小屋》的15幅黑白版画便是其代表作品[2]。面对《水浒传》这部鲜明有别于美国本土题材的小说,珂氏所绘插图虽然一反中国版画黑白两色之常态,但其更重要的特点却在于凸显图像叙事的表演性,非常耐人寻味。

首先,"赛译本"插图人物多装扮中国戏曲脸谱与表演服饰。如前所述,珂弗罗皮斯绘制了32幅"全图"式彩色插图,无论是借鉴高远视角与披麻皴法的第一幅梁山泊风景图,还是此后的情节图与人物图,都渲染着浓烈的中国画风,特别是人物方面的绘制,珂氏大量取用中国传统戏曲的脸谱与服饰。例如朱仝与关胜的人物图(图5-16、图5-17),其脸部都为红色整脸,勾卧蚕眉、丹凤眼、矮鼻窝,就二者的脸部造型而言,仅有的区别可能就在于胡须的长短与浓密稀疏之别。且看朱仝与关胜的服饰,前者头戴帅盔,插双翎、六面靠旗,身穿将官戏衣铠靠,脚蹬厚底方靴;后者除佩戴盔头外,

---

1　Daniel F. Rubin de la Borbolla, "Miguel Covarrubias. 1905-1957", *American Antiquity*, Vol. 23, No. 1, 1957, pp. 63-65.

2　Harriet Beecher Stowe, *Uncle Tom's Cabin*, Norwalk: The Easton Press, 1979, pp. 84-85.

还在双耳两侧挂有狐尾，一身武将常服之外还戴有护肩与护腿，脚蹬云头鞋。需要指出的是，中国传统戏曲演出一般用盔头两侧悬挂狐尾装扮外邦武将。[1] "赛译本"第六十二回虽然没有完全译出七十回本的相关原文——"汉末三分义勇武安王嫡派子孙，姓关，名胜，生得规模与祖上云长相似，使一口青龙偃月刀，人称为'大刀关胜'"[2]，仅保留了"关胜是三国时期关羽后代"这一描述，但无论关羽还是关胜，他们都是地地道道的汉人。即便是以戏曲服饰装扮关胜形象，也不能选用外邦武将的盔头，由是观之，珂弗罗皮斯显然对"宁穿破，不穿错"的穿戴惯例不够熟悉。

图 5-16　朱仝　　　　　图 5-17　关胜

1　"少数民族武将即番将临阵作战时，穿打仗甲、回回衣或者像汉族将领一样扎靠，所戴的盔帽与汉族武将区别较大，多为狮盔、象盔等形状奇特的盔帽，并在上面扎簪狐尾、雉尾等装饰物"，可以说，番将盔帽两侧悬挂狐尾，"是由明代北杂剧的练垂帽、练垂狐帽发展而来的，是少数民族生活服饰的典型反映"。参见宋俊华：《中国古代戏剧服饰研究》，广东教育出版社 2011 年版，第 147—148 页。
2　[清] 金圣叹：《金圣叹全集》（第 4 卷），陆林辑校，凤凰出版社 2008 年版，第 1235 页。

珂氏参考中国戏曲服饰绘制人物遍及"赛译本",又如"九纹龙史进""景阳冈武松打虎"插图,史进、武松分别系有蓝色或绿色腰带,当是与武生"踢大带"的动作相匹配使然。"林教头刺配沧州道"插图中,戴头面、贴片子等细节充分将林娘子呈现为一位旦角装扮。非常有意思的是,"赛译本"第23幅插图首次绘制了扈三娘与王英,在这幅"一丈青单捉王矮虎 宋公明两打祝家庄"的情节图中,扈三娘也被塑造成一位刀马旦的形象,她头戴七星额子盔头,插双翎、四面靠旗,正骑在马上与王英对战。这幅图被作为扉页插图置于"赛译本"下册卷首,而第四十七回又插入了一幅王英与扈三娘的图像,其中扈三娘不着水袖,而是身缠丝带,便于这一角色的紧身短打动作,一副武旦的戏曲角色装扮(图5-18),正双手各持一把宝剑看向武丑造型的王英。

图5-18　王英　扈三娘

其次，除了注重在人物造型方面借鉴中国戏曲之外，珂氏还有意识地摹拟戏曲表演的场景，以至于图像叙事的背景趋向"舞台化"。最具代表性的插图非"林教头刺配沧州道"（图5-19）莫属。根据小说的描述，林冲在东京城州桥处与前来送别的林娘子、张教头话别，前者执意撰写休书——"因身犯重罪，断配沧州，去后存亡不保。有妻张氏年少，情愿立此休书，任从改嫁，永无争执。委是自行情愿，即非相逼。恐后无凭，立此文约为照"，林娘子在林冲将休书"欲付与泰山收时"，便"号天哭地叫将来"，直至"一时哭倒，声绝在地"。[1]珂氏却是这样绘制的：戴着枷锁的林教头双手持一封休书，准备交给对面的林娘子，而一身青衣旦角打扮的林娘子正

图5-19　"林教头刺配沧州道"

1　［清］金圣叹：《金圣叹全集》（第3卷），陆林辑校，凤凰出版社2008年版，第182—183页。

用水袖擦拭眼泪。林娘子身后带有坐垫的椅子,足以令人联想到昆曲、京剧等中国传统戏曲舞台上的"一桌二椅"。珂氏为了增加表演效果,还将小说原文中林冲把休书交给张教头的动作,画成了交给林娘子;将原文林娘子在林冲将休书交给张教头时"号天哭地叫将来",画成了林娘子见到休书哭泣,从而呈现了男女主人公之间直接的情感冲突。

我们知道,"一桌二椅"是传统戏曲舞台的基本陈设,既可以作为桌椅之实物,又能够根据剧情与表演需要而象征不同空间,桌上如摆有茶盏则意味着茶几,如摆出酒杯则意味着餐桌,如放置官印则意味着公案;至于椅子,可提供戏曲所描写的各种席位,"一人独坐时,大半都按照剧情摆正面或旁边"[1]。珂弗罗皮斯在绘制"九纹龙史进""董平"等插图时,常见的做法是在戏曲扮相的人物身后,根据剧情加饰村庄、山川等背景,但"林教头刺配沧州道"一图则明显是戏曲舞台,说明他对中国戏曲象征空间的理解可能并不是非常深刻。

最后,"赛译本"插图人物动作呈现中国戏曲表演状态。例如"鲁提辖拳打镇关西"这幅情节图,鲁智深虽不着武生服饰,亦不穿戴髯口,却双手握拳、脚踏镇关西胸脯,呈戏曲二人打仗锣鼓停住时"亮住"之瞬间。至于"九纹龙史进""朱仝"等人物图,前者左手持刀、右手伸掌,似乎是武生"起云手"变脸之前的动作;后者右手持刀、左手扶住刀刃,正脸朝前完成人物的出场亮相。就连下层官吏角色打扮的宋江,也被珂弗罗皮斯塑造为昆曲大冠生与翎子生常用的剑诀指亮相姿势,只不过与实际戏曲演出动作略有出入。

---

[1] 梅兰芳:《梅兰芳全集》(第3卷),河北教育出版社2000年版,第33页。

"杨志""花荣"等人物图，虽分别为展示宝刀与拉弓射箭的不同姿势，每人的双脚却都呈"丁字步"，亦是标准的戏曲演出动作。除此之外，像林娘子此类旦角用水袖擦拭眼泪，同样是戏曲演出状态。

综上所述，珂弗罗皮斯所绘插图大量借鉴中国戏曲表演，以至于"赛译本"的图像叙事呈现出明显的"表演性"，在域外《水浒传》传播史上独树一帜。这种"表演性"无疑首先是对《水浒传》的摹仿，但同时又是小说叙事移植到戏曲舞台上的摹拟与表现。需要补充说明的是，插图没有完全照搬戏曲表演实际。例如很多武将身份的人物不像戏曲武生角色那样严格戴盔头、着髯口等；再如卢俊义头戴矮方巾，帽前饰有玉质帽正，帽后饰有飘带，并非垂着软耳的员外巾[1]，哪怕《水浒传》明确将其塑造为员外角色。插图作为小说的图像再现，"说到底是对口述不在场的替代性还原"[2]，因此，"赛译本"不但还原"四海皆兄弟"的叙事，而且还参照并杂糅戏曲表演形塑小说的人物、故事、场景等因素，试图努力营造演出的现场、凸显人物角色扮演及叙事冲突，方便西方读者进一步理解《水浒传》，毕竟"无论我们在表演还是在见证他人的表演，戏剧引发了我们与他人共情、认同他人的能力"[3]。接下来的问题就是，影响珂弗罗皮斯如此绘制插图的中国传统有哪些呢？

---

[1] 徐凌霄说得好，"水浒之英雄员外虽出名，但可以知员外巾决不为卢俊义而设"。详见徐凌霄：《说"盔头"》，《剧学月刊》1934年第4期。
[2] 赵宪章：《小说插图与图像叙事》，《文艺理论研究》2018年第1期。
[3] 〔美〕雷妮·伊姆娜：《演出真实的生命：戏剧治疗的过程、技术及展演》，徐琳、别士敏译，北京师范大学出版社2018年版，第8页。

三、 珂弗罗皮斯小说成像的中国传统

虽然赛珍珠认为中国古代小说"缺乏情节连贯性"[1],但这并不妨碍她对《水浒传》故事的喜爱。《大地》荣获 1932 年度普利策奖之际,赛珍珠将自己的获奖心情比作"看到窝中飞出金凤凰的母鸡",因为她原本以为"只有美国题材的小说才能得奖"。返回美国后的晚年阶段,赛珍珠尽管一直试图摆脱"不能驾驭美国题材"的印象,但创作却"离战后文学品味主要注重的方向越来越远",[2]因为她内心最深处的兴趣仍是"亚洲题材"或者"东方风景"。[3]由此可见,她对《水浒传》等中国古代小说的热爱并非一时兴起。

赛珍珠说:"我翻译《水浒传》时根本没有什么学术方面的兴趣,目的仅仅在于一个讲得非常精彩的好故事(tale)。"[4]这则译者前言所流露出的明确信息是,《水浒传》的故事吸引并促使赛珍珠翻译了这部小说。赛珍珠既然准备返回美国出版《水浒传》译本,就需

---

[1] 赛珍珠甚至认为《水浒传》"没有真正的情节",因为太多的线索"各自发展""平行发展"或者"交叉发展",无法像西方小说那样画出清晰的情节链条。上述态度可谓西方人心理的真实写照,与毕晓普等海外汉学家将"有诗为证"视为中国古代小说文体的局限如出一辙。参见赛珍珠:《中国早期小说源流》《东方、西方及其小说》,姚君伟编:《赛珍珠论中国小说》,南京大学出版社 2012 年版,第 31、41—43 页;John L. Bishop, "Some Limitations of Chinese Fiction", *The Far Eastern Quarterly*, Vol. 15, No. 2, 1956, pp. 239-247.

[2] 〔美〕彼德·康:《赛珍珠传》,刘海平等译,漓江出版社 1998 年版,第 161、258、335 页。

[3] 当代著名作家叶兆言先生在南京大学中文系攻读研究生期间,阅读过赛珍珠大量的作品,感叹道:"赛珍珠的小说足以满足那些想知道一些东方,对东方抱有好奇的西方人的口味,畅销几乎是必然的。美国人已经被自己的经济危机弄得焦头烂额,他们需要一些异国情调的东西来调节一下。"参见叶兆言:《走近赛珍珠》,云南人民出版社 1999 年版,第 57—65 页。

[4] Pearl S. Buck, *All Men Are Brothers*, New York: The John Day Company, 1937, pp. V-VIII.

要找到一条符合读者"期待视野"的途径，而有意思的细节在于，"1931年，当赛珍珠归国途中经停北京时，特意去北京图书馆仔细研究了《水浒传》的各种版本，并为其译本拍下了数百张插图"[1]。这些插图一方面被赛珍珠直接复刻在《水浒传》译本中，另一方面也在构图上直接启发了珂弗罗皮斯的小说成像过程，例如第一幅"梁山泊"风景图，"洪太尉误走妖魔""鲁智深拳打镇关西""花和尚倒拔垂杨柳""一丈青单捉王矮虎 宋公明两打祝家庄"等情节图，等等。然而更为重要的是，珂弗罗皮斯将插图的表演性悬为鹄的，其背后的中国传统因素尤其值得关注。

首先，珂弗罗皮斯的插图符合《水浒传》配置人物图与情节图的传统，特别是清代以来小说插图"戏扮化"的整体倾向。我们知道，明清两朝的《水浒传》版本众多，特别是经明末清初金圣叹删改、评点之后，七十回本一跃成为这部小说在清代的"通行"版本。与此相应的现象是，清代插图本《水浒传》一方面继承明代传统，即像容与堂刻本那样每回配置两幅情节图，另一方面还将陈洪绶所开创的人物图册页纳入书籍之中，即要么在目录前配置若干幅人物图，且每卷或每回再配置情节图，例如同文书局《评注图像水浒全传》，共有28幅人物图，每回另配置两幅情节图，要么将人物图与情节图混编在一起，集中配置在书籍目录之前，例如同治二年（1863）上海会文堂书局《绘图五才子书》，共有12幅人物图，每幅图分别绘制三位或四位人物，书籍扉页另配置26幅情节图。

需要指出的是，光绪朝以降的《水浒传》插图，除了成像技术由木刻版画逐步演变为石印版画之外，还在绘制人物方面明显受到

---

[1] 陈敬：《赛珍珠与中国：中西文化冲突与共融》，南开大学出版社2006年版，第99页。

了戏曲的影响。会文堂所绘宋江人物图，不但头插双翎，而且耳后还挂有两支狐尾，俨然一副域外藩王的戏曲舞台装扮。这就意味着，即便是中国的小说插图者，也未必深谙或者细究戏曲穿戴规则与演出实际。章福记《绘图评注五才子书》"劫法场石秀跳楼"情节图所绘制的"当案孔目"、刽子手等四位官吏亦是头插双翎，这与昆曲舞台刽子手头上插一根翎子不甚相符。1929年扫叶山房《全像绘图评注水浒全传》"林教头刺配沧州道 花和尚大闹野猪林"情节图所绘林冲呈"丁字步"站立，头戴枷锁、腰间系有大带，显然也是武生的戏曲角色装扮，而这一版本插图但凡刻画武生持刀杀人之动作，多是右手持刀水平放置胸前，而左手攥空拳平举、遥对眉攒，左侧单脚站立、右脚"抬腿式"亮住，似乎准备挥刀踢腿，这些都是中国戏曲武生的表演动作（图5-20）。无论此处所谓小说人物图像造

图5-20　"偷骨殖何九送丧 供人头武二设祭"
扫叶山房《全像绘图评注水浒全传》

型的"戏扮化"现象,还是珂弗罗皮斯绘制"赛译本"插图的"表演性",都是戏曲文化以及戏曲表演装扮艺术的影响力在小说插图领域的具体表征。

其次,梅兰芳1930年赴美期间长达半年之久的演出,不但掀起西方世界的中国戏曲热潮,而且还在插图题材、风格方面影响了珂弗罗皮斯。就梅兰芳戏曲演出的接受情况而言,既有像斯达克·扬"远远超过任何西方戏剧中的东西"之类的高度评价,也有极其不习惯的一面,如"不停地用锣、铜鼓敲打出来的声响是那样的不协调和震耳欲聋,令人无法在那个地方呆上几分钟"等格格不入之感。通过前期的调查,全程参与并担任梅兰芳访美演出总导演的张彭春,发现吸引美国观众的是"中国戏曲演出中所展示的武打、杂技等中国功夫,还有华美的服装",演出团队的重要成员齐如山,也发现"观客拍掌最热烈的,却是剑舞和耍大刀"。因此,张彭春建议梅兰芳"《贵妃醉酒》等剧目压缩时间,增加《费贞娥刺虎》等情节紧张、表情丰富的剧目,以符合美国观众的欣赏习惯"。[1]虽然目前我们很难找到珂弗罗皮斯发表关于梅兰芳访美演出的著述与图像资料,但他所在的《纽约客》杂志,却在梅兰芳首场演出后迅速报道新闻,详细介绍这位中国戏曲艺术家的个人生平、习惯,及其结束演出后关于花鸟画的创作等。[2]这就说明无论是美国媒体还是观众,对梅兰芳访美演出都极为关注,就此而言,鲁智深、武松等人物一再出现在"赛译本"插图中,恐怕反映出珂弗罗皮斯偏爱以武生装扮绘制英雄好汉并非偶然或者巧合。

---

1 梁燕主编:《梅兰芳与京剧在海外》,大象出版社2016年版,第251、5—6、11—12、210、33页。
2 "The Talk of The Town", *The New Yorker*, No. 8, 1930, p. 18.

最后，更为直接的证据则是珂弗罗皮斯在 20 世纪 30 年代两次访华，表现出对中国戏曲的高度关注。马克·查多恩（Marc Chadourne）1931 年出版的法文版《中国》，便由珂弗罗皮斯绘制插图，但仍延续其几何形人物的漫画风格，完全见不到任何中国戏曲的影响。[1] 1933 年秋，珂弗罗皮斯偕夫人第二次来华，在上海结识了邵洵美、叶浅予、张光宇等人，并与林语堂夫妇同去苏州游玩。据邵洵美的记载，珂弗罗皮斯从未受过专业的艺术教育，十三四岁时还过着流浪生活，经常睡在戏院后台，可以说具有与张光宇青少年时密切接触中国戏曲演出相似的经历，以至于二者惺惺相惜、相见恨晚。[2]

由是观之，珂弗罗皮斯"特别对张光宇那些京剧装扮的政治人物漫画感兴趣"也就顺理成章了，后者看出前者对京剧的好奇，便"特地陪他去听了一场京剧"。珂弗罗皮斯观看京剧之后非常兴奋，表示"我没有看过多少次中国戏，但是他们的动作是这般的简练、这般的透明，叫你看了一次永远不会忘掉"，于是即兴绘制了一幅京剧武生人物图（图 5-21）。[3] 我们可以看到，珂弗罗皮斯虽未详细画出武生精确的手势，但盔头、髯口、双翎、靠旗、大带、厚底方靴等中国戏曲服饰，以及抬腿、举刀等动作，处处透露着戏曲演出给其所留下的深刻印象，与此后出版的"赛译本"中的朱仝人物图造型极为接近。如果说珂弗罗皮斯启发了张光宇《民间情歌》插图

---

1 Marc Chadourne, *Chine*, Paris: Librairie Plon, 1931.
2 邵洵美：《珂佛罗皮斯及其夫人》，《时代》1932 年第 4 期。
3 唐薇、黄大刚：《追寻张光宇》，生活·读书·新知三联书店 2015 年版，第 148—149 页。

"方中见圆、圆中见方"的创作理念,[1]那么,张光宇的"戏装画"以及 1933 年秋天上海的京剧演出,也启发了珂弗罗皮斯所绘"赛译本"插图的结构、笔法与色彩等,纵然其中夹杂着对中国戏曲穿戴及其表演现场的正解或误解。

图 5-21　珂弗罗皮斯《戏装画》

就 1948 年版的"赛译本"而言,珂弗罗皮斯的插图与林语堂的序言都属于小说的"副文本",而且二者也都注重中西方文化的卯榫接合[2]:珂弗罗皮斯借助中国戏曲元素绘制《水浒传》故事情节与英

---

[1] 张引、吴冠英:《从东西杂糅到独树一帜:张光宇漫画中的"珂弗罗皮斯情结"》,《装饰》2016 年第 12 期。
[2] 宋莉华教授主编的《早期西译本中国古典小说插图选刊》,收录了"1767~1933 年的 24 部西译本中国古典小说中的插图","赛译本"插图也被列入其中。但需要指出的是,由珂弗罗皮斯绘制插图的《水浒传》出版时间是 1948 年,并不在前述时间段内。"编纂说明"较为恰当地概括了西译本中国古典小说插图的来源,"既有从中国刊本中沿用的插图,也有专门请中国画家绘制的","还有一些一本的插图出自西方画家之手"。虽然这些西译本中国古典小说插图普遍反映出"古今交汇、中西杂糅"的特点,但都没有像珂弗罗皮斯那样大量参照中国戏曲演出进行绘制的情况。插图与中国古典小说的海外传播问题,有待于我们进一步研究。参见宋莉华主编:《早期西译本中国古典小说插图选刊》,社会科学文献出版社 2021 年版,第 1—2 页。

雄人物，并注重插图的表演性。林语堂则以西方的罗宾汉和独行侠为参照物，便于域外读者理解梁山英雄的勇敢机智，"极高的荣誉、团结与忠义"以及"大众百姓对好汉们无比钦佩"。[1]珂弗罗皮斯的插图一方面符合清代以来《水浒传》插图"戏扮化""表演性"的历史发展趋势，另一方面还是艺术家切身体验中国戏曲表演后的产物，由此造就了《水浒传》海外传播史上的一朵奇葩。

1　Pearl S. Buck, *All Men Are Brothers*, New York：The George Macy Company, 1948, p. XIV.

余　论

　　本书系国家社科基金项目的最终成果。该项目在申报之初的选题是"'水浒'图像叙事研究",意在将所有"水浒"题材的图像叙事纳入研究范围,盖因研究范围较为广大,评审专家将选题改订为"《水浒》图像叙事研究",引导课题组将研究重点聚焦在《水浒传》这部文学经典上,以专书和个案为切入点,探讨图像叙事的一般规律。实际上,《水浒传》不仅在文学史上占有显著地位,其图像叙事同样产生了极为深远的影响。本书的研究过程既积累了这一问题域的经验,也留下了一些遗憾以及可供延展的空间,我们需要对此做出总结与反思。

一、《水浒传》图像叙事的影响

　　作为英雄传奇小说的典范,《水浒传》的影响主要体现在三个方面:首先,引发了后世作家的续作与续写;其次,继轨宋元"说话"传统,并促使清代产生《说唐演义全传》《说岳全传》等英雄传奇小说;再次,清代重要的小说流派之一"侠义小说",可谓《水浒传》的又一余韵。我们需要逐一厘清《水浒传》这三方面的影响,进而探讨图像叙事的影响。

　　《水浒传》的续书繁多,仅有清一代便陆续出现四十回本《水浒后传》(陈忱著,接续容与堂百回本《水浒传》)、四十五回本《后水浒传》(青莲室主人著,接续容与堂百回本《水浒传》)、七十回本《荡寇志》（俞万春著，接续贯华堂七十回本《水浒传》）等作品，民国以降的续书则愈发层出不穷。[1] 上述《水浒后传》《后水浒传》《荡寇志》这三部小说，与原作保持着密切的互文关系，堪称《水浒传》续书中的精品。[2] "说唐"系列小说在数量上恐怕远远超过"水浒"题材的作品，清代无名氏的《说唐演义全传》则是其中成就最高的一部，它以瓦岗寨起义为故事原型，广泛吸收民间传说和"说话"技艺与底本，描写了情节波折的隋唐农民起义事件，塑造出李

---

[1] 研究表明，从清代到当代的《水浒传》续书，竟然多达 16 种。参见孙琳：《〈水浒传〉续作研究》，中国社会科学出版社 2014 年版，第 41—42 页。

[2] 例如《水浒后传》，所叙述的第一件事，便是阮小七重游梁山泊故地，并因殴打了曾经将其辱骂为"歹人"和"草寇"的张干办，遭到后者的围捕和报复，进而杀掉了张干办，在此走投无路的情况下，前往邹润所盘踞的登云山，可谓又一次被"逼上梁山"。再如建构了《水浒后传》整部小说"故事核"的李俊，虽然这一人物直到第九回才正式出场，但以其为国主的暹罗国却上演了故事的高潮与结局。实际上，《水浒后传》关于阮小七与李俊的故事，在《水浒传》中就已经理下了伏笔，即叙事学意义上所谓的"预叙"。就阮小七而言，虽然他在招安、平定方腊之后被授予官职，然而，"未及数月，被大将王禀、赵谭怀挟帮源洞辱骂旧恨，累累于童枢密前诉说阮小七的过失"。又因为阮小七曾"穿着方腊的赭黄袍、龙衣玉带"，留下了迟早"必致造反"的口实，所以最终被追夺了官诰、复为庶民。"阮小七见了，心中也自欢喜，带了老母，回还梁山泊石碣村，依旧打鱼为生，奉养老母，以终天年，后来寿至六十而亡。"至于阮小七回到石碣村之后，直至其六十岁之前的故事，《水浒传》并未提及，因此给《水浒后传》这一续书留下了大量的书写空间。如果说上述阮小七的故事只能在《水浒传》找到一个"由头"，那么，《水浒后传》所着力叙述的李俊故事，则在《水浒传》中有着明确的"结局"。李俊、童威、童猛三人在榆柳庄曾与费保、倪云、高青、狄成结盟，所以，在平定方腊之后诈病婉拒班师回朝。"李俊三人竟来寻见费保四个，不负前约，七人都在榆柳庄上商议定了，尽将家私打造船只，从太仓港乘驾出海，自投化外国去了，后来为暹罗国之主。童威、费保等都做了化外官职，自取其乐，另霸海滨，这是李俊的后话。"值得注意的是，《水浒后传》并未完全依照《水浒传》所叙，即李俊直接由太湖之滨出海，而是延宕了原有的叙事节奏，加入了与阮小七类似的"逼上梁山"情节——被迫反抗吕太守和丁廉访征收渔税，因为担心后者的报复，最终不得不选择远走高飞。详见拙文《论"互文性"的理论精义——以〈水浒传〉与〈水浒后传〉为例》，《江苏第二师范学院学报》2017 年第 1 期。

元霸等众多武艺高强、经历传奇的英雄人物形象。《说岳全传》则以岳飞抗金为故事原型,"其间波澜不测,枝节纷繁,冤仇并结,忠佞俱亡,以及父丧子兴,英雄复起"[1],可见叙事结构较之《水浒传》更为复杂,每回小说的插增诗词、"且说""再说""列位看官"等,都是这部小说赓续"说话"传统的明证。再如关于人物出场、打斗时的描写,杨再兴"头戴凤翅银盔,身穿鱼鳞细甲;手执滚金枪,腰悬竹节锏。衬一件白战袍,跨一匹银鬃马"等,无不看到《水浒传》叙事艺术的身影。

至于《水浒传》所影响的清代侠义小说,《中国小说史略》指出:"明季以来,世目《三国》《水浒》《西游》《金瓶梅》为'四大奇书',句说部上首,比清乾隆中,《红楼梦》盛行,遂夺《三国》之席,而尤见称于文人。惟细民所嗜,则仍在《三国》《水浒》。时势屡更,人情日异于昔,久亦稍厌,渐生别流,虽故发源于前数书,而精神或至正反,大旨在揄扬勇侠,赞美粗豪,然又必不背于忠义。其所以然者,即一缘文人或有憾于《红楼》,其代表为《儿女英雄传》;一缘民心已不通于《水浒》,其代表为《三侠五义》。"[2] "揄扬勇侠,赞美粗豪"是对英雄人物粗豪与绿林习气的概括,也就成了文学史对侠义小说的公认评价。当然,就小说的主题而言,"为市民

---

1 [清]金丰:《序》,《绣像说岳全传》,以文居刻本。
2 鲁迅:《鲁迅全集》(第9卷),人民文学出版社2005年版,第278页。纵观明清以来的侠义小说,它发生了很多重要的变化,"一是侠客的身份、地位的变化,由先秦士的阶层到后来的御前带刀侍卫、总督和兵马大元帅;二是侠客在行为上的变化,由最初'士为知己者死'、'路见不平,拔刀相助',发展到诛奸锄逆,忠君报国;三是侠客在成员性别上的变化,由先秦两汉的单一男性侠客发展到自唐以后增加的大量女性侠客,如聂隐娘、红线、荆十三娘和侠女十三妹等;四是侠义与剑术、仙术结合,出现了两种新的类型的小说即剑侠和仙侠小说"。参见曹亦冰:《侠义公案小说史》,浙江古籍出版社1998年版,第265页。

写心"的清代侠义小说与《水浒传》仍有很大差异。[1]鲁迅在《中国小说的历史的变迁》中设置专门章节，论述清代小说的四种主要流派，其中"侠义派"的代表性作品便是《三侠五义》，"其中所叙的侠客，大半粗豪，很像《水浒》中底人物，故其事实虽然来自《龙图公案》，而源流则仍出于《水浒》"，但《水浒传》与其深刻影响的《三侠五义》仍有显著差异，前者中的人物"在反抗政府"，而后者中的人物"则帮助政府"，可谓"作者思想的大不同处"。[2]

我们在此简述《水浒传》的文学史影响，当属挂一漏万，而其图像叙事的影响亦甚为深远，就像前文所不断提及的明刊本插图在选取小说情节、人物等方面，在情节图的图式方面，在人物图的组合方面，都为清代以降的《水浒传》图像奠定了坚实基础。因为《荡寇志》《说岳全传》《三侠五义》等小说多有插图版本，我们需要回过头检视《水浒传》影响之下的续书、清代英雄传奇小说和侠义小说，进一步总结图像叙事所产生的影响。

首先，有清一代的《水浒传》插图多以人物图为主，从早期直接复刻陈洪绶《水浒叶子》等，到清中后期画家的重新绘制，相形之下，情节图的创作数量明显减少，这一趋向在《水浒传》续书、其他英雄传奇小说和侠义小说中较为突出，有的小说插图仅绘制人物图。例如乾隆癸卯年（1783）重镌观文书屋《说唐演义全传》，序言与目录之后便是隋文帝、宣华夫人、陈后主、丽华妃子、隋炀帝、萧后、唐高祖、小秦王、靠山王等40幅人物图，图像左上角或右上

---

[1] 鲁迅指出，"《三侠五义》"为市井细民写心，乃似较有《水浒》余韵，然亦仅其外貌，而非精神"，可谓一语中的。参见鲁迅：《鲁迅全集》（第9卷），人民文学出版社2005年版，第287—288页。

[2] 鲁迅：《鲁迅全集》（第9卷），人民文学出版社2005年版，第349—350页。

角均有姓名榜题（如图6-1）。光绪十六年（1890）上海广百宋斋石印本《七侠五义》同样如此，序言与目录之后插置宋仁宗、李太后、陈林、寇珠、郭槐、包孝肃、欧阳春、展昭等30幅人物图（如图6-2）。再如同一年刊印的文光楼刻本《小五义》，全书几则序言和目录之后也是人物图，共有襄阳王、颜查散、欧阳春、狐智化、蒋平、彭启、白芸生、韩天锦、徐良、卢珍、艾虎、甘兰娘、谷云飞、魏真等14幅。这些人物图虽有姓名榜题，但其图像背面还写有赞语，例如襄阳王的赞语为"既为宗室，宜秉忠心。徒留话柄，唾骂至今"，欧阳春的赞语是"碧目虬髯七宝刀，霜锋利刃等吹毛。怜他不共天长在，杀尽人间恶土豪"，白芸生的赞语是"天生刚直问谁如，名遍金华传不虚。事母尽心称玉孝，无惭玉面小专诸"（图6-3），卢珍的赞语是"俨是翩翩公子，竟能锄蕲奸徒。生就五官清秀，人称粉面子都"（图6-4）。仅就白芸生与卢珍人物图而言，如果没有

图6-1 罗成
《古本小说集成》（第4辑第126册）

图6-2 襄阳王
《古本小说集成》（第4辑第101册）

图6-3　白芸生　　　　　图6-4　卢珍

文光楼刻本《小五义》

榜题的提示，以及背面赞语关于他们二者生平、性格、德性评价等方面的说明，读者似乎很难辨别图像所绘人物的身份，因为他们都高度借鉴了戏曲舞台表演的装扮，甚至连折扇都一模一样。这些小说鲜有绘制情节图，即便绘制若干幅，也是构图凌乱、人物关系模糊、图像叙事线索不明朗，根本无法与明代容与堂刻本与杨定见本《水浒传》插图相提并论，毕竟此时的版画艺术已走向式微。

其次，《水浒传》插图自清代以降的显著特点之一，便是深受当时戏曲文化的熏染，人物的"戏扮化"同样影响到《水浒传》续书、清代英雄传奇小说与侠义小说的图像叙事。前文所提及的《说唐演义全传》《七侠五义》人物图便是典型体现，罗成、襄阳王竟然都头戴双翎，后者两耳还挂有狐尾，装扮成了番将的模样。再如清末民初的《荡寇志演义》，仅有的两幅情节图中也充斥着戏曲扮相，这种脱离舞台情景并与叙事环境杂糅在一起的做法非常普遍，例如"陈丽卿单枪刺双虎"（图6-5），陈丽卿骑在马上持枪追赶，她头戴戏曲花旦的盔头，却没有穿着相应的战袍，暴露出绘图者简单"戏扮化"的初衷。再如"资政殿嵇仲安邦"情节图，坐在椅子上的君臣分别着龙袍、官服等戏曲服饰，但皇帝身后却是屏风，地面上摆设有地毯，彻头彻尾的室内空间，而非戏曲舞台的一桌二椅。

图6-5 "陈丽卿单枪刺双虎"
上海广益书局《荡寇志演义》

最后，《水浒传》续书、清代英雄传奇小说与侠义小说插图，与小说叙事的关系渐行渐远，特别是人物图的叙事能力，因普遍的"戏扮化"而遭到进一步削弱，以至于插图完全沦为一种装饰物，甚至是质量较差的书籍装饰。这样的恶果便是，书籍难以通过图像叙事阐释小说"逼上梁山"的主题,或者"揄扬勇侠,赞美粗豪"的侠义精神。例如图6-3与图6-4的白芸生、卢珍人物图,绘画以程式化的笔法描摹两个不同的人物,人物造型似乎仅在戏曲服饰花纹、盔头的耳饰等处稍有区别,其他部位几乎如出一辙,既看不出前者的"大耳垂轮",也看不出后者"世代簪缨"的世家传统,以至于对于这两个人的认识,全部都集中在图像背后的赞语中。即便如此,我们也根本无法通过图像释读出白芸生的柔弱性格,哪怕借助赞语也无法做到。事实上,就像我们第三章所揭示的那样,人物图的叙事能力非常有限,只能借助榜题弥补其自身之不足,这既是无奈之举,也是此类图像叙事的必然结果。[1]

考虑到清代中后期特别是晚清处于大变革阶段,而且,此时插图等木刻版画已逐渐被石印版画所挤压、吞噬,新闻、画报等新型文化形态也陆续传入中国,多重因素之下的古典小说图像叙事面临着前所未有的新变,这些问题将可以延伸本书的后续研究空间,我们下文将要专门论述。

二、本书的研究经验、遗憾与延展空间

首先,跨学科选题的研究需要坚持文学本位。由于学科细化等

---

[1] 既然人物图的叙事能力较弱,"远不如故事图那样再现故事的上手和忠诚",那么,为何这种插图还能普遍存在于小说书籍之中,又何以吸引画家对其乐此不疲呢?赵宪章教授认为,"重要原因恐怕在于此类图像的艺术表达相对自由,同一部作品中的同一个人物,画家完全可以有非常不同的表达",重在"表现性格"而非"再现故事","当是人物图及其叙事的另一重要特点"。但在我们的研究过程中,起码清代以来这些被"戏扮化"了的《水浒传》续书、其他英雄传奇小说以及侠义小说人物图,即便有姓名、赞语等插图榜题的协助,恐怕也未必能够再现人物性格,就像上文的图6-3与图6-4,白芸生与卢珍的性格显示出差异了吗?围绕这一问题,我们需要援引其他理论或者视角进行后续探讨。参见赵宪章:《小说插图与图像叙事》,《文艺理论研究》2018年第1期。

客观原因，笔者所受的学术训练主要集中在文艺学领域。虽然本书在申报国家社科基金项目之初所填写的"学科分类"是"中国文学"之"文学理论"，但《水浒传》这部中国古代通俗小说的典范，决定了其研究过程必须首先在"中国文学"内部跨学科——既要兼顾文艺学所擅长的理论研究，同时还要涉及古代文学所注重的历史研究。除此之外，叙事学虽是文学理论的显学之一，但基于《水浒传》插图的"图像叙事"，显然需要我们开展更大范围的跨学科——跨越文学与艺术这两大学科门类。跨学科着实拓展了文学研究的疆域，然而，这是否意味着我们不能甘于单纯的此岸眺望，而是直接"跳将过去"介入到彼岸呢？

现代知识生产主要建基于"以学科为标识进行的制度安排"[1]，而在20世纪以来的诺贝尔自然科学奖中，跨学科成果的获奖占比呈现逐渐上升趋势。[2]这就说明大凡具有创新性的学术研究，多是跨学科的产物，即一方面正视学科区隔存在的事实，另一方面又努力打破学科之间的藩篱与偏见。那么，面对在不同学科之间发现的新问题——"图像叙事研究"，我们站在鲜明的"文学本位"立场，而不是"图像本位"的立场，也不是介于二者之间的立场。所谓秉持文学本位的学术立场，指的是探讨图像叙事的过程中时刻不离文学，例如，我们在横向梳理明刊本《水浒传》插图文献的过程中发现，关于"招安"这一核心情节的图像表现出非常富有张力的阐释，图像叙事通过"入画与否"和"如何图绘"阐释出关于"招安"的理

---

1 复旦大学历史学系、复旦大学中外现代化进程研究中心编：《中国现代学科的形成》，上海古籍出版社2007年版，第9页。
2 陈其荣：《诺贝尔自然科学奖与跨学科研究》，《上海大学学报》（社会科学版）2009年第5期。

解。由此可见，我们作为热爱文学的"文学人"，只有坚持文学本位，"文学与图像关系"研究才不会迷失方向，毕竟站在艺术学的立场上探讨这一问题，将可能看到另一种风景。

其次，包括文学理论、文学史、文学批评在内的整个文学研究，应当充分重视文本细读；本书作为跨学科研究，则在图像细节的参照下激活了对文本细读的重新体认。诚如什克洛夫斯基所说，"那种被称为艺术的东西的存在，正是为了唤回人对生活的感受，使人感受到事物，使石头更成其为石头"[1]。然而，就我们文学理论学者来说，学术的重心似乎在于"理论"，而非"文学"以及"文学的理论"：或者将"文学"视为"理论"的例证，或者在"文学理论"这个偏正结构中，仅仅把"文学"理解成"理论"这一中心语的修饰。批评家和理论家远离文学、忘记对文学的感受，似乎已是圈内公开的秘密，即便论及文学，也只是"希望通过说明文学是什么来提倡他们认为最重要的批评方法"[2]，更何况理论越出文学研究边界也早就司空见惯[3]。但我们始终相信，深刻的文学理论一定根源于文学，就像巴赫金的"狂欢理论"离不开他对拉伯雷的熟稔。所以，本书在研究过程中反复体会阿比·瓦尔堡的那句名言——"上帝就在细节中"，这显然需要耐心考察《水浒传》小说与图像的叙事关系，特别是如何理解图像叙事的关键人物、情节与场景等，格外值得关注。

例如第二章所探讨《水浒传》图像叙事中的簪花现象，并不是

---

[1] 〔俄〕什克洛夫斯基等：《俄国形式主义文论选》，方珊等译，生活·读书·新知三联书店1989年版，第6页。

[2] 〔美〕乔纳森·卡勒：《文学理论入门》，李平译，译林出版社2008年版，第44页。

[3] 周宪：《文学理论、理论与后理论》，《文学评论》2008年第5期。

美术史领域的新鲜话题，而我们在早期研究《水浒传》的过程中，尽管看到阮小二、燕青等人物簪花，也没有意识到簪花这一现象的叙事学意义。直到我们经眼容与堂刻本《李卓吾先生批评忠义水浒传》第十五回"吴学究说三阮撞筹 公孙胜应七星聚义"的首幅回目图时，才意识到只有通过簪花、衣饰等元素才能辨认出阮氏三兄弟的具体身份，而图像叙事再现阮小五簪花，无疑同样具有提示故事时间为农历五月的重要作用。于是，我们重返《水浒传》小说"现场"，围绕簪花进行文本细读，发现这一现象不仅遍及全书，而且书写簪花的故事时间绵延春夏秋冬，簪花的人群涵盖士农工商四大阶层，进而思考这些富有叙事意味的语象如何被图像再现。可以说，正是基于对《水浒传》开展的文本细读，我们才得以考察图像叙事的接受史与传播学意义。

再次，文学研究的理想形态是"历史"与"理论"的有效结合。无论学术话题是否属于跨学科，也无论话题是重在文学理论、文学批评或文学史的哪一方面，我们都要面对"历史"与"理论"，以及二者的关系问题。所谓"历史"，就是摆事实，搜集《水浒传》图像叙事的文献，概括其基本面目并厘清演进线索；所谓"理论"，就是讲道理，发现并解释其中的问题。本书所探讨的这些问题主要包括两个方面。第一类是挖掘图像叙事的规律及其与《水浒传》小说叙事的差异，例如第五章指出《水浒传》图像叙事在传播"义"这一主题时，往往倾向于消泯各种类型"义"的界限，纵然"义"在小说中具有多重意指。此类研究显然涉及图像符号在叙事、表意层面的特点，由此也一定能够观照我们对当前图像时代的若干反思。第二类是借助图像叙事延伸了《水浒传》小说叙事的研究，例如第二章在分析簪花现象的图像叙事时，发现小说书写簪花的篇幅主要集中于插增诗词,《水浒传》身上所遗留的宋元"说话"传统在图像叙事中得以进一步保存。再如《水浒传》"上山"与"下山"这一对情节范畴,也是我们在爬梳元代"水浒戏"图像叙事时的重要发现,因为这些曲本插图无一例外都将"下山"绘制成了"正在进行时",即走在下山路上的动作;但在后来成书的小说中,"下山"的内涵发生了重大的变化和拓展,主要就是将戏曲中的下山救人情节转变为下山履行招安使命,那么,图像叙事有没有再现招安、怎样看待招安情节等问题,也就随之进入了我们的研究视野。就"《水浒》图像叙事研究"这一课题而言,如果单纯摆事实或者一味讲道理,似乎相对枯燥而无趣,只有将二者有效地结合起来,才能提升学术研究的价值与境界。

最后,人文学术坚守应有的现实关怀。如前文所述,本书的选题缘起之一,便是图像时代的"文学危机",因为大量的中国读者,特别是20世纪80年代之后出生的人群,更多是经由影视剧等图像接触文学,而非直接阅读"白纸黑字"。所以,我们试图通过《水浒传》的图像叙事研究"语-图"关系,明清时期的情节图虽能再现部分小说叙事,但流于简单或机械摹仿某一情节的情况大量存在,特别是清代以降的插图质量进一步降低,甚至连基本的装饰都没有做到,曲本插图恐怕也不是"本传逐出绘像,以便照扮冠服"的范本;人物图的叙事能力则远不如情节图,以至于成了小说人物德性的象征。这些结论对我们反思影视剧等动态图像大有裨益。除此之外,如果将《水浒传》插图与当前中小学教材插图[1]联系起来,我们还能

---

[1] 2022年5月,小学教材插图受到社会的广泛关注,人民教育出版社表示将全面整改。详见李依环、孙竞:《人教社就教材插图问题致歉:深感自责和内疚》(http://edu.people.com.cn/BIG5/n1/2022/0528/c367001-32432887.html)。

简单将插图视为可有可无的装饰物吗？纵然文学插图与教材插图并不能完全等同。

上述经验只是我们长时间从事某一领域研究的心得体会，祈请学界前辈与同仁赐正。随着本书的研究告一段落，我们却并没有感觉到轻松或者满意，因为仍有些许遗憾需要进一步完善。其一，鉴于新冠疫情的影响，我们尚未完全复印或扫描国家图书馆、上海图书馆、浙江图书馆等地馆藏的明清插图本《水浒传》；英译本之外的图像叙事文献也掌握得较少；一些散落在民间、由私人持有的藏书，也没有被"一网打尽"。好在《〈水浒传〉版本知见录》《中国古代四大名著插图研究》等侧重《水浒传》图像文献整理的著作，提供了最新的、较为完备的资料目录，便于我们后续增补这项工作。其二，本书为了研究《水浒传》图像叙事特点，既考察了关于小说插图与诗意图的学术史，也对《水浒传》之外的其他古典小说乃至现当代小说插图进行了比较研究，但是研究得还不够充分。值得一提的是，笔者接受国家社科基金重大项目"明清小说戏曲图像学研究"的邀请，承担子课题"明清小说图像研究"，有助于将关于《水浒传》图像叙事的个案研究拓宽到整个明清时期的小说。

本书选题隶属于"文学与图像关系"问题域，如果从国内最早一篇此类选题的博士论文[1]算起，至今也有二十个年头。近几年"文学与图像关系"方面的原创性研究已愈发深入，远不是像21世纪初那样大量简单套用"语-图"互文、图繁于文、叙事停顿、"最富于

---

1 据赵宪章教授称，于德山的《中国古代图像叙述及"语-图"互文现象研究》（南京大学博士学位论文，2003年），当属国内最早的此类博士论文。参见赵宪章、曾军：《现实关怀及其问题——对话中国文学理论未来之走向》，《学术月刊》2012年第6期。

孕育性的那一顷刻"等概念。特别是2020年出版的八卷本《中国文学图像关系史》（十册），当属这一领域的代表性成果，我们需要着眼于这些既有研究，进一步发掘本书研究的延展空间。

首先，关于《三国演义》《西游记》《水浒传》《金瓶梅》《红楼梦》等古代小说名著图像叙事的"专书"研究，学界现已发表和出版不少成果，但相对缺乏整体研究。例如，历史演义、英雄传奇、神魔小说与世情小说的插图，在图像叙事方面各有哪些特点？又如，以叙事见长的情节图如何兼顾抒情性？诸如此类的问题，将从广度和深度两个方面延展现有研究。在本书的研究过程中，笔者曾关注《儒林外史》这部不像《水浒传》那样雅俗共赏的小说，发现其插图在叙事过程中弱化小说的讽刺效果，回避并剥离了吴敬梓苦心孤诣的儒家仪式，这属于横向对比图像叙事的尝试。[1] 再如，小说插图有"他绘"与"自绘"之别，前者是自明代至今的常见形态，后者则是晚清以来才出现的新现象：作家不止于敷衍叙事，而是如同艺术家自画像那样绘制自己的小说，形成了文学史与艺术史上的亮丽风景。所谓"自绘"插图，与《水浒传》延请专门画家及刻工绘制插图形成了鲜明差异。笔者以当代著名小说《繁花》为例，深入探讨了金宇澄如何将插图作为彰显所述故事之非虚构的"图像证据"。[2] 由是观之，我们不妨超越"专书"而进入"专题"研究，围绕插图及其图像叙事开展整体的、宏观的论述，从而推进"文学与图像关系"这一问题域向纵深处发展。

---

[1] 参见拙文《弱化的讽刺与缺席的儒家仪式——海左书局〈全图儒林外史〉小说与插图关系新论》，《明清小说研究》2021年第2期。

[2] 详见拙文《论插图与〈繁花〉的非虚构写作》，《江汉论坛》2019年第8期；《论中国当代小说插图与空间记忆》，《学海》2022年第6期。

其次,《中国文学图像关系史》作为这一领域的代表性成果,没有探讨清代文学与图像关系在甲午战争、戊戌变法之后的新变,特别是晚清最后十余年的"传统与现代的衔接带",[1] 我们不妨在《水浒传》等明清小说的图像叙事研究之后,"顺藤摸瓜""顺势而为"般地观照晚清文学图像。我们知道,包括文学、图像以及二者关系在内的晚清文化,在西学涌入中国之际开始迅速裂变。著译兼备的《新小说》《绣像小说》《月月小说》《小说林》等晚清小说杂志陆续问世,尽管其刊行时间较为短暂,却分别附图 55 幅、808 幅、123 幅和 47 幅;说到晚清图像,刊行时间更长、影响力更大的《点石斋画报》发表各类图像 4000 余幅,成了我们体察当时"社会生活乃至'时事'与'新知'的重要史料"[2];照相、电影等鲜明有别于手绘的机械图像也传到中国,前者更是广泛成为文学书籍和报刊的插图。晚清在"中西"这面双棱镜的介质作用下显示出"新旧"之大不同:文学的翻译与创作主题多以西学为风向标;哪怕是连载的小说报刊插图,也不再完全沿袭明清人物绣像,而是较多再现新事物与新景象。以上种种革新与西学东渐、启蒙有着密不可分的历史关联,因此,探讨这一时期文学与图像关系的意义,就在于思考晚清文学和图像如何分别肩负起启蒙使命,文学启蒙与图像启蒙之间究竟是什么关系,落实在语言与图像这两种符号层面,还有哪些尚未被学界所揭示的规律,图像如何深刻影响中国文学的现代转型……诸如此类的问题,将极大延伸目前晚清阶段的文学史研究。

---

1 赵宪章总主编,解玉峰主编:《中国文学图像关系史·清代卷》,江苏凤凰教育出版社 2020 年版,第 13 页。
2 陈平原:《左图右史与西学东渐》,生活·读书·新知三联书店 2018 年版,第 486 页。

学界先贤回顾自己过往学术史时，经常以十年作为一个周期，也经常用"十年磨一剑"鼓励后学们耐心专注于某一领域。由此反观本书，笔者深感需要进一步补充和完善，这种持续改进的动力并非来自学术外部，而是单纯对《水浒传》、对文学、对插图、对图像叙事、对"文学与图像关系"这一问题域的热爱。

参考文献

一、著作

《古本戏曲丛刊》编委会：《古本戏曲丛刊》，中华书局。

《古本小说丛刊》编委会：《古本小说丛刊》，中华书局。

《古本小说集成》编委会：《古本小说集成》，上海古籍出版社。

阿英编：《晚清文学丛钞·小说戏曲研究卷》，中华书局 1960 年版。

蔡毅编著：《中国古典戏曲序跋汇编》，齐鲁书社 1989 年版。

曹意强等：《艺术史的视野：图像研究的理论、方法与意义》，中国美术学院出版社 2007 年版。

陈怀恩：《图像学：视觉艺术的意义与解释》，如果出版社 2008 年版。

陈平原、夏晓虹编：《二十世纪中国小说理论资料（第一卷）1897—1916》，北京大学出版社 1989 年版。

陈平原：《千古文人侠客梦——武侠小说类型研究》，人民文学出版社 1992 年版。

陈崎等编著：《古本插图元明清戏曲故事集》，上海辞书出版社 2003 年版。

陈启明校订：《水浒全传插图》，人民美术出版社 1955 年版。

陈松柏：《水浒传源流考论》，人民文学出版社 2006 年版。

邓雷编著：《〈水浒传〉版本知见录》，凤凰出版社 2017 年版。

房玄龄等：《晋书》，中华书局 1974 年版。

傅惜华等编：《水浒戏曲集》，上海古籍出版社 1985 年版。

高建平：《中国艺术的表现性动作》，安徽教育出版社 2012 年版。

郭味蕖编著：《中国版画史略》，朝花美术出版社 1962 年版。

何心：《水浒研究》，上海古籍出版社 1985 年版。

洪楩:《清平山堂话本》,岳麓书社 2019 年版。

洪再辛选编:《海外中国画研究文选》,上海人民美术出版社 1992 年版。

胡士莹:《话本小说概论》,商务印书馆 2011 年版。

胡适:《中国章回小说考证》,安徽教育出版社 2006 年版。

湖北省文学学会《水浒》研究会、武汉师范学院中文系资料室编:《〈水浒〉研究论著目录索引:附李贽、金圣叹研究论著目录索引（1903—1981.5）》,1981 年。

黄广华:《中国古代艺术成象论》,广西教育出版社 1995 年版。

江苏省社会科学院明清小说研究中心:《中国通俗小说总目提要》,中国文联出版公司 1990 年版。

金圣叹:《金圣叹全集》,陆林辑校,凤凰出版社 2008 年版。

康来新:《发迹变泰——宋人小说学论稿》,大安出版社 1996 年版。

李昉等编:《太平广记》,中华书局 1961 年版。

李汉秋编著:《儒林外史研究资料集成》,上海古籍出版社 2017 年版。

李庆西:《水浒十讲》,文汇出版社 2020 年版。

梁启超:《中国历史研究法》,中华书局 2015 年版。

刘继才:《中国题画诗发展史》,辽宁人民出版社 2010 年版。

刘克明:《中国图学思想史》,科学出版社 2008 年版。

刘天振:《水浒研究史胜论》,中国社会科学出版社 2016 年版。

刘勰著,范文澜注:《文心雕龙注》,人民文学出版社 1958 年版。

刘昫等:《旧唐书》,中华书局 1975 年版。

刘再复:《性格组合论》,中国人民大学出版社 2009 年版。

柳存仁编著:《伦敦所见中国小说书目提要》,书目文献出版社 1982 年版。

龙迪勇:《空间叙事研究》,生活·读书·新知三联书店 2014 年版。

鲁迅:《鲁迅全集》,人民文学出版社 2005 年版。

罗尔纲:《水浒传原本和著者研究》,江苏古籍出版社 1992 年版。

罗书华、苗怀明等:《中国小说戏曲的发现》,人民文学出版社 2009 年版。

罗烨:《醉翁谈录》,古典文学出版社 1957 年版。

马明达:《说剑丛稿》,中华书局 2007 年版。

马蹄疾编著:《水浒书录》,上海古籍出版社 1986 年版。
马蹄疾辑录:《水浒资料汇编》,中华书局 1977 年版。
马幼垣:《水浒二论》,生活·读书·新知三联书店 2007 年版。
马幼垣:《水浒论衡》,生活·读书·新知三联书店 2007 年版。
马幼垣:《水浒人物之最》,生活·读书·新知三联书店 2012 年版。
苗怀明:《二十世纪中国小说文献学述略》,中华书局 2009 年版。
南京大学中文系资料室:《水浒研究资料汇编》,1981 年版。
倪梁康主编:《面对实事本身:现象学经典文选》,东方出版社 2000 年版。
倪梁康编:《中国现象学与哲学评论(第三辑):现象学与语言》,上海译文出版社 2001 年版。
聂绀弩:《〈水浒〉四议》,北京大学出版社 2010 年版。
欧阳健、萧相恺编订:《宋元小说话本集》,中州古籍出版社 1987 年版。
浦安迪讲演:《中国叙事学》,北京大学出版社 1996 年版。
钱基博:《明代文学》,岳麓书社 2011 年版。
钱锺书:《七缀集》,生活·读书·新知三联书店 2002 年版。
乔光辉:《明清小说戏曲插图研究》,东南大学出版社 2016 年版。
裘沙:《陈洪绶研究:时代、思想和插图创作》,人民美术出版社 2004 年版。
沈家本:《大清现行新律例》,《续修四库全书》(第 864 册),上海古籍出版社 2002 年版。
沈宁:《腾固艺术文集》,上海人民美术出版社 2003 年版。
施耐庵、罗贯中:《水浒传》,人民文学出版社 1975 年版。
施耐庵、罗贯中:《水浒全传》,上海古籍出版社 1976 年版。
石昌渝主编:《中国古代小说总目·白话卷》,山西教育出版社 2004 年版。
首都图书馆编辑:《古本小说四大名著版画全编·水浒传》,线装书局 1995 年版。
宋俊华:《中国古代戏剧服饰研究》,广东教育出版社 2011 年版。
宋莉华:《明清时期的小说传播》,中国社会科学出版社 2004 年版。
宋莉华主编:《早期西译本中国古典小说插图选刊》,社会科学文献出版社 2021 年版。

孙楷第：《中国通俗小说书目（外二种）》，中华书局 2012 年版。

唐薇、黄大刚：《追寻张光宇》，生活·读书·新知三联书店 2015 年版。

涂秀虹：《明代建阳书坊之小说刊刻》，人民出版社 2017 年版。

脱脱等：《宋史》，中华书局 1977 年版。

王伯敏：《中国版画史》，上海人民美术出版社 1961 年版。

王古鲁：《王古鲁小说戏曲论集》，中华书局 2013 年版。

王国维：《王国维文学论著三种》，商务印书馆 2001 年版。

王明珂：《华夏边缘：历史记忆与族群认同》，允晨文化实业股份有限公司 1997 年版。

王清原、牟仁隆、韩锡铎编纂：《小说书坊录》，北京图书馆出版社 2002 年版。

王仁裕等：《开元天宝遗事》，丁如明辑校，上海古籍出版社 1985 年版。

王树村：《中国民间年画史论集》，天津杨柳青画社 1991 年版。

王树村编：《中国民间画诀》，上海人民美术出版社 1982 年版。

王先谦：《荀子集解》，中华书局 1988 年版。

王学泰：《〈水浒〉识小录》，广西师范大学出版社 2012 年版。

王学泰：《游民文化与中国社会》，学苑出版社 1999 年版。

王哲然：《透视法的起源》，商务印书馆 2019 年版。

闻一多：《神话与诗》，中华书局 1956 年版。

翁偶虹：《翁偶虹秘藏脸谱》，学苑出版社 2018 年版。

翁万戈：《陈洪绶的艺术》，上海书画出版社 2021 年版。

吴培编纂：《古洋珍藏外销瓷图鉴》（下），上海社会科学院出版社 2016 年版。

吴自牧：《梦粱录》，中华书局 1985 年版。

项楚：《敦煌变文选注》，巴蜀书社 1989 年版。

徐晓蛮：《中国古代插图史》，上海古籍出版社 2007 年版。

许慎：《说文解字》，段玉裁注，上海古籍出版社 1988 年版。

许勇强、李蕊芹：《〈水浒传〉研究史》，中国社会科学出版社 2017 年版。

严敦易：《水浒传的演变》，作家出版社 1957 年版。

颜娟英主编：《中国史新论：美术考古分册》，联经出版公司 2010 年版。
颜彦：《明清叙事文学插图的图像学研究》，浙江古籍出版社 2021 年版。
颜彦：《中国古代四大名著插图研究》，社会科学文献出版社 2014 年版。
扬之水：《诗经名物新证》，北京古籍出版社 2000 年版。
杨丽颖：《扫叶山房史研究》，复旦大学出版社 2013 年版。
叶德辉：《书林清话（附书林余话）》，古籍出版社 1957 年版。
叶喆民：《中国陶瓷史》，生活·读书·新知三联书店 2011 年版。
于德山：《中国图像叙述传播》，山东文艺出版社 2008 年版。
余英时：《中国文化史通释》，生活·读书·新知三联书店 2012 年版。
张岱：《陶庵梦忆》，上海书店出版社 1982 年版。
张国标：《徽派版画》，安徽人民出版社 2005 年版。
张恨水：《水浒人物论赞》，江苏文艺出版社 2008 年版。
张寅德编选：《叙述学研究》，中国社会科学出版社 1989 年版。
张驭寰：《北宋东京城建筑复原研究》，浙江工商大学出版社 2011 年版。
张振铎编著：《古籍刻工名录》，上海书店出版社 1996 年版。
章学诚著，仓修良编注：《文史通义新编新注》，浙江古籍出版社 2005 年版。
赵尔巽等：《清史稿》，中华书局 1976 年版。
赵前编著：《明代版刻图典》，文物出版社 2008 年版。
赵宪章：《文体与图像》，人民文学出版社 2014 年版。
赵宪章：《文体与形式》，万卷楼图书股份有限公司 2011 年版。
赵宪章总主编：《中国文学图像关系史》，江苏凤凰教育出版社 2020 年版。
赵毅衡：《符号学：原理与推演》，南京大学出版社 2011 年版。
赵翼：《赵翼全集》，曹光甫点校，凤凰出版社 2009 年版。
郑尔康编：《郑振铎艺术考古文集》，文物出版社 1988 年版。
郑公盾：《水浒传论文集》，宁夏人民出版社 1983 年版。
郑樵：《通志二十略》，中华书局 1995 年版。
郑振铎：《劫中得书记》，上海古典文学出版社 1956 年版。
郑振铎：《西谛书跋》，吴晓铃整理，文物出版社 1998 年版。
郑振铎：《郑振铎全集》，花山文艺出版社 1998 年版。

郑振铎编:《中国版画史图录》,中国书店 2012 年版。

郑振铎编:《中国古代版画丛刊》,上海古籍出版社 1988 年版。

郑振铎:《中国古代木刻画史略》,上海书店出版社 2006 年版。

郑振铎:《中国俗文学史》,中国社会科学出版社 2009 年版。

周密:《癸辛杂识》,吴企明点校,中华书局 1988 年版。

周密:《武林旧事》,钱之江校注,浙江古籍出版社 2011 年版。

周群:《儒释道与晚明文学思潮》,上海书店出版社 2000 年版。

周芜编著:《徽派版画史论集》,安徽人民出版社 1984 年版。

周芜:《中国古本戏曲插图选》,天津人民美术出版社 1985 年版。

周心慧:《中国版画史丛稿》,学苑出版社 2002 年版。

周心慧:《中国古版画通史》,学苑出版社 2000 年版。

周心慧:《中国古代版刻版画史论集》,学苑出版社 1998 年版。

朱一玄、刘毓忱编:《水浒传资料汇编》,百花文艺出版社 1981 年版。

庄绰:《鸡肋编》,中华书局 1997 年版。

宗白华:《宗白华全集》,安徽教育出版社 2008 年版。

E. H. 贡布里希:《艺术与错觉——图画再现的心理学研究》,林夕、李本正、范景中译,湖南科学技术出版社 2011 年版。

W. J. T. 米切尔:《图像理论》,兰丽英译,重庆大学出版社 2021 年版。

W. J. T. 米歇尔:《图像理论》,陈永国、胡文征译,北京大学出版社 2006 年版。

W. J. T. 米歇尔:《图像学:形象,文本,意识形态》,陈永国译,北京大学出版社 2012 年版。

阿格妮丝·赫勒:《日常生活》,衣俊卿译,重庆出版社 2010 年版。

阿莱斯·艾尔雅维茨:《图像时代》,胡菊兰、张云鹏译,吉林人民出版社 2003 年版。

安托万·孔帕尼翁:《理论的幽灵——文学与常识》,吴泓缈、汪捷宇译,南京大学出版社 2011 年版。

巴赫金:《巴赫金全集》(第 3 卷),白春仁、晓河译,河北教育出版社 1998 年版。

巴克森德尔：《意图的模式》，曹意强、严军、严善錞译，中国美术学院出版社1997年版。

鲍斯玛：《维特根斯坦谈话录：1949—1951》，刘云卿译，漓江出版社2012年版。

彼得·伯克：《图像证史》，杨豫译，北京大学出版社2018年版。

费尔迪南·德·索绪尔：《普通语言学教程》，高名凯译，商务印书馆1980年版。

弗兰齐斯科·彼特拉克：《论自己和大众的无知》，张沛译，华东师范大学出版社2021年版。

弗朗西斯·哈斯克尔：《历史及其图像：艺术及对往昔的阐释》，孔令伟译，商务印书馆2018年版。

高居翰：《江岸送别：明代初期与中期绘画（1368—1580）》，夏春梅等译，生活·读书·新知三联书店2009年版。

高居翰：《山外山：晚明绘画（1570—1644）》，王嘉骥译，生活·读书·新知三联书店2009年版。

高居翰：《诗之旅：中国与日本的诗意绘画》，洪再新等译，生活·读书·新知三联书店2012年版。

高居翰：《致用与娱情：大清盛世的世俗绘画》，杨多译，生活·读书·新知三联书店2022年版。

海德格尔：《林中路》，孙周兴译，上海译文出版社2008年版。

汉娜·阿伦特编：《启迪：本雅明文选》，张旭东、王斑译，生活·读书·新知三联书店2008年版。

汉斯·贝尔廷：《脸的历史》，史竞舟译，北京大学出版社2017年版。

胡塞尔：《纯粹现象学通论——纯粹现象和现象学哲学的观念 第1卷》，李幼蒸译，中国人民大学出版社2014年版

胡塞尔：《逻辑研究》，倪梁康译，上海译文出版社2006年版。

胡塞尔：《现象学的方法》，倪梁康译，上海译文出版社1994年版。

胡塞尔：《现象学的观念》，倪梁康译，上海译文出版社1986年版。

华莱士·马丁：《当代叙事学》，伍晓明译，北京大学出版社2005年版。

加埃坦·皮康：《1863，现代绘画的诞生》，周皓译，生活·读书·新知三联书店 2021 年版。
杰拉德·普林斯：《叙事学：叙事的形式与功能》，徐强译，中国人民大学出版社 2013 年版。
康德：《纯粹理性批判》，邓晓芒译，人民出版社 2004 年版。
康德：《纯粹理性批判》，蓝公武译，商务印书馆 1960 年版。
康德：《判断力批判》，邓晓芒译，人民出版社 2002 年版。
柯律格：《明代的图像与视觉性》，黄晓鹃译，北京大学出版社 2011 年版。
莱辛：《拉奥孔》，朱光潜译，人民文学出版社 1979 年版。
雷吉斯·德布雷：《图像的生与死：西方观图史》，黄迅余、黄建华译，华东师范大学出版社 2014 年版。
理查德·沃尔海姆：《艺术及其对象》，刘悦笛译，北京大学出版社 2012 年版。
鲁道夫·阿恩海姆：《视觉思维：审美直觉心理学》，滕守尧译，四川人民出版社 1998 年版。
鲁道夫·阿恩海姆：《艺术与视知觉》，滕守尧、朱疆源译，四川人民出版社 1998 年版。
鲁晓鹏：《从史实性到虚构性：中国叙事诗学》，王玮译，北京大学出版社 2012 年版。
罗伯特·弗尔福德：《叙事的胜利：在大众文化时代讲故事》，李磊译，南京大学出版社 2020 年版。
罗兰·巴特：《显义与晦义》，怀宇译，百花文艺出版社 2005 年版。
罗兰·巴特：《写作的零度》，李幼蒸译，中国人民大学出版社 2008 年版。
罗曼·英加登：《对文学的艺术作品的认识》，陈燕谷、晓未译，中国文联出版公司 1988 年版。
迈耶·夏皮罗：《词语、题铭与图画：视觉语言的符号学》，沈语冰译，商务印书馆 2021 年版。
梅维恒：《绘画与表演——中国的看图讲故事和它的印度起源》，王邦维、荣新江、钱文忠译，北京燕山出版社 2000 年版。

米歇尔·福柯:《权力的眼睛:福柯访谈录》,严锋译,上海人民出版社 1997
年版。
米歇尔·福柯:《这不是一只烟斗》,邢克超译,漓江出版社 2012 年版。
莫里斯·梅洛-庞蒂:《符号》,姜志辉译,商务印书馆 2003 年版。
莫里斯·梅洛-庞蒂:《可见的与不可见的》,罗国祥译,商务印书馆 2016
年版。
莫里斯·梅洛-庞蒂:《眼与心》,杨大春译,商务印书馆 2007 年版。
莫里斯·梅洛-庞蒂:《知觉现象学》,姜志辉译,商务印书馆 2001 年版。
尼尔·波兹曼:《娱乐至死》,章艳译,广西师范大学出版社 2004 年版。
诺曼·布列逊:《语词与图像:旧王朝时期的法国绘画》,王之光译,浙江摄
影出版社 2001 年版。
诺思罗普·弗莱:《批评的剖析》,陈慧、袁宪军、吴伟仁译,百花文艺出版
社 1998 年版。
欧文·潘诺夫斯基:《视觉艺术的含义》,傅志强译,辽宁人民出版社 1987
年版。
欧文·潘诺夫斯基:《视觉艺术中的意义》,邵宏译,商务印书馆 2021 年版。
皮埃尔·布尔迪厄:《艺术的法则:文学场的生成与结构》,刘晖译,中央编
译出版社 2011 年版。
皮尔斯:《皮尔斯:论符号》,赵星植译,四川大学出版社 2014 年版。
平尾靖:《违法犯罪的心理》,金鞍译,群众出版社 1984 年版。
钱存训:《造纸及印刷》,刘拓、汪刘次昕译,台湾商务印书馆 1995 年版。
让-保罗·萨特:《想象心理学》,褚朔维译,光明日报出版社 1988 年版。
让-保罗·萨特:《影象论》,魏金声译,中国人民大学出版社 1986 年版。
热拉尔·热奈特:《叙事话语·新叙事话语》,王文融译,中国社会科学出版
社 1990 年版。
荣格:《心理类型学》,吴康、丁传林、赵善华译,华岳文艺出版社 1989
年版。
萨义德:《世界·文本·批评家》,李自修译,生活·读书·新知三联书店
2009 年版。

斯韦特兰娜·阿尔珀斯：《描绘的艺术：17世纪的荷兰艺术》，王晓丹译，商务印书馆2021年版。

维特根斯坦：《逻辑哲学论》，贺绍甲译，商务印书馆1996年版。

维特根斯坦：《哲学研究》，陈嘉映译，上海人民出版社2005年版。

文以诚：《自我的界限：1600—1900年的中国肖像画》，郭伟其译，北京大学出版社2017年版。

巫鸿：《重屏：中国绘画中的媒材与再现》，文丹译，上海人民出版社2009年版。

雅克·德里达：《论文字学》，汪堂家译，上海译文出版社1999年版。

雅克·德里达：《声音与现象》，杜小真译，商务印书馆2010年版。

雅克·德里达：《书写与差异》，张宁译，生活·读书·新知三联书店2001年版。

雅克·朗西埃：《图像的命运》，张新木、陆洵译，南京大学出版社2014年版。

亚里斯多德：《修辞学》，罗念生译，生活·读书·新知三联书店1991年版。

约翰·伯格、让·摩尔：《另一种讲述的方式》，沈语冰译，广西师范大学出版社2007年版。

约翰·杜威：《艺术即经验》，高建平译，商务印书馆2010年版。

约翰·迈尔斯·弗里：《口头诗学：帕里-洛德理论》，朝戈金译，社会科学文献出版社2000年版。

约瑟夫·房德里耶斯：《语言》，岑麒祥、叶蜚声译，商务印书馆2012年版。

Adam Zachary Newton, *Narrative Ethics*, Cambridge: Harvard University Press, 1995.

Alfreda Murck and Wen Fong eds., *Words and Images: Chinese Poetry, Calligraphy, and Painting*, New York: Princeton University Press, 1991.

Craig Clunas, *Empire of Great Brightness: Visual and Material Cultures of Ming China, 1368-1644*, Honolulu: University of Hawaii Press, 2007.

I. A. Richards, *The Philosophy of Rhetoric*, New York: Oxford University Press, 1936.

James C. Y. Watt, *The Translation of Art*, Seattle: University of Washington Press, 1976.

Jean Baudrillard, *Simulations*, trans. Paul Foss, Paul Patton and Philip Beitchman, New York: Semiotext（e）, 1983.

Jerome Silbergeld, *Selected Writings*, Stanford: Stanford University Press, 1988.

Julia Kristeva, "Word, Dialogue and Novel", *The Kristeva Reader*, ed. Toril Moi, New York: Columbia University Press, 1986.

Julia K. Murray, *Mirror of Morality: Chinese Narrative Illustration and Confucian Ideology*, Honolulu: University of Hawaii Press, 2007.

Li-ling Hsiao, *The Eternal Present of Past: Illustration, Theatre, and Reading in the Wanli Period, 1573–1619*, Leiden: Koninklijke Brill NV, 2007.

Michael Sullivan, *The Three Pefections*, New York: George Braziller, 1974.

Miller, J. Hillis, *Illustration*, Cambridge: Harvard University Press, 1992.

Robert E. Hegel, *Reading Illustrated Fiction in Late Imperial China*, Stanford: Stanford University Press, 1998.

Roland Barthes, *Image Music Text*, London: Fontana Press, 1977.

Roman Jakobson and Morris Halle, *Fundamentals of Language*, Hague: Mouton, 1956.

Wimsatt, W. K., *The Verbal Icon: Studies in the Meaning of Poetry*, Lexington: University of Kentucky Press, 1954.

Yao Dajuin, "The Pleasure of Reading Drama: Illustrations to the Hongzhi Edition of The Story of the Western Wing", *The Moon and the Zither: The Story of the Western Wing*, eds. Stephen H. West and Wilt L. Idema, Berkeley: University of California Press, 1991.

二、期刊论文

包兆会:《"图文"体中图像的叙述与功用——以传统文学和摄影文学中的图像为例》,《文艺理论研究》2006年第4期。

包兆会:《当代视觉文化背景下的"语-图"关系》,《江西社会科学》2007

年第 9 期。

薄松年：《丰富多彩的明代〈水浒〉插图》，《美术》1981 年第 8 期。

程国赋：《论明代通俗小说插图的功用》，《文学评论》2009 年第 3 期。

冯保善：《明清江南小说文化论》，《明清小说研究》2013 年第 4 期。

葛兆光：《思想史研究视野中的图像》，《中国社会科学》2002 年第 4 期。

郭劼：《文本与观看：近年来英语汉学界对视觉与文本关系之研究》，《中正大学中文学术年刊》2009 年第 2 期。

郭薇：《"四相簪花"在清代翰林院中的认同与书写》，《北京社会科学》2019 年第 10 期。

何谷理：《关于明清通俗文学和印刷术的几点看法》，马泰来：《中国图书文史论集：钱存训先生八十荣庆纪念》，正中书局 1991 年版。

何谷理：《章回小说发展中涉及到的经济技术》，《汉学研究》1988 年第 1 期。

胡小梅：《从插图看〈水浒〉建阳刊本的读者定位》，《福建论坛》2013 年第 3 期。

纪德君：《百年来〈水浒传〉成书及版本研究述要》，《中华文化论坛》2004 年第 3 期。

李时人：《〈水浒传〉的"社会风俗史"意义及其"精神意象"》，《求是学刊》2007 年第 1 期。

刘尚恒：《〈虬川黄氏宗谱〉与虬村黄姓刻工》，《江淮论坛》1999 年第 5 期。

刘世德：《〈水浒传〉简本异同考（上）——藜光堂刊本、双峰堂刊本异同考》，《文学遗产》2013 年第 1 期。

刘世德：《〈水浒传〉简本异同考（下）——刘兴我刊本、藜光堂刊本异同考》，《文学遗产》2013 年第 3 期。

刘召明：《〈水浒传〉"农民起义"说、"逼上梁山"说献疑——基于英雄人物身份、职业及上山类型的统计分析》，《文艺理论研究》2017 年第 6 期。

龙迪勇：《图像叙事与文字叙事——故事画中的图像与文本》，《江西社会科学》2007 年第 5 期。

陆涛：《明清小说出版中的语-图互文现象》，《鲁东大学学报》2013 年第

4 期。

陆涛：《图像与传播——关于古代小说插图的传播学考察》，《江西社会科学》2011 年第 11 期。

马孟晶：《耳目之玩：从〈西厢记〉版画插图论晚明出版文化对视觉性之关注》，《美术史研究集刊》2002 年总第 13 期。

毛杰：《中国古代小说绣像的叙事功能》，《求索》2014 年第 11 期。

倪梁康：《图像意识的现象学》，《南京大学学报》2001 年第 1 期。

齐裕焜：《略谈〈水浒传〉的成书过程》，《兰州大学学报》1979 年第 1 期。

齐裕焜：《明代建阳坊刻通俗小说评析》，《福建师范大学学报》2006 年第 1 期。

乔光辉：《试论建阳版〈水浒传〉木刻插图与传播》，《艺术百家》2012 年第 2 期。

沈津：《明代坊刻图书之流通与价格》，《国家图书馆刊》1996 年第 1 期。

沈亚丹：《"造型描述"（Ekphrasis）的复兴之路及其当代启示》，《江海学刊》2013 年第 1 期。

宋莉华：《插图与明清小说的阅读及传播》，《文学遗产》2000 年第 4 期。

涂丰恩：《明清书籍史的研究回顾》，《新史学》2009 年第 1 期。

汪燕岗：《古代小说插图方式之演变及意义》，《学术研究》2007 年第 10 期。

徐文琴：《由"情"至"幻"——明刊本〈西厢记〉版画插图探究》，《艺术学研究》2010 年第 6 期。

颜彦：《明清小说插图叙事的时空表现图式》，《中国文化研究》2011 年第 1 期。

颜彦：《上图下文式插图本〈三国志演义〉图文相异现象考论》，《中国典籍与文化》2011 年第 1 期。

杨庆峰：《图像意识中的多重冲突及其本质》，《南京社会科学》2013 年第 2 期。

杨庆峰：《物的构成及其空间表征》，《学术月刊》2012 年第 8 期。

杨森：《世德堂本〈西游记〉图文互文现象研究》，《徐州师范大学学报》2012 年第 4 期。

于德山:《"语-图"互文之中叙述主体的生成及其特征》,《求是学刊》2004年第1期。

于德山:《中国古代小说"语-图"互文现象及其叙事功能》,《明清小说研究》2003年第3期。

张进:《论物质性诗学》,《文艺理论研究》2013年第4期。

张引、吴冠英:《从东西杂糅到独树一帜:张光宇漫画中的"珂弗罗皮斯情结"》,《装饰》2016年第12期。

张玉勤:《从明刊本〈西厢记〉版刻插图看戏曲的文人化进程》,《学术论坛》2010年第9期。

张玉勤:《论中国古代的"图像批评"》,《中国文学研究》2012年第1期。

张玉勤:《明刊本〈琵琶记〉插图的"戏剧性"呈现》,《民族艺术》2013年第2期。

张玉勤:《预叙与时空体:中国古代戏曲图文本的叙事艺术》,《文艺理论研究》2011年第2期。

赵敬鹏:《再论语图符号的实指与虚指》,《文艺理论研究》2013年第5期。

赵奎英:《"道不可言"与"境生象外"——庄子语言哲学及其对意境论的影响》,《山东师范大学学报》2007年第3期。

赵奎英:《道言悖反与审美超越——道家语言哲学及其美学意义新探》,《厦门大学学报》2007年第4期。

赵连赏:《明代男子簪花习俗考》,《社会科学战线》2016年第9期。

赵宪章:《"文学图像论"之可能与不可能》,《山东师范大学学报》2012年第5期。

赵宪章:《文学成像的起源与可能》,《文艺研究》2014年第9期。

赵宪章:《文学和图像关系研究中的若干问题》,《江海学刊》2010年第1期。

赵宪章:《小说插图与图像叙事》,《文艺理论研究》2018年第1期。

赵宪章:《语图传播的可名与可悦——文学与图像关系新论》,《文艺研究》2012年第11期。

赵宪章:《语图符号的实指和虚指——文学与图像关系新论》《文学评论》2012年第2期。

赵宪章：《语图互仿的顺势与逆势——文学与图像关系新论》，《中国社会科学》2011年第3期。

赵宪章：《语图叙事的在场与不在场》，《中国社会科学》2013年第8期。

周宪：《文学理论、理论与后理论》，《文学评论》2008年第5期。

竺洪波：《〈水浒传〉与小说的经典化与学术化》，《文艺理论研究》2008年第5期。

Eshter J. Leong, "Transition and Transformation in a Chinese Painting and a Related Poem", *Art Journal*, Vol. 31, No. 3, 1972.

Jerome Silbergeld, "Chinese Painting Studies in the West: A State-of-the-Field Article", *The Journal of Asian Studies*, Vol. 46, No. 4, 1987.

Li-ling Hsiao, "Political Loyalty and Filtal Piety: A Case Study in The Relational Dynamics of Text, Commentary, and Illustration in Pipa Ji", *Ming Studies*, Vol. 48, No. 2, 2007.

Sherman E. Lee, "The Literati Tradition in Chinese Painting", *The Burlington Magazine*, Vol. 108, No. 758, 1966.

Simon Goldhill, "What Is Ekphrasis For", *Classical Philology*, Vol. 102, No. 1, 2007.

Tobie Meyer-Fong, "The Printed World: Books, Publishing Culture, and Society in Late Imperial China", *The Journal of Asian Studies*, Vol. 66, No. 3, 2007.

三、学位论文

陈硕：《图与文——容与堂本与袁无涯本〈水浒传〉插图研究》，河北师范大学硕士学位论文，2011年。

董宁：《建阳刻本〈水浒志传评林〉研究》，福建师范大学硕士学位论文，2007年。

冯雅：《〈水浒传〉在日本的传播研究》，东北师范大学博士学位论文，2017年。

高日晖：《〈水浒传〉接受史研究》，复旦大学博士学位论文，2003年。

郭冰：《明清时期"水浒"接受研究》，浙江大学博士学位论文，2005年。
郭伟：《视觉隐喻研究》，南京大学博士学位论文，2012年。
郭奕兰：《徐渭〈四声猿〉版画研究》，台湾师范大学硕士学位论文，2012年。
侯宏玉：《古本小说插图研究》，兰州大学硕士学位论文，2008年。
胡小梅：《从"全像"、"出像"到"绣像"——论〈水浒传〉版画插图形态的演变》，福建师范大学硕士学位论文，2009年。
李彦锋：《中国绘画史中的语图关系研究》，上海大学博士学位论文，2010年。
李英姿：《试论"语义三角"及其语义指涉理论》，陕西师范大学硕士学位论文，2005年。
李征宇：《汉代文学与图像关系考论》，南京大学博士学位论文，2012年。
林惠珍：《明刊〈西厢记〉戏曲版刻插图研究》，淡江大学硕士学位论文，2007年。
林瑞：《香雪居版〈新校注古本西厢记〉版画插图研究》，台湾师范大学硕士学位论文，2005年。
陆涛：《论中国古代小说插图及其"语-图"互文》，南京大学博士学位论文，2010年。
毛杰：《中国古代小说绣像研究》，华东师范大学博士学位论文，2014年。
彭喻歆：《明弘治〈新刊大字魁本全相参增奇妙注释西厢记〉版画研究》，台湾师范大学硕士学位论文，2009年。
沈其旺：《中国连环画叙事研究》，上海大学博士学位论文，2011年。
舒媛媛：《水浒故事之流变与传播研究》，苏州大学博士学位论文，2008年。
宋金民：《水浒小说研究》，山东师范大学博士学位论文，2011年。
王岩：《论明清刊本〈水浒传〉中的"语—图"互文现象》，南京师范大学硕士学位论文，2012年。
吴萍：《〈水浒传〉图像传播研究》，上海师范大学硕士学位论文，2006年。
许雯倩：《水浒人物题材陶瓷艺术表现研究》，景德镇陶瓷大学硕士学位论文，2021年。

闫东平:《〈水浒传〉的现代传播——以影视水浒为例》,武汉大学硕士学位论文,2004年。

杨森:《明代刊本〈西游记〉图文关系研究》,上海大学博士学位论文,2012年。

曾钰婷:《说图——崇祯本〈金瓶梅〉绣像研究》,台湾师范大学硕士学位论文,2010年。

张玉勤:《明刊戏曲插图本"语-图"互文研究》,南京大学博士学位论文,2011年。

赵一阳:《论古典文学名著〈水浒传〉的影视改编》,东北师范大学硕士学位论文,2012年。

朱浒:《汉画像胡人图像研究》,上海大学博士学位论文,2012年。

Meng-ching Ma, "Fragmentation and Framing of The Text: Visuality and Narrativity in Late-Ming Illustrations to The Story of The Western Wing", The Doctor's Degree Dissertation of Stanford University, 2006.

后　记

　　这本书在我的博士论文、国家社科基金成果基础上修改而成，从开始选题到最终定稿，已过去整整十年。我毕业于南京大学文学院，文艺学的博士答辩有一条不成文的规定，即提交给答辩委员会的学位论文不允许出现"后记"，就此而言，这是一篇迟到的文章。

　　当然，这也是学术著作中最难写的部分，稍不留神就会成为冗长的致谢名单。汪正龙教授私下常说，每个人都需要找到自己的学术定位和生存方式。韦伯所谓的"学术作为一种志业"，首先应该被理解为"职业"，因为当代学人完全脱离学术而治生者恐怕并非多数，依靠学术而名利双收者却比比皆是。我无意衡量各种定位和方式的价值高下，但深知学者的历史影响力，从不取决于他是否为官从政，是否善于经营，是否"现实主义"地抓住任何一次"捞好处"的机会，而取决于他是否能够真诚地对待学术。

　　"真诚"在亲人之间都很难实现，何况是面对无涯的学海。我在读博和撰写学位论文期间，恩师周群先生反复强调文献与视野的重要性，让我深刻体会到学者对待文献多一份真诚，文献就必将多回馈一份新发现。特别是我在围绕《水浒传》开展学术调查的过程中，相关文体史、批评史、版画史以及思想史文献，给本书提供了大量值得探讨的话题，这是让我不敢忘怀的。赵宪章教授则从文学基础理论层面，不时提醒我注意对问题意识的凝练，以及对问题论证的逻辑推衍。我远远没有达到各位师长的期待，文献功夫与哲学储备仍是现阶段制约我提升学术水准的两大因素。但可以确定的是，真诚问学的初心，在我这里从未改变，也不敢改变。

我所在的江苏第二师范学院文学院，是一个潜心问学的集体。我经常向诸位师友请教古今中外小说，以及文献学、语言学等方面的问题；每有新作或者新观点，我也会第一时间分享给三五知己。在学术世俗化、边缘化的大环境中，我因有这样的大家庭而备感温暖与力量，借此奉上由衷的谢意！齿近不惑之年，每天开车往返一百公里的通勤途中，我无时无刻不在憎恶自己的蹉跎岁月。"任头生白发，放眼看青山"，权且改用白居易《洛阳有愚叟》诗句聊以自慰罢。

是为记。

赵敬鹏

2023 年 4 月 28 日于南京清水亭寓所

图书在版编目 (CIP) 数据

《水浒传》图像叙事研究 / 赵敬鹏著. — 北京：商务印书馆, 2023
ISBN 978-7-100-22841-1

Ⅰ.①水… Ⅱ.①赵… Ⅲ.①《水浒》研究 Ⅳ.①I207.412

中国国家版本馆 CIP 数据核字（2023）第 154731 号

权利保留，侵权必究。

《水浒传》图像叙事研究
赵敬鹏 著

商务印书馆出版
（北京王府井大街36号 邮政编码100710）
商务印书馆发行
南京新世纪联盟印务有限公司印刷
ISBN 978-7-100-22841-1

2023年11月第1版　开本 890×1240 1/32
2023年11月第1次印刷　印张 12 5/8　插页 4

定价：78.00元